大陸地區博士論文叢刊

清代
詩歌發展史

霍有明著

文津出版社印行

作者簡介

霍有明，一九五三年十二月一日生於西安。幼承家學，讀群經子史，學古文詩詞。十五歲後修鐵路、當模型工十餘年。一九九一年七月畢業於上海復旦大學中文系，獲博士學位。曾發表《論高適的邊塞詩》、《鄭谷詩歌美學觀初探》、《〈西遊記〉正面喜劇形象塑造的藝術手法》、《新詩潮與中國詩歌傳統的關係》等及研究清代詩歌流派的論文數十篇，並參加幾部大型著作的撰寫。曾任陝西省社會科學院文學研究所研究員，現任日本信州大學客座教授。

序

　　甌北《論詩》說：「李杜詩篇萬口傳，至今已覺不新鮮。江山代有才人出，各領風騷數百年。」李杜詩篇當然富於永恆的藝術魅力，這麼說，只不過是以李杜為最大砝碼，表示詩貴創新而已。我很欣賞這種着眼於發展的文藝觀。其實學術也是一樣，貴在創新，貴在一時代有一時代之學。就我國而言，有先秦諸子之學，有漢學，有魏晉玄學，有宋元理學，有乾嘉考據之學，有近代之學，無不標新立異，各顯其時代精神與特色。大亂甫定，百廢待興。1978年開始，各大學恢復招收研究生；先培養碩士，不久就兼及博士。我忝居教席，十年來屢蒙錯愛，命承乏為評議員，有幸得觀四方才俊探討古典文學問題的鴻文，甚喜今日已形成今日之學。我所拜讀過的不少文章，選題不同，路數各異，覃思彩筆，各擅其妙，然而異中仍有相通處，那就是，都注意竭力搜集盡可能全面的第一手資料，取精用弘，進行由表及裏的綜合研究；努力運用辯證觀點，細緻研究文學與社會、政治、經濟、民俗、文化、藝術等等或顯或隱、或直接或間接的關係，企圖較完整地把握住所論文學現象發生、發展以至衰落的軌迹；擯除凡俗，澡雪精神，結論必出於沉思，規律期得諸深究，戒主觀先入之偏，遵實事求是之正；既堅持久經檢驗而無誤的觀點方法，又廣泛吸取現代海內外新科研成果中的合理因素……所有這些特點和優點，都標志着當今古典文學新一代學人，從大亂到改革開放，長時期痛苦求索之後所形成的新學風的實質，這是得來不易而彌足珍貴的。我讀霍有明君的《清代詩歌發展史》書稿，深深感到它恰好體現了這一新學風的實質，不覺欣喜不置，就首先標舉出來，作為對它的總的評價和肯定，望與廣大讀者、專家共斟酌之。

　　近年來，清詩研究雖然取得了可觀的成績，但從宏觀的角度對清詩的發展軌迹進行系統研究的論著還較少見。本書選擇清詩中最有代表性的江浙詩人群體作為主要研究對象，從區域性文學研究的角度出發，對清初至清末幾十個作家以及各種流派進行了全面的探索，這本身就有較大的難度。同時，著者還引用文化生態學的理論，從經濟、政治、地理環境、文化傳統等許多層面，對江浙等地區文化圈的特質及其形成原因加以綜合考察，縱向與橫向研究的結合，使全書不但視角較新，而且達到了較高的理論層次。

　　清詩研究的難處，在於作家眾多、流派複雜、資料繁亂。本書在吸取當前學術界已有成果的基礎上，通過對大量原始資料的梳理、排比，條貫清晰地闡述了清代各個時期詩歌發展的概況及其藝術特徵，整理出各流派的來龍去脈，並重點評論了大家及各派代表作家的詩歌理論、文學主張及其在思想和藝術上的成就和得失。全書論證精當，創獲迭見。譬如探討江浙詩歌所以興盛的原因，指出清初民族矛盾與階級鬥爭的激化與深入，構成了這一時期社會政治的基本內容，而面對這一社會現實，在江浙等地區的作家群體，都在詩歌中作了廣泛而深入的反映，一掃明七子以來籠罩詩壇的形式主義詩風。這固然是清初詩歌繁榮的主要因素，但著者卻認為除此之外，江浙地區獨特的地理、經濟、文化背景對文人傳統心理的影響也很重要。在詳細分析了浙江藏書豐富、文化淵源久遠、自然地理及人文景觀集中等得天獨厚的條件以外，著者還特別指出晚明至清初上海、蘇州、揚州等地商業的繁榮和資本主義萌芽的產生，導致中國封建社會後期傳統文化最深層面即心理層面的巨大變化，是文學新潮流產生所必不可少的文化生態環境。由此也形成了晚明文學新潮流的基本內容，在於肯定人的欲望和尊重人的個性及價值這一特徵。由於種種原因，這種新精神在清初雖一度消沉，而在清中葉又得以復興，並主要體現在江浙地區。這一觀點突破了向來研究清詩囿於清初遺民愛國詩的傳統看法，越過了朝代鼎革的界綫，從封建社會後期發展的更高層次上，發掘出明清詩歌之間的內在聯繫，無疑是極富啟發性的卓見。基於這種宏闊的視野和新穎的角度，本書

對於清代詩論和清代作家思想的分析，也能別具慧眼。如
關於袁枚的性靈說，目前一般研究大多停留在對這一理
論本身的闡釋。而本書則通過考察性靈說提出的時間，指
出它與三袁的公安說一脈相承，都反映了江浙等地文化
圈的典型文化特質，是清代詩歌新精神的集中體現。這就
更深一步揭示了性靈說產生的背景和性質。又譬如說龔
自珍的“個性解放”思想與其詩歌創作的關係，許多研究
者往往局限於對《病梅館記》的表層分析，用歐洲文藝復
興後的人文主義傳統來解釋其中的個性解放精神。本書
著者則將這種個性解放傾向置於中國文化傳統之中，追
根溯源，從縱向考察了儒、道、佛、法、俠等各種傳統思
想對龔自珍的影響，指出龔自珍的個性解放思想是融匯
了各種傳統思想意識的“多元層次的結合體”，與西方近
代人文主義思潮中的個性主義有根本的差異。這樣得出
的結論，不但令人耳目一新，而且建立在堅實可靠的資料
基礎上，合乎歷史唯物主義和辯證法的觀點，具有很強的
說服力。

　　除此以外，本書還填補了許多清詩研究中的空白。例
如大量二、三流的作家過去往往為研究者所忽略，著者從
整體趨勢研究的角度出發，全面評述了許多不甚知名但
詩歌尚有價值的詩人，從而豐滿地烘托出清詩繁榮的氣
象，同時也點出了一流作家產生的文學氛圍。又如關於清
初江浙詩社的研究，書中不但闡明了明末清初各家有影
響的詩社的主要成員、結社規模和宗旨，還從詩社的活動

看出江浙詩學日益合流的風氣，及其對清詩大家如吳偉
業、朱彝尊、毛奇齡、尤侗等人的影響，乃至促使江浙文
化向全國其他地區輻射和傳播的事實。江浙還有一些著
名的小說、戲曲作家和評論家，如金聖嘆、陳忱、董說、
李漁等，也頗能作詩，但一向未受注意，本書對他們的詩
歌特色和代表作也都作了細緻的分析，這在清詩研究中
也具有拓寬視野的意義。

作為一部清詩發展史，除了從錯綜復雜的資料中找
出詩歌繁榮的原因，摸清各流派縱向發展的綫索和橫向
的聯繫以外，還要將各派詩人同中有異的藝術風格揭示
出來，才能使讀者對紛繁復雜的文學現象獲得全面的感
性認識。本書在這方面也取得了可喜的成績。對於書中論
及的幾十名詩人，著者都能準確地把握住其主要的藝術
特色，突出重點，兼及全面，力求區分出各人不同的創作
個性。由此也可看出著者藝術感受的細膩和敏銳。總之，
這是一部經過長期深入鑽研、所獲甚豐、具有開拓性的專
著。其優點在於：內容豐富，頭緒繁多，而能組織成完整
的結構；文筆清新，雅俗共賞，又頗有理論深度；尤其可
貴的是，借鑒西方理論而能揚長避短、為我所用，以傳統
的治學方法為本，避免了時下生搬硬套新名詞的通病。我
拜讀後受益良多，欣佩之餘，用特推薦於學苑諸君子之
前，亦古人說項、進賢之意也。

有明君數年前得湖南師大中文系文學碩士，旋即赴
滬上復旦大學深造，師事章培恒教授，撰成學位論文《清

代詩歌發展史》，以優異成績成博士。現任職於陝西省社科院文研所，公餘修訂，即將付梓面世。我18年前結伴游華山，作《華山歌》長詩記快。今猶記其中有云："觸目驚見回心石，如椽巨筆大字題。頭頂鐵索挂絕壁，欲上不上起狐疑。轉思風光險處好，興高反覺懸崖低。千尺幢連百尺峽，三磴一步快如飛。振衣直上北峰頂，天風浩浩雨霏霏。"又云："華岳縱高終有極，壯志凌雲安可窮！"特摘出奉贈有明。有明知我意，當相視而笑。是為序。

陳貽焮

1991 年 10 月 11 日

于北京大學朗潤園梅棣盦

目　錄

緒　　論

　　唐宋以降，經過元明兩代的曲折發展歷程，中國的古典詩歌至清代又形成了一個新的繁榮局面。

　　"斟酌乎質文之間"，"隱括乎雅俗之間"，則可言"通變"。清詩正是適應這一通變的規律，"望今制奇，參古定法"（《文心雕龍·通變》），在總結前代經驗教訓和繼承前代遺產的基礎上，開創了超明越元，抗衡唐宋的新局面。

　　首先，就作家人數和詩篇數量而言，清詩顯然要超過以往一切時代。現雖尚未有《全清詩》，但近人徐世昌《晚晴簃詩匯》，已收入清代六千一百多位詩人的兩萬七千餘首作品。僅數量還不能說明問題。從有清一代的詩壇來看，名家輩出，群星璀璨，流派紛呈，爭奇鬥妍，從不同層面反映了廣闊的社會現實。詩歌題材的廣泛，遠超前代；各種藝術形式的出奇制勝，更是多樣化。正如同趙翼的那首著名《論詩絕句》所說："李杜詩篇萬口傳，至今已覺不新鮮。江山代有才人出，各領風騷數百年。"清代的眾多作家，通過其詩歌理論建樹和卓越的詩歌創作實踐，抨擊了明七子以來詩壇墨守盛唐的摹擬復古傾向，滌蕩了籠罩明末清初詩壇的形式主義詩風；獨具面目，各自名家，唱出了自己的新聲，開出了清詩風氣，從而自領風騷於清代詩壇數百年。由是觀之，清詩所取得的巨大藝術成就，是決不應低估的。

　　然而，長期以來，對於清詩的評價卻存在着種種偏見。如王國維從一代有一代文學的觀點立論，説：

　　　　凡一代有一代之文學：楚之騷，漢之賦，六代之
　　駢語，唐之詩，宋之詞，元之曲，皆所謂一代之文學，
　　而後世莫能繼焉者也。（《宋元戲曲史・自序》）

這種觀點，乍看與焦循的觀點頗近似。焦循曾説："一代有一代之所勝，欲自楚騷以下，撰爲一集。漢則專取其賦，魏晉六朝至隋則專錄其五言詩，唐則專錄其律詩，宋專錄其詞，元專錄其曲。"[①] 然而仔細辨析，兩家持論，其主旨大不相同。王氏此論，是立足於"純粹美學"，即以審美價值的高低爲評判，把中國文學發展的歷史描寫爲各種純文學樣式興衰更替的歷史。其《人間詞話》説："四言敝而有楚辭，楚辭敝而有五言，五言敝而有七言，古詩敝而有律絶，律絶敝而有詞。蓋文體通行既久，染指遂多，自成陳套。豪杰之士，亦難於中自出新意，故往往遁而作他體，以發表其思想感情。一切文體所以始盛而終衰者皆由於此。故謂文學今不如古，余不敢信。但就一體論，則此説固無以易也。"王氏的這種觀點，影響很大，近人的文

────────────

①　焦循（1763—1820），字理堂，一字里堂，江蘇甘泉（今揚
　　州）人，清哲學家、數學家、戲曲理論家。

學史多沿用此說。然而，筆者認爲，王氏此說則過於絕對化，反不如焦循"一代有一代之所勝"說爲通達。本來，漢賦、唐詩、宋詞、元曲、明清傳奇小說這樣的說法，如果將它解釋爲"一代之所勝"，即最能體現一代文學特色的文學體式，那還是可以的，但"一代有一代之文學"說，將中國文學發展的歷史看作是各種純文學樣式興衰代變的歷史，如標舉漢賦，後世之賦便無足觀（即所謂"後世莫能繼焉"）；標舉唐詩，後世之詩便無足觀，例如明清，可觀者唯戲曲、小說，這既無視歷代文學中多種文學樣式並存，相互影響的事實，也不符合清代詩歌創作的實際。

與王國維同時的梁啓超，對於包括詩歌在內的清代文學持全面否定的態度。他在《清代學術概論》中指出：

前清一代學風，與歐洲文藝復興時代相類甚多。其最相異之一點，則美術文學不發達也。清之美術，雖不能謂甚劣於前代，然絕未嘗向新方面有所發展，今不深論。其文學，以言夫詩，真可謂衰落已極。吳偉業之靡曼，王士禛之脆薄，號爲開國宗匠。乾隆全盛時，所謂袁（枚）、蔣（士銓）、趙（翼）三大家者，臭腐殆不可向邇。諸經師及諸古評論家，集中多亦有詩，則極拙劣之砌韵文耳。嘉道間，龔自珍、王曇、舒位，號稱新體，則粗獷淺薄。咸同後，競宗宋詩，只益生硬，更無餘味。其稍可觀者，反在生長僻壤之黎簡、鄭珍輩，而中原更無聞焉。直至末葉，始有金和、黃遵憲、康有爲，元氣淋漓，卓然稱大家。……

以言夫曲，孔尚任《桃花扇》、洪升《長生殿》外，無
足稱者；李漁、蔣士銓之流，淺薄寡味矣。以言夫小
說，《紅樓夢》獨立千古，餘皆無足齒數。……要而
論之，清代學術，在中國學術史上，價值極大；清代
文藝美術，在中國文藝史美術史上，價值極微；此吾
所敢昌言也。①

　　梁啓超對清代文學極力否定，與其所處的時代及其政治
改良主張均有關係。葉維廉在論述中國古典詩與英美現代詩
美學的匯通時，曾分析了這樣一個有趣的事例：1919 年，美國
著名詩人艾芝拉·龐德（Ezra Pound）承芬諾羅薩
（Fenollosa）論中國文學作爲詩的媒介一文，説："用象形構成
的中文永遠是詩的，情不自禁的是詩的，相反的，一大行的英
文字都不易成爲詩。"妙在約略同時，年青的傅斯年竟説中國
象形字乃野蠻的古代的一種發明，有着根深蒂固的野蠻性，我
們應該廢止云云。②葉維廉認爲，龐德對中國語文的狂熱自有
其美學的原因，雖對中國字時有望文生義之處，而對現代美學
的推展卻有出人意表之精彩。傅斯年之語則是在西潮衝擊之
下的一種感情用事的發泄。梁啓超將清代學風與歐洲文藝復
興時代相比較，認爲其相類之處甚多，其最相異之一點即美術
文學不發達，並且分析説：

<hr>

① 　見朱維錚校注《梁啓超論清學史二種》第 83 頁。
② 　見葉維廉《尋求跨中西文化的共同文學規律》一書第 48 頁。

清代何故與歐洲之"文藝復興"異其方向耶？所謂"文藝復興"者，一言以蔽之，曰返於希臘。希臘文明，本以美術為根干，無美術則無希臘，蓋南方島國景物妍麗而多變化之民所特產也。而意大利之位置，亦適與相類。希臘主要美術在雕刻，而其實物多傳於後。故維那神像（雕刻裸體女神）之發掘，為文藝復興最初之動機；研究學問尚古典，則其後起耳。故其方向特趨重於美術，宜也。我國文明，發源於北部大平原。平原雄偉廣蕩而少變化，不宜於發展美術。所謂復古者，使古代平原文明之精神復活，其美術的要素極貧乏，則亦宜也。……然則曷為並文學亦不發達耶？歐洲文字衍聲，故古今之差變劇；中國文字衍形，故古今之差變微。……既不變其文與語，故學問之實質雖變化，而傳述此學問之文體語體無變化，此清代文無特色之主要原因也。

筆者認爲，梁啟超以地理原因來論證清代美術之不發達，因而未能像歐洲文藝復興那樣推動清代文學之興盛，論據實不充分。我國地域遼闊，固有北部大平原之雄偉廣蕩，但亦有南方景物之妍麗多變。美術姑且不論，從中國文學史看，南北文化的交融合流，曾多次導致文學的繁榮局面。以"書楚語、作楚聲、紀楚地、名楚物"爲其特徵的《楚辭》，從某種意義上說，也正是我國南北兩大文化板塊在江漢大地上碰撞的產物。與《詩經》相比，巫音色彩濃鬱的《楚辭》除具備色彩繽紛的華麗章句外，行文氣魄更恢宏闊大，其作者胸襟更爲坦蕩激越。

就屈原作品論，字裏行間時常迸發出一股“并吞八荒”、“囊括玉宇”的剛氣。《離騷》中的“忽反顧以游目兮，將往觀乎四荒”，“覽相觀於四極兮，周流乎天余乃下”；《雲中君》中的“覽冀州兮有餘，橫四海兮焉窮”；《河伯》中的“登昆侖兮四望，心飛揚兮浩蕩”，等等，無疑是一個縱橫馳騁的“文學游子”形象的再現。從其内容看，《離騷》等作品正是屈原融中國南北部文化爲一體，運用新文學樣式所鑄造出的不朽之作。六朝時，由於長期分裂，南北文學也呈現出不同特點，“江左宫商發越，貴乎清綺；河朔詞義貞剛，重乎氣質。”（《隋書・文學傳序》）有唐一代，隨着國家的統一，分裂了數百年的南北文學再度合流，經過初唐近百年間的融合、繼承、總結、孕育，終於發展到我國古典詩歌發展史上極繁榮的盛唐時期，詩體大備，開創出衆多的風格和流派，產生出“千匯萬狀”的作品，蔚爲萬紫千紅、百花齊放的壯觀。有清一代，南北文學的交融，使得清代詩歌繼唐宋之後又一次形成新的繁榮局面。以人文淵藪而著稱的江浙地區，則成爲整個文學發展的重心，集中體現出全國其他地區詩歌取得的巨大成就。對此，顯然也並非能僅以地理因素予以説明。

　　清代是中國漫長封建社會的最後一段時期。在這一時期中，商品經濟的發展，資本主義萌芽的出現，追求人的個性自由、尊重人的自我價值的新哲學思潮的產生，都對文學的發展產生了深遠影響。處於沿海一帶城市經濟日趨繁榮的江浙地區，情況尤其如此。清初詩風的嬗變，於此發軔；各種文學思潮的涌動，於此交匯；不同風格的流派，於此先後形成，從而蔚爲爭奇鬥勝、百態紛呈的景觀。從文學創作看，先後出現了像陳子龍、錢謙益、吳偉業、歸莊、吳嘉紀、陳維崧、朱彝尊、查慎行、葉燮、沈德潛、厲鶚、袁枚、趙翼、黃景仁、龔自珍這樣眾多的著名作家；從文藝理論批評看，出現了"格調說"、"性靈說"；從文學派別看，則出現了清代最大的詩歌流派——浙詩派。本書的目的，即在於以江浙詩歌研究爲重點，聯繫全面，剖析清代詩歌興盛的原因，探尋其發展軌迹，揭示其在整個中國文學史上的重要地位，推動對中國文學發展史的全面研究。

本書的研究範圍，限定在近代之前，即以 1840 年鴉片戰爭爆發爲界，時間起迄大約爲 200 年時間。在具體研究時，又根據清代詩歌發展的進程分爲初期（即順康時期）、中期（即康乾時期）、後期（嘉道時期）三個階段。自然，這種劃分並不是很嚴格的，也只是一種大致的區分。

清初，是清代詩風的嬗變時期。這種嬗變，發軔於江浙。由於政治的、哲學的、社會的以及文學內部規律所要求的種種原因，在清初詩壇上醞釀着一場新的變化。然而，清詩承明詩餘緒而來，復古之風不可能立刻消退。明末，儘管明七子的復古之風曾一度受到公安派、竟陵派的猛烈抨擊而有所衰落，但隨着公安派、竟陵派末流的弊端叢生而又重新盛行。清詩正是在這一種情況下艱難起步的。

在清朝的最初七八十年間，征服者對於被征服者實行了殘酷的鎮壓、統治、奴役和掠奪。由於江浙地區是抗清鬥爭最爲激烈的地區，因而遭受的鎮壓也最爲慘烈。"揚州十日"和"嘉定三屠"，就是清統治者施行民族恐怖屠殺政策的集中體現。清統治者正是在此情況下建立起中央集權專制主義的政

權，並逐漸完成了封建的軍事的統治和基本上穩定了農業的
生產秩序。在思想文化上，則採取恩威並重的手段，一方面實
行思想恐怖統治和文化專制主義，一方面擴大明朝八股取士
的取錄名額，並增定捐納制度，更廣泛地羈縻知識分子，還重
開元明早已廢止的博學宏詞科，進一步搜羅各地淹博能文之
士。爲桎梏和防範知識分子的思想活動，迭下禁書令，嚴禁結
社。更爲甚者，大興文字獄，制造了呂留良、胡中藻等一系列
聳人聽聞的案件。總之，民族鬥爭和階級鬥爭的激化與深入，
構成了這一時代社會政治的基本內容。面對這一社會現實，在
江浙地區的作家群體，無論是陳子龍爲代表的殉節詩人，黃宗
羲和顧炎武爲代表的遺民詩人，還是錢謙益和吳偉業爲代表
的失節詩人，都在詩歌中廣泛地反映了社會現實生活，一掃明
七子以來籠罩江浙詩壇的形式主義詩風。錢謙益、黃宗羲等人
更通過其詩歌理論，有力地抨擊了明復古派脫離現實鬥爭，一
味擬古而毫無創新的弊端。經過江浙作家群體的努力，元明以
來的衰頹詩風得到有力轉變，從而爲清詩發展開闢了道路。

　　清代中期，是清代詩壇上群星璀璨、流派紛呈、爭奇鬥妍
的繁榮時期。這種繁榮，也尤其呈現於江浙地區。康熙後期到
乾隆時期，是清王朝的“盛世”。這一時期，社會經濟由恢復
進入繁榮和發展的階段。經過清初戰亂而遭到破壞的資本主
義萌芽，此時又得到了恢復和發展，工商業日趨活躍。這些都
對清詩的發展起到了推進作用。然而，清統治者繼續大興文字
獄，實行文化恐怖政策，作爲消滅陷害異己分子的手段，又不
能不使當時詩歌的思想內容受到影響，在反映和揭露社會現
實矛盾方面遜色於清初。正如龔自珍《咏史》詩中所說：“避

席畏聞文字獄，著書都爲稻粱謀。"當時詩壇的主要特色，是表現在題材的開拓、各種詩歌體式運用的成熟和各種風格、流派的爭奇鬥勝等方面。如清代最大的詩歌流派——浙詩派，又衍化爲四個支派：一是傳統上所謂的"浙派"，以錢塘厲鶚爲首領；二是以山陰胡天游、秀水王曇先後爲代表的才情富艷、奇氣橫逸的一派；三是繼朱彝尊之後而形成的秀水一派，代表作家爲錢載，主要作家有王又曾、萬光泰、諸錦等人；四是以袁枚爲首的性靈一派。就詩歌理論而言，葉燮的"才、膽、識、力"説，沈德潛的"格調説"，袁枚的"性靈説"，翁方綱的"肌理説"，都曾先後在清詩壇上產生很大影響。當時，詩壇上的大家和名家，則先後有葉燮、沈德潛、厲鶚、袁枚、趙翼、蔣士銓、鄭燮、黃任、嚴遂成、胡天游、杭世駿、王又曾、錢載、翁方綱、黃景仁、王曇、孫原湘、舒位、張問陶、宋湘等人。然而，由於那是一個令人窒息的時代，詩人大多數脱離現實生活而局限於形式上的追求，致使形式主義的擬古之風又彌漫詩壇。許多詩人的詩作中填書塞典，恰似袁枚所説的"錯把抄書當作詩"，喪失了詩歌必須有創造性的特點。隨着時間的推移，詩作的膚廓、滑膩以及涂澤詞藻的流弊也愈加明顯。清詩至此，又到了"窮則變"的轉挨點。

清代後期，即鴉片戰爭前後，各種社會矛盾日益激化，清王朝日益顯露出封建末世的腐朽和衰敗。面對"萬馬齊暗究可哀"的社會現實，敢於在詩歌中呼喚風雷，首開近代文學風氣的，是浙江仁和的龔自珍。作爲中國資產階級啓蒙運動的先驅，龔自珍的作品不僅在內容上具有較前人更進一步的資產階級啓蒙思想和追求個性解放的精神，而且在藝術上追求奇肆的境界、瑰麗的形象，極富浪漫色彩。其大型組詩《己亥雜詩》，由 315 首七絕構成，富麗深峻，才氣橫溢，是適應新的思想内容需要而在形式上的創新。因此，龔自珍的詩歌可說是真正獨具面目的清詩，成爲近代"詩界革命"的先導，並且一直影響到資産階級民主革命時期的"南社"。以龔自珍的詩歌爲標志，中國的詩歌從此便開始了新的紀元。

上　篇

一、清初期詩壇概論

　　順康兩朝，即清朝的最初七八十年間，征服者對於被征服者實行了殘酷的鎮壓、統治、奴役和掠奪。自公元 1644 年清師入關並定都北京之始，中原和各地便紛紛起來浴血抗戰。此時，民族矛盾極爲尖銳，漢族統治階級內部擁滿和反滿的鬥爭也十分激烈。"揚州十日"和"嘉定三屠"即是抗清鬥爭中所寫下的最悲壯篇章。東南沿海和西南地區的抗清武裝力量堅持最久，在廣西、雲南等地由李定國領導的抗清武裝力量到康熙元年（1662）才告失敗，由鄭成功在臺灣建立的抗清政權，則一直堅持到康熙二十二年（1683）。

　　針對東南地區的激烈反抗與西南南明政權的勉力撐持，清王朝在採取軍事行動的同時，採用禮葬崇禎帝、升級擢用降吏和不改變漢人服制等懷柔手段，來分化漢族統治階級；又發佈赦免罪犯、蠲免糧餉等項告示，以緩和人民的反抗情緒。還在思想文化方面大力實行思想恐怖統治和文化專制主義，藉此以鞏固其中央集權專制主義的政權。除剃髮令下達時的屠戮和涉及南北的反詩案外，順治十四年南北兩闈的"科場案"重點打擊在江南。順治十八年的"奏銷案"集中懲治的則更是江東蘇、松、常、鎮四府郡士人，此外還有金壇等地的所謂"通海案"大獄等。順治一朝至康熙朝初期，風波頻起，殺戒大開，滿清統治者正是在此情況下逐步穩固了其封建的軍事統治，並基本上穩定了農業的生產秩序。總之，民族鬥爭和階級鬥爭的激化和深入，構成了這一時代社會政治的基本內容。

　　清初詩壇上的廣大詩人面對明亡家破、山河失色的現實；身臨戰亂頻仍、水深火熱的境地；心驚宗法斷裂、進退失據的遭遇，都在詩歌中從各種角度廣泛地反映了社會現實生活，抒發了自己的真情實感，從而給明代刻意復古的形式主義詩風以有力掃蕩。當時，詩壇上的詩人可大致分爲三種類型。第一種是英勇抗清而爲明朝盡忠獻身的一批詩人，以陳子龍、夏完淳、張煌言、瞿式耜等人爲代表。其中，陳子龍在清初詩壇上的地位和影響最著。第二種是明末遺臣或在明末生活過，後降清或參加科舉，或被迫出山的一批詩人，這可以錢謙益、吳偉業等人爲代表。儘管錢、吳二人"大節有虧"，爲人所輕，但他們卻實際上是主盟清初詩壇的"開國宗匠"。第三種是在清朝統治下生活過的明末遺民，他們或參加武裝抗清鬥爭，進行英勇反抗；或堅持不合作態度，隱居不仕，不肯屈身變節。由於江浙地區是抗清鬥爭最爲激烈，而遭受鎮壓也最爲慘烈的地區，因而這類詩人數量也尤多。清人卓爾堪《明遺民詩》中收清初愛國遺民詩人五百零六家，其中江浙地區詩人即占有相當比重。在遺民詩人中，可以清初三大思想家中的浙江黃宗羲和江蘇顧炎武二人爲代表。儘管他們的主要成就不在詩歌，

但均能以詩歌反映現實，感情沉痛，氣勢豪壯，表現了崇高的
愛國精神和民族氣節。

二、陳子龍與雲間詩派

　　明詩告退，清詩方滋，處於這一詩運轉關的重要詩人是陳子龍。在明末期復古派詩人中，以陳子龍的成就爲最高，故他被後人稱爲明詩殿軍。但是，在入清後的四年中，由於時代社會的作用，陳子龍的詩風則發生了顯著變化，形式主義因素日漸減少，其詩中所抒發的亡國之痛、故國之思，慷慨悲壯，深刻感人，不僅集中體現了充盈於清初詩壇的一種時代精神，而且也清楚透露出其時詩風轉變的信息。

　　《清詩紀事》凡例內闡述其"詩家收錄原則"時指出："清初抗清志士爲明朝盡忠獻身者如陳子龍、夏完淳、張煌言、瞿式耜等人不收，明遺民入清之後生活時代較長者如顧炎武、錢秉鐙、吳嘉紀、屈大均等人收。"這種收錄原則，似還可以考慮。俞樾《春在堂隨筆》中說："董若雨（說），世皆以爲明人……考汪謝城《南潯志》，董若雨卒於康熙二十五年丙寅，年六十七。則明亡時才二十五歲耳，其爲本朝人無疑。《潯志》列入明人，是論其志，非論其世。"現今的文學史中，也將董說放在明末小說中予以論述。我們若從詩歌發展史的角度看，則應當將董說列入清人中，"但論其詩，非論其志"，因爲董說的詩歌反映了清初的現實。同樣，從詩歌發展史的角度着眼，依據"但論其詩，非論其志"的原則，陳子龍等人也應當放在清初詩人中加以論述。如張煌言，入清後亦生活了二十年之久，詩中反映了清初的社會現實。而陳子龍、夏完淳入清後雖僅生活了四年，但他們的詩歌不僅反映了清初的社會現實，且一掃形式主義的摹擬習氣，在開出清詩風氣的過程中發揮了重要作用。

陳子龍（1608—1647），字臥子，號大樽、軼符、於陵孟公，松江華亭（今上海松江縣）人，是明中葉以來復古派的最後一個重要作家。崇禎十年（1637）進士，累官兵科給事中。他"自幼讀書，不好章句，喜論當世之故"（《經世編序》）。後博貫經史，重視時政，注意經世致用之學。曾與夏允彝、徐孚遠、王光承等組織"幾社"，與"復社"呼應。"幾者，絕學有再興之幾，而得'知幾其神'之義也"（杜春登《社事始末》）。他以復興古學爲號召，企圖挽救明王朝的危機。清兵攻占南京後，他在家鄉起兵抗清，失敗後，又聯絡太湖義軍圖謀共事，不幸事泄，在蘇州被捕，乘間投水，自殺殉國。有《陳忠裕公全集》。

陳子龍對明七子十分崇拜，早在崇禎四年，就"擬立燕臺之社，以繼七子之迹"（《壬申文選凡例》）。因此，七子的形式主義摹擬主張對他產生了很深的影響。他曾對雲間派的作家之一宋徵璧說："律詩如'春城月出人皆醉'及'羅綺晴嬌綠水洲'之句，詩餘如'無處說相思，背面秋千下'一詞，生平竭力摹擬，竟不能到。"（見《抱真堂詩話》）可見他在摹擬上化了如許功夫。他稱贊李夢陽、李攀龍的詩"飄飄然何其似古人也"，便着力加以仿效。他的早期作品，很多是這樣一些"以形似爲工"的模擬之作。有一部分作品雖也具有一定的社會内容，但卻沒有構成其獨特風格。他曾與吳偉業宿京邸，當吳偉業問他"卿詩固佳，何首爲第一"時，他回答說："'苑内起山名萬歲，閣中新戲號千秋'，此余中聯得意語也。"（《梅村詩話》）這樣並不精彩的以形似爲工的詩句，卻被他視爲得意之語。然而，陳子龍雖然贊同七子，反對公安派和竟陵派，但畢竟與七子的盲目尊古不同，注重"憂時托志"（《六子詩叙》），"境與情會"（《青陽何生詩稿序》），也就是從當時的現實出發，學習古人的精神和表現手法。因此，他早期的作品中雖有不少形似擬古之作，但不是前後七子那樣字摹句擬的假古董，其中有些作品反映了人民的生活痛苦，如《遼事雜詩》、《小車行》等。試以《小車行》爲例："小車班班黄塵晚，夫爲推，婦爲挽。出門茫茫何所之？青青者榆療我饑，願得樂土共哺糜。風吹黄蒿，望見垣堵，中有主人當餉汝。叩門無人室無釜，躑躅空巷泪如雨。"這首詩雖還有摹擬樂府民歌的痕迹，卻真實地反映了明末的社會現實。

　　在崇禎的最後幾年裏，特別是入清後壯烈犧牲前的最後四年間，陳子龍的詩歌創作出現了一個巨大的飛躍。一些"憂時念亂"的詩歌里注入了沉痛的感情，顯得悲切蒼涼，而詞藻華麗，音調鏗鏘，具有感人的力量。最能體現這種雄渾、悲壯藝術風格的是七律中的許多組詩，如《都下雜感》四首、《晚秋雜興》八首、《秋日雜感》十首等。試舉《秋日雜感》十首中的兩首爲例：

滿目山川極望哀，周原禾黍重徘徊。

丹楓錦樹三秋麗，白雁黃雲萬里來。

夜雨荊榛連茂苑，夕陽麋鹿下胥臺。

振衣獨上要離墓，痛哭新亭一舉杯。

行吟坐嘯獨悲秋，海霧江雲引暮愁。

不信有天常似醉，最憐無地可埋憂。

荒荒葵井多新鬼，寂寂瓜田識故侯。

見說五湖供飲馬，滄浪何處着漁舟。

　　《秋日雜感》寫於明亡之後，時陳子龍正在吳中，秋氣蕭
瑟，觸景傷情，遂寫成了這十首雜感。上引兩首詩中所蘊含的
亡國之痛、故國之思，慷慨悲壯，深沉感人，既代表了陳子龍
後期詩歌的風格，也表現了當時的一種時代精神，在清初的詩
歌中無疑是最值得稱頌的。

　　雲間詩派是指明末清初以雲間詩人爲主體的一個詩歌流
派。“雲間”是舊江蘇松江府的別稱，因西晉文學家陸雲字士
龍，家在華亭（今上海松江縣），對客自稱“雲間陸士龍”而
得名。雲間派的首領即陳子龍，主要作家還有李雯、宋徵輿、
宋徵璧、宋存標及夏完淳等。

　　雲間派以“雲間三子”爲中心。關於該詩派的具體成員，
當時人有不同的說法。如侯方域《大寂子詩序》說：“彭孝廉
賓與、夏考功彝仲、陳黃門子龍、周太學立勛、徐孝廉孚遠、
李舍人雯互相倡和，聲詩滿天下，當時謂之雲間六子。”俞陛

雲《吟邊小識》：“明季雲間六子，以夏考功允彝、陳黃門卧子最爲擅名。而李舒章孝廉雯，亦有聲於時。”朱彝尊《明詩綜·詩話》：“先生（徐孚遠）……與卧子、彝仲、勒卣（周立勛）輩六人倡幾社於雲間，切劘古今文詞，傾動海内。”吳偉業《梅村詩話》“陳子龍”條下則稱：“卧子負曠世逸才……詩特高華雄渾，睥睨一世。好推崇右丞，後又摹擬太白。而少陵則微有異同。要亦崛强，語非由中也。初與夏考功瑗公（允彝）、周文學勒卣、徐孝廉暗公（孚遠）同起，而李舒章特以詩故雁行，號陳、李詩，繼得轅文（宋徵輿），又號三子詩，然皆不及。當是時，幾社名聞天下，卧子奕奕眼光，意氣籠罩千人，見者莫不辟易。登臨贈答，淋灕慷慨，雖百世後猶想見其人也。”[1] 以上諸説中提到的夏、周、徐諸人，與陳子龍同爲幾社的創始者，名氣最大，但工詩則獨推陳子龍。由吳偉業的這段記述可以看出，從陳子龍到“陳李”，再到“三子”，逐漸形成了一個趣尚相同的詩歌流派。清初時，宋徵輿匯刊《雲間三子新詩合稿》，標志着“雲間三子”的正式確立。由吳氏的這段記述，還可以看出陳子龍推崇盛唐，提倡復古的詩歌理論傾向。雲間派的詩歌理論，正是以陳子龍爲代表的。如楊際昌《國朝詩話》説：“華亭宋轅文徵輿、尚木徵璧、子建存標、陳大樽所稱三宋也。詩尊大樽派，多尚華緅，然自有豐致。”[2] 從宋徵璧的《抱真堂詩話》看，其詩歌主張大抵是五言學漢魏，近體法盛唐，以復古爲旨歸。如：“十九首及蘇、李五言，反

----

① 見《清詩話》第 68—69 頁。
② 見《清詩紀事》“順治朝卷”第 1638 頁。

復諷咏，便移寒暑。""子建'涇渭揚濁清'，音韵清發，更妙於'散馬蹄''散'字。""杜詩如'香稻啄殘鸚鵡粒，碧梧栖老鳳凰枝'，及'麝香眠石竹，鸚鵡啄金桃'，俱華而不俗。""七律如李頎、王維，其婉轉附物，惆悵切情，而六轡如琴，和之至也。後人未能妙臻此境。"① 其詩話中還頗多此論。

李雯（1608—1647），字舒章，江南青浦人。明崇禎十五年（1642）舉人，入清薦爲内閣中書舍人。有《蓼齋集》。

楊際昌曾指出，李雯"詩宗王弇州、李于鱗，不無郛廓，然天才自俊"。從其作品來看，確有一些遠勝過李王一味擬古的形式主義之作，如《送江谷尚歸長沙作》："長沙才子拂征衣，淪落京華客漸稀。楚王深懷人不見，江雲高卷雁同飛。霜流湘浦兼葭薄，月冷昭潭橘柚肥。只爲君家傳别賦，消魂尤在送將歸。"然而，在李雯詩集中最能打動人心的，還是其屈節辱志而仕清後的悔恨悲哀之作。鄧之誠指出，雯"少與子龍齊名，倡雲間詩派。高擬三唐，極才情思致之妙。然集中樂府遂至六卷，不脱七子窠臼。……入清之詩，眷念早生，摧抑不堪卒讀"。如《旅思》："家國今何在？飄零事日非。依人羈馬肆，鄉夢憶牛衣。有淚吟莊舄，無書寄陸機。鷦鶹真羨爾，羽翼向南飛。"後雯得知摯交陳子龍英勇就義，不久也抑鬱傷悲而死。

夏完淳（1631—1647），字存古，號小隱，又號玉樊堂，松江華亭人。父允彝，與陳子龍有師友之誼，完淳又以子龍爲師。

---

① 引自《清詩話續編》第118—125頁。

明亡後，隨陳子龍起兵抗清，不幸事泄被捕，至南京英勇就義，年僅十七歲。有《夏完淳集》。

受其老師陳子龍詩歌理論的影響，夏完淳的早期詩歌創作也有一些因襲摹擬痕迹。但十四歲從軍以後，經歷了時代的磨難，詩風則爲之一變，多寫國破家亡的悲痛，抒發鬥爭到底的決心，激昂慷慨，高唱入雲。這可以在其"家仇未報、臣功未成，賚志重泉，流恨千古"（《土室餘論》）心情下所作的《南冠草》爲例："三年羈旅客，今日又南冠。無限河山淚，誰言天地寬。已知泉路近，欲別故鄉難。毅魄歸來日，靈旗空際看。"（《別雲間》）這首詩，抒發了詩人在家鄉被捕後押解上路時的心情。詩中不但流露出國仇未報，壯志未伸的悲痛，更表現出至死不渝的鬥爭精神，令人感動不已。又如《細林夜哭》，更是一首血淚凝鑄的七言歌行：

　　　　細林山上夜烏啼，細林山下秋草齊。有客扁舟不繫纜，乘風直下松江西。卻憶當年細林客，孟公四海文章伯。昔日曾來訪白雲，落葉滿山尋不得。始知孟公湖海人，荒臺古月水粼粼。相逢對哭天下事，酒酣睥睨意氣親。去歲平陵鼓聲死，與公同渡吳江水。今年夢斷九峯雲，旌旗猶映暮山紫。蕭灑秦庭淚已揮，仿佛聊城矢更飛。黃鵠欲舉六翮折，茫茫四海將安歸。天地局蹐日月促，氣如長虹葬魚腹。腸斷當年國士恩，翦紙招魂為公哭。烈皇乘雲御六龍，攀髯控馭先文忠。君臣地下會相見，淚灑閶闔生悲風。我欲歸來振羽翼，誰知一舉入羅弋。家世堪憐趙氏孤，到今

竟作田橫客。嗚呼撫膺一聲江雲開，身在羅網且莫
哀。公乎公乎為我築室傍夜臺，霜寒月苦行當來。

當押解詩人的小舟經過細林山時，詩人不禁觸景生情。這
裏是詩人的老師，已在抗清鬥爭中英勇犧牲的愛國志士陳子
龍曾住過的地方，如今山河依舊，而人事已非。他在悲痛欲絕
的情況下爲老師唱出了這樣一曲扣人心弦的悲歌。詩中深情
地回憶了他追隨陳子龍起兵抗清的戰鬥經歷，沉痛地哀悼陳
子龍的以身殉國，又述及自己也身"入羅弋"的不虞之難，最
後表示要追隨老師的足迹，準備爲國壯烈犧牲。全詩辭情悲
苦，聲淚俱下，充滿了詩人對老師的真摯感情，不僅贊頌了陳
子龍爲國捐軀的崇高品質，也表現了夏完淳自己堅貞不屈的
少年英雄氣節，不愧爲當時殉節詩人愛國主義詩歌中的一篇
代表作。從藝術的角度來看，這首詩也寫得相當成功。如詩中
的"細林山上夜烏啼，細林山下秋草齊"之句，寫景烘托出一
種淒涼的氛圍，這正是與詩人痛悼老師的心境相契合的。這種
寓情於景，情景交融的寫法，有效地增强了詩的形象性和藝術
感染力。全詩每四句換韵，層層深入，不但情辭悲壯，而且氣
勢撼人。

作爲雲間派的後進，夏完淳以其優秀詩作爲該詩派增添
了異彩。

處於當時人文薈萃的江浙之地的雲間派，其在詩壇上的
影響甚著。吳偉業曾說，是時"天下言詩者輒首推雲間"[①]。沈

───────────

① 　見《宋直方〈林屋詩草〉序》，梅村家藏稿卷二十八。

德潛《國朝詩別裁集》也指出，"雲間詩家推陳臥子、宋轅文、李舒章。臥子蹈海後，宋李名並於時"。如華亭詩人吳騏，雖然不是"盡沿其派者"，但卻"親炙大樽"（見汪端《明三十家詩選》）。事實上，一些清初著名詩人如吳偉業、錢澄之、陳維崧、朱彝尊、毛奇齡和中葉的沈德潛、王昶等也都在不同程度上受到了雲間派的影響。而其流波所及，則首先是導致了西泠詩派的產生。

三、　西泠詩派的宗尚與創作

西泠詩派是明清之際以"西泠十子"爲主體的一個詩歌流派。吳振棫《國朝杭郡詩鈔》："講山（陸圻號，字景宣）年德既升，領袖群彦，王漁洋推爲西泠十子之冠。十子者，講山與柴虎臣紹炳、陳際叔廷會、孫宇臺冶、張祖望綱孫、丁飛濤澎、吳錦雯百朋、沈去矜謙、毛稚黄先舒、虞景明黄昊也。"西泠爲西湖橋名，陸圻等結詩社於湖上，時人因以名之。柴紹炳與毛先舒曾自訂《十子詩選》。

"西泠十子"的形成，與雲間派首領陳子龍的影響有着直接關係。早在少年時，陸圻就曾與陳子龍同結"登樓社"，受到陳氏詩歌理論主張的影響。由於陸圻德高望重，當時推爲風雅領袖，十子中諸人又多受其熏陶，如沈謙詩初學溫李，陸氏授之以陳子龍詩集，始效其體。而毛先舒年少時亦受知於陳子龍，許以能文，爲作《獻景樓詩序》。楊鍾羲曾指出，陳子龍爲紹興推官時，"詩名既盛，浙東西人無不遵其指授。'西泠十子'，皆雲間派也"[1]。吳偉業《致孚社諸子書》也說："西陵

---

[1]　見楊鍾羲《雪橋詩話·初集》卷一。

（即西泠之另一稱謂），繼雲間而作者也。”這些議論，都指出了雲間派與西泠派之間的承繼關係。從其創作實踐來看也是如此。如鄧之誠所言：“予嘗讀陸圻《威鳳堂集》，丁澎《扶荔堂集》，沈謙《東江集》，規撫雲間，才情飇舉，聲調於七子爲近。”[①]　正指出了西泠詩派的大體創作宗尚和旨趣。

　　西泠派的詩歌理論可以毛先舒的詩話著作《詩辯坻》爲代表。毛先舒（1620—1688），字稚黄，後又改名驍，字馳黄，浙江錢塘（今杭州）人，明諸生，鼎革後絕意仕進，潛心於詩文創作與音韵學等學術研究，有《思古堂全集》。時與毛奇齡、毛際可齊名，有“浙中三毛，文中三豪”之稱。在《詩辯坻序》中，西泠詩派的領袖陸圻謂“其學瀣液群言，馳騁百代，每以詩自娛，而世亦翕然以詩奉毛氏，即今談詩之異同者，亦折衷於毛氏。”“今毛子之詩既家弦以諷咏，而毛子之辯又户説以眇論，使天下之詩人昭晢而互進”，雖有過爲褒揚之辭，但也説明了毛氏其時在詩壇上的重要地位。

　　在《詩辯坻》中，毛先舒奉盛唐以前的古詩爲圭臬，作出了類似於明復古派胡應麟“詩之格以代降也”的文化倒退論的結論。他首先推崇漢詩，認爲“魏變而晉，調漸入俳”，但“法猶抗古”；“六代靡靡，氣稍不振”，然“矩度斯在”。因爲，“俳者近拙，拙猶存古；藻者徵實，實猶存古。”對於盛唐這一中國詩歌史上的黄金時代，他雖稱贊爲“開元而後，奇肆跌宕，窮姿極情”，卻又貶之爲“猶篆隸流爲行草”，詩格已非“古”，致使“穗迹雲書，永言告絶，懷古之士，猶增欷歔”。這種復

———————————

①　見鄧之誠《清詩紀事初編》。

古思想，甚至比明七子的"詩必盛唐"之說更爲徹底。如同明七子一樣，毛氏的復古實際是擬古。李夢陽嘗言："夫文與字一也，今人模擬古帖，則太似不嫌，反曰能書。何獨至於文而欲自立一門户邪？"毛氏則同樣對"夫詩必自關門户，以成一家，倘蹈前轍，何由特立"的"鄙人之論"表示反感，説"上溯玄始，以迄近代，體既屢變，備極範圍，後來作者，予心我先，即由敏手，何由創發"？他抨擊明"萬歷以來，文凡幾變，詩復幾更，哆口高談，皆欲呵佛。……詩之佻褻者，效《吳歌》之昵昵；齷齪者，拾學究之餘瀋。嗤笑軒冕，甘側輿臺；未餐霞露，已飲糞壤；旁蹊踯躅，曾何出奇；咕咕喋喋，伎倆顏見。豈若思古訓以自淑，求高曾之規矩耶"？在詩話中的另一處，他還直斥公安、竟陵之"弊"，指出，"近如唐六如之俚鄙，袁中郎之佻佻，竟陵鍾、譚之纖猥，亦俱自謂能超象迹之外，不知呵佛未易，直枉入諸趣耳"。於是，他便開出了復古的藥方，聲稱"要亦始於稽古，終於日新而已"。

　　由這種復古觀來軒輊有明一代詩人，他便對明復古派作出了高度評價，認爲"有明詩家，稱二李、何、王"。他否定宋、元之詩，認爲"四百年間幾無詩焉"，"迨成、弘之際，李、何崛興，號稱復古，而中原數子，鱗集仰流，又因以雕潤辭華，恢閎典制，鴻篇縟彩，蓋斌斌焉"。儘管他也對前後七子有所指摘，但總的説來是極爲稱頌，甚至認爲"雖獻吉（李夢陽）近粗，大復（何景明）近弱，當其得意，前無古人"。從他的詩歌創作看，也頗多摹擬之作，稍晚時膠州張謙宜《絸齋詩談》中就有所譏評，如謂其"仿《選》體患其太似，著力摹古，痕迹不化"，"七言律聲色都在皮膚，便是于鱗（李攀龍）一派。

此種詩如舞獅子，畢竟不是吼地真王"。此外，他還有摹六朝者爲《蕊雲集》，摹溫、李者爲《晚唱》集。

　　西泠派詩人總的創作傾向是復古，然而，與雲間派不同的是，他們當中既沒有以身殉國之士，也少有仕清之人，基本上屬於普通遺民，因此，詩作中便缺乏雲間派主要作家那樣相對鮮明的特色。他們的作品中，雖多反映家國之感，但在格調方面則通常委婉蘊藉、溫柔敦厚，這自然與毛先舒在《詩辯坻》中的倡導有關。在《詩辯坻》中，毛氏聲稱："詩者，溫柔敦厚之善物也。故美多顯頌，刺多微文，涕泣闞弓，情非獲已。然亦每相遷避，語不屬名。"他推崇藝術表現的"微之以詞旨"，"微而婉"，"旨歸醞藉"；又認爲詩雖有"含蓄"亦有"訐露"，但強調指出："含蓄者，詩之正也；訐露者，詩之變也。論者必衷夫正而後可通於變也。"這種詩學觀，後來在沈德潛那裏又得到了進一步的闡發。毛氏主張"溫柔敦厚"的詩學觀，固然是出於藝術美學上的考慮，對此不應完全否定；此外，也還有着另一方面的原因，這就是與當時的政治高壓有關。鄧之誠《清詩紀事初編》稱其"嘗著《詩辯坻》四卷，論詩極精，舉詩極精，舉詩戾凡十有七端，深以諷刺爲戒，故所作篇章，不涉時事，可謂善於自全者"，正道出了個中原因。西泠派詩人的作品大率如此。下僅就其現存作品略作論述。

　　沈謙（1620—1670），字去矜，號東江子，浙江仁和人。明諸生。有《東江集鈔》九卷、《別集》五卷。時值滄桑，故集中多危苦之音，如《九日言懷》詩：

　　　　　九月九日意不愜，杖藜扶病登高臺。
　　　　　盈樽綠酒此時醉，舊國黃花何處開？
　　　　　金管玉簫激霜霰，銅駝鐵鳳生莓苔。
　　　　　望鄉不見遠天盡，蕭瑟江山歸去來。

　　這首詩，與上引陳子龍的《秋日雜感》主題相同，遣詞造句也有某些相似之處，用的且是同一韻部，但相比之下，卻顯然沒有陳子龍詩中所蘊含的亡國之痛、故國之思那樣慷慨悲壯和深沉感人。而陳詩尾聯"振衣獨上要離墓，痛哭新亭一舉杯"中，借吳國勇士要離爲吳王闔閭刺殺公子慶忌及東晉王導、周椒新亭對泣以圖克復神州的典故所抒發的不甘屈服而謀求恢復的意圖和決心，更是沈詩所無法比肩的。陸圻曾指出："去矜少喜溫李，見華亭陳給事作，乃循漢、魏之規榘，踏初盛之風致。其意貞而不濫，其聲和而不流。"（見朱彝尊《明詩綜》）從這兩首詩的比較，一方面可以看出沈謙所受到的陳子龍的影響，另一方面也可以看出沈詩的某些特點。

　　丁澎（1622—　？），字飛濤，號藥園，回族。明崇禎十五年舉人。清順治十二年中進士，官至禮部郎中，爲"西泠十子"中唯一在清應舉出仕之人。有《扶荔堂詩文集》。

　　據阮元《兩浙輶軒錄》載，丁氏"少有《白鳳樓》[①]詩流傳吳下，士女爭相採摭以書衫袖。婺州吳之器有句云'恨無十五雙鬟女，教唱君家《白鳳樓》'，其爲時傾倒如此。後以事牽累，謫居塞上者五載……所作詩語多忠愛，無怨誹之意，其所

────────────

①　吳振棫《國朝杭郡詩輯》作《白雁樓》。

養又可知矣。"其著名七言歌行《聽石城寇白弦索歌》，明顯見出摹仿白居易《長恨歌》的痕迹，但通過敘述金陵名妓寇白城陷後被清兵擄掠北上、流落京師的苦難身世，曲折地反映了亡國之悲，較能感人。《遠海雜詩》則說："河流環塞人，萬里永安橋。直欲凌滄海，無因傍赤霄。窮秋煩將士，大雪困漁樵。耕鑿慚衰謝，何曾補聖朝。"雖言遷謫之事，卻語含"忠愛"，"有蘊藉之致"，足證沈德潛之言 不誣。七絕則如：

　　　　　高峯突兀散流霞，天外鐘聲一徑斜。
　　　　　認道前朝功德寺，老僧還着舊袈裟。
　　　　　　　　　　　　　　　——《望天壽山》
　　　　　銀甲斜抛雁柱飛，玉熙宮里尚依稀。
　　　　　不須彈到回波曲，說着先皇泪滿衣。
　　　　　　　　　　　　　　　——《聽舊宮人彈箏》

這兩首小詩，都隱約流露出對明朝的懷念，含蓄蘊藉，頗有風致。據說，當時丁氏詩名還遠播海外，有如香山之盛。《兩浙輶軒錄》稱，丁氏爲禮部主客郎中，"貢使至，譯問主客爲誰，廉（查訪）知門，持紫貂銀鼠美玉象犀，從吏人易其詩歸國。"可以推測，丁氏當時之詩傳播海外者，必爲《聽石城寇白弦索歌》、《聽舊宮人彈箏》之類作品也。

　　西泠派詩歌"溫柔敦厚"、含蓄蘊藉的特徵，在毛先舒的作品中體現得最爲明顯。如其《咏西施》："蘇臺月冷夜烏栖，

飲罷吳王醉似泥。別有深恩酬不得，向君歌舞背君啼。"①後面
兩句，最爲王士禛所激賞，認爲此意未經前人道出。梁紹壬也
指出："袁簡齋先生《咏西施》詩云：'妾自承恩人報怨，捧心
常覺不分明。'立意既新，措詞亦婉。及讀毛馳黃先生句云云。
覺含蓄蘊藉，較袁更勝。"（《兩般秋雨庵隨筆》）又如其《贈王
彩生》四首其一："昨日非今日，新年是舊年。迷人春半草，相
望隔江烟。"據陳寅恪在《柳如是別傳》中考證，頗疑此詩頭
兩句之意，暗寓明社已屋，清人入關，雖標順治年號，實仍存
永歷之紀年。因原文較長，此處不再援引。

　　自然，西泠派詩歌中也並非没有激烈慷慨之作，如柴紹炳
的《卓烈婦》，自注："前指揮卓煥妻錢宜人，乙酉揚州郡城陷，
投水死。"詩中有云"卓家有婦邗江畔，千秋生氣豈沉淪。前
朝騎馬昨朝死，紛紛多見誰及此。二十年前余有言，大都女人
勝男子。"可謂驚心動魄。又如沈謙的《旅夜》：

> 旅館凄凄清夜徂，半生流落愧妻孥。
> 可憐戰伐多新鬼，何處乾坤着腐儒。
> 砧杵萬家明月苦，旌旗千嶂野雲孤。
> 帛書漫托南雲逝，未信衡陽雁有無。

　　錢仲聯先生評之爲："反映現實，中有真情，學少陵風格，
卻不得以贗體目之。"（《夢苕庵詩話》）但是，這樣的作品在西
泠派的詩歌中畢竟只占少數。與雲間派相比較，西泠派詩歌創

---

① 　引自人民文學出版社版《清詩選》。

作的復古傾向基本相似，但學習的範圍則不再囿于盛唐。如毛先舒的《晚唱》集，就是摹仿晚唐溫、李。朱庭珍《筱園詩話》說："西泠十子中，則毛稚黃、陸麗京二人尤爲矯矯，然格局殊不高大，多染宋習；其餘更造詣淺矣。"這自然是站在明七子的復古立場上說話，不足爲訓，但從另一方面卻正好說明了西泠派借鑒範圍的擴大。這種借鑒範圍的擴大，是清初江浙詩風乃至整個詩風開始出現變化的朕兆。應當指出，以陳子龍爲代表的雲間派倡導復古，理李、何之墜緒，旨在矯公安及鍾、譚之頹波，對此應以歷史發展的眼光予以適當的肯定，但這種復古主義的創作方法畢竟存在着很大弊端。儘管雲間派當鼎革之際反映國家衰亡的嚴酷現實，抒發抗清復明的堅強意志，其優秀詩篇充滿了熠熠光彩；但由於社會發展和文學內部規律的作用，雲間派所倡導的復古詩風勢必爲求"新"求"變"的詩風所取代。

　　就西泠派的影響而言，由於其"多染宋習"，在創作內容上由於地理環境的原因而有較多歌咏杭州西湖之作，如毛先舒的《咏西湖》，沈謙的《雨中西泠橋泛舟至涌金門》詩，因而成爲乾隆時厲鶚"浙派"的發端。如同朱庭珍所言："'浙派'自'西泠十子'倡始，先開其端，至厲太鴻而自成一派，後來宗之。"

四、錢謙益在清代詩歌
史上的開山地位

　　有清一代之初，正值明清易代而中原板蕩、滄桑變革的時期，中國的古典詩歌也發展到了一個重要轉捩點，醞釀着一場新變。無論是社會現實的要求，還是文學發展自身規律的要求，都在呼喚一場有力滌蕩明代復古頹風的潮流，爲清詩的發展開闢道路。適應這一要求，以其系統詩歌理論建樹、成功創作實踐及顯赫詩壇聲望首先爲開創清詩風氣作出卓越貢獻的，則是錢謙益。

　　錢謙益（1582—1664），字受之，號牧齋，晚年號蒙叟，自稱東澗遺老，學者稱虞山先生，江蘇常熟人。明萬歷三十八年進士，官禮部侍郎。後罷官鄉居，講學東林書院。明崇禎十七年即清順治元年（1644）五月，南明弘光小朝廷在南京建立，錢謙益以諂事馬士英、阮大鋮故，起用爲禮部尚書。清兵南下，靦顏迎降。順治二年，任秘書院學士兼禮部侍郎，不久即引病歸里。他的生活經歷曲折，思想比較復雜。諂媚馬、阮，變節仕清，都曾爲世人所非，但仕清五月即托病辭歸，晚年又和反

清活動有積極聯繫，因而後人評論也比較復雜，衆說紛紜，毀
譽不一。家有絳雲樓，以藏書豐富著稱。平生讀書極多，經史
百家，旁及佛經，都能驅使自如。他和吳偉業、龔鼎孳被稱爲
"江左三大家"，實際上是當時文壇領袖。清初有"開國宗匠"
之稱。有《初學集》、《有學集》、《投筆集》、《苦海集》等。又
有《列朝詩集》，選錄明代約二千家詩，並附有小傳。其詩文
集，乾隆時曾被禁毀。

　　錢謙益早年也曾受時風的影響而心儀復古派。十六七歲
時，曾專心閱讀李夢陽、王世貞的文集，每篇均能復誦。(見
其《答山陰徐伯調書》)後來則逐漸改變態度。在詩歌創作方面，
其復古立場的轉變，則似乎始於同反復古派"公安三袁"中袁
中道的接觸(詳參日人青木正兒著《清代文學評論史》第一章)。
而程孟陽(嘉燧)對其影響尤大。其《復遵王書》云："僕少
壯失學，熟爛空同、弇山之書，中年奉教孟陽諸老，始知改轅
易向。孟陽論詩，自初盛唐及錢(起)、劉(長卿)、元(稹)、
白(居易)諸家，無析骨雜刻髓，尚未能及六朝以上，晚始放
而之劍南(陸游)、遺山(元好問)。余之津涉，實與之相上下。"
由此也可見他與程嘉燧的交情之深。據葉名澧《橋西雜記》記
述：錢氏作《列朝詩集》諸傳，而所選詩則多出程孟陽之手。
在《列朝詩集》程嘉燧傳中，錢氏謂程"熟精李、杜二家，深
悟剽賊比擬之謬"，並且稱贊說："王(世貞)、李(攀龍)之
雲霧盡掃，後生之心眼一開，其功於斯道甚大。"這表明，他
此時已徹底擺脫復古派的影響，開始對復古理論進行抨擊。

　　明七子倡復古之風，實以明初林鴻、高棅爲首的"閩中十
子"所構成的閩詩派爲其先聲。宋南遷以後，相對落後的閩文

學有了長足進展，特別是南宋中葉出現了著名詩論家嚴羽。嚴氏提倡興趣說，主張妙悟，推崇盛唐詩，從而對閩詩學產生了極大影響。明初的閩詩派繼承和發展了嚴氏詩論，並竭力在創作中體現這一點。如林鴻提出，作詩當師法盛唐："開元、天寶間聲律大備，學者當以是爲楷式。"（《明史·林鴻傳》）高棅則編選了《唐詩品匯》和《唐詩正聲》，提出"四唐"說，標舉盛唐，爲詩人提供理想的摹擬範本。在創作中，他們則極盡摹擬之能事，例如高棅，幾乎把盛唐有成就的詩人作品全部擬遍。試看林鴻所作的爲時人稱贊的《春日游東苑應制》：

> 長樂鐘鳴玉殿開，千官步輦出蓬萊。
> 己敎旭日催龍馭，更借春流泛羽杯。
> 堤柳欲眠鶯喚起，宮花乍落鳥銜來。
> 宸游好續簫韶奏，京國於今有鳳臺。

再對照岑參的《和賈至舍人早朝大明宫之作》：

> 鷄鳴紫陌曙光寒，鶯囀皇州春色闌。
> 金闕曉鐘開萬戶，玉階仙仗擁千官。
> 花迎劍佩星初落，柳拂旌旗露未干。
> 獨有鳳凰池上客，陽春一曲和皆難。

可以看出，林作在意境、音調、辭藻等方面都亦步亦趨，刻意模仿岑作，卻完全不考慮歷史和地域的差別，難免"優孟衣冠"之嫌。《明史·文苑傳》認爲："終明之世，館閣以此（指閩派）爲宗。厥後李夢陽、何景明摹擬盛唐，名爲崛起，其胚胎實兆於此。"對此，錢謙益則不無感慨地説："自閩詩一派盛行永、天之際，六十餘載，柔音曼節，卑靡成風。風雅道衰，誰執其咎？自時厥後，弘、正之衣冠老杜，嘉、隆之謦笑盛唐，傳變滋多，受病則一。"

爲了清算明七子的復古主張，錢謙益首先將嚴羽和閩詩派作爲抨擊的目標。他在《徐元嘆詩序》中説："自羽卿（嚴羽）之説行，本朝奉以爲律令，談詩者必學杜，必學漢、魏、盛唐，而詩道榛蕪彌甚，羽卿之言二百年來遂若塗瞽之毒藥。甚矣！偏體之多而別裁之不可以易也。"（《初學集》卷三十二）他指出，論詩不應將宗尚之時代局限於狹小範圍內："天地之降才與吾人之靈心妙智，生生不窮，新新相續。有《三百篇》則必有楚《騷》，有漢、魏、建安則必有六朝，有景隆、開元則必有中、晚及宋元。而世皆遵守嚴羽卿、劉辰翁、高廷禮（棅）之瞽説，限隔時代，支離格律。"（《題徐季白詩卷後》）錢氏所推重的前代詩人，如同前引《復遵王書》中所言，自初盛唐及中唐的錢、劉、元、白，以至宋之陸游、金之元好問等等，都在師法之列。但是，在"轉益多師"，廣泛師古的同時，錢氏則提出作者須有自己的精神氣格。在《答唐訓導論文書》中，他指出："自唐宋以迄於國初，作者代出，文不必爲漢而能爲漢，詩不必爲唐而能爲唐，其精神氣格皆足以追配古人。……弘（治）正（德）之間有李獻吉（夢陽）者，倡爲漢文杜詩以叫號於世，舉世皆靡然而從之矣。然其所謂漢文者，獻吉之所謂漢，而非遷、固之漢也；其所謂杜詩者，獻吉之所謂杜，而非少陵之杜也。彼不知夫漢有所以爲漢、唐有所以爲唐，而規規焉就漢唐而求之，以爲遷、固、少陵盡在於是，雖欲不與之背馳，豈可得哉！”他還進一步指出模擬之弊端：“本朝（明朝）自有本朝之詩，而今取其似唐而非者爲本朝之詩。人盡蔽錮其心思，廢黜其耳目，而唯謬學之爲師。在前人猶仿漢、唐之衣冠，在今人遂奉李、王爲宗祖，承訛踵僞，莫知底止。……弘治以後之謬學，如贋玉贋鼎，非博古識真者，未有不襲而寶之也。”如此寫出來的詩歌，便只能是“丹青”、“粉墨”，“木偶之衣冠”、“土苴之文綉”——雖“爛然滿目，終爲象物而已。”其原因，就在於没有古人的生活、情感卻硬要去作古人之詩，“不歡而笑，不疾而呻”，自然只能得其形貌，卻根本無法“吐”作者“心之所有”。這就擊中了復古派的要害。與此同時，錢謙益表達了自己對於詩歌創作的正面主張，這就是詩歌應當作到有感而發，“抒寫”作者自己的真實“性情”，即所謂“有本”。這樣作出來的詩歌，方得謂之“真詩”。其《題燕市酒人篇》云：“詩言志；志足而情生焉，情萌而氣動焉。如膏土之發，如候蟲之鳴，歡欣噍殺，紆緩促數，窮於時，迫於境，磅礴曲折而不知其使然者，古今之真詩也。”

　　儘管對復古派進行了猛烈的抨擊，錢謙益對於明後期出現的反對復古的公安派和竟陵派也同樣不以爲然，對竟陵派排擊尤力。公安派主張“獨抒性靈，不拘格套”，這確實是對於當時那種專事摹擬的復古主義風氣的有力反撥，產生了積極影響。但是，他們將創作之源歸之於“心靈”，“心靈無涯，搜之愈出”（見袁中道《中郎先生全集序》），忽視社會實踐，則必然導致文學題材的日益狹小和作家靈感的日益枯竭，終於不得不求助於所謂“韵”、“趣”，走上了魔道。以鍾惺、譚元春爲首的竟陵派，其反對擬古要求抒寫性靈的主張與公安派基本相同，但又以公安派的作品有浮淺之弊，企圖以“幽深孤峭”的風格矯之。對此，錢謙益則極爲不滿，將鍾、譚的這種詩譏之爲“魈吟鬼嘯”、“木客之清吟”，“學殖尤淺，謬劣彌甚，以俚率爲清真，以僻澀爲幽峭，作似了不了之語，以爲意表之言，不知求深而彌淺；寫可解不解之景，以爲物外之象，不知求新而轉陳。”並且慨嘆道：“萬歷之季稱詩者，以淒清幽眇爲能，……海内靡然從之，迄今三十餘年，甚矣詩學之舛也。”（《劉司空詩集序》）對於那些將公安與竟陵“等而排之”的“持論”，也表示不滿，認爲“不亦過乎！”（《列朝詩集》袁中道小傳）這自然與他復古立場的轉變始於同袁中道的交往有關。他譏諷復古派與竟陵派道：“奔者東走，逐者亦東走，將使誰正之！”（《曾房仲詩序》）事實上，中年之後，他便一直以補偏救弊爲己任，“矯時救俗以至排詆三四鉅公”（吳偉業語，見其《龔芝麓詩序》），力排復古派和反復古派，爲此，不惜“獲罪於世之君子”。通過對明詩流弊的清算及對“挽回大雅”的倡導，錢謙益由此也就在客觀上開出了清詩之新風。凌風翔曾指出，繼明前後七子之後，“詩派總雜，一變於袁弘道、鍾惺、譚元春，再變於陳子龍，號雲間體，蓋詩派至此衰微矣。牧齋宗伯起而振之，而詩家翕然宗之，天下靡然從風，一歸於正。其學之淹博，氣之雄厚，誠足以囊括諸家，包羅萬有，其詩清而綺，和而壯，感嘆而不促狹，論事廣肆而不誹排，洵大雅元音，詩人之冠冕也。”徐世昌《晚清簃詩匯·詩話》亦强調指出：“牧齋才大學博，主持東南壇坫，爲明、清兩代詩派一大關鍵。”誠爲切中肯綮之言。

　　前人在論其詩歌時，多指出錢謙益"轉益多師"的特點。
如：

　　　　牧齋先生產於明末，乃集大成。其為詩也，擷江
　　左之秀而不襲其言，並草堂之雄而不師其貌，間出入
　　於中、晚、宋、元之間，而渾融流麗，別具爐錘，北
　　地為之降心，湘江（指李東陽）為之失色矣。
　　　　　　　　　　　　——鄒式金《牧齋有學集序》

　　　　虞山學問淵博，浩無涯涘。其詩博大閎肆，黥鏗
　　春麗，一以少陵為宗而出入于昌黎、香山、眉山、劍
　　南以博其趣。於北地、信陽、王、李、鍾、譚諸作者
　　尤排擊不遺餘力。萍浮草靡之徒，始稍稍旋其面目。
　　本朝詩人輩出，要無能出其範圍。
　　　　　　　　——徐世昌《晚清簃詩匯‧詩話》引鄭則厚語

　　然而，在"轉益多師"的同時，錢謙益又能夠在創作中實踐自
己"舒寫性情"的主張，不爲其所囿，表現自己的精神氣格，
獨具特色，自成一家，尤以七律爲特出。下面略舉數例。
　　《初學集》所收，止於明崇禎十六年（1643），《有學集》所
收，始於清順治二年（1645），而《甲申端陽感懷十四首》則
是介於二者之間的作品，見其《苦海集》①。這組感懷詩，雖對
農民起義軍有污蔑之詞，但也暴露了當時的政治黑暗，抒發了

──────────

①　據錢仲聯《夢苕庵詩話》。

詩人自己的心聲。茲舉其前兩首：

> 蕭條節序夕陽斜，草莽淒然憶翠華。
> 熒入斗南驚下殿，鬐扳天上泣升遐。
> 迎風空惜蒲如劍，向日深慚葵有花。
> 憔悴不須憐澤畔，故宮離黍正如麻。

> 三百年來歷未過，如何闕下起風波？
> 無端拍案心俱碎，有恨填胸劍欲磨。
> 雲暗燕山迷玉鼎，雨淋宗社咽銅駝。
> 普天蒙恥終須雪，望望英雄早荷戈。

兩首詩中，既反映了詩人憂心如焚的心情，又表達了詩人早日雪恥的渴望。在《有學集》中，由於詩人經歷了中原板蕩、江南兵燹的滄桑之變，其詩主要表現出對朱明王朝的悼懷和對滿清貴族的痛恨。這可以《西湖雜感》二十首爲代表：「板蕩淒涼忍再聞，烟巒如赭水如焚。白沙堤下唐時草，鄂國墳邊宋代雲。樹上黃鸝今作友，枝頭杜宇昔爲君。昆明劫後鐘聲在，依戀湖山報夕曛。」（其一）「堤走沙崩小劫移，桃花劈面柳攢眉。青山無復呼猿洞，綠水都爲飲馬池。鸚鵡改言從靺鞨，獼猴換舞學高麗。只應鷲嶺峰頭石，卻悔飛來竺國時。」（其九）又如其十一之首聯與頷聯：「匼匝湖山錦綉窠，腥風殺氣入偏多。夢兒亭裏屯蛇豕，教妓樓前挐駱駝。」其十六之頸聯與尾聯：「戎馬南來皆故國，江山北望總神州。行都宮闕荒烟裏，禾黍叢殘似石頭。」據《浙江通志》記載：「順治五年戊子遣固山

額真金礪來杭駐防。"① 因此，"綠水都爲飲馬池"、"教妓樓前
掣駱駝"云云，當皆實錄，由此可見當時清軍對名城杭州所造
成的巨大破壞。"只應鷲嶺峰頭石，卻悔飛來竺國時"，詩人以
飛來峰設喻，抒發了一種"石猶如此，人何以堪"的悲憤，令
人不忍卒讀。章太炎曾指出，錢謙益之詩歌"悲中夏之沉淪，
與犬羊之倣擾，未嘗不有餘哀也。……世多謂謙益所賦，特以
文墨自刻飾，非其本懷。以人情思宗國言，降臣陳名夏至大學
士，猶拊頂言不當去髮，以此知謙益不盡詭偶矣"（《訄書·
別錄甲》）。

　　錢謙益的《投筆集》爲大型七律組詩，始作於順治十六年
（1659）七月鄭成功率水師攻入長江之際，迄於康熙元年桂王
殉國。其內容，大抵於鄭成功的軍事行動和南明桂王政權的形
勢有關，並貫穿了詩人自己和柳如是策劃支援義軍的事迹。在
形式上，步和杜甫晚年之作《秋興八首》，故又名《後秋興》，
共十三迭，一百零四首，瀾翻不窮。其規模之大，爲歷來七律
次韵詩所未有，在詩歌體式上是一種發展。這其中，有爲鄭成
功軍隊獲勝而唱的凱歌，吐露了詩人的滿心喜悦，如第一迭
《金陵秋興八首次草堂韵》之二："雜虜橫戈倒載斜，依然南斗
是中華。金銀舊識秦淮氣，雲漢新通博望槎。黑水游魂啼草地，
白山新鬼哭胡笳。十年老眼重磨洗，坐看江豚跋浪花。"第二
迭之二："羽檄橫飛建斾斜，便應一戰決戎華。戈船迅比追風
騎，戎壘高於貫月槎。編戶爭傳歸漢籍，死聲早已入胡笳。江
天夜報南沙火，簇簇銀燈滿盞花。"有爲鄭成功攻南京受挫而

──────────

①　轉引自《清詩紀事》。

提出的建議，表現了詩人的籌劃之精，如第二迭之四："由來國手算全棋，數子拋殘未足悲。小挫我當嚴警候，驟驕彼是滅亡時。中心莫爲斜飛動，堅壁休論後起遲。換步移形須着眼，棋於誤後轉堪思。"有詩人和柳如是策劃支援義軍的記述，顯示出詩人的復明之誠，如第三迭之三："破除服珥裝羅漢（自注：姚神武有先裝五百羅漢之議，内子盡橐以資之，始成一軍），減損齎鹽餉倣飛。"也有詩人在南明桂王遇害後所寫的哀辭，傾瀉了詩人的無限悲痛，如第十三迭之二："海角崖山一綫斜，從今也不屬中華。更無魚腹捐軀地，況有龍涎泛海槎。望斷關河非漢幟，吹殘日月是胡笳。姮娥老大無歸處，獨倚銀輪哭桂花。"儘管此詩集當時秘而未刊，但東南人士之留心文獻不忘故國者，恒以一得見其書爲快，因而傳抄殆遍，足見其影響。前人論此集或曰"沉鬱悲涼，哀麗欲絕，亦不愧草堂之作"；或曰"（牧齋）《和秋興八首》，音韵層出不窮，卓然名手"。近人陳寅恪更進一步指出："《投筆集》諸詩摹擬少陵，入其堂奧，自不待言。且此集牧齋諸詩中頗多軍國之關鍵，爲其所身預者，與少陵之詩僅爲得諸遠路傳聞及追憶故國平居者有異。故就此點而論，《投筆》一集實爲明清之詩史，較杜陵尤勝一籌，乃三百年來之絕大著作也。"

要之，錢謙益的七律轉益多師，"舒寫性情"，詩風或則雄奇詭異，或則沉鬱悲涼，自成面目，有力地滌蕩了明詩之種種積弊，爲清詩的發展奠定了堅實基礎。

錢謙益的歌行之作雖然不敵吳偉業，但也同樣有其特色。如王士禛《分甘餘話》云："明末暨國初歌行約有三派：虞山源於少陵，時與蘇（軾）近；大樽源於東川（李頎），參以大復（何景明）；婁江源於元、白，工麗時或過之。"楊際昌亦指出："國朝歌行，其初遺老虞山入室韓、蘇……不無蛟螭螻蚓之雜。才氣自大。韓、蘇，杜之嫡派也。"（《國朝詩話》）明崇禎十四年（1641）錢謙益六十歲時曾游歷黃山，就游踪所至，以此體寫下了大型紀游組詩，其規模之宏偉，爲前代所無。試錄其《天都瀑布歌》：

> 天都諸峯遙相從，連綿峄屬無罅縫。山腰白雲出衣帶，雲生疊疊山重重。峯內有峯類皴染，須臾翕合仍混同。會雲聚族雨決溜，溪山天水齊溟濛。是時水勢猶未雄，江河欲決翻坌壅。良久雨足水積厚，瀑布倒寫天都峯。初疑渴龍甫噴薄，抉石投峁聲硠磕。復疑水激龍拗怒，捽尾下拔百丈洪。更疑群龍互轉鬥，移山排谷轟圜穹。人言水借風力橫，那知水急翻生風。激雷狂電何處起，發作亦在風水中。波浪喧豗草木亞，搜攪軒簸心忡忡。潭中老龍又驚寱，綠浪潰涌軒窗東。山根颯拉地軸震，旋恐黃海浮虛空。亭午雨止雲戎戎，千條白練回冲融。憑欄心坎舒撞舂，坐聽濤瀨看奔冲。愕眙莫訝詩思窮，老夫三日猶耳聾。

描繪黃山天都峰瀑布的形成過程和巨大聲勢，廣設譬喻，極事鋪陳，繪聲狀色，恣肆奇博，出入於韓、蘇之間，藝術手法極爲高妙。又如順治十一年所作歌行《爲友沂題楊龍友畫冊》，將對明亡的無限傷痛，溶化在對楊文聰抗清事迹及其高超繪畫藝術的描述和贊頌之中，悲壯蒼涼，感情沉鬱，富有藝術感染力。

　　對於錢謙益的七絕，前人評價也很高。如王闓運《湘綺樓論詩絕句》有云："愛博休誇秀水朱，虞山絕句勝施吳。試將《詩綜》衡《詩選》，始識詞家大小巫。"由於錢謙益主張"詩有本"說，即以真性情與學問爲"本"，因而其絕句既抒發其"真好色"與"真怨誹"（《秀滄葦詩序》），又注重從古人經史、詩作中汲取營養，講究用典，具有典雅高古的特色，被譽爲"才人之詩"（喬億《劍溪説詩》）。如《丙申春就醫秦淮寓丁家水閣浹兩月臨行作絕句三十首留別題不復論次》第四首："苑外楊花待暮潮，隔溪桃葉限紅橋。夕陽凝望春如水，丁字簾前是六朝。"該詩爲思念柳如是而作。陳寅恪認爲，前兩句謂柳如是"此時在常熟與己身不能相見。'暮潮'有二意，一即用李君虞（益）《江南詞》：'嫁得瞿塘賈，朝朝誤妾期。早知潮有信，嫁與弄潮兒。'言己身不久歸去，不致如負心之李十郎也。二即明室將復興，如暮潮之有信。"丁字簾在南京秦淮河上利涉橋邊，明時爲樂户聚集之地。夕陽西下，暮潮待生，詩人凝眸眺望，不禁發出無限感慨，六朝時的繁華，卻便是"流水落花春去也"，不復存在，這其中也寄寓了對亡明的深深懷念。再如下面一首：

　　　　　　　繡嶺灰飛金谷殘，內人紅袖泪闌干。
　　　　　　　臨觴莫恨青娥老，兩見仙人泣露盤。
　　　　——《丙戌南還贈別故侯家伎人冬哥四絕句》之一

　　這首七絕，先從歌女着筆，卻筆意一轉，青娥已老堪恨，但朱明王朝及弘光政權轉眼相繼覆滅，兩見仙人泣露盤，改朝換代之感則更爲可悲，其中蘊含的故國之思何其沉痛。

沈德潛指出："尚書天資過人，學殖鴻博。論詩稱揚樂天、東坡、放翁諸公……一時帖耳推服，百年以後，流風餘韵猶足聳人也。"（《國朝詩別裁集》）黃宗羲也曾在其《八哀詩》之五《錢宗伯牧齋》中說他："四海宗盟五十年"，也肯定了錢謙益當時主盟詩壇的領袖地位。由於其系統的詩歌理論，顯赫的詩壇聲望及成功的創作實踐，兼之其樂於獎掖後進，一大批清初詩人都曾受到過錢謙益的影響或沾溉。如當時山東萊陽著名詩人宋琬和安徽宣城著名詩人施閏章，所謂"南施北宋"，都因錢謙益爲其詩集作序而身價"益顯"或聲名"卓立"。特別是繼錢之後曾以其"神韵說"領袖詩壇數十年的王士禎，早年亦曾受到錢謙益的獎掖。據王士禎《古夫于亭雜錄》回憶，其初以詩贄於錢謙益，時方二十有八，而錢謙益當時則已年屆八秩，但一見卻欣然爲序，並以長句相贈（即《古詩贈新城王貽上》），其中有"騏驎奮蹴踏，萬馬喑不驕。勿以獨角麟，媲彼萬牛毛"之語，對王勉勵有加，寄以厚望。致使王稱錢謙益爲"平生第一知己"。不僅如此，錢謙益還在其家鄉開創了虞山[①]派，在當時江浙一帶頗有聲勢。

虞山派的主要作家，有馮舒、馮班和錢曾等人。他們在詩歌理論和創作上多受錢謙益的影響，（班父是錢的朋友，故班曾游學於錢門下；馮舒、馮班和錢曾都受到過錢氏的獎掖）。

---

① 虞山在常熟西北，相傳西周古公亶父之子虞仲葬此，故名。

　　馮舒（1593—1649），字己蒼，號默庵，有《默庵遺稿》傳
世；其弟馮班（1604—1671），字定遠，號鈍吟，著有《鈍吟
全集》。二人皆以詩名一時，稱"海虞二馮"。馮班《鈍吟雜
錄》曾説："錢牧齋教人作詩，惟要識變。余得此教，自是讀
古人詩，更無所疑。讀破萬卷，則知變矣。"錢謙益在反對復
古派時，曾首先將嚴羽作爲抨擊的目標，而馮班亦專著《嚴氏
糾謬》一卷。在《正俗》篇中，他追隨錢氏之説，對復古派和
竟陵派也一並進行了抨擊："王、李、李、何之論詩，如貴胄
子弟依恃門閥，傲忽自大，時時不會人情。鍾、譚如屠沽兒，
時有慧點，異乎雅流。"又説："鍾伯敬（惺）創革弘、正、嘉、
隆之體，自以爲得真性情也，人皆病其不學。余以爲此君天資
太俗，雖學亦無益。所謂性情乃鄙夫鄙婦、市井猥媟之談耳。
君子之性情不如此也。"（《鈍吟雜錄》）在《古今樂府論》[①]中，
他對於樂府的論述能明其流變，觀其會通，所以批評明復古派
辨體之誤、擬古之誤時，能夠切中肯綮。如："樂府本詞多平
典，晉、魏、宋、齊樂府取奏，多聲牙不可通。蓋樂人採詩合
樂，不合宮商者，增損其文，或有聲無文，聲詞混填，至有不
可通者，皆樂工所爲，非本詩如此也。""近代李于鱗取晉、宋、
齊、隋《樂志》所載，章截而句摘之，生吞活剝，曰'擬樂
府'。……今松江陳子龍輩效之，使人讀之笑來。""伯敬承于
鱗之後，遂謂奇詭聲牙者爲樂府，平美者爲詩。其評詩至云：
'某篇某句似樂府，樂府某篇某句似詩。'謬之極矣。"但在

―――――――――

① 　見《清詩話·鈍吟雜錄》，寶雪樵山房錄自《鈍吟文稿》者，參
　　《清詩話》前言第 9 頁

"變"的途徑上，馮氏兄弟的主張卻與錢謙益有所不同。在藝術師法上，錢謙益廣師前人，以杜、韓爲宗，於中、晚香山、樊川、玉谿（李商隱）、飛卿（溫庭筠）、玉山（韓偓）乃至宋、元詩人均廣有所取。如其《讀梅村宮詹艷體詩有感書後四首》序對李商隱的《無題》詩和韓偓的"香奩體"都作了很高評價，有云："余觀楊孟載論李義山《無題》詩，以爲音調清婉，雖極穠麗，皆托於臣不忘君之意，因以深悟風人之致。"而"二馮"論詩則專尚晚唐，由溫、李以上溯齊梁，評點五代韋縠編選的《才調集》及南朝徐陵編選的《玉臺新咏》，"蓋其淵源在二書也"。不僅如此，他們還力排宋詩，尤不取江西詩派。究其原因，則如《四庫全書總目》所說："二馮乃以國初風氣，矯太倉（王世貞）、歷城（李攀龍）之習，競尚宋詩，遂借以排斥江西，尊崇昆體。"清初詩人，爲懲明代復古派學唐之弊，乃轉趨宋詩。被明人視作敝屣的宋詩開始受到人們的重視，如浙江著名詩人黃宗羲即云，"善學唐者惟宋"，而指斥明人學唐"皆可謂之不善學唐者"。他認爲，宋人學唐，"雖咸酸嗜好之不同，要必心游萬仞，瀝液群言，上下於數千年之間，始成其爲一家之學。"尤稱黃庭堅之學杜，謂"少陵體則黃雙井專尚之。流而爲豫章詩派，乃宋詩之淵藪，號爲獨盛。"（《南雷文定後集·姜山啓彭山詩稿序》）此則儼然江西派的論調。錢謙益之兼取宋元亦可爲一例證。《四庫全書提要》："當我朝開國之初，人皆厭明代王、李之膚廓，鍾、譚之纖仄，於是談詩者競尚宋元。"[1] 又云："國初諸家，頗以出入宋詩，矯鉤棘塗飾之

---

[1]　見《精華錄提要》。

弊。"①

　　但是，應當指出的是，前人多以爲"二馮"是崇西昆而黜
江西，這實在是一種誤會。昆體爲北宋初的詩風，其特點是從
形式上模擬李商隱，追求詞藻，堆砌典故。代表者爲錢惟演、
楊億、劉筠等人。對此，"二馮"同樣是不滿的，如顧嗣立
《寒廳詩話》記載："善乎定遠先生之論曰：'西昆之流弊，使
人厭讀麗辭。''江西'以粗勁反之，流弊至不成文章矣。"馮
班還認爲，熟讀義山，則可自見江西之弊。觀"二馮"尤其是
馮班的詩作，取徑晚唐，出入于義山、飛卿、樊川之間，但亦
有自己的創變，並非一味摹擬。集中尤以七絶爲佳，當時曾受
到朱彝尊和趙執信的推重。但時或傷於纖仄，故爲人所詬病。
先看馮舒的幾首作品：

> 枯草還蘇又報春，亂餘留得病中身。
> 懶攜笻杖尋如願，聊剔燈花誦逐貧。
> 眼暗怕看新換歷，鏡清慚負舊時巾。
> 閑愁總有三千斛，擬寫長箋奏玉宸。
>
> 　　　　　　　——《丙戌除夜是夕立春》

這首詩，作於順治三年，雖然吐辭比較隱晦，但詩中"亂餘"、
"閑愁"云云，以及"眼暗"一聯云云，都仍然能反映出詩人
的亡國之哀思。又如其《咏柳》二絶句："不著根株到處生，飄
爲飛雪落爲萍。江流看取千尋闊，占盡還應剩一泓。""漫漫密

---

①　見《宋詩鈔提要》。

密逗精神，栖薄何分涸與茵。卻恐章臺新雨後，也隨馬足伴紅塵。”見出晚唐風致。

馮班雖然與馮舒並稱“海虞二馮”，但其詩話之作《鈍吟雜錄》在當時頗有影響，論詩才也顯然超過馮舒。今見時人論著中有謂其“只剩下‘脂膩鉛黛’來作爲精神的安慰和寄托”語，並舉出與馮氏同邑詩人錢陸燦“（今）學於宗伯（錢謙益）之門者，以妖冶爲溫柔，以堆砌爲敦厚”之語作爲佐證（見錢陸燦序錢玉友詩），評價恐或失當。試觀其《朝歌旅舍》：“氣索生涯寄食身，舟前波浪馬前塵。無成頭白休頻嘆，似我白頭能幾人？”詩中抒發了詩人保全名節，至老不渝的豪情，氣骨自在。又如其《感事》：“風景當前漫撫膺，東南忍見杞天傾。龍盤王氣山空在，馬渡江潮水未平。誰致倒戈攻鐵瓮，更聞降孼掠蕪城。謝安王導惟丘墓，天塹徒縈十萬兵。”梗概不平之氣充盈。相傳當時瞿式耜（弘光時封臨桂伯）犧牲後魂歸蘇州，爲府城隍神，故詩人曾作有《臨桂伯墓下》絕句：“馬鬣悠悠宿草新，賢人聞道作明神。昭君恨氣萇弘血，帶露和烟又一春。”張維屏評：“定遠《臨桂伯墓下》絕句云云，蒼涼之意，出以綿麗之詞，是謂才人之筆。”（《國朝詩人征略‧聽松廬詩話》）又如其《有贈》、《有感》和《江南雜感》四首，也頗得當時昆山吳喬激賞。試觀其《江南雜感》之三和之四：“席卷中原更向吳，小朝廷又作降俘。不爲宰相真閑事，留得丹青《夜宴圖》。”“王氣消沉三百年，難將人事盡憑天。石頭形勝分明在，不遇英雄自枉然。”吳喬指出，前一首是“以韓熙載寓譏刺時相也”，後一首則“以孫仲謀寓亡國之戚”，“所謂不着議論聲色而含蓄無窮者也”，因此得“唐人妙處”（《圍爐詩

話》)。筆者認爲，馮氏的一些咏物詩，亦頗得晚唐溫、李風致，
意在言外，茲錄兩首如下：

> 長養嬌雛翅未齊，一園竹樹晚低迷。
> 當時若愛吳宮住，爭向茅檐得穩栖？
>
> ——《燕》
>
> 汴水東來欲下遲，千條依舊裊金絲。
> 蕭娘流落宣華死，當日春風爲阿誰。
>
> ——《柳枝詞》

此外，馮氏集中的一些名句如“燕去漫爲朱户客，鵲飛應
識絳河人”、“千樹穠華千樹雨，一番晴暖一番風”、“如畫仙山
不能住，始知劉、阮是粗才”、“不知一夜前村雨，多少春泥上
燕巢”，前人認爲雖具有情思而風格未高，格調平弱，但這正
是晚唐詩風所有的特點。而且，若從詩人崇晚唐以矯清初學江
西者詩風流於“粗獷”、“粗勁”之弊的角度着眼，其創作亦自
有其美學價值。

錢曾（1629—1701），字遵王，號也是翁。江蘇常熟人。明
諸生。有《讀書敏求記》及《懷園》、《鶯花》、《交蘆》、《判
春》、《奚囊》諸集。

錢曾是錢謙益之族曾孫。王應奎説，因其在綺繡紈絝之
間，而能以問學自勵，故受到錢謙益器重，“授以詩法”。“詩
學晚唐，典雅精細，陶練功深。”（《海虞詩苑》）沈德潛《國朝
詩別裁集》中也説，其詩“得牧齋一體”。嘗爲錢謙益《初學

集》和《有學集》兩集作注。錢謙益曾編選有《吾炙集》。在
《題交蘆言怨集》中，他曾聲言：“余年來採詩，撰《吾炙集》，
蓋興起於遵王之詩。”並且道出了編選的宗旨：“吾之所取於
《吾炙》者，皆其緣情導意，抑塞磊落，動乎天機而任其自然
者也。通人大匠之詩，鋪張鴻麗，捃拾淵博，人自以爲工，而
非吾之所謂自然而然者也。”錢曾有《秋夜宿破山寺》絕句十
二首，錢謙益甚爲欣賞，並且鈔之以爲《吾炙集》壓卷。下面
迻錄兩首：

> 曲徑荒涼石壁開，山風暗拂舊經臺。
> 泠泠澗水清如許，何處龍歸鉢裏來？
> ——《秋夜宿破山寺》之二
> 空庭月白樹陰多，崖石巉岩似鉢羅。
> 莫取琉璃籠眼界，舉頭爭忍見山河。
> ——《秋夜宿破山寺》之四

錢謙益於扇頭初見錢曾此作時喜悅異常，語旁人道：“詩
家之鋪陳攢儷，裝金抹粉，可勉而能也。靈心慧眼，玲瓏穿透，
本之胎性，出乎毫端，非有使然也。‘莫取琉璃籠眼界，舉頭
爭忍見山河。’取出世間妙義，寫世間感慨，如忉利天宮殿樓
觀，影現琉璃地上，殆亦所謂非子莫證，非我莫識也。”對錢
曾褒譽有加。

由于錢謙益在詩歌理論上的提倡和其詩歌創作的影響，
加之其積極培養新秀，虞山派作家輩出，成績斐然。僅據乾隆
時王應奎編選的《海虞詩苑》，所收清初虞山作家即達二百人。

王應奎《西橋小集序》中稱："吾郡詩學，首重虞山，錢蒙叟倡於前，馮鈍吟振於後，蓋彬彬乎稱盛矣。"楊鍾羲《雪橋詩話》言："虞山詩派錢東潤主才，馮定遠主法。"因而當時邑中學詩者亦多師法馮班。特別是馮班的《鈍吟雜錄》，在當時甚為風行。昆山吳喬在其《圍爐詩話》中說自己"一生困厄，息交絕游，惟常熟馮定遠班、金壇賀黃公裳，所見多合……宋人淺於詩而好作詩話，逞言是爭，貽誤後世，不逮二君所說遠甚。"（《自序》）其書亦多採馮班論詩之語，自謂他的《圍爐詩話》，堪與賀裳的《載酒園詩話》、馮班的《鈍吟雜錄》並稱三絕（閻若璩《潛邱札記》卷四《載酒園詩話跋》）。

　　還有一件饒有趣味的事可以說明馮班在當時詩壇的影響。王士禎倡神韻說，主盟詩壇；而其外甥趙執信則著《談龍錄》力斥其非，對馮班批駁嚴羽的詩論卻十分折服。嘗謁馮班墓，稱私淑弟子，焚刺於墓前，被文壇傳為佳話。

五、吳偉業的“梅村體”

清初，詩壇上與錢謙益齊名，同被稱爲“開國宗匠”的是太倉吳偉業。盡管吳偉業並未有像錢謙益那樣系統的詩歌理論，卻能夠在創作中自覺扭轉單純模仿漢魏盛唐的明代復古風氣，深刻反映自己的真情實感和當時的現實生活，兼收並蓄，自成面目，從而以其獨具特色的“梅村體”而掉鞅詩壇，爲清詩風氣的開創取得了矚目的實績。

吳偉業（1609－1671），字駿公，號梅村，江蘇太倉人。明崇禎四年進士，官至左庶子。曾參加復社。福王時任少詹事，因與馬士英、阮大鋮不合，辭官歸里。明亡後，隱居不出，在家鄉主持文社，文名益重。順治十年，被迫仕清，官秘書院侍講，國子監祭酒。十三年，因母死辭職歸。有《梅村集》。

朱庭珍《筱園詩話》：“國初江左三家，錢、吳、龔並稱於世。……然江左以牧齋爲冠，梅村次之，芝麓非二家匹。”這一評價，是比較符合三人的創作實際及在清初詩歌史上的地位的。由於吳偉業被迫出仕清朝，不同於降表簽名，詩作中又深自責備，悔恨之意没身不忘，故爲後人所曲諒。如：“白頭

風雪上長安，裋褐疲驢帽帶寬。辜負故園梅樹好，南枝開放北
枝寒。"(《臨清大雪》)這首詩，作於赴京都時臨清道中，表
現了詩人被迫應征勉強北上的復雜心態。《過淮陰有感》："浮
生所欠只一死，塵世無由識九還。我本淮王舊鷄犬，不隨仙去
落人間。"字裏行間，充滿了不能隨明亡而死節的悔恨，讀之
凄愴感人。又如其《懷古兼吊侯朝宗》，由咏大梁（今河南開
封）史事而自傷不能實踐對侯方域的諾言，題下自注："朝宗，
歸德人，貽書約終隱不出。余爲世所逼，有負宿諾，故及之。"
詩中寫道："多見攝衣稱上客，幾人刎頸送王孫？死生終負侯
嬴諾，欲滴椒漿淚滿樽。"龔自珍曾說："人以詩名，詩尤以人
名。唐大家若李、杜……當代吳婁東（偉業），皆詩與人爲一，
人外無詩，詩外無人，其面目也完。"(《書湯海秋詩集後》)若
以此論吳偉業的上一類作品，確爲的評。

　　吳偉業的詩風因其一生際遇而可以三階段來劃分。少年
時，自崇禎四年起參加會試，連捷場闈，並且官運亨通，可謂
春風得意。因而其少作大抵才華艷發，吐納風流，有藻思綺合，
清麗芊綿之致。中歲後遭逢喪亂，閱歷興亡，激楚蒼涼，風骨
彌爲遒上。暮年蕭瑟悲戚，論者以庾信方之。其創作，中年前
亦受明復古之風的影響，前人多曾指出。如："初婁東與雲間
分派，皆取徑唐賢。"(《清詩紀事初編》)"七律未脫七子窠
臼"。(張爾田《遁堪書題》)"五律七律沿襲雲間。要皆具體古
賢，不足專門自立。"(李慈銘《越縵堂日記》)然而，與陳子龍
有類似之處的是，身際滄桑之後，他的詩歌直接反映社會現
實，詩風爲之一變。試觀其五律《野望》二首："京江流自急，
客思竟何依。白骨新開壘，青山幾合圍。危樓帆雨過，孤塔陣

雲歸。日暮悲筋起，寒鴉漠漠飛。”“衰病重聞亂，憂危往事空。
殘村秋水外，新鬼月明中。樹出千帆霧，江橫一笛風。誰將數
年淚，高處哭途窮。”此詩爲作者順治九年（1652）在鎮江時
作。作品寓情於景，於荒涼凄清的江南景色的描寫中，寄寓了
詩人對明亡的悲慟之情。而詩中“白骨新開壘”、“新鬼月明
中”之語，則反映了清兵南下時大肆屠戮之後遺留的慘象。又
如其七律《揚州》四首之四：“撥盡琵琶馬上弦，玉鉤斜畔泣
嬋娟。紫駝人去瓊花院，青冢魂歸錦纜船。豆蔻梢頭春十二，
茱萸灣口路三千。隋堤璧月珠簾夢，小杜曾游記昔年。”叙述
了清兵南下後，擄掠大批江南婦女北去之事。詩中以昭君出塞
之典，描寫被擄女子北去時的悲切凄楚神情，並用杜牧“春風
十里揚州路，卷上珠簾總不如”詩意，借喻明亡前揚州的繁華
景象已如同幻夢，亡國之恨見於言外。吳氏的七絕也“頗多佳
篇”（鄧之誠語），試觀其《戲題仕女圖》（十二首錄二）：

>　　霸越亡吳計已行，論功何物賞傾城？
>　　西施亦有弓藏懼，不獨鴟夷變姓名。
>　　　　　　　　　　　　　　　　——《一舸》
>　　玉關秋盡雁連天，磧里明駝路幾千。
>　　夜半李陵臺上月，可能還似漢宮圖？
>　　　　　　　　　　　　　　　　——《出塞》

　　這兩首題畫詩，表面上看爲咏史，實際上別有含意。前一
首，寓有作者國變身危之感，詩人内心的苦悶憂慮借咏西施尚
有“弓藏懼”而曲折道出；後一首，首句以秋雁南飛反襯昭君

出關，三、四兩句以匈奴月與漢宮月不同相比，婉轉暗示昭君之眷念故國。“李陵臺”亦寓有深意，蓋以李陵降匈奴而表達自己屈節仕清的慚愧之情。兩首詩均可謂“指事類情，又婉轉如意”（趙翼《甌北詩話》）。

　　但是，若從扭轉明詩“獨尊盛唐”復古風氣、開創清詩新風的角度着眼，吳偉業在清初詩壇上的貢獻則主要在於其七言歌行博採衆長，翻舊爲新，創造出一種“梅村體”。

　　如同前人所言，吳偉業的歌行雖然仍是師法唐人，但已突破盛唐樊籬，而主要取徑於初唐四杰和中唐元白。並能融會貫通，有自己的創造，不囿於“王楊盧駱體”和“長慶體”①。王士禎《分甘餘話》：“婁江（歌行）源於元、白，工麗時或過之。”筆者認爲，這裏的所謂“工麗”，包含有兩方面的意思：一是指語言的華麗，一則是指格律之“工”。先看第一點。在吳偉業的歌行中，多有色彩繽紛、辭藻艷麗之語。如：“海色瞳瞳照深殿，紅桑日起觚棱炫。金井杯承帝子漿，玉顏影入昭陽扇。”（《勾章井》）“芳草乍疑歌扇綠，落英錯認舞衣鮮。”（《鴛湖曲》）就這一特點而言，顯然是受到了初唐四杰歌行的影響。試以盧照鄰的著名代表作《長安古意》前六句爲例：“長安大道連狹斜，青牛白馬七香車。玉輦縱橫過主第，金鞭絡繹向侯家。龍銜寶蓋承朝日，鳳吐流蘇帶晚霞。”但是，通常而言，吳偉業歌行中的這一特點總是適應於其內容所需要的，有時還專意爲之，以收諷刺之效。如其代表作《圓圓曲》，

---

①　張爾田《遯堪書題》：“（偉業）集中諸作，要以‘長慶體’爲工。”

前曰：“慟哭六軍俱縞素，衝冠一怒爲紅顔。”後曰：“全家白骨成灰土，一代紅妝照汗青。”出意新奇，着色艷麗，並且形成强烈反差，辛辣地諷刺了吳三桂爲了寵妾陳圓圓而引清兵入關的賣國行徑。再看第二點。所謂吳氏歌行中的格律之“工”，又有三層含義，一是指句式的工整，二是指平仄和對仗的講究，三則是指押韻的流轉有度。下面逐一評述。

　　吳氏的七言歌行，句式之工整自不待言。即從句中的平仄來看也極爲講究，頗多律句。近體詩至元、白時，早已完全定型，因此，詩人在創作古體詩時，爲使與近體詩區別開來，一般都有意避免出現律句，盡量使用拗句或句尾三平調的辦法。而元、白的歌行，卻不避律句。吳氏的歌行不僅大量使用律句，還吸取了近體詩格律中要求對仗的作法。如《鴛湖曲》、《圓圓曲》等皆如此。就這一特點而言，也同樣可說是受到了四杰歌行的影響。仍以盧照鄰《長安古意》中的一段爲例：“御史府中烏夜啼，廷尉門前雀欲栖。隱隱朱城臨玉道，遙遙翠幰没金堤。挾彈飛鷹杜陵北，探丸借客渭橋西。俱邀俠客芙蓉劍，共宿娼家桃李蹊。”但是，初唐四杰之時，近體詩的格律尚未最後定型，古體與近體之別尚不那麼分明，因此，四杰歌行中的律句並非專意爲之，而吳氏的這一做法則是出於創變的目的。此外，吳氏的歌行中還十分講求押韻的流轉。趙翼曾指出，吳氏的歌行擅長之處“尤妙在轉韵，一轉韵則通首筋脈，倍覺靈活”（《甌北詩話》）。本來，元、白和四杰的歌行也同樣轉韵，這自然是爲了避免板滯的需要。但是，其歌行中的轉韵卻並無一定的規律，或長或短不定，平、仄聲韵的交替也無特別講求。而吳氏歌行則大體四句一轉，並且平、仄聲韵交替出現，如

《琵琶行》、《永和宮詞》便通篇如此。由於吳氏歌行中具備這
樣一些“工麗”的特點，既發揮了古體詩轉韻靈活而氣勢流走
的優勢，又吸取了近體詩格律嚴謹而音調鏗鏘的特長，“鏤金
錯采，出天入淵，縱橫變化，不拘常套”[1]，從而形成了被前人
稱爲“梅村體”的藝術特色。

　　就吳氏歌行的內容而言，則吸取了元白歌行長篇敘事的
特點以反映明清之際的重大歷史題材，如《圓圓曲》爲吳三桂
而作，《臨江參軍》爲楊廷麟而作，《洛陽行》爲福王而作，
《後東皋草堂歌》爲瞿式耜而作，《鴛湖曲》爲吳昌時而作，
《松山哀》爲洪承疇而作，《琵琶行》爲白珏而作，《永和宮
詞》爲田貴妃而作，“皆可備一代詩史”[2]，從而構成了“梅村
體”在內容方面的基本特點。《四庫全書總目提要》在論及吳
偉業歌行一體時說：

　　　　（偉業）歌行一體，尤所擅長。格律本乎四杰，而
　　情韵為深；敍述類乎香山，而風華為勝。韵協宮商，
　　感均頑艷，一時尤稱絕調。

　　這一評論，指出了吳偉業歌行獨步一時的原因，評價確
當。但其稱吳偉業歌行“感均頑艷”，卻未免概括失偏，沒有
指出吳氏許多歌行之作中沉鬱蒼涼、可歌可泣的一面。這裏僅

---

[1]　日人安積信思順《梅村詩鈔序》中語，轉引自《清詩紀事》1420
　　頁。
[2]　鄭方坤《國朝名家詩鈔小傳》中語。

舉吳氏的《悲歌贈吳季子》七言歌行一首爲例。詩如下：

> 　　人生千里與萬里，黯然消魂別而已！君獨何爲至
> 於此？山非山兮水非水，生非生兮死非死。十三學經
> 並學史，生在江南長紈綺。詞賦翩翩衆莫比，白璧青
> 蠅見排抵。一朝束縛去，上書難自理，絕塞千山斷行
> 李。八月龍沙雪花起，槖駝垂腰馬沒耳。白骨皚皚經
> 戰壘，黑河無船渡者幾？前憂猛虎後蒼兕，土穴偷生
> 若螻蟻。大魚如山不見尾，張鬐爲風沫爲雨。日月倒
> 行入海底，白晝相逢半人鬼。嗌嘻乎悲哉！生男聰明
> 愼勿喜，倉頡夜哭良有以，受患只從讀書始。君不見，
> 吳季子！

詩中的吳季子，即吳兆騫，少年英發，頗有才名，潘清《挹翠樓詩話》中說：“華亭彭古晉師與吳江吳漢槎兆騫、陽羨陳其年維崧齊名，有‘江左三鳳’之目。”在順治十四年的著名南闈科場案中，吳兆騫也未能幸免，遣戍東北寧古塔（今黑龍江省寧安縣）。行前，吳偉業作此詩以送別，情真意切，悲愴感人，真可謂長歌當哭。其中的“山非山兮水非水，生非生兮死非死”兩句，前句中寫吳兆騫被流放之處環境的荒漠，下句狀兆騫的受摧殘之烈，對其所蒙受的冤屈和遭受的苦難寄予了無限同情，並且透露出對清朝殘暴統治的憤慨，送者無不嗚咽。前人曾有云，兆騫固才士，但其時以文字爲之增重者，實緣吳偉業此詩和爾後顧貞觀所填的《金縷曲》兩闋，遂成其不

朽之名。孟森《丁酉科場案》① 中説，吳偉業此詩"所云寧古
塔地之恢詭，可見當時滿、漢之隔膜，在清代寧古塔乃發祥地
耳"。這實在是没有搔到癢處。劉勰在論及"誇飾"時曾指出：
"飾窮其要，則心聲鋒起，誇過其理，則名實兩乖……使誇而
有節，飾而不誣，亦可謂之懿也。"② 要之，"誇飾在用，文豈
循檢？言必鵬運，氣靡鴻漸"。也就是説，誇張在於得用，文
辭哪有必須依照的框框？話一定要像大鵬那樣飛騰，氣勢不能
像鴻鳥逐步上升那樣迂緩。唐人邊塞詩中，以誇張之語極寫邊
地之危苦也並不少見，如："瀚海闌干百丈冰，愁雲慘淡萬里
凝。"(岑參《白雪歌送武判官歸京》)"蒸沙爍石燃虜雲，沸浪炎
波煎漢月。"(岑參《熱海行送崔待御還京》)吳偉業的這首詩，極
寫"寧古塔地之恢詭"，并非因"當時滿、漢之隔膜"，而是以
誇飾之語來描繪和渲染"山非山兮水非水"，從而更加突出吳
兆騫此行的"生非生兮死非死"，故激起人們的强烈共鳴。而
詩中的一系列誇飾，紛至沓來，令人驚心駭目，使悲憤不平之
意一氣貫注。前人稱吳偉業此篇"得杜陵神髓"③，良有以也。

　　吳偉業的歌行還有一個特點，這就是喜用典故。趙翼曾指
出，因吳偉業熟於兩《漢》、《三國》及《晉書》、《南北史》，故
所用皆典雅。洪亮吉也以爲，吳氏因"熟精諸史，是以引用確
切，裁對精工"。吳偉業的詩之所以被稱爲"才人之詩"，這想
必是一個重要原因。但是，用典過多，有時則會使讀者産生審

① 　見孟森《心史叢刊》一集。
② 　引自《文心雕龍·誇飾》。
③ 　見朱庭珍《筱園詩話》。

美上的相“隔”之感，不能很快進入詩中的境界。如吳偉業
《鴛湖曲》中這一小節：“中散彈琴竟未終，山公啓事成何用！
東市朝衣一旦休，北邙抔土亦難留。”四句中連用五典，便生
堆砌之感。因此，趙翼雖然指出吳偉業用事“典雅”，但同時
也批評說：“吳梅村好用書卷，而引用不當，往往意爲詞累……
故梅村詩嫌其使典過繁，翻致膩滯。一遇白描處，即爽心豁目，
情餘於文。”

　　如同錢謙益一樣，吳偉業在清初詩壇上的地位也甚高。這
可以趙翼的下面一段評價作爲代表：“梅村詩有不可及者二：
一則神韵悉本唐人，不落宋以後腔調，而指事類情，又宛轉如
意，非如學唐者之徒襲其貌也；一則庀材多用正史，不取小說
家故實，而選聲作色，又華艷動人，非如食古者之物而不化也。
蓋其生平於宋以後詩本未寓目，全濡染於唐人，而己之才情書
卷，又自能瀾翻不窮。故以唐人格調寫目前近事，宗派既正，
詞藻又豐，不得不推爲近代中之大家。”（《甌北詩話》）這雖然
仍是站在宗唐派的立場上說話，卻大體上闡明了吳偉業之所
以能在清初詩壇上自成一家的真正原因。特別是吳偉業開創
的“梅村體”，在當時更是影響甚大，爲人所效法。例如，當
時江浙詩人中的佼佼者陳維崧和吳兆騫等，其所作歌行即見
出學習“梅村體”的痕迹。然而，如同錢謙益《梅村先生詩集
序》所說：“有學而愈能，有愈學而愈不能，讀梅村詩者，亦
可以霍然而悟矣。”所謂“梅村體”，本是吳偉業在師法前人基
礎之上的創造，後來善學“梅村體”者，自有名篇佳什，而不
善學者則流弊叢生。如徐世昌《晚晴簃詩匯》中“詩話”指出：
“（偉業）尤善歌行。胎息初唐，不囿於長慶。……後來摹擬

成派，往往無病而呻，令人齒冷。甚至以委巷見聞，形容宮掖，讕言自喜，雅道蕩然，則非梅村所及料也。”此外，吳偉業當時的影響所及，還在其家鄉太倉出現了一個婁東詩派，其主要作家爲“太倉十子”或稱“婁東（因婁江東流經過太倉，故名）十子”。吳偉業《梅村文集》中有《太倉十子詩序》，指出：“十子爲：周肇子俶、王揆端士、許旭九日、黄與庭堅表、王撰異公、王昊惟夏、王忭懌民、王曜升次谷、顧湄伊人、王攄虹友。自子俶以下，皆與雲間、西泠諸子上下其可否。”由此亦可窺見婁東派與雲間派、西泠派在創作傾向上的某些相似之處。徐世昌曾評價説：“婁東十子，大抵瓌詞雄響，瓣香弇州者。梅村序其合集，云‘與雲間、西泠諸子上下其可否’，東南壇坫，互相耀映也。”① 然姚塋《識小錄》則云：“余考十子，大抵師法梅村，故詩皆以綿麗爲工，悲壯爲骨；中以端士、伊人、虹友爲最。”這説明，“太倉十子”受吳偉業的影響也是顯而易見的。

---

① 見《晚晴簃詩匯》卷三十八，中華書店版第 505 頁。

六、王士禎與朱彝尊

　　繼錢謙益和吳偉業之後逐步成爲清初詩壇領袖的，是山東新城王士禎。其神韵説，主張妙悟，追求盛唐王、孟那種冲淡閑遠的境界，影響清代詩壇幾達百年之久。其時，詩壇上能夠與之頡頏的，唯有朱彝尊，人稱“南朱北王”。趙執信《談龍錄》評：“王才美於朱，而學足以濟之；朱學博於王，而才足以舉之。是真敵國矣。”

　　王士禎（1634—1711），字貽上，號阮亭，又號漁洋山人，山東新城（今恒臺）人。順治十五年進士，出任揚州推官，後升禮部主事，官至刑部尚書。康熙四十三年罷官歸里。乾隆間補諡文簡。有《阮亭詩鈔》十七卷，《帶經堂全集》九十二卷，《漁洋山人精華錄》十卷。

　　王士禎於康熙時爲詩壇領袖，“執吟壇牛耳者幾五十年”①，論詩則以“神韵”爲宗。《四庫全書總目》稱：“當康熙中，其聲望奔走天下，凡刊刻詩集，無不稱漁洋山人評點者，

————————

① 見朱庭珍《筱園詩話》。

無不冠以漁洋山人序者。下至委巷小説，如《聊齋志異》之類，士禎偶批數語於行間，亦大書王阮亭先生鑒定一行，弁於卷首，刊諸梨棗以爲榮。"王士禎在其時詩壇上之所以有如此崇高的地位，除卻政治方面的原因，主要由於他的神韵説及詩歌創作實踐，有廣泛影響。

"神韵"本用以指人的風度、氣韵。如《宋書·王敬弘傳》："敬弘神韵冲簡。"繼則被用於品畫，如南齊謝赫《古畫品錄》中評顧駿之："神韵氣力，不逮前賢。"至明中葉，胡應麟首次明確提出"神韵"以論詩。其《詩藪》曰："李白《塞下曲》、《溫泉宮別宋之悌》、《南陽送客》、《度荆門》，孟浩然《岳陽樓》，王維《岐王應教》、《秋宵遇直》、《觀獵》，岑參《送李大僕》，王灣《北固山下》，崔顥《潼關》，祖咏《江南旅情》，張均《岳陽晚眺》，俱盛唐絶作。視初唐格調如一；而神韵超玄，氣概閎逸，時或過之。"然而，胡應麟只是站在格調説的立場上來談神韵，即如上段議論，雖徵引盛唐詩人的名作佳篇，説明盛唐詩歌具有不同於和超出於初唐詩歌的"神韵"和"氣概"，但仍强調兩者的"格調如一。"其《詩藪》又説："作詩大要不過二端，體格聲調、興象風神而已。體格聲調，有則可循；興象風神，無方可執。故作者但求體正格高，聲雄調暢，積習之久，矜持盡化，形迹俱融，興象風神，自爾超邁。譬則鏡花水月：體格聲調，水與鏡也；興象風神，月與花也。必水澄鏡朗，然後花月宛然，詎容昏鑒、濁流，求睹二者！故法所當先，而悟不容强也。"這裏儘管指出格調（法）當以神韵（悟）爲歸，注重詩人的思想感情和詩歌的意境，卻又指出：作者但求體正格高，聲雄調暢，積習之久，矜持盡化，則興象

風神自然超邁。這種詩論，自然失之偏頗。明前後七子貌襲盛
唐的詩歌創作實踐，恰證明了這一點。明代人雖偶以神韻論
詩，但卻無人獨標“神韻”，更無人以“神韻”形成一個獨具
特色的風格流派。至王士禛，始大力倡導“神韻”之說，將其
作爲詩歌創作和批評鑒賞的最高標準，構成詩歌審美理論中
的一個獨特範疇。

　　清代初期，皮傅盛唐、摽扯吞剝的復古之風仍未從詩壇上
消失。如王士禛所稱：“但知學爲‘九天閶闔’、‘萬國衣冠’之
語，而自命高華，自矜壯麗，按之其中，毫無生氣。”① 張雲章
爲王士禛詩集《蠶尾集》所作序中同樣指出：當時一般詩人
“規模聲響，汩喪性靈已甚”。因此，從詩歌流變的角度着眼，
“神韻說”其所以盛行於清初，自有其特定原因。

　　王士禛一生的論詩主張雖有過變化，故時人有謂其桃唐
而祖宋者，但從其論詩的基本宗尚來看，仍堅持倡盛唐、主神
韻的觀點。其門人俞兆晟《漁洋詩話序》記載王士禛晚年回憶
之語：

　　　　吾老矣，還念生平論詩凡屢變……少年初筮仕
　　時，惟務博綜該洽，以求兼長，“文章江左，烟月揚
　　州”②，人海花場，比肩接迹，入吾室者，俱操唐音，
　　韻勝於才，推爲祭酒。……中歲越三唐而事兩宋，良

---

① 見王士禛口授、何世璂述《然燈記聞》。
② 此二語，取自明前七子之一徐禎卿“文章江左家家玉，烟月揚
　　州樹樹花”詩句。

由物情厭故，筆意喜生，耳目為之頓新，心思於焉避熟。……當其燕市逢人，征途揖客，爭相提倡，遠近翕然宗之。旣而清利流為空疏，新靈浸以佶屈，顧瞻世道，怒然心憂，於是以大音希聲，藥淫哇錮習，《唐賢三昧》之選，所謂"乃造平淡"時也，然而境亦從茲老矣。

據此說，則王士禎的論詩主張曾兩變。早年宗唐，所謂"入吾室者，俱操唐音"。這是宗盛唐、倡神韵的時期。在這一時期，王士禎曾選唐律絕句爲《神韵集》①（該書已佚）。又其《香祖筆記》云："唐人五言絕句往往入禪，有得意忘言之妙，與淨名、默然、達磨，得髓同一關捩。觀王、裴《輞川集》及祖咏《終南殘雪》詩，雖鈍根初機，亦能頓悟。……予少時在揚州亦有數作，如：'微雨過青山，漠漠寒烟織。不見秣陵城，坐愛秋江色。'（《青山》）'蕭條秋雨夕，蒼茫楚江晦。時見一舟行，濛濛水雲外。'（《江上》）'雨後明月來，照見下山路。人語隔溪烟，借問停舟處。'（《惠山下鄒流綺過訪》）'山堂振法鼓，江月挂寒樹。遙送江南人，鷄鳴峭帆去。'（《焦山曉起送昆侖還京口》）又在京師有詩云：'凌晨出西郭，招提過微雨。日出不逢人，滿院風鈴語。'（《早至天寧寺》）皆一時佇興之言，知味外味者當自得之。"中年倡宋，所謂"越三唐而事兩宋"。其原因，蓋疾夫皮傅唐人者了無生氣，遂厭熟喜生，取徑新靈，力矯時弊。晚年復歸於唐，重主神韵，所謂"以大音希聲，藥淫哇錮習。"蓋因清利流爲空疏，新靈浸以佶屈，弊端又生。乃

① 見王士禎《居易錄》卷二十一。

力造平淡，有《唐賢三昧集》之選。

那麼，王士禛"神韵説"的基本内涵是什麼呢？通觀王士禛的論詩著作，並未對神韵從理論上進行過系統、明確的闡述，我們只能從其有關言論中加以考察。《唐賢三昧集》係王士禛晚年編選的一部唐詩選集，其旨趣，在於"錄其尤儁永超詣者，自王右丞以下四十二人"，"釐爲三卷，合《文粹》、《英靈》、《間氣》諸選詩，通爲唐詩十選云。不錄李、杜二公者，仿王介甫《百家》例也。"該集上卷錄王維、儲光羲等九人詩，中卷錄孟浩然、王昌齡等九人詩，下卷錄高適、岑參等二十五人詩，實乃王士禛"力造平淡"、標舉神韵説的樣板。據其選集前《自序》稱："嚴滄浪論詩云：'盛唐諸人唯在興趣，羚羊挂角，無迹可求，透徹玲瓏，不可湊泊，如空中之音，相中之色，水中之月，鏡中之象，言有盡而意無窮。'司空表聖論詩亦云：'味在酸咸之外。'"王士禛正是於此二家言"別有會心"，遂以此爲標準選輯唐詩，標舉"詩家三昧"的藝術境界。"三昧"本爲佛家語，意指佛法真諦。王士禛選錄王、孟、儲光羲等"儁永超詣"之作，以"唐賢三昧"命名，意指唐代詩歌創作的最高境界，具體言即具有司空圖所説的"韵味"、嚴羽所説的"羚羊挂角，無迹可求"的特點。這類作品，一般都自然含蓄，冲淡清遠，也就是神韵説的具體標本。在《池北偶談》中，王士禛曾引汾陽孔文谷之語："詩以達性，然須清遠爲尚。薛西原論詩，獨取謝康樂、王摩詰、孟浩然、韋應物，言'白雲抱幽石，綠筱媚清漣'，清也；'表靈物莫賞，蘊真誰爲傳'，遠也；'何必絲與竹，山水有清音'，'景昃鳴禽集，水木湛清華'，清遠兼之也。總其妙在神韵矣。"然後説："神韵”二字，予向論詩，首爲學人拈出，不知先見於此。”可見，所謂“神韵”，即以描寫山水田園等自然景物爲主從而表現出物境清幽、心境淡遠的藝術風格。這從王士禎爲清人田霡《菊津草堂詩集》所作序中也可看出。田霡，字子益，號樂園，又號香城居人、菊隱里人，山東德州人。康熙二十五年拔貢生，授堂邑縣教諭，以病未赴。其詩多山水田園之作。如：

>　凡城達百門，相隔僅數里。客子犯曉來，溶溶白雲起。曲徑榮竹木，亂壑喧風水。精藍可留矚，名園任徙倚。因過崇臺下，憶昔長嘯子。彈琴寄絕調，讀易探奧旨。焱發鸞鳳音，渺渺清人耳。客如嵇阮輩，或能悟妙理。慚余無仙骨，安得私竊比。徜徉山谷間，掬流還漱齒。
>
>　　　　　　　　　　　　——《蘇門山》
>
>　犯曉登雲頂，日午僅防半。不知幾多高，上爲雲所幔。復窮千百級，忽已凌霄漢。攣絮立岑椒，裹綿坐石畔。開口竟可吞，入手弗容玩。袖歸擬贈客，衣解隨風散。
>
>　　　　　　　　　　　　——《鼓山看雲》

正由於田霡的這類詩作契合王氏主張詩歌貴在表現清淡閑遠風致的審美旨趣，因而受到贊賞，序中說：“田子子益，鄒魯之文學，而漁亭司寇之介弟也。一旦懷其近詩一編質予，予亟賞之。昔司空表聖作《詩品》凡二十四，有謂冲淡者曰：‘遇之匪深，即之愈稀’；有謂自然者曰：‘俯拾即是，不取諸鄰’；有謂清奇者曰：‘神出古異，淡不可收’。是三者品之最上，而子益之詩有之，視世之滔滔不返者不可同日而語矣。"所謂"冲淡"，即不着迹象而自然表現閑適恬淡的思想感情；所謂"自然"，即不事雕琢而自饒情味；所謂"清奇"，即立意新穎而詞語清秀。這就是神韻。在王士禛看來，詩作中具有了唐人冲淡、自然、清奇的神韻，也就成爲詩歌中品位最高之作。

王士禛還以禪喻詩："咏物之作，須如禪家所謂不黏不脫、不即不離，乃爲上乘。"(《跋門人黃從生梅花詩》)他贊美司空圖說："表聖論詩，有二十四詩品，予最喜'不著一字，盡得風流'八字；又云：'采采流水，蓬蓬遠春'，二語形容詩境亦絕妙，正與戴容州'藍田日暖，良玉生烟'八字同旨。"(《帶經堂詩話》卷三《要旨類》)"不著一字，盡得風流"，這便是"不黏不脫"所達到的神韻妙境，恰似"采采流水，蓬蓬遠春"，又如"藍田日暖，良玉生烟"，雖情思無限而又無迹可求，雖美景異常卻又似有若無，激發讀者超語言、超邏輯的審美直覺，正可謂拈花微笑的禪境。

王士禛的詩論以"神韻"爲核心，在創作中則强調"興會神到"、"佇興而就"、"妙合自然"。他認爲，冥思苦想寫不出好作品，只有生於興會，出自"妙悟"，才可能寫出具有"神韻"的作品。正因爲如此，他不强作應酬詩，也不願作和韻詩。他稱贊王維的詩作"興會神到，自然高妙"；祖咏的《終南望餘雪》"神韻天然，不可湊泊"；孟浩然的《下贛詩》則"興會超妙，不似後人章句"。一部《帶經堂詩話》中，類似的主張和評語隨處可見。這些觀點，既有對前人詩歌理論成果的繼承，亦有對其創作實踐經驗的總結。在重視興會的同時，王士禛也並不廢棄學問，而是提倡以學問爲根柢，以興會爲契機，二者兼具。《突星閣詩集序》說：“夫詩之道有根柢焉，有興會焉，二者率不可得兼。鏡中之象，水中之月，相中之色，羚羊挂角，無迹可求，此興會也。本之風雅以導其源，溯之楚騷漢魏樂府詩以達其流，博之九經三史諸子以窮其變，此根柢也。根柢原於學問，興會發於性情。戩於斯二者兼之，又干以風骨，潤以丹青，諧以金石，故能銜華佩實，大放厥詞，自名一家。”王士禎認爲，學問是詩歌創作的根柢，只有廣泛吸取前人的創作經驗，不依傍於一家、一代、一格，方能自名一家；只有深厚的根柢，才能觸物興感，在詩歌中創造出神韵天然的意境。

　　從作品內容看，王士禎詩集中雖多歌功頌德、流連光景、咏懷古迹之作，但亦有少量反映了社會現實。如《養馬行》、《春不雨》、《沙民嘆》、《蠶租行》等。《南將軍廟行》一詩，頗悲壯：

　　　　范陽戰鼓如轟雷，東都已破潼關開。山東大半為賊守，常山平原安在哉？睢陽獨遏江淮勢，義激諸軍動天地。時危戰苦陣雲深，裂眥不見官軍至。誰歟健者南將軍，包胥一哭通風雲。抽矢誓儆已慷慨，拔劍墮指忠輪困。賀蘭未滅將軍死，嗚呼南八眞男子！中丞侍郎同日亡，碧血斕斑照青史。淮山峨峨淮水深，廟門遙對青楓林。行人下馬拜秋色，一曲淋鈴萬古心。

又如《秦淮雜詩十四首》之十：

新歌細字寫冰紈①，小部君王帶笑看。
千載秦淮嗚咽水，不應仍恨孔都官。②

亦含感慨，並非完全如章炳麟《菿漢昌言》中所云"恝然忘其本矣"。即以其《冶春絕句二十首》而論，如"當年鐵炮壓城開，折戟沉沙長野苔。梅花嶺畔青青草，閑送游人騎馬回。"雖寫揚州春天風物，然於冲淡之中仍寓感慨之意。

王士禎的古體，如《朝天峽》、《龍門閣》、《天柱山》等，頗鬒刻。又如《慈仁寺雙松歌贈許天玉》、《采石太白樓觀蕭尺木畫壁歌》諸作，前人稱其雄偉沉麗，奔放謹嚴兼備。五七言律，以《蜀道集》最勝。五律如："遠天吳岳影，斜日渭川流。"（《寶雞道中》）"棧雲高不落，隴樹曉還蒼。"（《益門鎮》）"千峰圍邸閣，一綫望中原。"（《鳳縣》）"秋風吹劍外，客鬢老巴西。"（《閬中感興》）"三湘初落木，萬里飽聞猿。"（《抵彝陵州》）七律如："恨望三峨九秋色，飄零萬里一歸人。"（《嘉陽登舟》）"城上風雲猶護蜀，江間波浪失吞吳。"（《晚登夔府東城樓望八陣圖》）它如："高秋華岳三峰出，曉日潼關四扇開。"（《渡河西望有感》）"三楚風濤杯底合，九江雲物坐中收。"（《登金山》）"吳楚青蒼分極浦，江山平遠入新秋。"（《曉雨后登燕子磯絕頂作》），亦有豐神。

---

① 作者詩後自注："弘光時，阮司馬以吳綾作朱絲闌（紅綾行格）書《燕子箋》諸劇進宮中。"

② 孔都官：指陳朝孔範，做過都官尚書。其與江總都爲陳後主狎客，常在宮中縱飲作樂，以此誤國。

　　不過，上述詩歌終非王士禛的代表作。其詩之擅場，在於七言絕句，也最能體現其神韵理論。如：

> 江干多是釣人居，柳陌菱塘一帶疏。
> 好是日斜風定後，半江紅樹賣鱸魚。
> 　　　　　　　　　——《真州絕句》
> 翠羽明璫尚儼然，湖雲祠樹碧於烟。
> 行人繫纜月初墮，門外野風開白蓮。
> 　　　　　　　　　——《再過露筋祠》
> 危棧飛流萬仞山，戍樓遙指暮雲間。
> 西風忽送蕭蕭雨，滿路槐花出故關。
> 　　　　　　　　　——《雨中度故關》
> 太華終南萬里遙，西來無處不魂銷。
> 閨中若問金錢卜，秋雨秋風過灞橋。
> 　　　　　　　　　——《灞橋寄內》
> 曉上江樓最上層，去帆婀娜意難勝。
> 白沙亭下潮千尺，直送離心到秣陵。
> 　　　　　　　　　——《真州絕句》

　　這些詩，描寫自然風光，抒發個人情懷，富於"神韵"，頗有影響。又如《江上》一詩："吳頭楚尾路如何，烟雨秋深暗白波。晚趁寒潮渡江去，滿林黃葉雁聲多。"一二兩句，通過對深秋烟雨和若明若暗江波的描寫，勾勒出一幅迷濛渺遠的畫圖，從而使讀者感受到一種朦朧的美感。"路如何"三字的反詰和下面的回答，意餘於象，不僅點出吳頭楚尾形勢險要，也

暗寓感喟人生道路的艱難之意，隱隱透露出詩人渡江前抑鬱
憂悶的心態。三四兩句，則以簡潔洗煉的語言，描繪出渡江時
所見對岸景色，投射了詩人此時的主觀情志。天色漸晚，潮水
上升，烟雨凄迷，寒意乍生，更兼山林中黃葉瑟瑟，一片蕭索；
天空中群雁南飛，鳴聲不斷，凄厲哀婉。雖没有抒發什麼熾烈
情緒，讀者卻可於言外領悟。至於詩人内心的鬱結究竟爲何？
是感喟於游子飄泊？是悲嘆於歲月易逝？還是傷懷於仕途未
達？都留給讀者去細細玩味。這也正是王士禎所追求的"言有
盡而意無窮"的"神韵天然"境界。朱庭珍《筱園詩話》曾評
《再過露筋祠》一詩"以神韵制勝，意味深長，含蓄不露"。移
作此詩評語，也是頗爲允當的。

　　儘管王士禎聲稱自己平生最服膺王士源序孟浩然詩所云
"每有製作，佇興而就"之言，但實際上，其神韵詩卻並非都
是"興會神到"之作，而往往流爲空調，缺乏真實感受。王士
禎門人洪昇曾問詩法於施閏章，施氏答云："子師言詩，如華
嚴樓閣，彈指即現；又如仙人五城十二樓，縹緲俱在天際。余
即不然，譬作室者，瓴甓木石，一一須就平地築起。"施氏的
這種回答，雖然是指出二人在創作方法上如禪宗頓、漸二義的
區別，但也可看作對王氏神韵詩不足之處的一種委婉批評。正
如張維屏所指出："漁洋詩一曰正宗，二曰典雅，三曰神韵，具
此三長，眾論以本朝詩壇第一座推之，似亦當之而無愧。至其
病處，則蔣心餘二語切中其失。蔣論漁洋詩云：'唐賢臨晉帖，
真意苦不足。'余謂真意者，骨髓也。無真意，則所謂正宗、典

雅、神韵，皆屬皮毛。”①

王士禎甥婿趙執信嘗作《談龍錄》以譏王氏的神韵説。其開篇云：

> 錢塘洪昉思昇，久於新城之門矣，與余友。一日，並在司寇宅論詩，昉思嫉時俗之無章也，曰：“詩如龍然，首尾爪角鱗鬣一不具，非龍也。”司寇哂之曰：“詩如神龍，見其首不見其尾，或雲中露一爪一鱗而已，安得全體！是雕塑繪畫者耳。”余曰：“神龍者，屈伸變化，固無定體；恍惚望見者，第指其一鱗一爪，而龍之首尾完好，故宛然也。若拘於所見，以為龍具在是，雕繪者反有辭矣。”

洪昇的言論，本是强調詩歌章法之完整，如首尾爪角鱗鬣皆具乃為龍。洪昇於詩之章法頗為講求，朱溶評其詩：“其音節和平，金石宣而八音奏也。若鈎繩規矩，則斥候遠而刁斗嚴也。”② 戴普成評其詩：“琢雕以為奇，而音節必和；洸洋以自適，而首尾必貫。”③ 趙執信《談龍錄》中亦稱：“昉思在阮翁門，每有異同。其詩引繩削墨，不失尺寸。”然而，王士禎卻抽换了概念，轉而談論起内容上之宗法，謂詩當如神龍，見首而不見尾，或雲中偶露鱗爪，為其意在言外、天然妙悟的神韵

---

① 見張維屏《藝談錄·聽松廬詩話》。
② 見朱溶為洪昇《稗畦集》所作序言。
③ 見戴普成《稗畦集序》。

說張本。並將首尾爪角鱗鬣俱現之“龍”哂爲“雕塑繪畫”之“凡龍”。趙執信則對此論表示了異議，認爲神龍固無定體，“恍惚望見者，第指其一鱗一爪”，但是，“龍之首尾”實際上仍須“完好”，若僅拘於雲中所現一鱗半爪，便以爲龍具在是，就會貽人口實。

那麼，何謂“龍之首尾完好”？從《談龍錄》看，其大旨即是強調詩中須有人在，對那種虛無縹緲、無從捉摸的“神龍”表示不滿。就形式上之章法言，王士禎的詩歌亦不無可指摘之處，沈其光《瓶粟齋詩話》：“蛻園謂漁洋於詩學實有未醇者。即以製題而論，往往與詩不能相應，此一病也；連章語意往往相同，與古人章法不合，此又一病也。”但趙執信不滿於王氏的，還主要在內容方面：

> 　　司寇昔以少詹事兼翰林侍講學士，奉使祭告南海，著《南海集》。其首章《留別相送諸子》云：“蘆溝橋上望，落日風塵昏。萬里自茲始，孤懷誰與論？”又云：“此去珠江水，相思寄斷猿。”不識謫居遷客更作何語？其次章《與友夜話》云：“寒宵共杯酒，一笑失窮途。”窮途定何許？非所謂詩中無人者耶？

在趙執信看來，每個人都有不同的經歷遭遇，因此，表現在詩中，就應有不同的思想感情：“喜者不可爲泣涕，悲者不可爲歡笑”，“富貴者不可語寒陋，貧賤者不可語侈大”。要之，須使後世人“因其詩以知其人，而兼可以論其世。”倘一味追求神韵，流於虛響，如此的作品，即從詩中看不出“人”，透過詩看不出"世"。由趙執信所引王士禎《南海集》諸詩來看，詩人的確不像一個奉命祭告的使臣，而像一個身世坎坷的萬里遷客。毋怪趙執信會有"不識謫居遷客更作何語"之譏。"此去珠江水，相思寄斷猿"，"遠韵"則有矣，但實在不能"因其詩以知其人"。不僅如此，趙執信還進一步提倡師承和學古，反對嚴羽的"妙悟"之說，實際是對王士禎神韵說的内核進行了否定。如："唐賢詩學，類有師承，非如後人第憑意見。竊嘗求其深切著明者，莫如陸魯望之叙張祜處士也。曰：'元和中，作宮體小詩，辭曲艷發。輕薄之流，含噪得譽。及老大，稍窺建安風格，談樂府錄，知作者本意，短章大篇，往往間出，譏諷怨譙，與六義相左右。善題目佳境，言不可刊置別處。'觀此可以知唐人之所尚，其本領亦略可窺矣。不此之循，而蔽於嚴羽囈語，何哉？"正因爲如此，其創作也正如沈德潛所指出："詩品奔放有餘，不取蘊釀。"（《國朝詩別裁集》）

今天看來，趙執信對王士禎神韵說流弊的批評有其正確的一面。由於王士禎對神韵說的大力倡導，後來遂成門户，而過分追求神韵，流於空虚，又造成了詩壇上的新形式主義詩風。但是，趙執信以"蔽於嚴羽囈語"爲由而極詆神韵說，也不免失之偏頗。應當說，標舉"神韵"，雖非王士禎首創，但他將神韵作爲詩歌創作和批評鑒賞的最高標準，由此構成詩歌審美理論中的一個獨特範疇，則可說是我國千百年來對於意境美探究的一次理論總結，其貢獻值得肯定。朱庭珍曾對王、趙二人的詩歌創作進行過如下比較："趙秋谷詩，筆力沈摯，意主刻露，殊少含蓄醖釀之功。其意境真切處，固勝阮亭，而煅煉未純，時有率筆，篇外亦無餘味，不及阮亭處處典雅大方，得失正復相等。"① 由此亦說明"兩說相濟，其理乃全"② 的必要性。

　　鄭方坤《國朝名家詩鈔小傳》云："先生於書無所不窺，生濟南文獻之邦，宦江左清華之地，而使節所經，遍歷秦、晉、洛、蜀、楚、粵、吳、越之鄉，所至與其韵士雅人相接，辨其物產，考其風土，搜剔其殘碑斷簡，融液菁萃，而一發於詩。故其爲詩籠蓋百氏，囊括千古，而尤浸淫於陶、孟、王、韋諸家，獨得其象外之旨，弦外之音，不雕飾而工，不錘鑄而煉，氣超乎鴻濛之先，而味在酸鹹之外。蓋自來論詩者或尚風格，或矜才調，或崇法律，而先生獨標神韵。神韵得而風格、才調數者悉舉諸此矣。本朝以文治天下，風雅道興，鉅人接踵，至先生出，而始斷然爲一代之宗。天下之士尊之如泰山、北斗，至於家有其書，户習其説，蓋自韓蘇二公以後，求其才足以包孕餘子，其學足以貫穿古今，其識足以別裁偽體，六百年來，未有盛於先生者也。"此評未免誇大其辭，但王士禎在當時詩壇的崇高地位和廣泛影響，也約略可見。他之所以能有如此地位和影響，首先有其政治原因。清初，民族鬥爭與階級矛盾都十分尖銳，許多漢族詩人、特別是遺民詩人，常借詩歌創作揭露現實、發抒憤懣，變風變雅之音不絕。王士禎出而標舉神韵，倡導清幽淡遠的藝術境界，"咏歌帝力，爲太平之幸民"，"語不越一丘一壑、鳥花猿子之間"③，自然適應了統治者的需要，

---

① 見《筱園詩話》。
② 見《四庫全書總目·唐賢三昧集》提要。
③ 見王士禎《古夫于亭稿自序》。

易於傳播。此外，也有其詩歌發展的内部原因。如在前面所論述，王氏的神韵理論及其創作實踐，在清初詩壇有補偏救弊之功，在對詩歌意境美的探究方面也有新貢獻。執詩壇牛耳數十年，並不是偶然的。然而隨着客觀形勢的變化，王氏的神韵理論和詩歌創作的弱點也日益明顯，便又有人起而補偏救弊了。

朱彝尊（1629—1709），字錫鬯，號竹垞，浙江秀水（今嘉興）人。康熙十八年舉博學鴻儒，除翰林院檢討。有《曝書亭集》、《騰笑集》等。

浙西詞派是清詞的一個重要流派，歷時達百餘年之久，朱彝尊則是這一詞派的宗主。就詩歌而言，朱彝尊也實際是浙派詩的創始人。如前所言，錢謙益和吳偉業均爲清詩的“開國宗匠”，對清詩風氣的開創起了重要作用。然而，錢、吳二人均爲江蘇人，清初推動浙省詩風丕變、由此導致浙詩派（這是就廣義上的浙派而言）形成的，則實際是朱彝尊。如楊鐘羲説：“臨江鄉人謂浙詩國初衍雲間派，尚傍王、李門户，竹垞出，尚根柢考據，擅詞藻而騁馨銜，士夫咸宗之。儉腹咨嗟之吟擯棄不取，風雲月露之句薄而不爲，浙詩爲之大變。”（《雪橋詩話餘集》）錢仲聯先生《夢苕庵詩話》亦指出：“清代詩風，浙派爲盛，浙派尤以秀水爲宗，開其先朱竹垞。”

朱彝尊一生的詩歌創作演變大致分爲三個階段，這可以趙翼《甌北詩話》及《四庫全書總目》中的評論作爲代表。但不同的觀點也頗多。然而，有一點大致相同的是，論者多認爲他早年師法盛唐，屬於宗唐派。如趙翼謂其“初學盛唐，格律堅勁，不可動搖”；錢載謂“竹垞早年，尚沿西泠、雲間之

調”；查慎行謂“其稱詩以少陵爲宗”，等等。但是，我們從其
《荇溪詩集序》中的自叙來看，情況卻並非如此。其序説：

> 予年十七，避兵夏墓，始學為詩……見當代詩家
> 傳習景陵鐘氏、譚氏之學，心竊非之，以為直亡國之
> 音爾。客或勸讀楊伯謙，高廷禮（棅）、李于鱗（攀
> 龍）選本，諷其音，若琴瑟之專一，未見其全美焉。
> 於時荇谿處士（繆永謀）授徒里之西，與之論詩，則
> 上取蕭統、徐陵所録，旁及於左克明①、郭茂倩之書，
> 故其長歌短咏，音節靡不合古。因日相酬和，所作漸
> 多。東南隱君子，翕然稱吾里同調之盛。而予舟車南
> 北，突不暇黔，於游歷之地，覽觀風尚，往往情為所
> 移，一變而為騷、誦，再變而為關塞之音，三變而吳
> 儈相雜，四變而為應制之體，五變而成放歌，六變而
> 作漁師田父之語，訖未成一家言。

由此序觀之，朱彝尊早年固然對竟陵派不滿，但對高棅、李攀
龍等人的選本也同樣認爲“未見其全美”，言下之意也有所不
滿，而是上取於《文選》、《玉臺新咏》及左、郭所輯之漢魏至
唐五代的樂府歌辭，“長歌短吟，音節靡不合古”，並非“與七
子同聲”。持論亦非“沿七子之教，墨守唐音”。從此序中朱氏
謂其一生詩作“情爲所移”凡“六變”而觀察，實可以其康熙

---

① 左克明：元人，輯有《古樂府》一書，十卷，録古代樂府詩，
　　迄於隋代。

十八年舉博學鴻儒爲界劃爲前後兩期，即以“四變而爲應制之體”來劃界。趙翼稱其“中年以後，恃其博奧，盡棄格律，欲自成一家。如《玉帶生歌》諸篇，固足推倒一世”，可以佐證（案：《玉帶生歌》所作時間已爲康熙四十四年（1705），即朱氏自謂其“五變”之“放歌”期）。因此，朱氏之詩歌早年凡歷三變，一變爲騷、誦，二變爲關塞之音，三變爲吳儂之音，豈可盡以“沿七子之教，墨守唐音”而概之？如朱氏的大型組詩《鴛鴦湖棹歌》一百首，即是仿民歌以寫嘉興風物之美。這一組詩，作於康熙十三年（1674）。當時，詩人“旅食潞河（今北京通縣以北運河），言歸未遂，爰憶土風”（詩前小序），乃作此“吳儂之音”。試觀其中兩首：“百尺紅樓四面窗，石梁一道鎖晴江。自從湖有鴛鴦目，水鳥飛來定是雙。”“檣燕檣烏繞檣師，樹頭樹底挽船絲。村邊處處圍桑葉，水上家家養鴨兒。”楊際昌《國朝詩話》：“朱竹垞最工絕句《竹枝》[1] 體，國朝無出其右。”即當指此而言。

　　如查慎行所說，由於朱彝尊廣師前人，“故其長篇短什，無體不備，且無微不臻”（《曝書亭集序》）。其七言近體中，《秣陵》、《登大庾嶺》、《崧臺晚眺》、《留別董三》、《送曹侍郎備兵大同》、《夢中送祁六出關》、《宣府鎮》等篇，皆工穩流麗，饒有氣韵，爲前人所稱道。又如《雲中至日》：“去歲山川縉雲嶺，今年雨雪白登臺。可憐至日常爲客，何意天涯數舉杯！城晚角聲通雁塞，關寒馬色上龍堆。故園望斷江村里，愁說梅花細細開。”此詩作於康熙三年冬至日，時作者客游大同，詩中抒寫

---

① 竹枝：即《竹枝詞》，樂府《近代曲》名。

了終年奔波的離愁別恨。沈德潛贊道："學北地高人杜陵，通首一氣，能以大力負之而趨。"其七言歌行中，除《玉帶生歌》外，《塞夜集燈公房聽韓七山人毌彈琴兼送屈五還羅浮》、《捉人行》等篇也值得稱道。又如《將之永嘉曹侍郎餞予江上吳客韋二丈爲彈長亭之曲並吹笛送行歌以贈韋即送其出塞》：

> 韋郎舊隸羽林籍，曾向營門教吹笛。不聽吳中白
> 雪音，定呼鄴下黃鬚客。平原相見轉相親，置酒誇君
> 座上賓。下若尊罍朝未罄，東山絲竹夜還陳。閑來坐
> 我花間奏，玉洞飛泉響岩溜。古調多傳關馬詞，新聲
> 似出康王授。問我東行到海堧，日斜江上慘離筵。還
> 將北雁南飛曲，催送錢塘楚客船。船人擂鼓津頭泊，
> 紅葉千山富春郭。忽作邊秋出塞聲，江楓岸柳紛紛
> 落。哀　促管不堪聽，賓御聞之亦涕零。挂席遠移嚴
> 子瀨，　山直上謝公亭。聞君欲問雲中戍，雪消飲馬
> 長城去　廣武營中折柳時，黃瓜皇上題書處。司農舊
> 是出群　，此日征西幕府開。試向樽前歌一曲，梅花
> 飛遍李　臺。

此詩作於康　　年曹溶在錢塘江舟中爲彝尊送別時。詩風悲涼而激越，　　宛轉而鏗鏘，得盛唐高適、李頎七古之神韻。沈德潛評此詩　："平調中忽作變徵之聲，此高、岑體，與李、杜之魚龍百變　　又自各別。"由此也可看出詩人之善於廣泛取徑。事實上，　　尊不僅上取漢、魏，廣師三唐，於宋詩也兼有所收。章太　　曾指出："王漁洋表面上學唐，實則偷襲宋

人，反不如朱竹垞之明目張膽學蘇子瞻也。"① 趙執信曾譏議說："朱貪多，王愛好。"② 此議一出，遂爭執不休，成爲一樁公案，以至於今。首先，在同意趙氏觀點的人中，對於朱氏的"貪多"有不同的理解。有認爲是"貪"篇幅數量之"多"者。如鄧之誠《清詩紀事初編》稱其"詩篇極富，趙執信因有貪多之誚。或謂得一佳語，便可敷衍成篇。今觀《騰笑集》中詩，有改題目而存者，既無當於實事，且何足以見性情乎？"有認爲是"貪"博求雅而失之於"多"者。對於朱彝尊的博學，人們是公認的，如翁方綱云："竹垞學最博，全以博學入詩"（《石洲詩話》）；對於他詩歌的典雅，人們也是公認的，如查慎行即謂其詩"句酌字斟，務歸典雅，不屑隨俗披靡，落宋人淺易蹊徑。"筆者認爲，朱彝尊不僅以詩名家，而且以詞名家，是浙西詞派的宗主，他對於詩歌務求典雅的追求，顯然還受到了其詞作中清醇雅正的審美情趣的影響。但是，一味馳學騁才，有時則難免失之於傷其真美。朱庭珍指出："朱竹垞詩，書卷淹博……《玉帶生歌》，興酣落筆，縱橫跌蕩，雄奇蓋世，信爲長篇絕調。其他往往貪多務博，散漫馳驟，無歸宿處，有類游騎矣。"（《筱園詩話》）尚熔指出："竹垞與漁洋齊名，《談龍錄》譏其貪多。其實，竹垞之詩文高在典雅，而皆欠深入。"（《三家詩話》）在反駁趙氏之譏議的觀點中，當以姚大榮的見解爲代表："趙秋谷《談龍錄》論詩，頗議竹垞貪多，《四庫提要》韙之，夷考其實，殊不盡然，將謂使事多則隱僻滋累耶？

---

① 見徐澄《卓觀齋脞錄》。
② 見《談龍錄》。

此自博洽者長技，不足以爲竹垞病。竹垞文擅名雅潔，惟詩亦
然。意以率辭，辭必副意，殊少浮艷塗飾之習。將謂篇什多則
榛楛未翦耶？全集存詩一千七百餘首（內如《閑情》三十首，
僅存八首；《論畫》二十六首，僅存十二首之類，具見翦裁），
益以裔孫墨林暨馮登府所輯集外稿約四百首，僅二千一百有
奇，稽其編年，自十七歲始至八十一歲止，六十五年間得詩僅
此，不可謂多（陸放翁自云六十年間萬首詩，迨後又添四千餘
首，竹垞視之，僅得其七分之一）。將謂長篇多則閱者易倦耶？
綜核全詩，無論古近體，五十韻以上尚不多，百韻尤屬希見，
全集俱在，可復檢也。然則秋谷所謂貪多者，殆專斥《風懷》
二百韻言，舉一以概其全，秋谷所評，未爲公允。”姚氏此論
實未搔到癢處。考趙執信《談龍錄》所言：“或問於余曰：阮
翁其大家乎？曰然。孰匹之？余曰：其朱竹垞乎！王才美於朱，
而學足以濟之；朱學博於王，而才足以舉之。（案：阮元《兩
浙輶軒錄》引朱文藻語則釋此“謂王之才高而學足以副之，朱
之學博而才足以運之”。）是真敵國矣。……曰：然則兩先生殆
無可議乎？余曰：朱貪多，王愛好。”所謂朱氏“貪多”，顯然
是指其有時傷於馳學炫博而已，既非指其“貪”篇什之“多”，
亦非指其“貪”篇幅之長。誠如錢鍾書先生所論：“竹垞記誦
綜賅，枕葄經史，驅遣載籍，自是本色”，“蓋純乎學人之詩，
斯所以號‘貪多’歟！”（《談藝錄》）正因爲如此，盡管朱彝尊
明言其不喜宋詩，如其題王又旦《過嶺詩集》：“邇來詩格乖正
始，學宋體制嗤唐風。江西宗派各流別，吾先無取黃涪翁”，而
章太炎卻偏說朱氏“明目張膽學蘇子瞻也”，這是很有趣的。爲
什麼章氏會得出如此的結論呢？恰因爲蘇軾的詩即是“學人之

詩"！在宋代文學裏，有一個顯明的對照：即散文隨着道學影響的增加而愈趨淺易、平淡，而蘇軾、黃庭堅以後的詩歌卻隨着江西派勢力的擴大而愈趨博奧、雕飾。這種反差，在蘇軾的作品中就已見端倪。以議論爲詩、以才學爲詩，是蘇軾詩的一個重要特點，致使後來王世貞曾誇張地說："讀子瞻文見才矣，然似不讀書者；讀子瞻詩見學矣，然似絶無才者"（《藝苑卮言》卷四）。而朱彝尊的詩歌，如前所引，"全以博學入詩"（翁方綱語），"字斟句酌，務歸典雅"（查慎行語），毋怪章氏會有此論了。朱彝尊創作中這種以博學爲詩、務求典雅的傾向，不僅體現在其如《風懷》這樣長達二百韵的巨制里，即使在絶句中也同樣如此。試舉一例：

> 天書稠疊此山亭，往事猶傳翠輦經。
> 莫倚危樓頻北望，十三陵樹幾曾青？
>
> ——《來青軒》

這是一首悼念故國、感嘆興亡之作。來青軒在北京西山香山寺內，明朝皇帝曾在此先後題寫了"來青軒"、"鬱秀"、"清雅"、"望都"等四匾，第一句意思即謂此。第二句意思則説，至今猶傳説着明代的皇帝乘車來此游歷的故事。其中，翠輦即是典故，指飾有翠羽的皇帝所乘之車。如唐太宗《過舊宅》："新豐停翠輦，譙邑駐鳴笳。"第三句，則化用李商隱《登北樓》"此樓堪北望，輕命倚危欄"之意。詩人的博學，於此小詩中亦可見，而寫帝車稱"翠輦"，寫欄杆曰"危欄"，寫遠眺言"北望"，皆有來歷，可謂"句酌字斟，務歸典雅"。

　　沈德潛指出："竹垞先生生平好古，自經史子集及金石碑板，下至竹木蟲魚諸類，無不一一考索，纂述如《經義考》、《日下舊聞》、《詩綜》、《詞綜》，其最著者。"（《國朝詩別裁集》）朱彝尊本集學者及作家於一身，兼之與黃宗羲交往，受到黃宗羲以學問爲詩主張的影響，因而亦謂"天下豈有舍學言詩之理。"（《棟亭詩序》）在創作實踐中，他又"全以博學爲詩"，務求典雅，闌入宋詩風氣，從而對清初浙詩產生了重大影響，衍化爲浙詩派的基本藝術特徵。

七、清初其他詩人

清初期著名詩人，依地域來作劃分，則有"嶺南三大家"、"江左三大家"、"南施北宋"、"南查北趙"之目。而黃宗羲、顧炎武和王夫之，作爲清初三大思想家，其詩歌在遺民詩人中亦具代表性。

（一）嶺南三大家

屈大均（1630－1696），初名紹隆，字翁山，又字介子，廣東番禺人。16歲時補南海縣生員。清兵南下時，曾參加其師陳邦彥及陳子壯、張家玉等的抗清鬥爭。明亡一度削髮爲僧，法名今種，字一靈，又字騷餘。後還俗，更今名。有《道援堂集》十卷、《翁山詩外》二十卷等。

屈大均與梁佩蘭、陳恭尹齊名，在清初詩壇上頗有影響，時有"嶺南三大家"之稱。王煐《嶺南三大家詩選序》云："嶺南三先生以詩鳴當世。……翁山詩如萬壑奔濤，一瀉千里，放而不息，流而不竭，其中多藏蛟龍神怪，非若平湖淺水，止有魚蝦蟹鱉。故翁山詩視兩先生爲獨多。今《詩外》固已等身，而著作無時少輟，傳之後世，當無與敵矣。"就詩歌創作成就而言，屈氏無疑要在梁、陳二人之上。這既是由於其詩歌中所充盈的“九死吾何傷”(《咏懷》之十二)的強烈愛國主義精神,也是由於其詩歌上承屈騷所形成的浪漫主義風格。而這一點,不僅在清初遺民詩人中,並且在整個清初詩壇上都獨具特色。

屈大均一生跋涉山川,聯絡志士,其意恒在恢復,“六十六年之中……險阻艱難,備嘗其苦”(《生壙自志》)。如順治十三年北游,曾入會稽至南京謁明孝陵,又到北京,尋崇禎帝死所哭拜。又東出山海關,周覽遼東、遼西形勝,留意山川險阻,並憑吊袁崇煥督師故壘。返回關内後,流連於齊魯吳越間,在會稽與魏畊共謀密策。順治十六年,由魏畊秘密寫信導引鄭成功與張煌言舉兵攻入長江,克江南四府三州二十四縣。後事敗,清廷知屈大均參與該謀,指名搜捕,不得已匿居桐廬。正因爲如此,屈氏在跋涉途中,凡目擊宮闕陵寢邊塞營壘廢興之迹,感而爲詩,則殊多悲傷慷慨之氣。如:

牛首開天闕,龍崗抱帝宮。
六朝春草裏,萬井落花中。
訪舊烏衣少,聽歌玉樹空。
如何亡國恨,盡在大江東!

——《秣陵》

白草黃羊外,空聞觱栗哀。
遥尋蘇武廟,不上李陵臺。
風助群鷹擊,雲隨萬馬來。
關前無數柳,一夜落龍堆。

——《雲州秋望》

亭障三邊接，風沙萬古愁。

可憐遼海月，不作漢時秋。

白草連天盡，黃河倒日流。

受降城上望，空憶冠軍侯。

　　　　　　　　——《塞上曲》

一笑無秦帝，飄然向海東。

誰能排大難，不屑計奇功？

古戍三秋雁，高臺萬木風。

從來天下士，只在布衣中。

　　　　　　　　——《魯連臺》

　　活於屈騷中的，是一位偉大愛國詩人的自我形象。司馬遷《史記》稱：“其文約，其辭微，其志潔，其行廉，其稱物小而其旨極大，舉類邇而見義遠。其志潔，故其稱物芳；其行廉，故死而不容自疏；濯淖污泥之中，蟬蛻於濁穢，以浮游塵埃之外，不獲世之滋垢，皭然泥而不滓者也。推此志也，雖與日月爭光可也！”正因爲如此，屈大均對屈原深爲景仰，宣稱自己的家族是“帝高陽之苗裔”，而他則是屈原後代，在詩歌中反復表示自己要繼承屈原熱愛祖國、熱愛人民、決不同黑暗勢力妥協的崇高精神。朱彝尊《九歌草堂詩集序》：“予友屈翁山爲三閭大夫之裔。其所爲詩多愴怳之言，皭然自拔於塵壒之表。蓋自二十年來煩冤沉菀，至逃於佛老之門，復自悔而歸於儒，辭鄉土，跅塞上，走馬射生，縱博飲酒。其儻莽不羈，往往爲世俗所嘲笑者，予以爲皆合乎三閭之志者也。嗟夫！三閭悼楚之將亡，不欲自同於混濁，其歷九州，去故都，登高望遠，游仙思美人之辭，僅寄之空言；而翁山自荆、楚、吳、越、燕、齊、秦、晉之鄉，遺墟廢壘，靡不躋涕過之，其憔悴枯槁，宜有甚焉者也。」由屈氏的詩歌觀之：「杜鵑多啼偏向北，鷓鴣有志但懷南。」（《代黔中苦雨曲》）「邸第荒涼餘百草，牛羊踟躕爲誰悲。」（《廣州吊古》）「揮涕出門去，斯民方倒懸。」（《維帝篇》）這種評價亦非失實。

　　屈氏還指出：「天地之文在日月，人之文在《離騷》」，「有《離騷》之文，而大夫之志遂與日月爭光」（《閻氏自序》）。詩中有云：「風雅只今誰麗則，不才多祖離騷詞。」（《西蜀黃費錫璜數枉書來自稱私淑弟子賦以答之》）「身是湘累憔悴種，忍將詞賦送居諸。」（《答張桐君見影三閭書院之作》）可以看出，屈氏的詩歌確受到屈騷的影響，從而形成其濃鬱的浪漫主義風格。如詩中大量採用比興諷喻的手法：「洪河無停流，驚枝無栖翰。志士生亂離，七尺敢懷安！青萍不刈黍，明月寧沉淵。斷袂別親友，成敗俱不還。誅秦報天下，一死如泰山！」（《出永平作》）「鼴鼠潛神丘，鵷雛集高枝，區區保性命，二蟲曾何知！」（《咏懷》）「大魚啖蝦蛆，小魚啖沮洳，風波一失所，微沫猶相濡。」（《留別羊城諸子》）這無疑是繼承了屈騷的傳統。又如記述其家族歷史和個人經歷的長詩《維帝篇》：

　　　　逐日麾金戈，捎星曳紅旆。黃帝駕象車，飛廉揮金鞭。一夫先拔木，五丁齊開山。魑魅紛來戰，雷霆相糾纏，予時當一隊，矢盡猶爭先。猛士盡瘡痍，一呼皆騰鞍。手剝太行獷，足踩陽山豻。雄虺昂九首，吞人益其肝。神虯忽失穴，潢污蟠蛟蜿。不能為國殤，含羞餘空拳。

　　該段是描寫他投身戰場抗擊清兵的情景，但除了"予時當一隊"四句及結尾兩句是真實情況的敘述外，其他則全是神話傳說，既有黃帝、飛廉、一夫、五丁、魑魅、雷霆等神仙魔怪，也有玃、豻、雄虺、神虬等珍禽怪獸，從而構成了一幅斑駁陸離、令人目眩的圖畫，生動地描繪出當時戰場激烈混亂的情景，表現出他英勇善戰和不怕犧牲的氣概。由於詩中採用了浪漫主義的手法，因而取得了強烈動人的效果。

　　除屈原外，屈大均於古代詩人最爲推重李白。這既是因爲李白亦具有不向黑暗勢力妥協的精神，也因爲李白詩歌同樣以浪漫主義風格而著稱。屈氏曾有詩："太白三閭兩水仙，辭賦已同雙日月。"（《采石題太白祠》）並且稱道李白："樂府篇篇是楚辭，湘累之後汝爲師"。從作品看，屈氏受李白影響也頗著。潘耒《廣東新語序》云："翁山之詩，祖靈均而宗太白，感物造端，比類托諷，大都妙於用虛。"如《放歌行爲潘子壽》："丈夫五十髮未白，痛飲狂歌真可惜。神仙富貴兩蹉跎，徒作諸侯一賓客。尉陀城南十月時，梅花開早菊花遲。與君往往談王霸，笑殺當壚嬌女兒。我在山中無素業，清高亦與屠沽接。道成不肯居神仙，氣使翻然作豪俠。英雄自古一浮雲，求道應從鸞鶴群。有金且買東方妾，有酒且醉信陵君。縱心寫意無不可，聲色之中知是我。天生我輩自長生，不似二豪爲螟蠃。"可謂得太白風神。又如《自白下至檇李與諸子約游山陰》："最恨秦淮柳，長條復短條。秋風吹落葉，一夜別南朝。范蠡湖邊客，相將蕩畫橈。言尋大禹穴，直渡浙江潮。"沈德潛評云："一氣神行，太白後無繼起者。"

屈大均的詩歌早在其生前就已頗有影響。顧炎武曾有詩贊："弱冠詩名動九州，紉蘭餐菊舊風流。"(《屈山人大均自關中至》)王士禎亦曾稱道："(翁山)其詩尤工於山林邊塞，一代才也。"(《池北偶談》)孔尚任在評論清初詩壇作者時甚至說："余每謂今之為詩者，管擊楮摩而成就者三家耳：新城之秀雅，翁山之雄偉，野人之真率。其它雲蒸霞蔚者，未嘗不盛，而丹候猶未圓，猶不足主盟一代也。"可見屈氏在當時詩壇上的地位。其詩歌浪漫主義藝術特色的影響也十分久遠，嘉道之際開時代風氣的著名詩人龔自珍就曾受其影響。龔氏《夜讀番禺集書其尾》："靈均出高陽，萬古兩苗裔。鬱鬱文詞宗，芳馨聞上帝。""奇士不可殺，殺之成天神。奇文不可讀，讀之傷天民。"《又書一首》則說："卷中覯幽女，悄坐憺妝束。豈無紅淚痕，掩面面如玉。"如果我們再考察一下屈氏《寒香齋詩集序》中對陶淵明詩歌的有關評價："先生詩氣骨古樸，語本自然，不以雕琢為工，與陶最近，陶詩猶有《讀山海經》諸篇，其言曰：'精衛銜微木，將以填滄海，刑天舞干戚，猛志固長在。'感憤之深，可與嗚咽流涕，論者至比於屈子之賦《遠游》。"便不難發現，其與龔自珍《己亥雜詩》中對陶詩的評價亦不無某種內在的聯繫。

陳恭尹(1631－1700)，字元孝，號半峰，晚號獨漉子，又稱羅浮布衣，廣東順德人。清順治三年，清軍陷廣州，其父邦彥舉兵抗清，兵敗殉國，他以避匿得免。以父蔭，明桂王授為錦衣衛指揮僉事。桂王敗後避迹隱居。有《獨漉堂詩集》十五卷、《文集》十五卷及《續編》一卷。

王士禎《漁洋詩話》中認爲，嶺南三大家作品中以陳恭尹"尤清迥拔俗"，其詩如"離憂在湘水，古色滿衡陽"、"帆隨南岳轉，雁背碧湘飛"、"映花溪路閉，漱水石根虛"、"桃榔過雨垂空地，玳瑁乘潮上古城"、"家山小別吟兼夢，水驛多情浪與風"等，"皆得唐人三昧"。《居易錄》中又稱，陳詩如"積雪迥孤棹，寒湘共此心"、"積雨江漢綠，歸心楊柳初"、"三徑草生殘雨後，數家門掩落花中"等，"皆唐賢佳句也。"顯然，王士禎是站在神韵派的立場上來評論陳詩，其鑒賞標準則是依據王氏本人提出的冲淡清遠的神韵境界來作爲取舍，因而未能中肯。實際上，激昂盤鬱，風格遒上乃是陳詩的主要特點，内容則多反映亡國之痛及人民疾苦，這可以其七律作爲代表。如：

　　　　山木蕭蕭風更吹，兩崖波浪至今悲。
　　　　一鬌望帝啼荒殿，十載愁人拜古祠。
　　　　海水有門分上下，江山無地限華夷。
　　　　停舟我亦艱難日，畏向蒼苔讀舊碑。
　　　　　　　　　　　　——《崖門謁三忠祠》
　　　　山河百戰鼎終分，嘆息漳南日暮雲。
　　　　亂世奸雄空復爾，一家詞賦最憐君。
　　　　銅臺未散吹笙伎，石馬先傳出水文。
　　　　七十二墳秋草遍，更無人吊漢將軍！
　　　　　　　　　　　　——《鄴中》

張維屏《聽松廬詩話》評後詩云：“議論含蓄，熔鑄自然，七律到此地步，所謂代無數人，人無數篇者也。”此外，其七律中名句像：“龍虎片雲終王漢，詩書餘火竟燒秦”（《咸陽懷古》）；“三萬里從星海出，一千年爲聖人清”（《黄河》）；“十年士女河邊骨，一笑君王鏡裏頭”（《隋堤》）；“燈前鬼芊穿沙出，霽後僧門鑿雪開”（《衡寺》）；“半樓月影千家笛，萬里天涯一夜砧”，“南國干戈征士泪，西風刀剪美人心”（《虎丘》）；“五嶺北來山到地，九州南盡水連天”（《鎮海樓》），皆生警雄偉，爲時人所激賞。洪亮吉《論詩絶句》贊曰：“藥亭獨漉許相參，吟苦時同佛一龕。尚得昔賢雄直氣，嶺南猶似勝江南。”朱庭珍《筱園詩話》中更稱：（陳詩）“不惟嶺南當推第一，即江左亦應退避三舍。明末國初，作家如林，幾莫與抗衡，可云巨擘矣。”這雖然有溢美之處，而論創作成就，屈大均自然也在陳氏之上，但由此亦可想見陳氏在清初詩壇上的地位。

梁佩蘭（1629－1705），字芝五，一字藥亭，號鬱洲，廣東南海人。康熙二十七年進士，官翰林院庶吉士。有《六瑩堂前集》九卷、《二集》八卷。

梁佩蘭雖與屈大均、陳恭尹並稱爲“嶺南三大家”，但屈、陳爲遺民詩人，誓死不與清朝廷合作，而梁卻熱衷於科舉，並出仕於清。故其作品思想内容也相當貧弱，如王焕所云：“藥亭之詩，如良金美玉，韜鋒斂采，温厚和平。置之清廟明堂，自是珊瑚圭璧。”（《嶺南三大家詩選序》）從藝術成就來看，梁氏同樣不能與屈、陳二人相比，集中惟以七古較勝，如《養馬行》、《日本刀歌》等，然此外佳作亦不多見，往往墮入空滑一路。王隼輯《嶺南三大家詩選》，以梁爲首，致議者衆説紛紜。其真正緣由，則恐如屈向東所云：“蒲衣（王隼字）之意或祇欲選屈、陳爲嶺南兩大家耳。其加選梁，且以冠首，或欲避人攻詰，以梁爲幌子耳。而此書仍被抽毀，則非蒲衣所及料也。”（《粵東詩話》）

（二）江左三大家和曹溶

龔鼎孳與錢謙益、吳偉業并稱爲“江左三大家”，錢、吳二人則已見前述。龔鼎孳（1615－1673），字孝升，號芝麓，安徽合肥人。崇禎七年進士，官兵科給事中。李自成入京，授直指使。降清後，官至禮部尚書。有《定山堂集》四十三卷，《詩餘》四卷。

儘管龔鼎孳在清初甚有詩名，錢謙益和吳偉業亦曾褒譽有加，但從總的創作成就來看，龔氏則實不及錢、吳二人。然而，由於他當時身居高位，且在位期間，“艱難之際，善類或多賴其力”，如遺民詩人傅山、閻爾梅等得其開脱，方免於死，又惜才愛客，振恤孤寒，爲士流所歸，故得享重名。康熙六年，顧有孝與趙沄合輯《江左三大家詩鈔》，選其詩九卷，遂得以與錢、吳二人並名。

龔鼎孳雖爲主動降清，與吳偉業被迫出仕不同，其文才且曾得到順治帝賞識，以此洊爲擢用，官至刑、兵、禮三部尚書，但詩中亦隱約流露過亡國之思。七古如《金陵篇》：

六代叢金粉，千門艷綺羅。笙歌橫玉闕，樓閣傍銀河。銀河玉闕傷心麗，垂柳曾籠王謝第。朱門雙燕

自翩躚，瓊樹三山空掩蔽。杜鵑春望隔天津，璧月臨
春更有人。羽書禁闥床皆滿，祠廟青溪禱不神。相府
衙兵森子弟，戟門夜識金銀氣。秦宮貂珥逼將軍，李
廣戈矛償醉尉。夕烽飛過廣陵城，小隊傳呼宮輦行。
官裏別驅黃幄去，六軍親倒翠旗迎。簾前墨敕誇行
在，河上樓船隕將星。幡出石頭王迹地，表書鐵券世
家名。繁華久觸高明忌，滿目新亭人似寐。長塹偏容
鼓角過，斜陽最耐興亡事。臺城白日亂鴉號，復道香
塵長野蒿。寶鈿妝成雲易散，珠扉花冷月空高。世事
從來多反覆，滄桑眼底翻陵谷。當年刀筆太縱橫，此
日風雲紛角逐。金陵蕭瑟劇堪憐，舊內鍾山本接連。
不見五陵裘馬外，麒麟還對玉衣眠。

張謙宜評曰：“不愧詩史，滿眼銅駝荆棘之感。”（《絸齋詩談》）
又如其七絕《上巳將過金陵》：“倚檻春風玉樹飄，空江鐵鎖野
烟消。興懷何限蘭亭感，流水青山送六朝。”從表面看，似在
憑吊六朝，實則如前詩中“臺城白日亂鴉號，復道香塵長野
蒿”、“世事從來多反覆，滄桑眼底翻陵谷”之句一樣，暗寓着
對故國的懷念。至於其屈節仕清的愧悔之感，雖無法與吳偉業
相比，但亦自見真情。如：“天涯羈鳥共晨風，送客愁多較送
窮。黃葉夢寒如塞北，黑頭人在愧江東。九關豺虎今何往？一
別河山事不同。執手小橋君記否？幾年衰草暮雲中。”（《如農
將返真州以詩見貽和答二首》之一）詩題中如農爲姜埰字。姜氏
明末官禮部給事中，因言事忤旨被遣戍，龔鼎孳曾三次上書相
救。明亡後，二人重逢，姜氏已易僧裝爲遺民，龔則降清。本

詩即抒寫了作者送別舊朝同僚時的復雜感情。詩中頜聯，引用江總歷仕三朝的典故，表達了其自愧失節的心理。又如：“失路人歸故國秋，飄零不敢吊巢由。書因入洛傳黃耳，烏爲傷心改白頭。明月可憐銷畫角，花枝莫遣近高樓。臺城一片歌鐘起，散入南雲萬點愁。”（《初歸居巢感懷》）居巢爲古邑名，舊說即殷周巢國，在今安徽六安東北。作者返回故鄉，卻不敢憑吊古代的著名隱士巢父和許由，正因爲心中有愧。頸聯中取杜甫《登樓》內“花近高樓傷客心，萬方多難此登臨”一聯之意，感情沉痛。沈德潛評道：“六語用少陵意，何等蘊藉。”錢謙益曾論其詩云：“至於汾水秋風之作，江南紅豆之歌，一語神傷，四座泣下。吾斷以爲文人學士緣情綺靡之真詩。”吳偉業亦曾論道：“其爲詩也，有感時侘傺之響，而不致於和平；有鋪揚鴻藻之辭，而無心於靡麗。”上述詩歌則足以當之。但是，這樣的作品在龔集中並不很多，沈德潛在《國朝詩別裁集》中就已指出：“合肥聲望與錢、吳相近……時有合錢、吳爲《三家詩選》，人無異辭，惟宴飲酬酢之篇多於登臨憑吊，似應少遜一籌。”龔詩中還有作品反映了清初社會現實。如：“三吳消息近如何？砧杵聲中野哭過。投匭已憐游士盡，算緡徒訝赭衣多。”（《送太傅息齋先生假歸吳門》）反映了順治十八年江南“奏銷案”中廣大士人橫遭懲治的慘狀。《躅租行追同元次山〈春陵行〉韵》一詩，其中則揭露了廣大貧苦人民“流離與死亡，號呼欲向誰”的真象。然而，像這樣的詩篇，在龔集中也是極少見的。

從創作方法上看，“江左三大家”中，錢謙益博採唐宋，“不名一家，不拘一體”，融會貫通，故自成面目；吳偉業則主要取徑於初唐、中唐，由此形成其"華艷動人"、"聲律妍麗"的獨特風格；而龔鼎孳，卻基本上仍局限於盛唐老杜，刻意摹仿，"純恃才氣"。楊際昌《國朝詩話》中曾說："國朝歌行，其初遺老虞山人室韓、蘇；太倉具體元、白；合肥學杜，不無蛟螭螻蚓之雜，才氣自大。韓、蘇，杜之嫡派也；元、白，初唐之遺響也。"這自然是站在明七子的立場上説話，卻恰好道出了龔詩創作中墨守成規的根本弱點。觀龔詩，喜步和前人用韵，尤喜"用少陵韵"。據王士禎《帶經堂詩話》中載："合肥龔大宗伯鼎孳往往酒酣賦詩，輒用杜韵，歌行亦然。予常舉以爲問，公笑曰：'無他，只是捆了好打耳。'"由於缺乏實際的內容，故龔詩雖矜才使氣，捆倒好打，然"剽而不留，直而易盡"，其創作成就自然無法與錢、吳相埒，對後世的影響也甚微。

　　不過，龔詩在七絕方面的成就則較爲突出。如前引《上巳將過金陵》中的"興懷何限蘭亭感，流水青山送六朝"二句，就曾爲王士禎所激賞。王曆《今傳是樓詩話》中甚至認爲：其七絕之"豐神明秀，突過漁洋，至虞山、太倉，非其比矣。"這自然屬過譽之辭，但其七絕中卻確多佳作。如："萬里秋陰入暮烟，盤空石磴斷虹前。西風殘葉能多少，變盡江山九月天。""長恨飄零人洛身，相看憔悴掩羅巾。後庭花落腸應斷，也是陳隋失路人。""蕭蕭碧樹隱紅牆，古廟春沙客斷腸。真霸假王誰勝負，淮陰高冢亦斜陽。""天涯疏影伴黄昏，玉笛高樓自掩門。夢醒忽驚身是客，一船寒月到江村。"皆氣韵不凡。

　　曹溶（1613－1685），字潔躬，又字鑒躬，號秋岳，一號倦圃，浙江秀水（今嘉興）人。明崇禎十年進士，考選御史。入清官至户部侍郎。有《靜惕堂詩集》十四卷，詞一卷。

曹溶詩詞在當時已負勝名，與龔鼎孳並稱"龔曹"①。其詩尤工近體。徐世昌指出："（秋岳）五七律根柢浣花，間涉昆體，蓋魄力深厚，故能奄有衆長也。"其所和王士禎《秋柳》之作，當時有人甚至認爲超過原作。清順治十四年秋，濟南舉行鄉試，一時名士雲集。王士禎的名作《秋柳》組詩四首，便作於與衆人游覽大明湖時。其詩前小序云："昔江南王子，感落葉以興悲；金城司馬，攀長條而隕涕。僕本恨人，性多感慨。情寄楊柳，同《小雅》之僕夫；致托悲秋，望湘皋之遠者。偶成四什，以示同人，爲我和之。丁酉秋日，北渚亭書。"章培恒先生指出：序文頭兩句中，象徵着一年中的美好時光已經消失，後兩句則象徵着一生中的最好時期已經過去。總之，作者從"秋柳"所聯想、體味到的，是美的東西的喪失，從而沉浸於深沉的幻滅感之中。這也是四首詩中的共同主題。那麼，作者如此沉重的幻滅感究竟緣何而來呢？答案則是：作者本人所處的本來就是一個幻滅的時代。從社會的發展來說，明後期已產生了資本主義的萌芽，與此相適應，也出現了某些新的思想，李贄就是其突出的代表。但是，這種新的思想和新的追求在明末清初遭到了明顯的挫折，連經濟上的資本主義萌芽也由於戰爭和一些其他的政治上的原因而受到嚴重的打擊。於是，自覺或不自覺地嚮往着新的未來的人們感到了深深的幻滅。王士禎的《秋柳》詩，就是在這樣幻滅的時代中的幻滅之

---

① 見吳修《昭代名人尺牘小傳》。

歌。無論是明朝的遺民或出仕清廷（包括願意出仕清廷）的漢族人都寫過不少和詩，就在於它表達了這種共同的幻滅之感。[1]盛百二（字秦川，秀水人，乾隆二十一年舉人，官淄川知縣。有《皆山樓吟稿》）曾說："《秋柳》詩自王新城唱之，和者甚衆，當以顧亭林、曹倦圃二公爲最，即原唱亦不及也。倦圃作'灞陵原上百花殘'一首，可謂詩中有人。"由此亦可見曹溶當時詩名之重。和作全詩如下："灞陵原上百花殘，堤柳無枝感萬端。攀折竟隨賓御盡，蕭疏轉覺道途寒。月斜樓角藏烏起，霜落河橋駐馬看。正值使臣西去日，西風別淚望長安。"然而，筆者認爲，與王士禛的原作相比，此詩似乎卻要略遜一籌。今以王詩的第一首爲例："秋來何處最銷魂？殘照西風白下門。他日差池春燕影，祇今憔悴晚烟痕。愁生陌上黃驄曲，夢遠江南烏夜村。莫聽臨風三弄笛，玉關哀怨總難論！"就內容而言，曹詩的首聯中似乎也感慨遙深，但其後的立意卻轉變爲攀柳送別之悲，意思即覺尋常。而王詩中所抒發出的幻滅的悲哀，卻曲折地反映出了當時衆多漢族知識分子的共同心態，這不僅是指遺民詩人，而且也包括許多仕清詩人在內。王詩之所以成爲傳誦一時的名作，且和者甚衆，其原因即在於此。就藝術特色而言，曹詩也顯得有些單調，而王詩則繼承和發展了李商隱無題詩中的藝術手法，觀念迅速轉換，音調流利宛轉，呈現出流動之美，而籠罩於全詩的一種由或濃或淡的哀怨構成的朦

---

[1] 詳參章培恒先生《王士禛的〈秋柳〉詩爲什麼成爲傳誦一時的名作?》一文，見《古典文學三百題》，上海古籍出版社1986年版。

朧悲涼美感，更使得全詩具有強烈的感染力。據阮元《兩浙輶軒錄》記載，儘管曹溶當時官至侍郎，地位較高，卻十分愛才，"一藝之擅，輒許登堂，半面之通，延譽千里，於是聯鑣舉袂，咸仰彥升。"徐世昌亦云："秋岳……主詩壇者數十年，才士歸之如水赴壑。"如朱彝尊，就曾長期從游於曹溶幕下，並稱浙西填詞"風氣之變，實由先生"（見朱氏以"同郡年家子"署稱的《靜惕堂詞序》）。

（三）南施北宋

繼"嶺南三大家"、"江左三大家"之後，嚴格意義上的"國朝"詩家陸續涌現。這其中，則可以施閏章、宋琬、朱彝尊、王士禎、查慎行、趙執信等清初"六家"代表當時詩壇上的最高成就。朱庭珍《筱園詩話》中曾指出："順治中，海內詩家，稱南施北宋。康熙中，稱南朱北王。謂南人則宣城施愚山、秀水朱竹垞，北人則新城王阮亭、萊陽宋荔裳也。繼又南取海鹽查初白，北取益都趙秋谷益之，號'六大家'。後人因有《六家詩選》之刻。"

施閏章（1618—1683），字尚白，號愚山、蠖齋，晚號矩齋，安徽宣城人。順治六年進士，由刑部主事官湖西道。康熙十八年召試博學宏詞，官至翰林院侍讀。有《施愚山先生文集》二十八卷、《詩集》五十卷、《別集》四卷以及《遺集》六卷。

施閏章的詩歌中，有不少反映清初人民疾苦之作，現實性較強。如《雞鳴曲》："喔喔復喔喔，雞鳴茅屋角。客行千里無此聲，傾耳聽之驚客情。踟躕回勸主人翁，勿留此雞鳴屋中。

朔方健兒如雲屯，城中掠盡來山村。山深茅屋隔松筠，但聞雞
鳴知有人。妻孥被掠雞亦烹，空庭破壁徒酸辛。君不見：長夜
漫漫夜相續，啾啾人鬼同時哭？”大膽揭露了清兵燒殺擄掠雞
犬不留的暴行，表達了對人民苦難的同情。《皇天篇》：“皇天
眷萬物，雨師寧不然。神州犖确地，高阜成山川。蕭條何所有，
饑獸竄頹垣。嚴冬邊雪至，朔吹先苦寒。分與藜藿絕，敝緼復
不完。遺黎伏路側，聲出不能言。矯首望樂土，重關限我前。
眼前一步地，艱於太行山。逝者葬魚腹，生爲豺狼餐。”題下
自序：“憫饑民也。都城外數百里，積霖成墊，民匍匐轉徙。時
逃人法重，州邑閉關不敢納，死者相枕，哀聲動天地，故爲之
籲天云爾。”又如《棕毛行》：“田家飲泣罷爲農，悔不將田全
種棕。無苗高坐忍餓死，無棕捞擊千家空。可憐棕毛歲一割，
割剝非時棕不活。況復山家種植稀，咄嗟哪可飽搜括。官家作
艦頻遣兵，棕麻聚斂盈空城。麻雖倍值土所出，棕非厥產從何
生？羽書飛促勢倉皇，用三作一不相當。誰知轉自蕪湖買，婦
無完褲兒無糧。連歲兩河需柳埽，努粟三秦重荒耗。普天萬國
困軍儲，分在供輸復誰告？語卿忍泪且勿悲，人間禍福無窮期。
不見西南戰土赤，殺人如草鳥不食？但令瘠土莫干戈，力盡輸
棕死亦得。”真實地反映了清初統治者對人民的殘酷剝削及由
此而導致的社會凋敝。然而，由於其“學有本原，力以名教爲
己任”[1]，爲詩“大指以清真雅正爲主”[2]，“愁苦之事，皆溫柔
敦厚以出之”（鄧之誠語），故詩中此類作品往往格調甚爲平

---

[1]　見查爲仁《蓮坡詩話》。
[2]　見陳詩《皖雅初集·尊瓠室詩話》。

和。如集中名作《浮萍兔絲篇》，寫清兵“掠人妻”數年後
“攜之南征”，適遇其“故夫”，而故夫的反映則僅僅爲：“故夫
從旁窺，拭目驚且疑。長跽問健兒，毋乃賤子妻。賤子分已斷，
買婦商山陲。但願一相見，永訣從此辭。”描寫可謂溫潤和柔
之至。又如《燕子磯》一詩：“絕壁寒雲外，孤亭落照間。六
朝流水急，終古白鷗閑。樹暗江城雨，天青吳楚山。磯頭誰把
釣？向夕未知還。”雖爲登臨憑吊之作，頷聯暗寓明清易代，故
國滄桑，但朦朧含蓄，吞吐不盡，風格清新溫婉，自然入妙。
毋怪李文泰《海山詩屋詩話》中說：“《愚山集》愈讀愈見意
味。集中如‘六朝流水急，終古白鷗閑’，‘人驚亂後在，山比
別時青’……均自然工隽。”

　　施氏有《蠖齋詩話》一卷，内多摘錄舊書，近於考訂，然
間亦有評議之語，可窺見作者詩學之趨向。如提倡“言有物”，
要求有真情實感。“詩有本”第一則：“詩如其人，不可不慎。
浮華者浪子；叫嚣者粗人；窘瘠者淺；痴肥者俗。風雲月露，
鋪張滿眼，識者見之，直是一葉空紙耳。故曰：君子以言有物。”
第二則：“今人輕用其詩，贈送不情，僅同於充饋遺筐篚之具
而已，豈不鄙哉！謝安石聞怨歌誦‘爲君既不易，爲臣良獨
難’，出席流涕。羊曇過西州，咏‘生存華屋處，零落歸山
丘’。此二事千載爲之感動；今人作述懷述感，未必動人如是。
無它，不得其意，而專求之體制風調音響故也。”“劉忠宣”一
則評劉氏創作：“公平生不刻意作詩，間有爲而作，皆事核意
真，情到興具。”足見其極爲重視詩歌的内容。他既反對“風
雲月露，鋪張滿眼”，又反對“不得其意，而專求之體制、風
調、音響”，強調“事核意真，情到興具”，以之作爲詩歌藝術

感染力的根本，並作爲由鑒賞角度出發對詩歌作者的要求。這種見解，自然值得稱道。從施氏的部分作品看，也的確作到了這一點。如《見宋荔裳遺詩凄然有作》："好客生平酒不空，高歌零落痛無窮。西川終古流殘泪，東海從今少大風。國士魂銷多難後，離人望斷九原中。張堪妻子應誰托，巢卵長拋虎豹叢。"題下自注："君按察四川，會滇、蜀反，道梗，憂憤死。"又如《蒼梧雲蓋寺訪無可上人》："精舍蕭疏山路斜，高人解組即袈裟。滄桑痛哭知無地，江海流離不見家。雲暗蒼梧飛錫杖，夢歸秋浦泛仙槎。與君坐對成今古，嘗盡冰泉舊井茶。"前詩爲哀悼好友宋琬，後詩爲尋訪曾於明代爲官，入清後堅持民族氣節而削髮爲僧的方以智，皆感情真摯，頗能動人。

不過，施氏作品中最爲時人所稱道的，還是其五言體中部分吟咏山水之作。如王士禎曾說："予讀施愚山侍讀五言詩，愛其溫柔敦厚，一唱三嘆，有風人之旨。"（《池北偶談》）又激賞施氏《贈登封葉明府井叔》詩領聯"翠屏橫少室，明月正中峰"說："十字令人攬結不盡。"吳文溥《南野堂筆記》稱："五言律詩之妙不可思議，或以意勝，或以韵勝，或以格勝。向來詩人有奉一聯爲極軌者。如王灣'海日生殘夜，江春入舊年'以意勝，張燕公表之。馬戴'猿啼洞庭樹，人在木蘭舟'以韵勝，皇甫氏兄弟祖之。施愚山'翠屏橫少室，明月正中峰'以格勝，王漁洋嘆服。此中甘苦，各有會意。"[①] 王士禎還

---

① "皇甫氏兄弟"指明人皇甫子浚與弟子安。清、瞿鏞《鐵琴銅劍樓藏書志》："明皇甫子浚與弟子安論詩，嘗舉虞臣（馬戴字）'猿啼洞庭樹，人在木蘭舟'爲五言三昧。"

特仿張爲《主客圖》之例，擇施氏五言中"清詩麗句"之尤佳者八十二聯爲《摘句圖》，欲與謝靈運"池塘生春草"、謝朓"澄江靜如練"、何遜"露濕寒塘草，月映清淮流"等名句"並資藝苑談助。"（《池北偶談》）這自然贊譽過當，但從中卻可發現其緣由，即王士禎所摘之佳句，多近於其所倡導的物境清幽、心境淡遠的"神韻"境界。如："盡日孤雲在，青松滿院寒。""山月長清夜，江雲無盡時。""到門聞午磬，繞屋過寒泉。""江路多春雨，山村易夕陽。""泉聞深樹裏，山響亂流間。""雨色江城暮，灘聲野寺秋。""孤村流水在，盡日白雲閑。""江橋紅樹外，山郭夕嵐邊。""板橋三渡水，楓柏一林霜。""雲來見滄海，雪淨聞清鐘。""樹暗江城雨，天青吳楚山。""清磬晝長寂，片雲晴自深。""露將松影白，泉與磬聲寒。""亭空木葉下，風緩浦雲留。""暮烟隨野闊，山翠入江明。""松雨連山響，江雲入寺來。""翠合江天色，愁連今古情。""月照竹林早，露從衣袂生。""微雨洗山月，白雲生客衣。"而據《蠖齋詩話》觀，施閏章對"唐人三昧"也頗爲心儀，除推崇杜甫外，則盛稱王維、孟浩然之詩。像"孟詩"一則："襄陽五言律、絕句，清空自在，淡然有餘。""月詩"一則云："浩然'沿月棹歌還'、'招月伴人還'、'沿月下湘流'、'江清月近人'，並妙於言月。右丞'松際露微月，清光猶爲君'，老杜'卷簾還照客，倚杖更隨人'，說出性情；'江月去人止數尺'尤趣，不容更着一語。"施氏還曾稱贊王士禎詩歌道："其詩舉體遒雋，興寄超逸，殆得三唐之秀"。（《漁洋續詩集序》）觀施氏五言近體，則多取徑於王、孟山水清音一路，"神骨俱清，氣息穆靜。"管世銘《讀雪山房雜著》中有云："日諷施愚山五言詩一二首，足令人疏瀹肺腸。"

　　沿此推究，便産生了一個問題。據王士禎《漁洋詩話》中載："洪昇昉思問詩法於施愚山，先述余凤昔言詩大旨。愚山曰：子師言詩，如華嚴樓閣，彈指即現；又如仙人五城十二樓，縹緲俱在天際。余即不然，譬作室者，瓴甓木石，一一須就平地築起。洪曰：此禪宗頓、漸二義也。"這固然可看作是施閏章微有所諷，寓規於頌，對王士禎神韵説不足之處的一種委婉批評，但是否就如同當今有的文學史論著中所説，"有現實主義傾向"呢？筆者認爲，儘管施氏的詩歌中確有許多現實性較强之作，但施氏的這段回答，卻實僅指二人具體創作手法的不同，亦即洪昇所喻的禪宗頓、漸之別，而並無否定神韵説之意。我們只要考查一下施氏的論詩旨趣及其五言詩中同樣存在那麼多符合王士禎神韵理論的作品，且得到王氏如此贊賞，便可看出。案施氏於詩未嘗輕作，曾謂其作詩"積字成句、積句成篇，猶書家之作楷，必萃點、劃、勾、撇而成"①，慘淡經營，不自滿假。詩成後又痛自針砭，攻瑕索垢，戮力讎校，故其詩"精嚴堅栗"，爲後人所稱道。《四庫全書總目》的一段話頗能中肯："平心而論，士禎詩自然高妙，固非閏章所及，而末學沿其餘波，多成虛響。以講學譬之，王所造如陸，施所造如朱。陸天分獨高，自能超悟，非拘守繩墨者所及；朱則篤實操修，由積學而漸進。"但事實上，王士禎的許多"神韵詩"也並非是興會淋灘而"彈指"頓"見"，如田同之《西圃詩説》中指出："詩中篇無累句，句無累字，即古人亦不多覯。唯阮亭先

① 見陳文述《書施愚山詩鈔後》中引。

生刻苦於此，每爲詩，輒閉門障窗，備極修飾，無一隙可指，然後出以示人，宜稱詩家，謂其語妙天下也。”繆筱山《烟畫東堂小品》載《王貽上與林吉人手札》、陶澍跋云：“如《蠡勺亭》詩‘沐日浴月’四字，初欲改‘虎豹驊馬’，既欲改‘驊馬’爲‘水兕’。此等字亦在拈觷求安之列，豈所謂‘華嚴樓閣’者，固亦由寸積尺累而始成耶！”

施閏章在清初詩壇上的地位頗高。王士禛曾說：“康熙以來詩人，無出南施北宋之右。”（《池北偶談》）朱庭珍則盛稱其五律，與屈大均並稱，指出：“近代詩家，工五律者，莫如屈翁山、施愚山二君。”（《筱園詩話》）陳僅《竹林答問》中甚至認爲：“本朝六家，王、朱、施、宋、查、趙……然鄙意當以愚山爲第一耳。”清初的一些著名詩人，如田雯等即曾受學施氏甚久，於此也見出其影響。

宋琬（1614—1673），字玉叔，號荔裳，別署二鄉亭主人，山東萊陽人。順治四年進士，授户部主事，官至四川按察使。有《安雅堂集》十八卷。

宋琬的詩歌中，亦有反映清初人民疾苦之作，如《漁家詞》：“南陽之南崒山北，男子不耕女不織。伐蘆作屋沮洳間，天遣魚蝦爲稼穡。少婦能操舴艋舟，生兒酷似鸕鷀黑。今秋無雨湖水涸，大魚干死鰷鰍弱。估客不來賤若泥，租吏到門勢欲縛。烹魚酌酒幸無怒，泣向前村賣網罟！”狀寫山東南陽湖附近漁民的艱辛生活。又如《同歐陽令飲鳳凰山下》二首之二：“茅茨深處隔烟霞，鷄犬寥寥有數家。寄語武陵仙吏道，莫將徵稅及桃花。”即景抒懷，借用桃花源的典故，暗諷了清初繁重的賦稅無所不至，表達出作者對人民疾苦的關注。但是，與施閏章相比，宋琬詩歌中的此類作品畢竟很有限，而更多的是反映個人的失意與愁苦之作。

宋琬雖早年科場順利，但步入官場後卻十分坎坷，極不如意，"一生遭遇，豐少屯多。"順治七年，被誣告與當時山東于七起義有關，下獄一月餘。順治十八年，于七在一度降清後再次起兵反清，其時，宋琬方由浙東寧紹道參政升任浙江按察使不久，又爲族人再次誣告與于七相通，"立逮下獄，並係妻子。逾三載，下督撫外訊。巡撫蔣國柱白其誣，康熙三年放歸。"① 其《壬寅除夕作》詩有云："已屆知非日，猶餘未死身。十年重墮井，兩度恰逢寅。（自注：庚寅（順治七年）余以逆僕誣搆下獄，今之禍壬寅（康熙元年）歲也。故云。）"即悲嘆其如此不幸之遭遇。《渡黃河》詩曰："倒瀉銀河事有無？掀天濁浪只須臾。人間更有風濤險，翻說黃河是畏途。"亦借黃河風濤之險惡襯托"人間更有風濤險"，暗寓人生仕途才真正是"畏途"，感慨良深。至康熙十一年，宋琬方起補四川按察使，然第二年因事入京，又值蜀中變亂，全家陷落。他得知此訊，不勝悲悅，竟鬱鬱歿於京邸。

正由於宋琬一生遭遇如此，故其"當夫履幽憂，乘亭障，羈累憔悴，沉浮遷次之感，一假詩文以發之"，"而撫事觸世，類多凄清激宕之調"。② 如《庚寅獄中感懷》：

---

① 《清史稿・宋琬傳》。
② 吳偉業《宋玉叔詩文集序》。

　　僕夫臬饘粥，投箸誰能餐！徒隸向我語，廟堂西
南端。往者楊、左輩，頸血於此丹。恍惚陰雨時，絳
節翳飛鸞。再拜招其魂，毅魄不可干。嗟余亦何為，
喟然傷肺肝。

詩中以明代的楊漣、左光斗自況，表達了自己的悲憤。又如
《詔獄[①] 行》中云：“彤管堪嗟《酷吏傳》，青苔半蝕《黨人
碑》。我今何為淹此室？圜扉白日啼寒鴟。冤魂欲招不敢出，但
聞陰風蕭颯中心悲。中心悲，淚盈把，酹酒呼皋陶，皋陶竟喑
啞。古來萬事難問天，蠶室誰憐漢司馬？君不見，城上烏，啄
人曾不問賢愚。新鬼銜冤向都市，年年寒食聲嗚嗚。”不僅淒
清激宕，更直接將批判的矛頭指向清代的刑法制度。而“古來
萬事難問天，蠶室誰憐漢司馬？”一句，則隱然已透露出對最
高封建統治者的不滿之意。沈德潛稱此為其詩中“變雅”之音，
信然。

　　不過，即使是宋氏集中這樣的詩作，通常也“溯厥指歸，
仍不戾於中正”[②]。這顯然與其溫柔敦厚的詩學觀有關。宋琬曾
有云：詩人處窮困之境，心懷“幽憂”之情，自易“悲歌慷慨，
遇夫高山廣谷，精藍名梵，喬松嘉卉，草蟲沙鳥，凡可以解其
鬱陶者，莫不有詩，而其詩亦含弘溫厚，異乎人之狂呻病嚏
者”（《董閬石詩序》）。又：“怨也至，忠孝之至，而非憤恚懟
怒之謂也”（《王雪洲詩序》）。故其詩歌中也常呈現出這一特點。

---

① 詔獄指奉皇帝詔令拘禁犯人的監獄。也指奉詔審訊的案件。
② 見沈德潛《國朝詩別裁集》。

如《獄中八咏》之一《蘆席片》：“愁心不可卷，假寐聊和資。莫厭蓬篠賤，猶能出范睢。”雖抒寫愁心，卻格調平和，並不慷慨激烈。又如《舟中觀獵犬有感》：“秋水蘆花一片明，難同鷹隼共功名。檣邊飯飽垂頭睡，也似英雄髀肉生。”雖咏舟中獵犬以解其“鬱陶”，但“含弘溫厚”，並無“憤恚懟怒”之語。自然，袁枚竟以爲此詩屬詼諧之作，眼觀之物，信手拈來，“讀之令人欲笑”①，也實在未搔到癢處。楊際昌《國朝詩話》曾合論施閏章與宋琬云：“施骨清，宋才俊”，並指出二人詩風的差異：“施如良玉之溫潤而栗，宋如豐城寶劍，時露光氣”，卻又論道：二人“成昭代雅音則一，分鑣南北”，正指出了宋琬詩歌的這一特點。可以説，在“國朝”初期“六家”中，就其詩歌中的政治立場和格調而言，早期的“南施北宋”兩家即已開始呈現出與前此衆多由明入清詩人創作的不同特點，透露出詩風嬗變的信息，從而預示着“昭代雅音”以至“盛世元音”的興起。

就詩體所擅而論，施閏章長於五言，宋琬則長於七言。七言古如《棧道平歌爲買膠侯尚書作》、《從軍行送王玉門之大梁》、《贈蜀中李鵬海進士》等，皆悲壯激昂，氣韻深厚，爲時人和後人所稱頌。王士禎即曾稱贊過《棧道平歌》一詩“語最豪健”②。七言律、絕則如：

　　　　寒鴻猶未到蕪城，載酒登城雨乍晴。
　　　　山色淺深隨夕照，江流日夜變秋聲。

---

① 見《隨園詩話》。
② 見王士禎《蜀道驛程記》。

上方鐘磬疏林滿，十里笙歌畫舫明。

空負黃花羞短髮，寒衣三浣客心驚。

——《九日同姜如農王西樵程穆倩諸君登慧光閣》

丹梯千仞倚嵯峨，萬轉盤紆出薜蘿。

少華西來朝白帝，太行東望走黃河。

欲從玉女窺蓮井，須向仙人借斧柯。

襆被同君星漢外，方知天上白榆多。

——《同東雲雛王心古諸君登華山雲臺峰》

銀花爛漫委筠筐，錦帶吳鈎總擅長。

千載專諸留俠骨，至今匕箸尚飛霜。

——《刀魚》

睡起無聊倚舵樓，瞿塘西望路悠悠。

長江巨浪征人淚，一夜西風共白頭。

——《江上阻風》

任涵芬曾激賞上引兩首律詩頷聯："皆能以雄情大力，開闢靈叢，不欲隨人作靡靡之音者"[1]，可說準確地概括了宋琬詩風雄健的一面。鄧之誠認爲，宋詩"才氣充沛，似過於施"，或恐即指此類作品而言。

宋琬在早歲時，曾"心儀王、李，時論以七子目之"[2]。然其自中年後，即擺脫了明復古派的影響，廣泛師法前人。任涵

---

①　見任涵芬《說詩樂趣》。

②　見葉矯然《龍性堂詩話初集》。

芬稱贊其詩"蒼茫灝瀚，藏萬千氣象，勢莫能當，足以踢破三唐，駕軼兩宋"，正說明了其取徑範圍的擴大。宋琬所以能在清初詩壇上卓然名家，被稱爲"詩人之雄"[①]，其原因即在於此。

（四）南查北趙

查愼行（1650—1727），初名嗣璉，字夏重，後改今名，字悔餘，號初白，浙江海寧人。康熙四十二年進士，官翰林院編修。有《他山詩鈔》、《敬業堂詩集》五十卷、《敬業堂續集》六卷。

查愼行早年曾游學於黄宗羲門下，精於經學，深沉好古，於書無所不窺，他與朱彝尊又爲中表兄弟，曾得其奬挹，因而論詩也强調以學問爲"根株"（《題陳季方詩册》），"天資須從學力到"（《酬別許暘谷》）。在清初浙詩派的形成過程中，他亦爲一關鍵人物。據載，查愼行尤好蘇軾詩，作蘇詩《編年補注》矻矻者三十年，注釋精審。《四庫全書總目》稱："核其淵源，大抵得諸蘇軾爲多。觀其積一生之力，補注蘇詩，其得力之處可見矣。明人喜稱唐詩，自國朝康熙初年寖以漸深，往往厭而學宋。然粗直之病亦生焉。得宋人之長而不染其弊，數十年來，固當爲愼行屈一指也。"鄧之誠亦指出："（愼行）詩學蘇、陸，嘗注蘇詩，甚有體要，知其寢饋功深。古詩氣盛，律絕純以議論行之，然局度精整，格調老成，無生澀率易之病。自彝尊之没，主持東南壇坫，後進咸歸之，卓然爲一大家，蓋無異辭也。"有論者認爲，在"清初六家"中，查愼行與王士

---

① 　見錢謙益《宋玉叔〈安雅堂集〉序》。

禎尤工律絕。[①]觀其近體之作，並非虛譽。例如其七律中名句：
"與爾未曾經遠別，得歸難定是何年。"（《楚行留別仲弟德尹》）
"座中放論歸長悔，醉裏題詩醒自嫌。"（《小除夜招集王岩士樞
部齋限韵》）"含意每爲知己盡，不才真怕受恩多。"（《奉送少
司馬楊公予告養親》）"生不並時憐我晚，死無他恨惜公遲。"
（《拂水山莊》）出意精警，對仗妥帖，皆爲人所傳誦。其《連
日恩賜鮮魚恭紀》尾聯："笠簷蓑袂平生夢，臣本烟波一釣徒。"
曾得康熙皇帝的嘉賞，呼爲"烟波釣徒查翰林"，蓋因當時還
有一位姓查的翰林（名升，字仲韋，號升山，海寧人。康熙二十
七年進士，改庶吉士，授編修），一時傳爲佳話，認爲可與"春
城無處不飛花"之韓翃並傳也[②]。然而，查慎行詩歌最爲前人
所稱道的，並非其師法蘇軾所作的那種議論之詩，而是其純用
白描手法的清真雋永之作。如袁枚曾云："查他山先生詩，以
白描擅長；將詩比畫，其宋之李伯時（公麟）乎？"試觀其
《舟夜書所見》："月黑見漁燈，孤光一點螢。微微風簇浪，散
作滿河星。"前兩句寫靜景，漁燈一盞，孤光似螢，給人以陰
冷局狹的感覺。後兩句則化靜爲動：微風忽然吹來，在水面漾
起一圈圈連漪，映照在水面的原來一點"孤光"頓時變成爲
"滿河"繁星晃動，整個境界豁然開朗，呈現出一派宏偉氣象。
全詩樸素如話，堪稱白描之上品。又如：

　　　　南來步步遠風霾，川路晨征一倍佳。

---

① 　見由雲龍《定厂詩話》。
② 　見計發《魚計軒詩話》和陳康祺《朗潛紀聞》。

竹箄蒲帆渾不用，櫓聲如雁下長淮。

　　　　　　　　——《發清江浦》

九十日來鄉夢斷，三千里外客愁疏。

涼軒燈火淸砧月，惱亂翻因一紙書。

　　　　　　　　——《初得家書》

掀波成山石作底，風平石出波彌彌。

秋天一碧雨新洗，大灘小灘如撒米。

　　　　　　　　——《大小米灘》

青紅顏色裹頭妝，尺布縫裙稱膝長。

仡佬打牙初嫁女，花苗跳月便隨郎。

　　　　　　　　——《黎峨道中》

　　朱庭珍評論查愼行詩歌中白描的特點是"氣求條暢，詞貴
淸新，工於比喻，善於形容，意婉而能曲達，筆超而能空行"，
從上面所舉的幾首詩來看，的確具有這些特點。而上述最後一
首描寫我國西南地區民俗的詩歌，以樸素的語言、生動的描寫
展現了仡佬族和苗族人民富有民族特色的服飾和婚嫁、交誼
方式，就詩歌題材而言也是一種開拓。在學習宋人的同時，查
愼行則強調詩歌的獨創，曾說："平生怕拾楊劉唾，甘讓西崑
號作家。"又："自笑年來詩境熟，每從熟處欲求生。"反映出
其戛戛獨造的精神。儘管有人對查詩中的白描特色評之爲"稍
覺寒儉"（趙翼《歐北詩話》），"少蘊藉"（沈德潛《國朝詩別裁
集》引），但淸代中期浙中性靈派的首領袁枚卻對之給予了極
高評價："他山是白描高手，一片性靈，痛洗阮亭敷衍之病，此
境談何容易。"在《仿元遺山論詩絕句》中又說："他山書史腹

便便，每到吟詩盡棄捐。一味白描神活現，畫中誰似李龍眠？”
而性靈派另一重要作家趙翼，雖認爲查詩書卷較少，略覺寒儉
單薄，也同樣評價說：“初白詩工力之深，香山、放翁後一人
而已。”由此亦可窺見查詩與後來性靈派創作中的某些相通之
處。毋怪後來林昌彝《海天琴思續錄》中會有此詩論：“怕拾
楊劉但抒情（初白句：‘怕拾楊劉號作家。’），略拋健氣出真清。
後來袁趙沿詩派，可是前賢誤後生？”（海寧查初白慎行）

　　儘管查慎行取徑於蘇、陸，桃唐祖宋，繼朱彝尊之後對浙
詩派的形成起到了推動作用，但其詩歌的語言風格卻是以圓
熟取勝，與清中葉浙詩中厲鶚一派的幽雋及錢載一派的瘦硬
各不相同。

　　趙執信（1662－1744），字伸符，號秋谷，晚號飴山老人，
山東益都（今博山）人。康熙十八年進士，授翰林院編修，官
至右春坊右贊善。有《飴山詩集》二十卷、《聲調譜》一卷、
《後譜》一卷及《談龍錄》一卷。

　　趙執信雖“早通仕籍，才名振天下”，然不過十年，即以
“國恤”（康熙佟皇后死）中與友人洪昇等宴飲觀演《長生殿》
傳奇被劾罷官歸里，時年尚未三十。故時人有“可憐一曲《長
生殿》，斷送宮坊到白頭”①之詩句。其後一直徜徉山水，自寫
性情，爲人恃才傲物，獨服膺馮班，稱私淑弟子，於王士禎神
韵說則多所不滿，著《談龍錄》以斥其非。

　　趙執信對於王士禎神韵說的批評，已見前述。其要旨則在

────────

① 見金埴《不下帶編》。

於強調詩中須有人在，"喜者不可爲泣涕，悲者不可爲歡笑"；
"富貴者不可語寒陋，貧賤者不可語侈大"，使後世讀者能"因
其詩以知其人，而兼可以論其世"。從趙氏的創作實踐來看，可
說較好地體現了這一主張。試觀其罷官後《出都》之作："事
往渾如夢，憂來豈有端。罷官憐酒失，去國覺天寒。北闕烟中
遠，西山馬首寬。十年一揮手，今日別長安。"雖憂憤不平之
氣一瀉無餘，然感情真實，可謂詩中有人。而對比王士禎奉使
祭告南海時《留別相送諸子》詩內云："蘆溝橋上望，落日風
塵昏。萬里自茲始，孤懷與誰論？""此去珠江水，相思寄斷猿。"
雖含蓄醞釀、具有遠韻，然"言與心違"，可謂詩中無人。又
如其《晤洪昉思聊答贈》："頗憶旗亭畫壁時，相逢各訝鬢邊絲。
早知才薄猶爲患，正使秋深總不悲。吳越管弦君自領，江湖來
往我無期。只應分付亭中鶴，莫爲風高放故遲。"亦直抒心聲。
吳雯《并門集序》云："秋谷抱異才，負奇氣，淳泓駿發。其
於世也，率情自好，無所緣飾。故其爲詩也，直而不俚，高而
不詭，蓋如其爲人矣。"可謂確論。再看其《觀海集》中《雪
晴過海上適海市見之罘下自亭午至晡快睹有述時十月十日》
一詩：

今晨雪乍晴，寒日升扶桑。出門邀河伯，東向同
茫洋。昨日之罘山，紫翠點水如鴛鴦。未至二三里，
見人欲飛翔。坐來忽復不相識，回峯疊嶂皆摧藏。赫
然烟靄中，城郭連帆檣。疑是秦樓船，歸來閱千霜。
又疑瑤宮與貝闕，神山倒影滄流長。飛仙驂虎豹，晃
漾凌波光。招招不得語，目極天蒼黃。同游競指是海

市，對之使我神揚揚。歲序閉冰雪，魚龍走顛僵。非
時出瑰麗，此遇超尋常。當年蘇夫子，雄姿自炫驚海
王。慚予本凡才，未敢縱筆相頡頏。不請亦得睹，失
喜欲發狂。巨川細流兩無拒，信知大海眞難量。準擬
還家詫鄉黨，詎肯此地辭杯觴。天窮人厄總莫問，微
塵大地俱荒唐。客散境變滅，半山還夕陽。醉歸卻聽
暮潮上，浩浩天風吹面涼。

於此可想見其上下千古磊落不羈之精神。陳恭尹曾贊曰：
“《觀海》一集，氣則包括混茫，心則細若毫髮，片言隻字，不
苟下筆。其要歸於自寫性眞，力去浮靡。如是士亦何妨於狂
哉。”

　　尤其值得指出的是，由於趙執信高才見放，抑鬱不平，從
而有可能清醒地觀察和認識當時的社會現實，透過“太平盛
世”的表象，大膽地寫作出一些深刻揭露社會黑暗的現實主義
作品。而這些詩中，也同樣見出詩人的眞實性情。如《道旁
碑》一詩，以路旁碑爲題，諷刺了立碑者巧言逢迎，歌頌地方
官吏“德政”的虛偽性，揭露了立碑給“黎庶”帶來的苦難。
末尾四句：“但願太行山上石，化爲滹沱水中泥。不然道旁隙
地正無限，那得年年常立碑！”則表達出詩人憤世嫉俗的感慨。
《兩使君》一詩，通過“儂家使君已二年，班班治績惟金錢。可
憐泪與髓俱盡，萬姓吞聲暗望天”的描寫，反映了貪官污吏對
老百姓的殘酷剝削。詩末暗示人們“看取”新來的使君，寓意
良深。《後紀蝗》一詩之尾，亦通過如此奇想：“蝗乎蝗乎且莫
殫我谷，告爾善地棲爾族：一爲催科大吏堂，一爲長安貴人

屋。"表達了詩人對那些"催科大吏"和"長安貴人"的切齒痛恨。而《甿人城行》一詩，反映人民的疾苦和官逼民反的行動，尤具有深刻的社會意義：

> 村甿終歲不入城，入城帕逢縣令行。行逢縣令猶自可，莫見當衙據案坐。但聞坐處已驚魂，何事喧轟來向村？銀鐺杻械從青蓋，狼顧狐嘷怖殺人！鞭笞榜掠慘不止，老幼家家血相視。官私計盡生路無，不如卻就城中死！一呼萬應齊揮拳，胥隸奔散如飛烟。可憐縣令竄何處？眼望高城不敢前。城中大官臨廣堂，頗知縣令出賑荒。門外甿聲忽鼎沸，急傳溫語無張皇。城中酒濃餺飥好，人人給錢買醉飽。醉飽爭趨縣令衙，撤扉毀閣如風掃。縣令深宵匍匐歸，奴顏囚首銷凶威。詰朝甿去城中定，大官容嗟顧縣令。

詩中詳細記述了一次貧苦農民無法忍受"縣令"暴政而被迫起來造反的經過。造反農民的"一呼萬應"，勢不可當，與"縣令"、胥吏們既凶殘又虛弱的本質形成鮮明的對照。這種直接描寫"官逼民反"壯舉的詩歌，在古代詩人作品中實不多見。

就藝術風格言，趙執信主張諸 體並重，反對專主一格。《談龍錄》曰："司空表聖云：'味在酸鹹之外。'蓋概而論之，豈有無味之詩乎哉！觀其所第二十四品，設格甚寬，後人亦各從其所近，非第以'不著一字，盡得風流'爲極則也。"這顯然是針對王士禎專主神韵所發。而趙氏的詩歌，則意主刻露，力矯浮響，詩風鑱刻清新。雖時有率筆，不取蘊釀，亦足在清初詩壇上自成一家。

（五）黃宗羲、顧炎武和王夫之

　　黃宗羲（1610—1695），號南雷，又號梨洲，浙江餘姚人。父尊素爲"東林"名士。他早年亦曾參加反對閹黨的鬥爭，清兵入關，曾積極參加抗清鬥爭。明亡不仕，講學著書以終。有《南雷詩歷》及《南雷文案》、《文定》等。

　　黃宗羲既是思想家又是史學家，其《明儒學案》，爲中國第一部學術史，開浙東史學研究之風氣。在哲學上，反對宋儒"理在氣先"之説，認爲"理"不是實體，而只是"氣"中的條理和秩序。在政治思想上，他通過其親身經歷目睹了封建制度的腐朽，對封建君權的罪惡進行了大膽揭露，斥之爲"天下之大害"①，並提倡以"天下之法"來代替"一家之法"②．這種政治歷史觀，在當時無疑具有進步意義。還值得注意的是，他強調工商皆本，批判了傳統的農本工商爲末的觀點。在詩歌理論上，黃宗羲的觀點也浸透了時代的、民族的思想，與其政治社會實踐完全一致。他認爲，滄桑變化的時代，也就是詩歌極盛的時代。"宋之亡也，其詩又盛。無他，時爲之也。"③ 其詩文乃"天地之陽氣"，"陽氣在下，重陰錮之，則擊而爲雷"（《南雷文定》卷一《縮齋文集序》），如"謝皋羽、方韶卿、龔聖予之文，陽氣也，……未百年而發爲迅雷。……今澤望（即其弟黃宗會）之文，亦陽氣也……"他將自己的詩集取名爲

---

①　②　分別見黃宗羲《明夷待訪錄》中之《原君》及《原法》篇。
③　《南雷文案》附《撰杖集・陳葦庵年伯詩序》。

《南雷詩歷》，未嘗不含有這樣的寓意。而觀其詩集，詩作中所鬱結的熾烈感情，確如撕裂重陰禁錮的風雷在激蕩。如：“擎拳豎腳此蒼天，慚愧何曾讓昔賢。一擊便當千里近，孤身只合萬山巔。握中算子饒王伯，築里新聲雜鐵鉛。斯意今人無會取，故令花草得嫣然。”（《八月小盡接家書有感》）又如其《山居雜咏》：“鋒鏑牢囚取次過，依然不廢我弦歌。死猶未肯輸心去，貧亦其能奈我何！廿兩棉花裝破被，三根松木煮空鍋。一冬也是堂堂地，豈勝人間勝著多？”詩人雖經歷了戰爭、監禁和饑寒交迫等種種痛苦，詩中卻表現出寧折不彎的戰鬥精神，充溢着陽剛之氣。即如其“婉麗”之詩，像《五月二十八日書詩人壁》：“不鈎簾幕晝沉沉，難向庸醫話病深。不識詩人容易瘦，一春花鳥總關心。”張維屏說：“梨洲先生《書壁絕句》云云，先生孝義肫摯，經術湛深，而詩情乃爾婉麗，所謂老樹著花也。”[1]殊不知詩人如此“瘦生”，乃有“感時花濺泪，恨別鳥驚心”之寓義也。個中原因，固難向“庸醫”道說。此詩含蓄蘊藉，餘味深長，將詩人的“病深”以婉語出之。而《七夕夢梅花》前四句：“梅花獨立正愁絕，冰纏霧死臥天闕。孤香牢落護殘枝，不隨飄墮四更月。”更借吟咏寒梅之孤高與堅貞來抒發詩人自己的高尚情操。因此，他對儒家“溫柔敦厚”的詩教也作出了自己的新解釋，反對那種認爲“溫柔敦厚”只能表現“喜樂”，而不能表現“怒哀”的見解，所謂“彼以爲溫柔敦厚之詩教，必委蛇頹墮，有懷而不吐，將相趨於厭厭無氣而後已。若是則四時之發斂寒暑，必發斂乃爲溫柔敦厚，寒暑則

---

[1]　見其《國朝詩人徵略·聽松盧詩話》。

非矣；人之喜怒哀樂，必喜樂乃爲溫柔敦厚，怒哀則非矣。其人之爲詩者，亦必閑散放蕩，岩居川觀，無所事事而後可。"而不知"薰風之南來，履冰之中骨，怒則掣電流虹，哀則淒楚蘊結，激揚以抵和平，方可謂之溫柔敦厚也。"①黃宗羲還認爲，詩歌乃是作者的真實性情的表現，"詩也者，聯屬天地萬物，而暢吾之精神意志者也。俗人率抄販模擬，與天地萬物不相關涉，豈可爲詩?"(《陸鈐侯詩序》)對於復古派的"詩必盛唐"之說，他深爲不滿，加以駁斥說：

> 夫詩之道甚大，一人之性情，天下之治亂，皆所藏納。古今志士學人之心思願力，千變萬化，各有至處，不必出於一途。今於上下數千年之中，而必欲一之於唐；於唐數百年之中，而必欲一之於盛唐；盛唐之詩豈其不佳？然盛唐之平、奇、濃、淡，亦未嘗歸一，將又何所適從耶？
> ——《南雷詩歷》附錄《詩歷題辭》

爲了滌蕩這種舍本逐末的模擬之風，黃宗羲提出了以學問爲詩的論詩主張，指出："若無王、孟、李、杜之學，徒借枕藉咀嚼之力以求其似，蓋未有不僞者也。"(《詩歷題辭》)並且認爲："多讀書，則詩不期而自工，若學詩以求其工，則必不可得。讀經史百家，則雖不見一詩，而詩在其中；若只從大家之詩章參句煉，而不通經史百家，終於僻固而狹陋耳。"針

---

① 《萬貞一詩序》，《南雷文定》四集。

對復古派以"唐音"爲標準來軒輊詩歌的主張,他還進一步宣稱:"以文字爲詩,以才學爲詩,以議論爲詩,莫非唐音。"(《張心友詩序》)。今有論者謂宗羲此論"欲等同唐、宋","此則導致唐、宋風格不分,不可謂非一偏之見"[1],殊非宗羲之本意。如前所言,爲矯復古派尊唐抑宋之枉,宗羲曾明確指出:"善學唐者唯宋。……雖鹹酸嗜好之不同,要必心游萬仞,瀝液群言,上下於數千年之間,始成其爲一家之學。"呂留良、吳之振編選《宋詩鈔》,以爲"宋人之詩變化於唐,而出其所自得,皮毛落盡,精神獨存"(見其《宋詩鈔序》),黄宗羲亦嘗參與其事。盡管狹義上的"浙派"詩始自乾隆時厲鶚諸人,但就以學人之詩與詩人之詩相結合的特色而言,實由黄宗羲而首開其端。正是從這種意義上說,有人認爲黄宗羲是清代浙詩派的初祖。

　　顧炎武(1613—1682),字寧人,號亭林,江蘇昆山人。明諸生。福王時,授兵部司務,唐王時,除兵部主事。清兵入關後,在江南參加了抗清的武裝鬥爭,失敗後,繼續奔走於長江南北、大河上下,進行隱蔽的抗清活動。晚年定居華陰,卒於曲沃。有《亭林詩集》六卷。

　　顧炎武是一位具有初步民主思想的思想家和學者。他提出:"保天下者,匹夫之賤,與有責焉。"(《日知錄》十三)這一"天下興亡,匹夫有責"的口號,對當時和後世都産生過很大的影響。在哲學上,贊成張載關於"太虛"、"氣"、"萬物"

───────────────

[1]　見《唐宋詩之爭概述》第74頁。

三者統一的學説，肯定"氣"是宇宙的實體；"盈天下之間者氣也"，"非器則道無所寓"。他總結了明朝覆亡的教訓，批判了那種空談心性的宋明理學，所謂"平時袖手談心性，臨難一死報君王"，提倡"經世致用"之學，以徵實爲本，強調注重"國家治亂之源，生民根本之計"，開創了清學術史上的"樸學"之風。在文學理論方面，他也尤其強調文學的社會作用，主張爲文"須有益於天下"（《日知録》），有關於"當世之務"（《與人書三》）。關於詩歌，他認爲"詩主性情，不貴奇巧"，並且稱贊白居易的"文章合爲時而著，歌詩合爲事而作"之論爲"知立言之旨者"（《日知録》）。由此出發，他亦反對摹擬，認爲"即使通肖古人，已非極詰，況遺其神，而得其皮毛者乎？"如盡取古人陳言而一一摹擬，便不得目之爲詩。他甚至激烈地抨擊説："有明一代之人，其所著書，無非盜竊。"（《日知録》）然而，與黄宗羲詩論倡宋詩者不同的是，顧炎武論詩仍推許盛唐。如李因篤云："予方弱冠，結交皆老蒼。……'讀書破萬卷，下筆如有神'，往惟吳郡顧亭林徵君不愧斯語。徵君古文詞縱橫《左》、《史》，詩獨愛盛唐。"（《受祺堂文集》卷三《鈕明府玉樵詩集序》）徐世昌亦曾指出："（亭林）詩初自七子人，進而益上，心摹手追，惟在少陵。"這説明，顧炎武的詩歌主張仍受有明七子"詩必盛唐"理論的影響。其《濟南》七律中的"絶代詩題傳子美，近朝文士數于鱗[①]雖然是游歷濟南時所作，但仍可看出他對明七子在一定程度上是稱許的。試觀其《海上》四首之一、之四："日入空山海氣侵，秋光千里自登臨。

[①]　。"李攀龍，字于鱗，歷城（今山東濟南）人。

十年天地干戈老，四海蒼生痛哭深。水涌神山來白鳥，雲浮仙闕見黃金。此中何處無人世，只恐難酬壯士心。""長看白日下蕪城，又見孤雲海上生。感慨河山追失計，艱難戎馬發深情。埋輪拗鏃周千畝，蔓草枯楊漢二京。今日大梁非舊國，夷門愁殺老侯嬴。"張維屏説："亭林先生詩多沉雄悲壯之作。偶記一律'長看白日下蕪城'云云。真氣噴溢於字句間，蓋得杜之神而非襲其貌者所可比也。"前人如俞陛雲謂顧詩"直接杜陵，自有千秋，無待後生稱述"（《吟邊小識》），也多指顧詩中此類之作。

　　錢鍾書《談藝錄》云："梨洲自作詩，枯瘠蕪穢，在晚村（呂留良）之下，不足挂齒，而手法純出宋詩。……當時三遺老篇什，亭林詩乃唐體之佳者，船山詩乃唐體之下劣者，梨洲詩則宋體之下劣者。然顧、王不過沿襲明人風格，獨梨洲欲另辟途徑，尤爲豪杰之士也。"筆者認爲，此論還有討論的必要。對於顧炎武之詩，褒揚者已如上面所引，然亦有批評者，如陳衍《題竹垞圖》："勝朝數學人，終首朱錫鬯。……亭林茂華實，似可顏行抗。詩歌少興趣，學杜得皮相。"對於黃宗羲之詩，褒揚者亦甚多，如鄧之誠説："（梨洲）詩摹山谷，硬語盤空，而有情致"（《清詩紀事初編》）。阮元《兩浙輶軒錄》內亦説："兹所錄者，正如老樹著花，自含古韵。"所謂仁者見仁，智者見智，兹不贅評。然而，如謂顧炎武不過沿襲明人風格，獨黃宗羲欲另辟途徑，則似有以偏概全之嫌。首先，黃宗羲之詩"手法"並非"純出宋詩"，集中雖以宋調爲主，亦含唐音之作。反之，顧炎武亦如是。而且，二人雖稱唐論宋，意趣不同，但又都非簡單的因襲模擬，而有自己的創造，這與其經世致用的學術主張是分不開的。由於他們用詩歌反映現實，滲入了自己的真情實感，因而詩中自有其真面目。試觀顧炎武的詩作："祖生多意氣，擊楫正中流。"（《京口即事》）"我願平東海，身沉心不改！大海無平期，我心無絕時！"（《精衛》）"路遠不須愁日暮，老年終自望河清。"（《五十初度》）"三戶已亡熊繹國，一成猶啓少康家。蒼龍日暮還行雨，老樹春深更著花。"（《又酬傅處士次韵》）又《悼亡》詩云："地下相煩告公姥，遺民猶有一人存。"（案：此詩顯然化自南宋陸游"王師北定中原日，家祭毋忘告乃翁"詩意，但卻又自成新意）誠如其"詩主性情"的論詩主張所言。沈德潛曾指出："寧人（炎武字）肆力於學……韵語其餘事也，然詞必己出，事必精當，風霜之氣，松柏之質，兩者兼有。就詩品論，亦不肯作第二流人。"堪稱的評。作爲遺民詩人的代表，顧炎武如同黃宗羲一樣，爲清詩的崛起做出了自己的貢獻。

王夫之（1619—1692），字而農，號薑齋，又號夕堂，或曰一瓢道人、雙髻外史，別署賣薑翁、船山老農、船山遺老等，湖南衡陽人。崇禎十五年舉人，永歷時官行人司行人。南明亡後，竄身岩洞，歷盡艱險，後築土室於湘西石船山，閉門著述以終。學者稱船山先生。有《薑齋文集》、《夕堂永日緒論》、《古詩評選》、《唐詩評選》、《明詩評選》等。

王夫之是清初的著名思想家，著述精卓宏富，堪稱與黃宗羲、顧炎武鼎足而三。他不僅對我國的哲學、歷史學進行了較系統的整理和研究，對宋儒的唯心主義理學和封建的君主制進行了深入的批判，在詩歌評論方面也有獨到的見解。然而，

在清代的民族高壓下，王氏的著述埋沒了近二百年，後人編成
而又屢經增補的《船山遺書》，僅搜集到七十種，因而使其未
能對清代前期、中期的思想和文學發展發揮應有作用。直至近
代，船山之學方產生了重大影響，被奉爲思想界的旗幟。王夫
之論詩，強調“以意爲主”，指出：“無論詩歌與長行文字，俱
以意爲主。意猶帥也。無帥之兵，謂之烏合。李杜所以稱大家
者，無意之詩十不得一二也。烟雲泉石，花鳥苔林，金鋪錦帳，
寓意則靈。”那麼，創作出“有意之詩”的關鍵何在呢？王夫
之認爲，這取決于一個“情”字，故緊接上段又說：“若齊梁
綺語，宋人摶合成句之出處，役心向彼掇索，而不恤己情之所
自發，此之謂之小家數，總在圈繢中求活計也。”（《薑齋詩話
注》卷二）可以看出，王氏所說的“意”，乃由“己情之所自
發”，亦即詩人的真情實感。由此出發，他十分重視作詩時的
親身體驗與感受，強調“身之所歷，目之所見”爲“鐵門限”，
“即極寫大景，如‘陰晴衆壑殊’、‘乾坤日夜浮’，亦必不逾此
限，非按輿地圖便可云‘平野入青徐’也。抑登樓所得見者耳。”
從而反對那種單“求形摹，求比似，求詞采，求故實”的形式
主義。由此出發，他對於孔子的“興、觀、群、怨”之說也提
出了自己獨到的見解。自孔子將《詩》的社會功用概括爲“可
以興，可以觀，可以群，可以怨”之後，歷代的詩論家都曾對
此進行詮釋，但基本上是將四者納入文藝社會學的範疇，據以
評判作品的社會政治內容和道德倫理價值。而王夫之則指出：

　　“詩可以興，可以觀，可以群，可以怨。”盡矣！
　辨漢、魏、唐、宋之雅俗得失以此，讀《三百篇》者

必此也。"可以"云者，隨所"以"而皆"可"也。於
所興而可觀，其觀也深，於所觀而可興，其觀也審。
以其群者而怨，怨愈不忘；以其怨者而群，群乃益摯。
出於四情之外，以生起四情；游於四情之中，情無所
窒。作者用一致之思，讀者各以其情以自得。……人
情之游也無涯，而各以其情遇，斯所貴於有詩。
(《薑齋詩話》卷一)

這就是説，"情"是"興、觀、群、怨"的共同本質或説本原，
而"興、觀、群、怨"不過是詩歌表現人的情感的四種基本方
式，故謂之"四情。"這種觀點，既指出了詩歌反映生活的特
殊藝術規律，同時也闡明了詩歌創作中人作爲實踐與審美主
體的主觀精神的能動作用及特殊本質。此外，他還要求情景結
合，強調情與景的辨證統一："景中生情，情中含景，故曰景
者情之景，情者景之情也。"(《唐詩評選》卷四)"情、景名爲
二，而實不可離。神於詩者，妙合無垠。巧者則情中景，景中
情。"(《薑齋詩話箋注》卷二) 並且宣稱："含情而能達，會景
而生心，體物而得神，則自有靈通之句，參化工之妙，若但於
句求巧，則性情先爲外蕩，生意索然矣。"這些看法，無疑是
有見地的。對於詩壇上那種"建立門庭"以爭疆壘的習氣，王
夫之也進行了抨擊，嘲之爲餖飣獺祭。

　　觀王夫之的詩歌，有的緬懷故國，感慨平生，有的描寫滿
清統治下人民生活的苦難，均反映了當時的民族矛盾與社會
生活。如《雜詩四首》之四：

悲風動中夜，邊馬嘶且驚。壯士匣中刀，猶作風
雨鳴。飛將不見期，蕭條阻北征。關河空杳靄，烟草
轉縱橫。披衣視良夜，河漢已西傾。國憂今未釋，何
用慰平生！

詩內中夜悲風、邊馬驚嘶、關河杳靄、烟草縱橫的景物描寫，
更突出了詩人心中的悲涼憂憤之情，從而很好地體現了其“景
中生情”的主張。又如：“寒烟撲地濕雲飛，猶記餘生雪窖歸。
泥濁水深天險道，北羅南鳥地危機。同心雙骨埋荒草，有約三
春就夕暉。”（《續哀雨詩四首》之一）“千秋欲識丈夫心，獨上
危峰攬蒼翠。”（《仿李鄩侯天復吾歌廣其意示于禮》）前者爲追
憶南明亡後與其妻由桂林逃歸湖南時的艱險遭遇，後者則抒
發壯志難伸的抱負，皆感情深沉，風格遒勁。描寫人民生活苦
難的詩歌則像：

多朔晴，粟價輕。下浣雨，高懸杵。湘岸不生粱
與黍。去年禾穗羊尾長，黃雀高翔睨空倉。丹崖碧巘
崩頹唐，千椎萬椎擣晨霜。餅未熟，稚子哭，里長如
狼下白屋。油蓋倚門高坐笑，長虹吸川譏鳶叫。蒼天
蒼天不相照，長星曳空徒陡峭，孤雛何當脫群鷁？
　　　　　　　　　　　　　　　——《後劖蕨行》

詩中以“孤雛何當脫群鷁”作喻，深刻揭露了勞動人民在官府
及其爪牙迫害下難以存活的悲慘境遇。王夫之的詩歌中還有
兩首咏史詩頗有名：

絳節生鬚抱璧還，降箋誰捧尺封閑？
滄波淮海東流水，風雨揚州北固山。
鵑血春啼悲蜀鳥，鷄鳴夜亂度秦關。
瓊花堂上三生路，已滴燕臺頸血殷。

揚州不死空坑死，出使皋亭事未央。
鳴鳩春催三月雨，丹楓秋忍一林霜。
硯門鶴唳留朱序，文水魚書待武陽。
滄海金椎終寂寞，汗青猶在淚衣裳。

　　　　　　　　　　　　——《讀指南集》

　第一首詩内，詩人通過對比手法贊揚文天祥，譴責了奴顏事敵
的朝臣。其中，既寄托了作者對文天祥的敬仰心情，也表達了
他對明朝始終不渝的忠貞。第二首詩内，則慨嘆天人再如爲韓
報仇的張良、椎擊秦皇的力士，讀《指南集》，不禁哀從中來，
這既是爲文天祥賚志以殁而灑淚，也是作者爲復明無望而灑
淚。鄧顯鶴曾稱贊王夫之詩說："……詩其餘事，詞旨深賾，氣
韻沉鬱，讀之如夏鼎商彝，如聞哀猿唳鶴，使人穆然神肅，翛
然意遠。"[1] 評論可謂確當。

　　（六）歸莊、吳嘉紀、沙張白、吳兆騫和陳維

崧

---

① 　見鄧顯鶴《沅湘耆舊集》。

　　歸莊（1613－1673），字玄恭，號恒軒，江蘇昆山人。明諸生。入清後更名祚明，亦號普明頭陀、鏖鏊鉅山人。所著《恒軒集》等，皆失傳。後人輯有《歸玄恭遺著》及《歸玄恭文續鈔》。

　　歸莊爲明散文家歸有光曾孫，生性豪邁，尚氣節，與顧炎武齊名，時有"歸奇顧怪"之稱。清兵南下，國亡家破，他曾與顧炎武共同參與抗清鬥爭。失敗後僧裝亡命。後應萬壽祺之聘到淮陰教書，終身不仕。其詩多寫家國之難，如《悲昆山》、《傷家難作》、《吊大學士臨桂伯瞿公》等。歸莊認爲："士雖才，必小不幸而身處厄窮，大不幸而際危亂之世，然後其詩乃工也"（《吳余常詩稿序》）。觀其詩，充滿愛國思想和民族氣節，詩風沉鬱悲愴，人皆擬之以劍南（陸游）。試觀其爲悼念瞿式耜和張同敞（別號別山）殉難所作七律七首之一和之四："元臣日夜枕戈眠，首尾經營歷四年。方冀時來能定國，那知力盡不回天！憑魂殺賊生前志，托夢歸鄉死後緣。浩氣乘雲詩句在（二公唱和詩名《浩氣吟》），幾回讀罷淚潸然！""抗志還爭日月光，獄中雙劍凜于霜。長留髮在神終王，已戴頭來氣盡狂。棟折不忘支大廈，路窮無餘履康莊。精忠實是同文、謝①（張公詩有叠山欲附文山之句），非特沙場俠骨香。"（《大學士臨桂伯瞿公之殉難也祚明既作長律三十韵吊之已而得公與張別山司馬臨難唱和之作八首復次韵如其章數亦不盡同前詩之旨或不嫌言之重辭之復也》）前一首詩中，"憑魂殺賊生前志"和"那知力盡

────────────

① "文、謝"指南宋末文天祥（號文山）與謝枋得（號叠山），二人俱爲宋而殉節盡忠。

不回天"兩句，抒發了詩人的無限悲慨！讀之令人扼腕（案：近代改良派政治家、戊戌六君子之一譚嗣同在變法失敗遇害前曾發出"有心殺賊，無力回天！"之浩嘆，與此兩句相似）。後一首詩中，則將瞿、張二人之精忠擬之於南宋末文、謝，雖非戰死於沙場，但忠肝義膽，殉難後同樣俠骨留芳。歸莊論詩重"氣"："譬之於人，氣猶人之氣，人所賴以生者也，一肢不貫，則成死肌，全體不貫，形神離矣。"（《玉山詩集序》），這兩首詩中，則通篇貫注着浩然正氣，富有氣勢和力量，可謂形神兼備。又如《己丑（1649）元日》一詩："四年絕域度新正，此夕空將兩目瞪。天下興亡憑撲策，一身進退類懸旌。商君法令牛毛細，王莽征徭魚尾禎。不信江南百萬戶，鋤耰只向隴頭耕。"則表達了詩人相信江南人民必然會不堪滿清殘酷統治而奮起抗爭的信念。歸莊還有《落花詩》十二首，頗爲前人所稱道。其詩後自序大略云：落花之咏，自二宋以來作者不可勝數，"然諸公皆生盛時，推激風雅，鼓吹休明，落花雖復衰殘之景，題咏多作穠麗之辭，即有感嘆，不過風塵之況，憔悴之色而已。我生不辰，遭值多故……以至風木痛絕，華萼悲深，階下芝蘭，亦無遺種。一片初飛，有時濺泪；千林如掃，無限傷懷！是以摹寫風情，刻畫容態，前人詣極，嗣響爲難；至於情感所寄，亦非諸公所有。無心學步，敢曰齊驅；借景抒情，情盡則止。得十二章，用貽同志。"試舉其之一和之四："江南春老嘆紅稀，樹底殘英高下飛。燕蹴鶯銜何太急，涾多茵少竟安歸？闌干曉露芳條冷，池館斜陽綠蔭肥。靜掩蓬門獨惆悵，從他江草自菲菲！""庭中野外亂飛翻，哀怨無窮總不言：帶雨墮階苔濺泪，隨風貼水荇招魂。玉簫盡出新篁館，畫舫多移綠樹村。時過不

辭就消歇，尚餘芳氣在乾坤。"這組詩，作於清朝統治逐漸鞏
固之時。作者以落花喻抗清志士，"江南春老嘆紅稀，樹底殘
英高下飛"兩句，以暮春花落之況以喻志士的失散和凋謝，而
第四首中的頸聯和尾聯，則抒發了詩人對死亡志士的哀悼和
敬頌之情。詩人還在詩中表達了自己決不屈服的堅強意志，
"靜掩蓬門獨惆悵，從他芳草自菲菲"兩句，顯示了詩人不肯
隨波逐流的信念。詩人借景抒情，其中所寄寓的情感，確非前
人那種一般的落花傷春之感所能比擬，因而至爲感人。正由於
如此，就連清初的一些大家或名家也十分推許。如吳偉業評歸
莊這組《落花詩》云："流麗深雅，得寄托之旨，備體物之致。
玄恭之詩，超詣無前，駸駸乎度越驊騮矣。"宋琬亦曾評云：
"前此賦落花者，以唐子畏（寅）爲最，然佳句雖多，而失之
纖縟，數篇以後，大抵略同。玄恭以磊落崎旎之才，爲婀娜旖
旎之詞，興會所至，猶帶英雄本色。此其所以確可傳也。"

　　吳嘉紀（1618—1684），字賓賢，號野人，江蘇泰州人。家
境貧困，初事科舉，後遂棄去，隱居家鄉。其詩語言樸素，長
於白描，工爲危苦嚴冷之辭。反映鹽民、災民和揭露封建統治
者罪惡之作，尤具特色。有《陋軒詩集》。

　　陸廷掄指出："數十年來，揚郡之大害有三：曰鹽筴，曰
軍輸，曰河患。讀《陋軒集》，則淮海之夫婦男女，辛苦墊隘，
疲於奔命，不遑啓處之狀，雖百世而下，了然在目，甚矣吳子
之以詩爲史也！"（《陋軒詩序》）觀吳氏詩作，誠非虛譽。如下
面這首《絕句》："白頭竈戶低草房，六月煎鹽烈火旁。走出門
前炎日里，偷閑一刻是乘涼。"乃以炎日下爲乘涼，反映出熬

鹽工人勞作的艱辛和悲慘的境遇。自順治末到雍正初六十餘
年間，江蘇海濱多次發生海水漫溢的水災。吳氏的《風潮行》，
便是記述清順治末年江蘇南通、泰縣沿海一帶一次水災的慘
象：

> 辛丑七月十六夜，夜半颶風聲怒號。天地震動萬
> 物亂，大風吹起三丈潮。茅屋飛翻風卷去，男婦哭泣
> 無栖處。潮頭驟到似山摧，牽兒負女驚尋路。四海沸
> 騰那有路？雨灑月黑蛟龍怒。避潮墩作波底泥，范公
> 堤上游魚度。悲哉東海煮鹽人，爾輩家家足苦辛。頻
> 年多雨鹽難煮，寒宿草中饑食土。壯者流離去故鄉，
> 灰場蒿滿池無鹵。招徠初蒙官長恩，稍有遺民歸舊
> 樊。海波忽促餘生去，幾千萬人歸九原。極目黯然烟
> 火絕，啾啾怪鳥叫黃昏。

有研究者認為，根據詩中描寫的具體情狀分析，可以斷定這是
一次强烈的風暴海嘯，即因風暴而造成的海面巨大漲落現象。
由於這次海嘯的侵襲，給當地的人、財、物造成了巨大的傷亡
和損失。“海波忽促餘生去，幾千萬人歸九原。極目黯然烟火
絕，啾啾怪鳥叫黃昏”四句，觸目驚心地描繪出了海嘯席卷過
後的一片慘景。又如其《冬日田家》（四首錄一）：“殘葉一村
虛，臥犬冷不吠。帶夢啓柴荆，落月滿肩背。地荒寒氣早，禾
黍連冰刈。里胥復在門，從來不寬貸。老弱汗與力，輸入胥囊
內。囊滿里胥行，室裹饑人在。”語言真樸，純用白描，首則
寫貧苦農戶的苦辛，尾則寫賦税制度的殘酷及農戶生計斷絕

的悲哀，詩人的同情、憤懣也盡見其中。沈德潛稱其詩“以性
情勝，不順典實而胸無渣滓，故語語真樸，而越見空靈。”

　　沙張白（1625—1691），原名一卿，字介臣，號定峰，江
蘇江陰人。以布衣終老。他長於史學，著有《讀史論略》。詩
則多咏古之作，集中樂府詩尤佳，爲當時詩家所推許。吳偉業
曾介紹他去拜會龔鼎孳，龔贈其五律二首，其一云：“婁東吳
祭酒，雲外尺書來。說汝揚雄賦，攜登郭隗臺。藏山名士業，
人洛古人才。每見文章進，風檐喜一開。”有《定峰詩鈔》、
《定峰樂府》等。

　　沙張白論詩強調社會意義，注重時代精神，認爲“詩乃有
韻之春秋”，“匹夫匹婦之心聲”，要“獎正、刺邪、諷諫、箴
規”。反對逃避現實，反對蹈襲摹擬。從他的詩歌內容來看，的
確是實踐了其理論主張。特別是其新樂府，從多方面揭露了康
熙盛世時的社會問題，反映了民生疾苦。如其《大麥行》：“大
麥青青小麥黃，丈夫剮場女採桑。防營千騎早放牧，蹓場齕麥
如飛蝗。男兒釋剮淚如注，女子騰身上桑樹，急牽綠葉障紅裙，
不然抱爾跨鞍去。”又如其《拆屋》：“拆屋！拆屋！寡婦夜哭。
百金購三楹，換得十斛粟。半入天家庾，半飽里胥腹。明知露
處不敢愁，且與孤兒解桎梏。村村拆屋瞖眼前，今年屋盡奈明
年！燕巢林木百姓散，誰爲天王耕石田？”其《巢林燕》，則通
過咏燕，反映了滄桑之際兵燹後中原的殘破景象：“巢林燕！巢
林燕！私不識梓澤園，公不識昭陽殿。烏衣古巷多變更，密林
茂樹森清陰，猶能庇爾風霜侵。爾不見：中原連歲戰爭處，千
里蕭條無一樹？”其《太白墓》，爲咏史之作，亦寫得十分精彩，

有青蓮樂府之韵味，堪可諷涌：“明皇顧，宮奴怒，玉環妒。四海飄零七尺身，千古才名三尺墓。汾陽功是先生功，永王過豈先生過？我來一拜一凄然，酒醒何處呼謫仙？江空山老月在天。”有清一代二百年間，江浙 地區詩歌的一個重要特點，就是新樂府體詩十分盛行。明末清初，吳偉業首先扭轉明七子那種蹈襲摹仿古樂府的復古習氣，創造了“梅村體”，寫作出一些現實性較強的樂府詩，揭開了清代新樂府體詩創作的序幕。稍後，邢昉（江蘇高淳人）和吳嘉紀兩位遺民詩人，也都以樂府歌行著稱，從而奠定了清代新樂府體詩創作的基礎。至沙張白，則發展了白居易的詩歌理論，高標新樂府運動的旗幟，大量創制反映社會現實的新題樂府，影響頗大，使清代的新樂府運動出現了高潮。與沙張白同時的著名詩人，如邵長蘅（江蘇武進人）、汪琬（江蘇長洲人）、陳恭尹、梁佩蘭、朱彝尊等，都寫出了不少現實性較強的新樂府。此外，萬斯同（浙江鄞縣人）和尤侗（江蘇長洲人）等，也作有一些專門歌咏明代史事的樂府。在沙張白之後，又有查慎行、顧嗣立、鄭世元、鄭燮、蔣士銓等人以樂府著稱。其中，除蔣士銓之外，餘皆爲江浙人。直至鴉片戰爭時期，還有一大批詩人寫過不少反帝和同情人民疾苦的新樂府體詩。其中，較爲著名者如黃燮清、趙函、貝青喬等也都是江浙人。趙函的《十哀詩》，如《哀吳淞》（吊陳提軍也）、《哀滬瀆》（吊上海失守也）、《哀京口》（吊鎮江陷賊也）等篇什，均可謂反映鴉片戰爭之詩史。如果説，清代的新樂府運動發軔於江浙，而江浙詩人群又始終在這一運動中起着中堅作用，那麼，沙張白在推動新樂府運動高潮中的地位和影響則是不應忽視的。

　　吳兆騫（1631—1684），字漢槎，江蘇吳江人。順治十四年舉人。以科場案逮繫，遣戍寧古塔，居塞外二十三年。友人顧貞觀言于納蘭性德，後經性德父明珠營救，得贖還。有《秋笳集》三卷、《西曹雜詩》一卷等。

　　吳兆騫善駢文，工詩，與當時華亭彭古晉、陽羨陳維崧齊名，人稱"江左三鳳"。曾與詩友結慎交社於里中，"四方名士，咸翕然應之。"①其詩規撫盛唐，如《秋感》②八首之一、之八："楓林搖落迥蒼蒼，歲暮天涯黯自傷。永夜星河翻夢澤，高秋風雨暗瀟湘。三年作客清砧斷，萬里懷人叢桂長。憑眺欲尋西澨佩，數聲漁唱起滄浪。""長沙寒倚洞庭波，翠嶂丹楓雁幾過。虞帝祠荒聞野哭，番君臺迥散夷歌。關河向晚魚龍寂，亭障凌秋羽檄多。寥落楚天征戰後，中原極目奈愁何。"計甫草（與吳兆騫為同科舉人，名東，有《改亭集》）評云："此漢槎十三歲時作也。悲涼雄麗，便欲追步盛唐。用修（楊慎）青樓之句，元美（王世貞）《寶刀》之歌，安得獨秀千古？"吳兆騫流放塞外之後，詩風彌遒上，其詩多寫關外景色和懷鄉之情，如"羌笛關山千里暮，江雲鴻雁萬家秋"等佳句，皆一時傳誦。此外，集中尚有若干指斥沙俄侵略暴行，歌頌黑龍江流域廣大軍民抗擊沙俄英勇鬥爭的篇章，亦可謂唐代高、岑邊塞詩作在清代的再盛。茲舉其七言歌行一首：

　　　　烏孫種人侵盜邊，臨潢通夜驚烽烟。安東都

---

①　見陳去病《五石脂》，轉引自《清詩紀事》第 1955 頁。
②　其題下自注："甲申九月在湘中作。"

護按劍怒，麾兵直渡龍庭前。牙前大校五當戶，吏士
星陳列嚴鼓。軍聲欲掃昆彌兵，戰氣遙開野人部。卷
蘆葉脆吹長歌，雕韀弓矢聲相摩。萬騎晨騰響朱戟，
千帳夜移喧紫駞。駞帳連延亘東極，海氣冥濛際天
白。龍江水黑雲半昏，馬嶺雪黃暑猶積。蒼茫大磧旌
旗行，屬國壺漿夾馬迎。料知寇兵鳥獸散，何須轉鬥
摧連營。

　　　　　　　　——《奉送巴大將軍東征邏察》

　　該詩題目中的"巴大將軍"，即清軍寧古塔守將巴海。吳兆騫
在遣戍寧古塔期間，曾被他請至家中任家庭教師。錢仲聯先生
《夢苕庵詩話》中云："清順治八年，俄羅斯侵我雅克薩地方。
順治十五年，俄人建尼布楚要塞，茲後兵事不絕。十七年秋，
寧古塔總管巴海奏破羅剎於費牙喀西部。羅剎者，當時人稱俄
羅斯之名。吳漢槎於順治十五年遣戍寧古塔，爲巴海所禮遇。
故巴海出征，有此送行之作，有李東川（頎）、高達夫（適）七
古風格。"

　　陳維崧（1625－1682），字其年，號迦陵，江蘇宜興人。早
歲能文，補諸生。康熙十八年舉博學鴻詞科，授檢討。有《湖
海樓詩集》、《陳迦陵文集》、《迦陵詞》等。

　　清初，陽羨詞派①曾活躍於詞壇近五十年之久，詞人達百
人之多，而陳維崧則是這一詞派的宗主。譚獻《篋中詞》內稱：

────────────

①　陽羨爲古縣名。秦置。治所在今江蘇宜興南。六朝時移治今宜
　　興。隋改義興縣，宋改宜興縣。

"錫鬯、其年行而本朝詞派始成……嘉慶以前，爲二家牢籠者十居七八。"陳維崧詞集中作品多達一千六百二十九首，"填詞之富，古今無兩"（陳庭焯《白雨齋詞話》），前人評價也甚高，"屈指詞人，咄咄唯霤①，跅弛飛揚"。蔣景祁《陳檢討詞鈔序》云："讀先生之詞者，以爲蘇、辛可，以爲周、秦可，以爲溫、韋可，以爲《左》、《國》、《史》、《漢》、唐宋諸家之文亦可。"正因爲如此，其詩名遂爲詞名所掩。乾隆時沈德潛就已指出："陳檢討四六及詞，宇内稱許，而詩品古今體皆極擅場，尤在四六與詞之上。從前人無品評者，故特表之。"（《國朝詩別裁集》）楊際昌認爲，陳維崧詩作中"歌行佳者似梅村，律佳者似雲間派"（《國朝詩話》），從其七言歌行來看，也的確有一些近似梅村體的作品，這説明，陳維崧受到過吳偉業的影響。其《酬許元錫》云："二十以外出入愁，飄然竟從梅村游。"亦可佐證。但是，在向吳偉業學習時，陳維崧不僅是學習其梅村體，更主要的是學習了其廣師前人而自成一家的方法。如果説，迦陵詞奄有蘇、辛、周、秦之長而自領一隊，所謂"鐵板銅琶，殘月曉風，兼長並擅"②，那麼，迦陵詩也同樣出入於唐、宋大家而獨具面目，所謂"涵今茹古，奄有衆長"，"搖筆散珠，勣墨橫錦，洵可爲驚才絶艷。至於慷慨悲歌，唾壺欲碎，又使

---

① 　《清朝野史大觀》："宜興陳其年檢討少清臞，冠而于思，鬚浸淫及顴準，士友號爲陳髯。"
② 　見高佑釲《陳檢討詞鈔序》。

人流連往復，感喟欷歔，而不能自已"①。如其七言歌行體中，《贈李研齋太史》則顯然師法於青蓮之飄逸，《銀杏樹中觀音像歌》取徑於浣花，《地震行》則呈現出昌黎的奇崛險怪詩風。專門描寫地震，前人的作品中尚未之見也，這亦是迦陵在題材上的一種開拓。茲節錄其詩部分如下："六月十七風滿天，帷屏杯碗大劇顛。都門簸蕩猶未甚，齊魯消息紛喧闐。山東大吏羽書至，急裝快馬相鈎連。……我昨揚鞭跨驢背，一路村墟記其概。……詎知瞬息遭風雷，震霆一擊坤維開。久嗟民力亦已竭，頗怪天怒殊難回。我生未習《天官書》，誰從薄蝕占盈虛。五行妖診干皇極，一片寒芒射帝車。是日白日爲之昏，海天滇洞波濤奔。泰山坼裂井泉溢，變故難以恒情論。填溪塞坑須臾耳，蒿里何從辨妻子。長平之坑四十萬，積尸未必甚於此。骸骨撑拄如山高，陰陰鬼伯求其曹。天吳紫鳳有底急，以人爲戲爭雄豪。我向司天驗箕柳，寒燈一夜成白首。……"詩中的奇崛險怪之描寫，固然與所寫題材有關，但也可見出詩人取徑昌黎一路的創造。陳維崧的七言近體，也頗多佳作，試以徐世昌所舉爲例："十隊寶刀春結客，三更銀甲夜開樽。"（《贈巢民先生》）"青楓歷歷人千里，白月濛濛雁幾行。"（《過廣陵福緣庵》）"鴉點雷塘秋瑟瑟，笛吹板渚水粼粼。"（《送人出榷揚州鈔關》）"天連趙魏晴俱出，松歷金元臘更高。"（《登慈仁寺毗盧閣》）諸聯皆"雅近唐賢"，"超俊可誦"。與其七言歌行和律詩多慷慨悲歌之音不同的是，陳維崧的七言絕句則多"含意婉約"之作，如：

①　見楊倫《湖海樓集序》。

輕紅橋上立逡巡，綠水微波漸作鱗。

手把柳絲無一語，十年春恨細如塵。

　　　　　　——《紅橋》二首之一

渚鳥汀花各自愁，清江一別兩經秋。

東皇枉費無邊綠，搓得溪頭似鴨頭。

　　　　　　——《春暮雜憶和彭羨門韵》

斷粉零朱板不全，白頭重上此樓眠。

憑誰啼醒揚州夢，惟有栖烏似昔年。

　　　　——《宿谷梁宅後小書樓下口占絶句》

這些詩作，則可説與其詞作中一些語言艷麗、風格旖旎之什有某些相似之處。

（七）陳忱、董説、李漁和金聖嘆

此外，清初詩人中值得一提的還有陳忱、董説、李漁和金聖嘆等。在現今文學史上，他們或因其小説被提及，或因其戲曲理論及創作、小説評點理論被介紹，卻通常都未涉及其詩歌。現略作評介如下。

陳忱（1590？—1670？），字遐心，一字敬夫，號雁宕山樵，浙江烏程（今吳興）人。有《雁宕詩集》。《清詩紀事》中以爲陳忱一字用亶，並於詩人生活故事條中引證了下面兩條材料：

《嘉興府志》：“用亶少孤力學”，為詩文質於曹
侍郎溶、朱檢討彝尊，得有指歸。

阮元《兩浙輶軒錄補遺》：“楊文蓀曰：用亶與猶
子堯天並以詩名，尤為曹秋岳司農所賞。生平著述，
詩集外有《不出戶庭錄》、《讀史隨筆》、《同姓名錄》
諸書。”

今案，此說實誤。陳忱爲浙江烏程人，屬湖州府，非嘉興
府也。考清初浙江尚有另一名陳忱者，字用亶，浙江秀水人，
屬嘉興府，順治甲午副貢，有《誠齋詩集》①。《紀事》將兩人
誤作一人，故將以上兩條材料羼入。

陳忱由明入清，和顧炎武、歸莊等人表面上“以故國遺民，
絕意仕進，相與遁迹林泉，優游文酒”（汪日楨《南潯鎮志》卷
三十六引沈彤《震澤縣志》），實則以組織“驚隱詩社”爲掩護，
秘密進行抗清活動。其所撰《水滸後傳》，使用“古宋遺民”作
爲筆名，也自有其深刻涵義。後隱居鄉下，窮餓以終。其集中
七絕，時有可誦之作。如：“八月吳河雨雪飄，平沙一箭射雙
雕。閨中莫寄寒衣至，斬卻樓蘭賜錦貂。”（《邊城曲》）氣概豪
邁，不減唐人。又如《嘆燕》：“春歸林木古興嗟，燕語斜陽立
淺沙。休說舊時王與謝，尋常百姓亦無家！”此以劉禹錫咏烏
衣巷詩中“舊時王謝堂前燕，飛入尋常百姓家”二句翻出新意，
由於清兵的燒殺擄掠，普通百姓亦無栖身之屋，故歸燕只有立
於“斜陽”之“淺沙”，遑論“王謝之堂”！詩中透露出對侵略

---

① 參《晚晴簃詩匯》卷二七，中國書店版第330頁。

者暴行的無比憤慨，卻能以婉言曲意出之。他曾有詩云："故國栖遲遺老在，新亭慷慨幾人知！"（《過長生塔院訪沈雲樵徐松之兼呈此山師》）可見其抱負。然而，在陳忱詩集中最爲感人的作品，當數其《九歌》。題名《九歌》，亦有效屈原《九歌》之意。今錄其四首："江南半壁已崩裂，處小朝廷尚求活。錢塘不至三日潮，仙霞嶺上烽烟徹。抛戈解甲誰適謀，南人頸試北人鐵。青苔白骨没野蒿，檻猿籠鳥何處逃？""江頭野老何所依，羊裘五月坐漁磯。風波險絕終不顧，長鑱托命恒苦饑。掉頭豈復念妻子，《懷沙》《哀郢》知者稀。長安奕棋多反復，有足那肯加帝腹？""我今潦倒垂半百，相逢猶爲披肝膈。寒風刮天雪一丈，獨立柴門遲我客。荆卿入秦何足多，遂令白虹能貫日。抱膝長吟環堵中，草澤自有真英雄。""黄塵泪泪白日荒，連年征戍背裏瘡。孤城畫閉黑雲壓，搏人當路嘷豺狼。肌膚皴裂足重繭，那能握粟占行藏？丈夫生死安足計？但求一寸干淨地。"詩中慷慨悲歌，蕩氣回腸，而"抱膝長吟環堵中，草澤自有真英雄"之句，更抒發了詩人的高尚情操。前人曾評云："遐心苦吟類郊、島，大節似柴桑。集中《九歌》，激烈悲壯，聲出金石。《詩綜》僅錄一詩，安足見所長？韓子蘧序遐心詩，致嘆於同居桑梓，不能一接其音容言笑，影匿聲沈，言之痛心。古今詩人，淹於荒烟蔓草，而無只字以傳，此採詩者之責也。"[1]

———————————

[1]　見陳田《明詩紀事》。

　　董説（1620—1686），字若雨，號西庵，浙江烏程人，是當時所謂烏程三大小説家之一。[①]明諸生。明亡爲僧，名南潛，又名寶雲，字月函。有《豐草庵全集》四十一卷。

　　董説曾是復社主將張溥的學生。清兵入關後，他更名換姓，並稱自己爲"槁木林"。削髮爲僧後，他仍和一些抗清志士有過聯繫，詩作中也流露出對清朝的不滿和反抗。所作小説《西游補》，對明末世態多所諷刺，頗有名。中科院本文學史謂該書乃"董説二十一歲時的作品"，或恐不確。案：董説生於萬歷庚申[②]（1620），二十一歲時則爲崇禎庚辰（1640），姑且不論年齡，就書中的某些情節來看也不切合。如書中寫孫行者化作閻羅天子審問秦檜時，斥駡了"如今天下"的宰相。秦檜對孫行者説："咳！爺爺，後邊做秦檜的也多，現今做秦檜的也不少，只管叫秦檜獨獨受苦怎的？"疑此即爲諷刺南明王朝閹黨餘孽馬士英、阮大鋮之流。馬、阮之流掌握政權後，即認爲"幸遇國家多故，正我輩得意之秋"，同惡相濟，最終投降賣國，導致了南明王朝的迅速覆亡。據抱陽生云："滄桑之變，先生（董説）剪髮不剃頭，頭巾道袍，蓋豐草庵，足不越户，有《豐草集》千餘章，詩詞樂府十餘卷"，三十四歲之後方才出家，不接見賓客。因此，《西游補》亦當爲明亡後至其出家前十年間所作。其《春日》詩云：

---

① 　指凌濛初、陳忱、董説。

② 　見魯迅《小説舊聞鈔》引抱陽生《甲申朝事小紀》。

煮茶烟透綠陰中，遮屋黄茅間瓦松。

但遣異書供研北，不妨野語聽《齊東》①。

香拈細雨招新夢，門閉春風仗短童。

秋色今年應更好，小窗移得碧梧桐。

朱彝尊論此詩爲"硬語澀體"，方之於涪翁（黄庭堅）與饒德操（節）之間。（《明詩綜》）觀此詩，與抱陽生《甲申朝事小紀》中所言董説於明亡後情狀頗合，可作爲其《西游補》作於明亡後至出家前之一佐證②。然董説詩"不名一家，才思所至，窮極幽窈"（鄧之誠語），並非皆爲江西詩體。如《白鶴怨》二首："幾回夢里度金微，此夜蘋洲唤客歸。與君化作鴛鴦鳥，越水吴山只共飛。""怨鶴啼痕染客衣，愁魂歷歷是耶非！從今添入相思譜，不羨當年老令威。"其序曰："客有南州生，少年遠游，不得意，流館西吴。閩人鬱鬱以殁。一日托形野鶴，飛集生館。值生醉甚，對鶴訴愁。鶴忽墮泪。生悶絶。既而嗚咽，爲閩人語曰：君不如歸去，我死矣。魂魄渡江，尋君至此。言迄而蘇，鶴亦飛去。余聞其事……成《白鶴怨》二首，詩云云。"此事係作者所"聞"，故可以不去理會其真實性，然事則凄婉感人，詩亦古雅絶倫。董説的詩作中還有一首《秦良玉詞》值得注意："追奔一點綉紅旗，夜響刀環匹馬馳。製得鐃歌編樂

---

① 即《齊東野語》，南宋周密所撰筆記。所記多爲南宋史事，如岳飛逸事等。又：詩中着重號爲筆者加。

② 或云：據作者《漫興》詩，此書作於明亡前，時年二十一歲。此則當係作者所用假托手法。

府，姓名肯入《玉臺詩》？"詩中歌頌了抗清女將秦良玉。秦良
玉（1574 或 1584－1648），明四川忠州（今忠縣）人。石砫宣
撫使馬千乘妻。馬死，代領其職，所部號白杆兵。天啓元年
（1621）率兵北上御後金（清）。崇禎三年（1630）又曾入援京
師。由於詩人在詩中傾注了自己的感情，因而生動地塑造出了
一個英姿颯爽的巾幗英雄形象，氣勢飛揚。這在過去的詩中是
很少見的。計發《魚計軒詩話》："古來慷慨從軍，不必盡鬚眉
男子。明石砫司女將秦良玉帥師勤王，御製詩以旌之，有'桃
花馬上請長纓'之句。董若雨說云云。讀之殊有風雲之氣。"

　　李漁（1611－1679），字笠鴻、謫凡，號笠翁，別署笠道
人，隨庵主人，新亭樵客，湖上笠翁等，浙江蘭溪人。有《一
家言詩集》三卷。此外，還有戲曲理論著作《閑情偶寄》及
《笠翁十種曲》、小說《十二樓》等。

　　李漁的戲曲理論，繼承和發展了明王驥德的主張，系統地
總結了我國元明以來戲曲藝術實踐的豐富經驗，論述了有關
戲曲創作和表演多方面的問題，有許多獨到見解，在當時戲曲
界頗有影響。《金華詩錄》中稱他"所作率胸臆，構巧思，不
必盡準于古，最著者詞曲，其意中亦無所謂高則誠、王實甫
也。"[①] 袁枚在《隨園詩話》中批評他"詞曲尖巧，人多輕之"，
但這也恰說明了他的獨特風格。盡管他沒有詩歌理論著作，但
我們從他的《活虎行》並序中，可看出他的詩貴獨創思想。

　　其《活虎行》序中云：有山民獲二虎檻而獻之郡，司馬瞿

----

① 　見阮元《兩浙輶軒錄》所引。

公以一贈予而攜歸，詎料聚觀如堵，半日之途三日夜方至家。歸家以後，百里內外之人無不就觀，"而富貴之家，又以閨人不見爲恨。走書固索，詞極哀懇，咸以先見爲榮，不得爲辱。"詩人遂由此生發出無限感慨："噫！一虎之微，只以但見其死，未見其生，遂致傾動一國，寶若鳳麟。使人而虎者，炳蔚其文，震作其聲，而又不爲人所習見之事，則一鳴驚人，使天下貴賤老幼，以及婦人女子，咸以得見爲幸。其得志稱快，又當何如？借物志感，作《活虎行》以自勵。"其詩說："人以爲榮我獨羞，身不能奇假奇物。縱使鳳凰栖我庭，麒麟驪虞產我宅。彼自瑞兮何與吾，丈夫成名當自立。人中有虎忌生翼，炳在文章威在德。揚聲四海同其喧，捫舌能令天下寂。"徐世昌說他詩"規模香山，真率而近俚。"其實，"真率而近俚"，恰是李漁欲"人而虎者，炳蔚其文，震作其聲，而又不爲人所習見之事"的獨創性精神的體現，是對於明七子擬古之風餘緒的反撥。至於說他"規模香山"，只不過是在"俚俗"風格方面與白居易有某些巧合罷了。如其《早行》："鷄鳴自起束行裝，同伴征人笑我忙。不道有人忙似我，馬蹄先印板橋霜。"又如其《瓶梅》："膽瓶春色映櫺紗，一座清香數盞茶。散脚道人無坐性，閉關十日爲梅花。"語氣真率，卻能自見性情。李漁的詩中有時還有"諧"的一面，如《活虎行》："臣門如市不由官，戶限踏穿非爲字。百里內外無遺民，壯者同觀不遺稚。所遺者誰曰婦人，恨不生爲丈夫身。神交氣感成獅吼，不致生虎無相親。男兒紛紛向予乞，案頭書牘日盈尺。"再像其《白頭花燭詩》前四句："女子貴守貞，不嫁乃常事。能嫁更爲奇，務免風人刺。"且詩中還有迎合市民趣味之處，這大約是受到了其戲劇創作的影響，因戲劇創作爲了爭取觀衆，有時亦不得不投合城市中市民階層的口味。然而，李漁的詩歌中也有精警新奇之作，如《避兵行》，李仁熟評曰：“人人有此意，人人道不出，惟笠翁傾吐卻盡。”再如其近體：“鼙鼓聲方熾，升平且莫歌。天寒烽火熱，地少戰場多。未卜三春藥，先拼一夜酡。忠魂隨處有，鄉曲不須儺。“（《乙酉（1645）除夕》）“天寒烽火熱，地少戰場多”一聯，不僅對仗工整，且見出無限沉痛。又如：

> 誰引招提路，隨雲上小峯。
> 飯依香積煮，衣倩衲僧縫。
> 鼓吹千林鳥，波濤萬壑松。
> 《楞嚴》聽未闋，歸計且從容。
>
> 　　　　　　——《娑寧庵》
>
> 一渡黃河滿面沙，只聞人語是中華。
> 四時不改三冬服，五月常飛六出花。
> 海錯滿頭番女飾，獸皮作屋野人家。
> 胡笳聽慣無凄惋，瞥見笙歌淚轉賒。
>
> 　　　　　　——《甘泉道中即事》

“飯依香積煮，衣倩衲僧縫”一聯，實屬妙對。“香積廚”乃佛教名詞，指僧寺的食廚，取香義。《維摩詰所説經·香積佛品》：“香積如來以衆香鉢盛滿香飯與‘化菩薩’。”“是‘化菩薩’以滿鉢香飯與維摩詰。”“衲”即縫補之義，因僧徒之衣常用許多碎布補綴而成，故亦以爲僧衣的代稱，又或作僧徒的自稱或代稱。詩人以“香積”與“衲僧”相對，不僅有助於增添詩中佛教淨地的清幽氛圍，且飯依香積以炊而生香，衣倩衲僧以縫而綴巧，構思佳妙。乍看去，爲不經意之作，實則着意鍛煉之語，不過是不見痕迹罷了。李漁以戲劇爲職業，曾帶領其劇團遨游天下達四十年之久，“海内名山大川，十經六七”，上引《甘泉道中即事》，即當係其巡回演出途中所作。其中，“四時不改三冬服，五月常飛六出花”一聯，不僅對仗精工，且以“六出花”借代雪花，新穎別致，意思上下照應：“三冬服”之所以“不改”，俱因“六出花”之“常飛”所致。尾聯“胡笳聽慣無凄惋，暫見笙歌泪轉賒”，亦含蓄蘊藉，意味深長。前人云聽胡笳而起鄉愁，而詩人此處卻一反其意，胡笳之聲熟聞已無感，而乍聽江南之笙歌卻逗起鄉愁，不禁潸然泪下。

金聖嘆（1608－1661），本名采，字若采，明亡後改名人瑞，聖嘆是其批書時用的筆名，江蘇吳縣人。明諸生。清順治末，因哭廟案被殺。有《沉吟樓詩選》一卷。

金聖嘆的主要成就在於小説戲曲理論，但也留下了一些杜詩和唐人七律的評語。在評論唐人律詩時，他必以前四句爲一解，後四句爲一解，人號爲腰斷唐詩。對此，評價則毀譽不一。如張芳云：“近傳吳門金聖嘆，分解律詩，其説即起承轉合之法，亦即顧中庵兩句一聯、四句一截説詩之法也。弟久信之。今得此老闡繹，可破世人專講中四句之陋説。而王、李一派惡套詩，大抵不明於此説，以致村學究，坌氣猖聲，涂牆綴扇，往往使人捧腹也。”（《與陳伯璣》）其詩則仍學老杜，無出盛唐。對於當時江浙地區詩壇反撥復古之風、取徑多元化的趨向，表示不滿。但是，其創作也非七子之專事摹擬。鄧之誠指出："人瑞之詩學杜，最見工力。《樂府》諸篇，皆有實際，不同七子繁響。惜體境未純，時雜禪語俚語。時方重元、白、陸、范之集，人瑞疾之，欲以盛唐教人，未嘗自居於作者。然其合作，雖當時名家未必能及之。"如其《塞北》詩："塞北今朝下教場，孤兒百萬出長楊。三通金皷搖城角，一色鐵衣沉日光。壯士並心同日死，名王卷席一時藏。江南士女卻無賴，正對落花春畫長。"又如其《燕子來舟中》："無官只合置天涯，偏有尋人燕子斜。舊歲未成爲地主，今春真累過寒家。村村社皷邀分肉，岸岸朱輪赴看花。諒汝從來飛不慣，灘邊逢底寂無嘩。"（案：《清詩紀事》據俞陛雲《吟邊小識》僅錄前四句，以爲七絕，今依《晚晴簃詩匯》補足）金集中絕句亦有可觀者，如《宿野廟》："眾響漸已寂，蟲於佛面飛。半窗關野雨，四壁挂僧衣。"袁枚嘆其爲"清絕"。《春江》則云："莫向春江着處行，春江春水古人情。此江肯貯古人泪，應比今春春水平。"詩中之"春江"，即指長江，同張若虛《春江花月夜》中之"春江"。面對春江，詩人思緒萬千，春江給他的審美感受並不是喜悅而是悲慨。春江畔發生的種種悲歡離合之古事和興廢存亡的史迹，足以使"古人"生"情"，足以使"古人"下"泪"，使"古人"復吊"古人"。但是，這一切又有什麼用呢？泪珠有意，流水無情，依然滔滔東去，而歷史也同樣"逝者如斯夫"，詩人遂感到自己在時空中的短暫和渺小，產生了一種所謂"宇宙意識"。"莫向春江着處行"，實是詩人無可奈何的一種悲嘆。

金聖嘆曾説："詩非異物，只是人人心頭舌尖所萬不獲已，必欲説出之一句説話耳。"（《與家伯長文昌》）試觀其臨刑前寫給兒子的遺詩《與兒子》[①]：“與汝爲親妙在疏，如形隨影只於書。今朝疏到無疏地，無着天親果宴如？”詩人對兒子的舐犢情深，不忍抛下兒子撒手而去的痛苦感盡寓其中。語雖平淡，情則至真，因而極其感人。鄧之誠言其“《樂府》諸篇，皆有實際，不同七子繁響”，實因其詩中以“真”字一以貫之。

除上述詩人外，清初期創作有特色的詩人尚有林古度、談遷、朱之瑜、閻爾梅、傅山、杜濬、方以智、高兆．方文、周亮工、侯方域、蔣超、錢澄之、冒襄、毛奇齡、汪琬、釋宗渭、魏禧、邢昉、申涵光、呂留良、尤侗、彭孫遹、李因篤、宋犖、徐釚、邵長蘅、吳雯、蒲松齡、洪昇、孔尚任、張篤慶、潘耒、田雯及納蘭性德等。

---

① 原詩題下有作者自注：“吾兒雍，不惟世間真正讀書種子，亦是世間本色學道人也。”

八、清初江浙詩社舉要

　　受明末江南文社風氣之盛的影響，清初江浙地區的詩社亦彬彬乎其盛矣。無論是詩社的數量之眾以及社員之多，均爲前所未見。通過兩省詩社之間的會合與切磋交流，江浙詩學則日益呈現出合流趨勢，從而形成爲江浙文化圈。而這種切磋交流，顯然也有利於清詩風氣的開出。

　　明末著名的文社，當首推幾社和復社。幾社的主要成員，爲陳子龍、夏允彝、徐孚遠等人。復社的領袖爲張溥和張采，號稱“婁東二張”。他們集合了當時南北各省的許多士大夫所組織的文社，如匡社、端社、幾社等三千餘人，崇禎六年大會於虎丘。這是個全國性的文社組織，其規模之大，“春秋之集，衣冠盈路。”“社集之日，胥閶之間，維舟六七里，平廣可渡，一城出觀，無不知有復社者”（《七錄齋集·國表序》）。復社的宗旨爲：“期與四方文士，共興復古學，將使異日者務爲有用，因名曰復社”（明眉史氏《復社紀略》）。“興復古學”的主張，實際上是對公安、竟陵末流逃避現實傾向的抗議和批判。復社成立的目的是研討社會問題，所以，盡管其盟詞是“毋巧言亂政，毋干進辱身”，但行動卻始終關心政治而且“聲氣相通遍天下”。在明末抗清鬥爭中，復社成員大都壯烈殉國，或隱退山林，不與清廷合作，表現了崇高的民族氣節。

清初江浙的詩社，依其性質可大致分爲三種。一種是借組織詩社爲掩護，暗地進行抗清活動。這可以顧炎武、歸莊、陳忱等所參加的蘇州“驚隱詩社”爲代表。盡管他們表面上“優游文酒”，實則以該詩社爲掩護而秘密進行抗清活動。但是，這種詩社在數量上只占極少數。另一種是借詩歌來抒發對亡明的懷念，表達其不與清廷合作的態度。這可以寧波的南湖九子詩社作爲代表。這種詩社，占有相當數量。這兩種詩社，都繼承和發揚了明末幾社、復社關心政治的優良傳統。還有一種詩社，則是畏懼於清廷“文字獄”迫害而逃避於山水風月之間，以求全身遠害者。其時，江浙詩社最盛的地方首推浙江寧波和江蘇蘇州。如楊鳳苞《秋室集》卷一《書（葉繼武）南山草堂遺集後》云：“明社既屋，士之憔悴失職，高蹈而能文者，相率結爲詩社，以抒寫其舊國舊君之感，大江以南，無地無之，其最盛者，東越則甬上①，三吳則松陵②。”

江蘇吳江爲當時“東南舟車之都會”，“四方雄俊君子之走集”“尤盛於越中”，詩社甚衆。其中，驚隱詩社又爲吳社之冠。據楊鳳苞記載，汾湖葉繼武係該社領袖，“家唐湖北渚之古風莊，有烟水竹木之勝，歲于五月五日祀三閭大夫，九月九日祀陶徵士，同社麇至，咸紀以詩。今考入社名流，見于恒奏《南

---

① 甬上即指寧波。“甬”是寧波的簡稱，因境内有甬江而得名。
② 松陵即江蘇吳縣別稱。因五代吳越建縣前爲吳縣松陵鎮地，故名。

山堂集》者略具（見于所著《中秋對月寄懷同社詩》等篇）。茗
上則范梅隱風仁、沈雪樵祖孝、金完城某、陳雁宕忱，禾中則
顏雪臞俊彥、朱載楊臨、鐘琴俠俞，武林則戴曼公笠，玉峰則
歸玄恭莊、顧寧人炎武，梁溪則錢礎日肅潤，吳門則陳皇士濟
生、程杓石頭、施又王諲，同邑則吳匡盧珂、吳東籬宗潛、吳
南村宗漢、吳西山宗泌、吳芳時宗沛、吳赤溟炎、吳北窗采、
吳曜庚在瑜、吳融司南杓、吳石城嘉楠、顧茂倫有孝、顧樵水
樵、戴耘野笠、潘力田檉章、葉開期世侗、周暗昭燦、周機高
（亭）爾興、周其凝撫辰、周安節安、朱長孺鶴齡、朱不遠明
德、鈕晦復明倫（《姓氏錄》作明儒）、鈕蓀如榮、王兆敏錫闡、
王雲頑礽、沈建芳永馨、沈彥博泌、李北山恒受、錢鍾銘重、
金寧武甌、金彥登廷璋、金公覲始垣、金耳韶成、顏子京祁、
鍾賓王嶔立。”

《吳江葉氏詩錄》中載有葉繼武《九日寒齋同逃社諸子祭
陶元亮杜子美兩先生詩》云：“龍沙嘉會結寒盟，修祀先賢薦
菊觥。離亂家鄉移酒郡，晉唐史歷紀花名。一時共得南山意，
千載同懷北極情。但願久長持晚節，蕭蕭門外任浮榮。”從有
關記載看，顧炎武也加入了該社。由於顧炎武順治十四年便避
仇北游，顯然不可能經常參與社內的活動。但是，他與社內詩
人保持着交往則是可以肯定的。如其《同志贈言》中載有潘檉
章給他的贈詩云：“相對何須學楚囚，便當戮力向神州；但令
舌在寧論辱，除卻天崩不是憂！意氣自慚河朔俠，行藏誰識下
邳游。感君國士深期許，事業千秋尚可酬。”潘檉章和吳炎因
莊氏史案牽連被害後，顧炎武曾有《祭吳潘二節士詩》云：
“一代文章亡左馬，千秋仁義在吳潘！”稱贊了吳潘二人堅貞不

屈的氣節。

驚隱詩社創始於清順治七年，除葉繼武外，詩社創始人還有吳振遠和吳宗潛。二人曾參加過太湖上抗清義師，失敗後，由葉繼武掩護下來，并與三吳名士結成驚隱詩社。據社人戴笠《高蹈先生傳》[①]記載，驚隱詩社一名逃社，又稱"逃之盟"，顯寓有謀求再舉之意。然而，震動一時的莊氏史案發生後，社中潘檉章、吳炎等遇害，詩社遂於康熙三年（1664）前後解散。

全祖望亦曾指出："有明革命之後，甬上蜚遁之士，甲於天下，皆以蕉萃枯槁之音，追踪月泉[②]諸老，而唱酬最著者有四社焉。"（《湖上社老董先生墓版文》）據其記載，這四社分別爲：四湖八子一社，有陸宇鼎、毛聚奎、董德偁、袁五昌、李文纘、周昌時、沈士穎、方授等八人，其中桐城方授以寓公豫焉，職志者爲李文纘；南湖九子一社，有徐振奇、王玉書、丘子章、林時躍、徐鳳垣、高斗權、錢光綉、高宇泰、李文胤等九人，以後又復增倪爰楷、立之、周元初等三人，職志者爲高宇泰；又西湖七子一社，有宗誼、范兆芝、陸宇燦、董劍鍔、葉謙、陸昆、余本等七人，其中余本以寓公豫焉，職志者爲董劍鍔；又南湖五子一社，有林時對、周立之、高斗權、朱鈫與曉山等五人。"其餘社會尚多，然要推此四集爲眉目云。"這四社中，又可以南湖九子一社爲代表。其中，以李文胤聲名爲最

---

① 見凌淦《松陵文錄》卷十七。
② 即月泉吟社，宋亡後遺民所組織之詩社，宋末吳渭曾官義烏令，入元隱居吳溪，創此社，請遺民詩人方鳳、謝翱、吳思齊等主持。

著。李文胤（1622－1680），字鄴嗣，號杲堂，後以字行，浙江鄞縣人。著有《杲堂詩鈔》。近年浙江古籍出版社有張道勤校點的《杲堂詩文集》印行。早年，李文胤曾隨父抗清，後父被捕而死，他也曾兩度入獄，飽受囹圄之苦。國仇家恨，刺骨終天，因而他獲釋後矢志不應薦舉出仕清朝，表現了堅定的民族氣節。曾有詩云：“采薇砠，是爲末節。臣靡猶在，復興夏室。”流露出志在恢復的愛國思想。楊鐘羲《雪橋詩話》中說他年十二三即能詩。里中有鑒湖社，仿場屋之例黏名易書，由他作主考，甲乙樓上，少長畢集，樓下候之，一聯被賞，門士臚傳，其人拊掌大喜，如加十賚。晚年則“追踪月泉諸老”，仿遺山《中州集》體例選《甬上耆舊詩》。宋亡後遺民所組織的月泉吟社，由謝翱等主持，曾於至元丙戌（1286）出題征詩，次年初應征有二千七百五十三卷，評選得二百八十人，並將前六十名之詩結集，以《月泉吟社詩》爲名而刊行。集內之作多隱含追懷宋室的思想。而李文胤所選之《甬上耆舊詩》，亦頗具規模，共收錄四百三十人的三千餘首作品，内容不乏“月泉”之思。“五寺鐘聲送夕曛，女冠猶著舊宮裙。葫蘆井畔傷心語，只許東洲遺老聞。”（李文胤《西陵絕句詩》十四首之二）可説集中體現了這種感懷。《續耆舊傳》云：“先生一生流離國難，則（效法）宋之謝翱、鄭思肖，委蛇家禍……而卒以其餘力任甬上文獻之重，輯前輩遺詩，遍爲作傳，枌社風流，籍以不墜。”（見阮元《兩浙輶軒錄》引）其詩亦“別才逸腕，刿剶異人”[1]。集中佳句如：“落日庭前宿，幽霜座上飛”（《贈周唯一

_____

① 徐世昌評語。

先生山居》），“半枯秘監祠雙樹，仍照尚書月一橋”（《暮春懷湖上兼呈掖青》），“月激一池影，風歸萬樹濤”（《天童寺八首》之二），“客到蓬門鷄鬥午，人眠竹屋鳥呼春”（《結廬》），“菰蘆隔浦舟無主，鐘鼓鄰房佛有聲”（《草堂橋西示旦中》）[①]，均堪吟咏。

當時浙江的詩社，除寧波之外，嘉興則有萍社、滄鳴社、彝社、廣敬社、澄社、經社等，其主社事者錢光綉最著名。杭州則有登樓社、碾綠社，前者的主持人爲陸圻，後者爲高克臨，詩風堪稱極盛。而江蘇詩社也甚衆，如吳江吳兆騫與汪琬等所結之慎交社。且江、浙兩省詩社還時有會合，切磋交流。林昌彝《海天琴思續錄》就曾記錄過這樣一次盛會：“順治七年庚寅，太倉吳偉業於嘉興南湖立十郡大社，萃十郡名士賦詩，連舟數百艘，與會者山陰駱君復旦也、蕭山毛君甡也（即奇齡）、長洲宋君德宜也、宋君實穎也、吳縣沈君世英也、彭君瓏也、尤君侗也、華亭徐君致遠也、吳江計君東也、宜興黃君永也、鄒君袛謨也、無錫顧君宸也、昆山徐君乾學也、嘉興朱君茂周也、朱君彝尊也、嘉善曹君爾堪也、德清章君金牧也，章君金範也、杭州陸君圻也。此見《西河集》，而尤悔庵及朱竹垞年譜，又有宛平金君鋐來尋盟，而盟者更有繆君慧遠、章君在兹、吳君愉、汪君琬、宋君德宏諸人。三日乃定交去。”這種情況表明，當時江浙地區的詩社不僅大量涌現，數目可觀，而且通過兩省之間詩人的廣泛交流，切磋詩藝，江浙詩學出現日益合流的趨勢，形成爲江浙文化圈。這種切磋交流。自然有利於開

---

①　以上諸聯均引自浙江古籍出版社印行之《杲堂詩文鈔》。

出清詩之風氣，我們只要舉出與會者之中諸如吳偉業、朱彝
尊、毛奇齡、尤侗這樣的“開國宗匠”、大家或名家即可說明。
還有一種情況值得注意，就是參加這種江浙“十郡大社”之會
的不僅僅是江浙詩人，如林昌彝所舉，就有來自千里之外的京
師詩人金鉉，這種情況表明，江浙文化圈內的文化特質正通過
交流向其他地區傳播和輻射，從而加速了清初大江南北詩風
的丕變。

中　篇

一、清中期詩壇概論

　　康雍兩朝以來，清王朝逐漸步入中期。自康熙中"河海晏清"政治局面的出現，直至乾隆中期，中原廣大地區長期無戰亂，社會生活相對穩定。承平的環境，爲經濟的恢復和發展、財力的積聚、工商業的活躍、人口的猛增、城市的繁榮等都提供了有利條件，從而使一個所謂"十全王朝"的乾隆"盛世"得以形成。

　　然而，就是在這樣一個表面歌舞升平的"盛世"背後，已暗暗潛伏着深刻的危機：土地兼併現象嚴重，賦税苛繁，貧困和破産現象急劇發生；文網嚴酷，鉗制思想，迫害知識分子的文字獄遽劇。這無疑又是一個極其黑暗沉悶的時代。所有這些，都勢必對詩歌的發展產生深刻影響。就思想内容而言，這一時期的詩歌在反映社會生活和揭露現實矛盾方面顯然要遜色於清初。但就藝術而言，這一時期的詩歌則呈現出十分繁盛的局面，這主要表現爲題材的開拓、各種詩歌體式運用的成熟和詩壇上流派紛呈、風格多樣、群星璀璨的壯觀。詩人們有條件得以進行全面的探索，呈現出百家爭鳴的景象。自然，毋庸諱言，即使是這種在藝術方面的探究，也往往多少受到當時官方意志和文化專制政策的影響或制約。當時的著名詩歌流派，先後有格調派、性靈派、肌理派以及浙派。當時詩壇上的大家和名家，則先後有葉燮、沈德潛、厲鶚、袁枚、趙翼、蔣士銓、鄭燮、黃任、嚴遂成、胡天游、杭世駿、王又曾、錢載、翁方綱等。此外，尚有大量的二、三流詩人各以其佳作爭奇鬥艷，從而豐滿地烘托出清詩的繁榮氣象。

二、葉燮的“才、膽、識、力”之説

康熙中，針對詩壇時弊，則有葉燮出來力倡“才、膽、識、力”之説。其所作《原詩》，以推究詩歌創作的本原爲宗旨，企圖糾正明代以來詩歌發展中的偏向，爲清代重要詩歌理論專著之一。

葉燮（1627－1703），字星期，一字己畦，嘉興籍吳江人。康熙九年進士，官寶應令，“以伉直不附上官意，用細故落職”①。同被參劾者還有當時廉吏嘉定令陸隴其，燮以此爲榮，遂縱游名山大川，後攜家定居吳江，築“二棄②草堂”於橫山陽，教授生徒，人稱橫山先生。有《己畦詩集》十卷、《己畦文集》十卷、《原詩》四卷及《汪文摘謬》一卷。

鄧之誠《清詩紀事初編》卷三稱葉燮“詩文宗韓杜”，所作《原詩》四卷，“專爲尊唐，力辟時人徒襲范、陸皮毛之

---

① 見《清史列傳》卷七十本傳。
② 取鮑照“君平獨寂寞，身世兩相棄”詩意。

非"；"於舉世尊宋之時獨持己見，發聾振瞶，信豪杰之士。"這種評論，雖然也指出了葉燮《原詩》的重要理論價值，但簡單歸之於唐宋之爭，顯然未得要領。

在《原詩》中，葉燮開宗明義即從歷史發展的角度表述其文學觀：

> 詩始於《三百篇》，而規模體具於漢。自是而魏，而六朝，歷唐、宋、元、明以至昭代，上下三千餘年間，詩之質文體裁格律聲調辭句，遞升降不同。而要之，詩有源必有流，有本必達末，又有因流而溯源，循末以返本。其學無窮，其理日出。乃知詩之為道，未有一日不相續相禪而或息者也。但就一時而論，有盛必有衰；綜千古而論，則盛而必至於衰，又必自衰而復盛。非在前者之必居於盛、後者之必居於衰也。

從詩之源流正變、相續相禪的發展觀出發，葉燮首先抨擊了明前後七子"五言必建安、黃初；其餘諸體，必唐之初、盛"的偏向。他考察了詩之源流本末正變盛衰之間的關係，指出："漢魏以來之詩，循其源流升降，不得謂正爲源而長盛、變爲流而始衰。惟正有漸衰，故變能啓盛。……盛唐諸詩人，惟能不爲建安之古詩，吾乃謂唐有古詩。若必摹漢魏之聲調字句，此漢魏有詩，而唐無古詩矣。"這顯然是正確的。盡管葉燮從詩歌發展的本身出發得出如下結論："綜千古而論，則盛而必至於衰，又必自衰而復盛"，因而流於"詩之源流本末正變盛衰互爲循環"的簡單"循環論"，但是，他肯定詩歌的發展變化，否定"前爲正而必盛，後爲變而必衰"的觀點，由此也就有力地否定了前後七子的種種復古論調，具有發展、創新的積極意義。

　　葉變還從沿革因創之間的關係入手來闡述正變盛衰。復古派的主要作家都知"正"而不知"變"，甚至反對"變"。葉變則指出，如果没有革新和創造，沿襲既久，因循已陳，則"正"必然會流弊而衰；反之，有了革新與創造，才會打破陳陳相因的局面，才能救衰而盛。在他看來，"大凡物之踵事增華，以漸而進，以至於極。故人之智慧心思，在人始用之，又漸出之，而未窮未盡者，得後人精求之，而益用之出之。乾坤一日不息，則人之智慧心思必無窮與盡之日。"在詩歌"以漸而進"的發展過程中，也必然是"踵事增華"，"有加乎其前"。這種"踵事增華"、後來居上的文學進化思想，雖然前人已有論述①，但葉變闡發得更爲清晰和完整。

　　在抨擊前後七子復古論調的同時，葉變對於明公安派和竟陵派的一些"偏畸之私説"也進行了批評。所謂"偏畸之私説"，即指復古論調的一些"逆而反之"之見："推崇宋元者菲薄唐人，節取中晚者遺置漢魏。"葉變認爲，上述兩者，一是"執其源而遺其流"，一是"得其流而棄其源"，都全然不知什麼爲"沿"爲"革"，什麼爲"因"爲"創"，以至於出現"兩敝"的局面，詩道遂淪而不可救。他强調説："夫自《三百篇》而下，三千餘年之作者，其間節節相生，如環之不斷；如

──────────

①　蕭統《文選序》已云："蓋踵其事而增華，變其本而加厲。物既有之，文亦宜然。"

四時之序，衰旺相循而生物、而成物，息息不停，無可或間也。吾前言踵事增華，因時遞變，此之謂也。……夫惟前者啓之，而後者承之而益之；前者‘創’之，而後者‘因’之而廣大之。使前者未有是言，則後者亦能如前者之初有是言；前者已有是言，則後者乃能因前者之言而另爲他言。總之，後人無前人，何以有其端緒；前人無後人，何以竟其引伸乎！……由是言之，詩自《三百篇》以至於今，此中終始相承相成之故，乃豁然明矣。豈可以臆劃而妄斷者哉！”由此可見，在强調創新的同時，他對於繼承也極爲重視，從而較清楚地闡述了“啓後”與“承先”之間的“相承相成”關係。

清初，詩壇上又興起一種宗宋之風，尤以吳中爲盛。這種宗宋之風的特點，主要是推崇陸游、范成大的作品，至有“家劍南而戶石湖”之説①。然而，一味地注重摹擬，又重蹈了明前後七子的覆轍，正如葉燮所痛斥云：“竊陸游、范成大與元之元好問諸人婉秀便麗之句，以爲秘本！昔李攀龍襲漢魏古詩樂府，易一二字，便居爲己作；今有用陸范及元詩句，或顛倒一二字，或全竊其面目，以盛誇於世，儼主騷壇，傲睨今古，豈惟風雅道衰，抑可窺其術智矣！”葉燮指出，大凡古今之作者，卓然自命，必以其才智與古人相衡，不肯稍爲依傍，更不肯竊其餘唾。那些竊之而似者，不過是“優孟衣冠”，而那些

---

① 蔡景真《笠夫雜錄》引《宋詩源流》奚士柱語。按：陸游詩大致可分兩類：一類是慷慨激昂，抒發愛國激情的作品；另一類是婉秀明麗，表現日常生活和當前景物的作品。清代詩人學習、摹仿的，是他的后一類作品和范成大的田園山水詩。

竊之而不似者，更不過是"畫虎不成"之類。在葉燮看來，與
其假他人餘焰，妄自僭王稱霸，面目涂飾，毫無生機，實爲土
偶，毋寧如晚唐皮、陸，甘作偏裨，而自領一隊。他還以生、
熟，新、舊二義闡發之，指出：生、熟，新、舊，均不可偏執
其一，只有二者相濟，於陳中見新，生中得熟，方能成全其美。
近今詩家懲"七子"之習弊而掃其陳熟餘派，自應肯定；但其
過處，則在於凡聲調字句近乎唐詩者一概屏棄不爲，務趨於奧
僻，以險怪相尚，目爲生新，自負得宋人之髓。實則求新而近
於俚，尚生而入於澀。葉燮認爲，倘"舒寫胸襟，發揮景物，
境皆獨得，意自天成，能令人永言三嘆，尋味不窮，忘其爲熟，
轉益見新，無適而不可也。若五内空如，毫無寄托，以剿襲浮
辭爲熟，搜尋險怪爲生，均爲風雅所擯。"顯而易見，葉燮力
辟時人尊宋之風，並非如鄧之誠所云是拘泥於唐宋之爭，也並
非如譚獻所說是要"以杜爲歸"[①]，而是反對摹擬，主張於繼承
中求創新。

那麼，作詩究竟有沒有什麼"法"呢？與那些"高言法"
的"今之稱詩者"針鋒相對，葉燮既不以什麼平仄、粘對、句
法、章法之類爲詩家獨得之秘"法"，也不承認除此而外還存
在着什麼"定法"。他認爲，修德貴日日常新，而定法則必率
由舊章。"若夫詩，古人作之，我亦作之。自我作詩，而非述
詩也。故凡有詩，謂之新詩。若有法，如教條政令而遵之，必
如李攀龍之擬古樂府然後可。詩，末技耳，必言前人所未言，
發前人所未發，而後爲我之詩。若徒以效顰效步爲能事，曰：

---

① 見譚獻《復堂日記》，轉引自《清詩紀事》。

'此法也。'不但詩亡，而法亦且亡矣。"他還進一步宣稱："天地之大，古今之變，萬匯之賾，日星河岳，賦物象形，兵刑禮樂，飲食男女，於以發爲文章，形爲詩賦，其道萬千。余得以三語蔽之：曰理、曰事、曰情，不出乎此而已。然則，詩文一道，豈有定法哉！先揆乎其理；揆之於理而不謬，則理得。次徵諸事；徵之於事而不悖，則事得。終絜諸情；絜之於情而可通，則情得。三者得而不可易，則自然之法立。故法者，當乎理，確乎事，酌乎情，爲三者之平準，而無所自爲法也。"要之，以主觀的"才、識、膽、力"，來反映客觀的"理、事、情"，這就是葉燮的詩歌創作觀。葉燮對詩歌理論的貢獻，也主要在於此。

在《原詩》的《內篇》（下）中，葉燮指出：

> 曰理、曰事、曰情，此三言者足以窮盡萬有之變態，凡形形色色，音聲狀貌，舉不能越乎此。此舉在物者而為言，而無一物之或能去此者也。曰才、曰膽、曰識、曰力，此四言者所以窮盡此心之神明，凡形形色色，音聲狀貌，無不待於此而為之發宣昭著。此舉在我者而為言，而無一不如此心以出之者也。以在我之四，衡在物之三，合而為作者之文章。大之經緯天地，細而一動一植，咏嘆謳吟，俱不能離是而為言者矣。

那麼，何爲"理、事、情"呢？所謂"理"，就是事物發生、發展和變化的規律；所謂"事"，就是事物的客觀存在；所謂

"情"，就是事物千姿萬態的情狀。葉燮認爲，大到乾坤定位、日月運行，小至一草一木，一禽一獸，都離不開這三者。"譬之一木一草，其能發生者，理也；其既發生，則事也；既發生之後，夭矯滋植，情狀萬千，咸有自得之趣，則情也。"因此，詩歌便是人們用以表現"天地萬物之情狀"的，換句話説，詩歌是客觀事物的"理、事、情"的具體反映。

　　客觀的"理、事、情"，必得通過人們的吟嘆謳吟方能形爲詩歌，這就對詩人的主觀條件提出了要求。葉燮指出，詩人必須具備"才、膽、識、力"四個條件，"以在我之四，衡在物之三，合而爲作者之文章。"所謂"才"，即進行創作的藝術才能。"縱其心思之氤氲磅礴，上下縱橫，凡六合以内外，皆不得而囿之；以是措而爲文辭，而至理存焉，萬事準焉，深情托焉，是之謂有才"。所謂"識"，即詩人對客觀規律和詩歌創作規律的認識。"惟有識，則是非明；是非明，則取舍定。不但不隨世人腳跟，並亦不隨古人腳跟"。無識，則"眼光從無着處，腕力從無措處"，"人言是則是，人言非則非"。所謂"膽"，即詩人敢想敢言的創造精神，"無膽則筆墨畏縮"。所謂"力"，即詩人的藝術獨創性。"立言者，無力則不能自成一家。"力有大小，家有巨細，"力足以蓋一鄉，則爲一鄉之才；力足以蓋一國，則爲一國之才；力足以蓋天下，則爲天下之才。""才、膽、識、力"，反映了藝術創作活動的各個側面，因此，四者必須"交相爲濟"，"苟一有所歉，則不可登作者之壇。"

　　那麼，這四者之間是一種什麼關係呢？盡管葉燮也稱"四者無緩急"，但接着卻又指出，"要在先之以識"，把"識"擺到了"才"的前面。這是因爲，"識爲體，而才爲用。若不足於才，當先研精推求乎其識。人惟中藏無識，則理、事、情錯陳於前而渾然茫然，是非可否，妍媸黑白，悉眩惑而不能辨，安望其敷而出之爲才乎？文章之能事，實始乎此。"不僅如此，對於"膽"和"力"來說也概莫能外。"使無識，則三者俱無所托。無識而有膽，則爲妄、爲鹵莽、爲無知，其言背理叛道，蔑如也。無識而有才，雖議論縱橫，思致揮霍，而是非淆亂，黑白顚倒，才反爲累矣。無識而有力，則堅僻、妄誕之辭，足以誤人而惑世，爲害甚烈。若在騷壇，均爲風雅之罪人。惟有識，則能知所從，知所奮，知所決，而後才與膽、力皆確然有以自信。"可見，對於"才、膽、力"來說，"識"實際上起著一種統攝作用。既然如此，就詩人的創作主觀條件而言，"有識"便成爲當務之急。然而，正如葉燮所云，"人安能盡生而具絕人之姿，何得易言有識"！對此，葉燮提出："其道宜如《大學》之始於格物。"這裏，葉燮雖借用了古代認識事物中的"格物致知"這一命題，但卻與宋明理學家對"格物"的種種唯心解釋不同。此處所"格"的"物"，是客觀的"理、事、情"；"三者缺一，則不成物"，因而具有樸素唯物主義的觀點。葉燮認爲，在觀察現實和誦讀古人詩書時，倘一一以"理、事、情"格之，"則前後、中邊、左右、向背，形形色色、殊類萬態，無不可得；不使有毫髮之罅，而物得以乘我焉。如以文爲戰，而進無堅城，退無橫陣矣。"反之，如"徒日勞於章句誦讀，不過剿襲、依傍、摹擬、窺伺之術，以自躋於作者之林，則吾不得而知之矣"！這無疑是真知灼見，至今仍有積極意義。

在論述文藝創作的主觀條件時，葉燮還強調詩人的胸襟及志向，而這，同樣是與"才、膽、識、力"緊密聯係的。葉燮認爲，如建大廈，必先有所托基，然後乃可次第而成，作詩者亦必先有詩之基。所謂詩之基，也就是詩人的胸襟。“有胸襟，然後能載其性情、智慧、聰明、才辨以出，隨遇發生，隨生即盛。”他以杜甫爲例説：“其詩隨所遇之人、之境、之事、之物，無處不發其思君王、憂禍亂、悲時日、念友朋、吊古人、懷遠道，凡歡愉、幽愁、離合、今昔之感，一一觸類而起；因遇得題，因題達情，因情敷句，皆因甫有其胸襟以爲基。如星宿之海，萬源從出；如鑽燧之火，無處不發；如肥土沃壤，時雨一過，夭矯百物，隨類而興，生意各別，而無不具足。……由是言之，有是胸襟以爲基，而後可以爲詩文。不然，雖日誦萬言，吟千首，浮響膚辭，不從中出，如剪彩之花，根蒂既無，生意自絶，何異乎憑虛而作室也？”按照葉燮的以上論述，詩人先有胸襟，然後才能載其才智、性情以出。那麼，詩人的胸襟又是如何形成的呢？此處，葉燮雖沒有論及，但在《原詩》《內篇》的另一處則實際談到了這一問題：“彼詩家之體格、聲調、蒼老、波瀾，爲規則、爲能事，固然矣；然必其人具有詩之性情、詩之才調、詩之胸懷、詩之見解以爲其質。……吾故告善學詩者，必先從事於‘格物’，而以識充其才，則質具而骨立。”可以看出，“詩之胸懷”，也就是詩人的胸襟，實際主要是由“識”所決定的。葉燮在《原詩》中還論述“志”，觀點與此大略相同：“《虞書》稱‘詩言志’。志也者，訓詁爲‘心之所之’，在釋氏，所謂‘種子’也。志之發端，雖有高卑、大小、遠近之不同；然有是志，而以我所云才、識、膽、力四語充之，則其仰觀俯察、遇物觸景之會，勃然而興，旁見側出，才氣心思，溢於筆墨之外。志高則其言潔，志大則其辭弘，志遠則其旨永。如是者，其詩必傳"。

　　通觀《原詩》，盡管由於歷史的原因，仍存在着種種局限性，然而，它所表現出的樸素唯物辯證法的觀點，它關於詩歌發展中的源流本末正變盛衰的觀點，關於"才、膽、識、力"等詩人修養的觀點，關於主客觀統一的創作論，以及有關形象思維的闡述，等等，都可說是對當時文藝思想領域和美學領域的新貢獻。不僅如此，由於《原詩》對明前後七子的復古主義進行了一次相當有力的清算，對公安派、竟陵派以及清初詩壇的種種錯誤傾向也進行了抨擊，因而可說是對有明以來詩歌發展史上正反經驗的全面總結和理論概括，對矯正時弊起了重要作用。沈梁恩在《原詩跋》中說："自有詩以來，求其盡一代之人，取古人之詩之氣體聲辭篇章字句，節節摩仿而不容纖毫自致其性情，蓋未有如前明者。國初諸老，尚多沿襲。獨橫山起而力破之，作《原詩》內外篇，盡掃古今盛衰正變之膚說，而極論不可明言之理與不可明言之情與事，必欲自具胸襟，不徒求諸詩之中而止。"評價是確當的。沈德潛在《國朝詩別裁集》中亦云："先生初寓吳時，吳中稱詩者多宗范、陸。究所獵者，范陸之皮毛，幾於千手雷同矣。先生著《原詩》內、外篇四卷，力破其非。吳人始多訾謷之；先生沒後，人轉多從其言者。王新城司寇致書謂其'獨立起衰'，應非漫許。"由此可見它在當時的影響。

　　在清代作家中，葉燮盡管不以詩名，但詩仍有其特色，可說較自覺地實踐了"凡一切庸熟陳舊浮淺語須掃而空之"的詩歌理論。自然，沈德潛稱其"集中諸作，意必鈎元，語必獨造，寧不諧俗，不肯隨俗，戛戛於諸名家中，能拔戟自成一隊者"，這多少是因師生關係而有所溢美。

觀葉燮《己畦詩集》,其五、七言古體繼承杜甫反映現實的傳統,内容深廣,風格沉鬱蒼涼。如《紀事雜詩》三首,所寫"皆寶邑實事",其《御馬來》、《軍郵速》、《荷鍤夫》三首,即事名篇,師杜甫《兵車行》、《石壕吏》遺意而自運機杼。《御馬來》寫"御馬"數千,經過之處,黎民饑饉,食不果腹,而掃除廠舍、籌辦芻粟,卻刻不容緩。弄得"人死身已矣,馬誤全家傾"。全詩以"疲氓難旦暮,痾癢切私情,終宵馬嘶震,炊絕無人聲"收尾,令人不忍卒讀。《軍郵速》寫送軍書的郵馬須頻頻更換,急如星火,因而"縣官聞馬來,酒漿筐筐迎;吏役聞馬來,面色蒼黄青;百姓聞馬來,負擔望塵停。但求無事寧,安惜弁與纓!換馬百爾慎,一蹶禍立嬰",把"軍郵"帶給沿途官民的災難寫得淋灕盡致。《荷鍤夫》借被迫參加修堤工程的"白髮翁"之口,訴述了受災百姓的痛苦:"我儕湖旁民,漂徙無窟所。保長任恣睢,皮骨任酸楚。骨楚猶可言,腸饑轉鳴鼓。"真摯凄苦,催人泪下。這三首詩,其認識意義與審美價值,都不容低估。其他如《湖天霜》、《河漕堤》等,也都是"即事名篇"的佳作。

葉燮的七律,雄渾健舉,格高味永。如《同徐方虎張步青趙湛卿登永嘉江心寺浮圖》:

> 鷲宮突兀傍銀河,界破青冥一雁過。
> 名士登高雙泪下,故人回首萬峯多。
> 新傳蜃海銷兵甲,若個魚磯臥薜蘿?
> 尺五去天知不遠,憑君才調問如何。

　　首聯寫江心寺浮圖（塔）高聳入雲，而以"一雁過"烘托，萬里江天，突現眼底。次聯以下，寫登塔望遠，感慨時事，寓意深摯，境界闊大，與留連光景之作不同。又如《京口作》：

　　　　朔風動地大江鳴，猶說南徐北府兵。
　　　　鐵鎖幾人籌異代，布衣終古悔成名。
　　　　江山無限漁樵計，木葉頻驚關塞情。
　　　　試上高樓憑四望，不禁泪下愧平生。

　　京口，就是現在的鎮江。北面緊接長江，過江不遠便是揚州、瓜步。北魏太武帝南侵劉宋，直逼長江，在瓜步山建立行宮。金人完顏亮南侵，以揚州爲渡江基地。清兵南下，攻陷揚州，進行了連續十天的大屠殺，接着南渡長江，占領南京一帶，南明覆亡。葉燮的這首詩，即景生情，吊古傷今，全篇籠罩着一種凄愴的氛圍，實與辛棄疾的名作《永遇樂·京口北固亭懷古》異曲同工。

　　葉燮的五律也有佳什，如《度大庾嶺》：

　　　　千里連峯匝，紆回出萬尋。
　　　　險分南服界，雄見越王心。
　　　　鴻雁謀何苦？熊羆氣轉深。
　　　　高松陰夾路，風過動長吟。

　　這首詩從各種角度寫大庾嶺的險要。首聯以誇張手法寫其遼闊高峻。盡管大庾嶺南北不過百里，嶺上古驛道和小梅關海拔僅三四百米，但它自古以來就是嶺南嶺北的交通要塞，在地理上占有重要位置。因此，詩人的這種誇張性描寫，不僅渲染了大庾嶺的高遠氣勢，也更充分地體現出其在地理上的重要性。領聯緊承上聯，從人事地理方面突出大庾嶺之險峻。大庾嶺綿延於贛粵邊界，不僅形成內地與南部邊遠地區的自然界綫，而且有時還成爲割據政權借以抗拒中央的天險。詩人以秦漢時趙佗憑借大庾嶺險要地勢，建南越國而割據稱王的史實爲證，從而見出大庾嶺險峻之真實可信。就章法言，如果說上聯是在“虛”寫，那麼此聯則可說是“實”寫。一“虛”一“實”，避免了板滯。頸聯轉變描寫角度，引用與大庾嶺有關故實，通過對鴻雁謀食、熊羆出没等嶺上特有景物的描寫，進一步突出了大庾嶺地理環境的險峻，其中兼有對於社會人事的象征意蘊。熊羆本爲猛獸，然而，由於大庾嶺山高谷險，山深林密，更使其活動凶猛異常。這與“越王”句相照應，暗寓“所守或匪親，化爲狼與豺”（李白《蜀道難》）之意。尾聯緊扣題中“度”字，寫行經大庾嶺途中之所見，兼以抒情。高松參天，夾道蔽日；清風過後，松吟入雲，這不禁激起了詩人的詩興，發爲長吟，與天籟合而爲一。尾聯雖爲寫景，卻能出以空靈之筆，韻味悠然。全詩章法謹嚴，情味雋永，可稱葉燮律詩中的上品。

　　葉燮的七絕佳作頗多。如《楊花》詩：“小蠻腰瘦不勝情，斷粉飄雲殢舞裙。莫使漫天飛不住，樓中尚有未歸人。”沈德潛評云：“恐其傷思婦心也。視‘春日凝妝’之作，更覺微婉。”《梅花開到九分》詩：“亞枝低拂碧窗紗，鏤月烘霞日日加。祝汝一分留作伴，可憐處士已無家。”從梅開九分落筆，卻没有轉入惜花的尋常之情，而是禱以留下一分與無家之處士爲儔，則詩人的孤苦之景與淒清之情，俱溢於言外。張維屏評後兩句"可謂深情苦語"①，確能搔着癢處。又如《客發苕溪》：

> 客心如水水如愁，容易歸帆趁急流。
> 忽訝船窗送吳語，故山月已挂船頭。

苕溪有二源，俱出浙江天目山。一出山之南，東流經杭州等地，折而北，流至吳興，爲霅溪，是爲東苕。一出山之北，蜿蜒東北流，至吳興與東苕合，是爲西苕。二苕既合，北流入太湖。作者客居吳興，自苕溪乘船回吳江（在太湖東岸），作此詩抒寫歸家途中的感受。首句接連設譬，並使前一譬喻中的喻體兼作後一譬喻中的本體，從而將"客心"、"鄉愁"比爲滔滔不絕的流水，表現了厭倦作客，渴望回家的心情。第二句移情於水，似乎那苕溪之水也深解人意，以"急流"送"歸帆"，何等多情！三、四兩句緊承"急流"，從聽覺和視覺兩方面捕捉兩岸的聲音變化和景物變化，用以烘托詩人的心理變化，真是神來之筆！乘船初發，看見的是浙江景物，聽見的自然也是"浙語"。及至天黑，兩岸景物已難辨認，但由於路程遙遠，船行雖速，總以爲還未出浙境。隨着夜幕降臨，兩岸並不像白天那樣隨時都傳來人聲，因而詩人不再從船外聲音、景物的變化中判斷歸船已到何處。反正船行甚速，就安心地等待吧。就在這時，忽從"船窗"外送來"吳語"，呵！已快到家了呀！"忽

---

① 見《國朝詩人徵略‧聽松廬詩話》。

訝"二字，寫驚喜之情躍然紙上。當然，浙地也可能有"吳語"，因而驚喜中自然也有懷疑。既有懷疑，便需證驗。隨着"吳語"的傳人憑窗外望，一輪皓月，已挂在"故山"山頭。呵！的確已到橫山了。一聲吳儂軟語，一輪故鄉明月，一抹月下家山，聽覺形象與視覺形象迅速疊合，把久客還鄉的喜悦心情和盤托出，具有强烈的藝術感染力。

從藝術構思和表現技巧上看，這首七絕顯然與李白《早發白帝城》詩一脈相承。然而只是有所借鑒，並無摹擬痕迹。"朝辭白帝彩雲間，千里江陵一日還。兩岸猿聲啼不住，輕舟已過萬重山。"寫乘輕舟出三峽，其迅捷如"乘奔御風"，風格豪放、駿快。葉燮此詩則寫苕溪歸帆，其"急流"既不能與峽江奔湍相比，又未用極度誇張手法，而是連環設譬，重疊襯托，含蓄中見豪放，輕快中見委婉。既有"因"，更有"創"，極好地實踐了作者所闡發的在繼承中求創新的詩歌理論。

據袁景輅《國朝松陵詩徵》，葉燮"每怪近人稗販他人語言以備賃作活計者，譬之水母以蝦爲目，瞂不能行，得狟貁負之乃行。夫人而無足無目則已矣，而必藉他人之目爲目，假他人之足爲足，安用此碌碌者爲？"從葉燮的詩作來看，的確有自己的面目，與那種"稗販他人語言以備賃作活計者"不可同日而語。

葉燮與當時江浙地區的詩人有着廣泛的交往。如前人所云："先生風流宏獎，所交皆當世人宗。丙寅九日大會於二棄草堂，冠帶之集，幾遍江浙，同用昌黎《贈張秘書》與《人日城南登高》韻賦詩紀事，所刻用九集，見者以不得與會爲恨。"①這種廣泛交往，切磋詩藝，與他的詩歌理論引起普遍重視一樣，自然會對扭轉詩壇頹風產生有益影響。葉燮在清代詩歌發展史上所處的重要地位和所發揮的重要作用，是值得充分估計的。

---

① 見《國朝松陵詩徵》。

三、沈德潛的詩歌理論與創作

　　乾隆中，沈德潛重彈明前後七子的復古老調，鼓吹格調說。由於其適應清中期封建統治者的需要，因而逐步取代了王士禎的神韵説，使詩壇風氣變化。繼王士禎之後，沈德潛則成爲乾隆時"詩家廣大教主"，主盟詩壇達數十年。

　　沈德潛（1673—1769），字確士，號歸愚，江南長洲（今江蘇蘇州）人。乾隆元年以廩生試博學鴻詞，四年中進士，選庶吉士，授編修，累官至禮部侍郎，加尚書銜。著有《歸愚詩文集》、《說詩晬語》，並選編《古詩源》、《唐詩別裁》、《明詩別裁》、《清詩別裁》等書。

　　沈德潛"少受詩法於吳江葉燮"①，其詩歌理論，繼承了葉燮詩論中的某些積極因素。例如葉燮論詩歌創作，首先強調詩人應有明察秋毫的卓"識"和高曠博大的"胸襟"，沈德潛也就此有所闡發：

　　　　　有第一等襟抱、第一等學識，斯有第一等眞詩。

----

① 《清史稿》卷三〇五。

> 如太空之中，不着一點；如星宿之海，萬源涌出；如
> 土膏旣厚，春雷一動，萬物發生。古來可語此者，屈
> 大夫以下，數人而已。

葉燮以杜甫爲例，稱“有是胸襟以爲基，而後可以爲詩文”。沈德潛從而指出：唯有崇高廣闊的胸襟與博厚精深的學識，方可稱之爲“第一等”；有了“第一等”的主觀條件，方可相應地作出“第一等真詩”。盡管沈氏所謂的“第一等襟抱、第一等學識”不可能超越儒家正統觀念的樊籬，但從其開列的具備這“第一等”主觀條件的詩人“屈大夫以下，數人而已”的標準來看，其内涵顯然不無可取之處。

在論述詩歌創作的藝術特點時，沈德潛也發揮了葉燮的詩論。他説：

> 事難顯陳，理難言罄，每托物連類以形之。鬱情
> 欲舒，天機隨觸，每借物引懷以抒之。比興互陳，反
> 復唱嘆，而中藏之歡愉慘戚，隱躍欲傳。其言淺，其
> 情深也。倘質直敷陳，絶無蘊蓄，以無情之語而欲動
> 人之情，難矣。①

顯然，他反對“質直敷陳，絶無蘊蓄”，要求“托物連類，比興互陳”，主張詩歌用藝術形象來表現事、理、情，從而以有情之語動人之情，實質上則是闡發了詩歌創作的形象思維特

---

① 引自《説詩晬語》，下未注明者均同此。

點。葉燮在《原詩》中曾説："詩之至處，妙在含蓄無垠，思致微渺，其寄托在可言不可言之間，其指歸在可解不可解之會，言在此而意在彼，泯端倪而離形象，絶議論而窮思維，引人於溟漠恍惚之境，所以爲至也。"他還以杜甫等唐人的詩句爲例説："要之，作詩者實寫理、事、情，可以言言，可以解解，即爲俗儒之作。惟不可名言之理，不可施見之事，不可徑達之情，則幽渺以爲理，想象以爲事，惝恍以爲情，方爲理至、事至、情至之語。此豈俗儒耳目心思界分中所有哉！"這些議論，盡管顯得有些玄妙，但究其本意，則在於揭示詩歌的誇張、想象、意象、境界等藝術特質，已經接觸到詩歌創作的形象思維特點。可以看出，在這一點上，沈德潛不僅與其師的觀點相同，而且論述得更爲確切和明晰。

　　但是，倘將兩人的詩論加以比較，即可發現，在一些最重要的問題上，沈氏的理論卻與其師的觀點大相徑庭。如果説，葉燮詩歌理論中的積極因素是晚明以來進步文學思潮的具體表現，那麼，沈德潛詩歌理論中的主要觀點卻是清中期封建統治階級意志的集中反映，代表着正統儒家詩論。

　　明前後七子論詩推崇漢魏、盛唐，主張從格律聲調上學習古人。沈德潛沿襲了這種復古論調並予以發揮。鄭方坤曾指出："其於詩學尤邃，是時江南盛詩社，又宗尚蘇、陸之學，硬語粗詞，荆榛塞路，歸愚獨斤斤然，古體必宗漢魏，近體必宗盛唐，元和以下，視爲別派。"[①] 而他宗漢魏、宗盛唐，主要是宗其"格"、宗其"調"。在《説詩晬語》中，他强調"不能竟

————————

① 　見鄭方坤《國朝名家詩鈔小傳·竹嘯軒詩鈔小傳》。

越三唐之格","詩至有唐,菁華極盛,體制大備","而宋元流
於卑靡"①。所謂"調",即强調音律的重要性,如說:"詩以聲
爲用者也,其微妙在抑揚抗墜之間。讀者靜氣按節,密咏恬吟,
覺前人聲中難寫、響外別傳之妙,一齊俱出。朱子云:'諷咏
以昌之,涵濡以體之。'真得讀詩趣味。"又說:"樂府之妙,全
在繁音促節,其來于于,其去徐徐,往往於回翔屈折處感人,
是即依永和聲之遺意也。"正因爲如此,他對於明前後七子表
現出格外的好感。如云:"永樂以還,崇'臺閣體',諸大老倡
之、衆人應之,相習成風,靡然不覺。李賓之(東陽)力挽頹
瀾,李(夢陽)、何繼之,詩道復歸於正。""李獻吉雄渾悲壯,
鼓蕩飛揚,何仲默秀朗俊逸,回翔馳驟,同是憲章少陵,而所
造各異,駸駸乎一代之盛矣。"《明詩別裁集・序》中亦說:
"弘(治)、正(德)之間,獻吉(李夢陽)、仲默(何景明)力
追雅音(唐詩),庭實(邊貢)、昌谷(徐禎卿)左右驂靳,古
風未墜。……于鱗(李攀龍)、元美(王世貞)益以茂秦(謝
榛),接踵曩哲,雖其間規格有餘,未能變化,識者咎其鮮自
得之趣焉。然取其菁英,彬彬乎大雅之章也。"盡管他嘗自謂
"未嘗貶斥宋詩"②,但詩論中卻一再表示出厚唐薄宋的傾向,
《明詩別裁集・序》中更說:"宋詩近腐,元詩近纖,明詩其復
古也。"又說:"有明之詩,誠見其陵宋躒元,而上追前古
(唐)也。"由這種觀點出發,他選編漢魏六朝詩爲《古詩源》,
又選編唐及明、清詩爲《別裁集》以標舉宗尚。《清史稿》本

---

① 見《唐詩別裁集・凡例》。
② 見《清詩別裁集・凡例》。

傳稱其"自盛唐上追漢、魏，論次唐以後列朝詩爲別裁集，以規矩示人，承學者效之，自成宗派"。所謂自成宗派，就是以沈氏爲首的格調派。

　　晚明以來，明前後七子的復古主義曾一再遭到抨擊，而沈德潛卻重彈老調，鼓吹復古，這在清詩發展的過程中不能不説是一種倒退。有人指出：明前後七子主張復古的目的在於要求詩歌體正格高、聲雄調暢，而思想實質是强調正統封建文學的規範。因爲，提倡聲雄調暢是爲了糾正明初以來臺閣體及南方詩人的柔弱詩風，故明中葉的文學復古運動可説是一場正統封建文學的規範化運動。同樣，沈德潛重倡格調説的要義，不在於提倡摹擬古人，也不在於提倡聲雄調暢的一種格調，而是在於加强正統封建文學的規範化，振興正統封建文學①。這種看法，無疑是正確的，需要補充的是：沈德潛復張復古旗幟，提倡聲雄調暢的盛唐詩風，實際上也是適應了清中期封建統治者的需要。康熙後期至乾隆時期，清王朝進入"盛世"，社會經濟由恢復轉入繁榮，國力强盛。隨着清王朝政權的加强、統治者口味的變化，所需的是直接、正面禮贊統治者功德的體格閎麗的頌歌，古淡閑遠、蕭疏寒瘦的聲調自然已不適應，而需代替以雄渾豪壯、富麗堂皇的黃鐘大呂之音。沈德潛的格調説之所以能取代王士禎的神韵説，使詩壇風氣發生變化，這決不是偶然的。

　　沈德潛的詩論中頗强調詩歌的源流正變，並且指出："作文作詩，必置身高處，放開眼界，源流升降之故了然於中，自

---

①　參《中國文學理論史（4）》第三章。

無隨波逐浪之弊。"就此而言,似乎與葉燮的觀點頗爲一致。然而,由於"置身"高度的不同,沈氏得出的結論卻與其師迥異。在《説詩晬語》中,沈德潛開宗明義即指出"詩之爲道,可以理性情、善倫物、感鬼神、設教邦國、應對諸侯",其要求詩歌爲封建統治服務的意圖十分明顯。而要使詩歌爲封建統治服務,最有效的辦法是恢復"詩教"。據《禮記‧經解》所述,"詩教"是孔子提出的;而漢儒從政治功利目的出發,對《風》、《雅》諸詩所作的牽强附會的解釋,則是體現"詩教"的典範。沈德潛之所以强調詩歌的源流正變,並不是要揭示詩歌發展的客觀規律,而是要上溯經過漢儒解釋的《風》、《雅》,從而弘揚爲封建統治服務的"詩教"。他所謂的"仰溯《風》、《雅》,詩道始尊",正是這個意思。他認爲的"源",不是別的,正是《風》、《雅》。所以在《古詩源序》裏説:"詩至有唐爲極盛;然詩之盛,非詩之源也。"他編《古詩源》,旨在"使覽者窮本知變,以漸窺《風》、《雅》之遺意,猶觀海者由逆河上之以溯昆侖之源,於詩教未必無少助也夫!"《唐詩別裁序》更説:"有唐一代詩,凡流傳至今者,自大家名家而外,即旁蹊曲徑亦各有精神面目流行其間,不得謂正變盛衰不同而變者衰者可盡廢也。然備一代之詩,取其宏博;而學詩者沿流討源,則必尋究其指歸。何者?人之作詩,將求詩教之本原也。唐人之詩,有嘽諧廉直順成和動之音,亦有志微噍殺流僻邪散之響。由志微噍殺流僻邪散而欲上溯乎詩教之本原,猶指南而之幽薊、溯北而之閩粵,不可得也。"

從溫柔敦厚的"詩教"觀出發,沈德潛在《説詩晬語》中論及《詩經》中的某些篇章時,或説"溫柔敦厚,斯爲極則",

或説"怨而不怒"，或説"何諷之遠而諷之婉也"，不一而足。葉燮曾説："溫柔敦厚之旨，亦在作者神而明之。如必執而泥之，則《巷伯》'投畀'之章，亦難合於斯言矣。"對此，沈德潜也竟認爲："《巷伯》惡惡，至欲'投畀豺虎'、'投畀有北'，何嘗留一餘地？然想其用意，正欲激發其羞惡之本心，使之同歸於善，則仍是溫厚和平之旨也。"而且還説："《牆茨》、《相鼠》諸詩，亦須本斯意讀。"在品評漢魏以下歷代詩歌時，他同樣抬出"詩教"作爲評判標準，如説：

> 《廬江小吏妻》詩共一千七百四十五言，雜述十數人口中語，而各肖其聲口性情，眞化工筆也。中別小姑一段，悲愴之中，自足溫厚。唐人《棄婦篇》直用其語云："憶我初來時，小姑始扶床，今別小姑去，小姑如我長。"下節云："殷勤養公姥，好自相扶將。"而忽轉二語云："回頭語小姑，莫嫁如兄夫。"輕薄之言，了無意味，此漢唐詩品之分。

> 古今流傳名句，如"思君如流水"，如"池塘生春草"，如"澄江淨如練"，如"紅藥當階翻"，如"月映清淮流"，如"芙蓉露下落"，如"空梁落燕泥"，情景俱佳，足資吟咏。然不如"南登霸陵岸，回首望長安。"忠厚悱惻，得"遲遲我行"之意。

> 僧雪江《送王伯安謫龍場驛丞》云："蠻烟瘦馬經荒驛，瘴雨寒鷄夢早朝。"上句寫遠竄景色，人猶能之，下則文成之忠愛俱見矣。

由此可見，沈德潛論源流、析正變，意在探求“詩教之本原”，強調詩歌之政治功用。他要求詩歌創作“一歸於中正和平”（《重訂唐詩別裁集序》），正如余雲煥所説：“歸愚論詩，專主格律，原本忠孝，自不悖於正義。”（《味蔬詩話》）王豫也説：“文愨爲諸生，品端行完。論詩上溯《三百》、屈《騷》、漢、晉、三唐，下迄明代，以和平敦厚得性情之正爲宗。”（群雅集》）這自然有利於維護當時的封建統治，因而容易受到統治者的青睞。盡管他六十七歲始中進士，所謂“名宿晚達”，卻獲得乾隆皇帝的寵幸，不十年即擢升至禮部侍郎，官居二品。乾隆皇帝常與唱和，並破例序其詩集道：“夫非常之人，然後有非常之遇。德潛受非常之知，而其詩亦今之非常者，故以非常之例序之。”沈德潛之所以有此“非常之遇”，正因爲其詩論代表着乾隆時的官方意志。當沈氏乞假離京時，乾隆曾親賜詩：“我愛德潛德，醇風抱古初。”正透露出他受最高統治者器重的政治原因。

　　儘管如此，沈氏論詩，畢竟曾受過其師葉燮的積極影響，兼之他對歷代詩歌潛心研究自有心得，所以當他把詩歌作爲審美對象來具體評論時，往往能衝破其保守詩學觀的束縛，發表一些獨到的見解。如他強調詩歌須“以意勝”，“古人不廢煉字法，然以意勝而不以字勝……近人挾以鬥勝者，難字而已。”這就是説，作詩應當首重煉意；煉字的目的，最終也爲了煉意。從煉意出發，即能“平字見奇，常字見險，陳字見新，樸字見色”，而不至於挾難字而鬥巧爭勝。他還強調創造過程中的藝術構思，即“意在筆先”：

寫竹者必有成竹在胸，謂意在筆先，然後著墨也。慘淡經營，詩道所貴。倘意旨間架，茫然無措，臨文敷衍，支支節節而成之，豈所語於得心應手之技乎？

對一個丹青高手來說，在潑墨之前，所繪之竹早已在胸中醞釀成熟，這胸中之"竹"，實際也就是浮現於其腦海中的蘊含着本人主觀情感的藝術形象。畫竹如此，作詩亦然。沈氏所說的"慘淡經營，詩道所貴"，即對於詩歌所要表現的內容及全篇結構，必先了然於心，方能得心應手，不會"茫然無措"而"臨文敷衍"。值得一提的是：和他大致同時的"揚州八怪"之一鄭燮，也發表過類似意見，可謂不謀而合。

沈德潛博覽歷代詩歌，藝術修養頗深，所以盡管適應當時封建統治的需要，提倡聲雄調暢、中正和平的風格，但也兼顧其他風格之長，門庭比較寬廣。《重訂唐詩別裁序》云："新城王阮亭尚書選《唐賢三昧集》，取司空表聖'不著一字，盡得風流'、嚴滄浪'羚羊挂角，無迹可求'之意，蓋'味在鹽酸外'也。而於杜少陵所云'鯨魚碧海'，韓昌黎所云'巨刃摩天'者或未之及。余因取杜、韓語意定《唐詩別裁》，而新城所取，亦兼及焉。"觀沈德潛的《唐詩別裁集》，便知他在大量選錄被王士禎排除的李、杜諸大家詩作的同時，不但"兼及"《唐賢三昧集》入選的佳什，對於其他不同流派、不同風格的作品也擇優錄取，故能反映唐詩的基本面貌。

嚴羽《滄浪詩話》反對"以議論爲詩"，多數人表示贊同。沈德潛就這個問題發表的意見也是可取的。他說："老杜以宏

才卓識、盛氣大力勝之。讀《秋興八首》、《咏懷古迹五首》、
《諸將五首》，不廢議論，不棄藻繢，籠蓋宇宙，鏗戛韶鈞，而
縱橫出沒中，復含醞藉微遠之致。"又説："人謂詩主性情，不
主議論，似也；而亦不盡然。試思二《雅》中何處無議論？杜
老古詩中《奉先咏懷》、《北征》、《八哀》諸作，近體中《蜀
相》、《咏懷》、《諸將》諸作，純乎議論。但議論須帶情韵以行，
勿近傖父面目耳。"從而清楚地闡明了詩中情與理的關係。詩
歌固然不可無議論，但詩歌中的議論又不同於散文中的議論。
其關鍵，在於"須帶情韵以行"。沈德潛認爲，"詩之真者在性
情"，故詩中議論，亦須滲入詩人的感情，如此方能"含醞藉
微遠之致。"這種觀點，實質是從情與理的關係上强調了情是
詩的生命，堪稱卓識。沈氏還從"理趣"與"理語"的區別上
來闡明這一道理：

> 杜詩"江山如有待，花柳自無私。""水深魚極樂，
> 林茂鳥知歸。""水流心不競，雲在意俱遲。"俱入理
> 趣。邵子則云："一陽初動處，萬物未生時。"以理語
> 成詩矣。王右丞詩不用禪語，時得禪理。東坡則云：
> "兩手欲遮瓶裏雀，四條深怕井中蛇。"言外有餘味
> 耶？

如果僅僅憑理性將所悟之哲理寫入詩中，則勢必使詩歌變爲
"哲學講義"。詩人只有將哲理化爲自己的性情，機遇偶觸時自
然吟出，如此方能具有"理趣"，也就有了"情韵"。王維詩之
所以"不用禪語，時得禪理"，其真諦就在於此。

　　此外，沈德潛關於詩人應有自己的“性情面目”的觀點，關於詩人得“江山之助”的觀點，關於詩歌創作須“以意運法”的觀點等，也都深中肯綮，值得重視。

　　對於沈德潛的詩歌創作，前人褒貶不一。如王昶說：“先生獨綜今古，無藉而成，本源漢魏，效法盛唐，先宗老杜，次及昌黎、義山、東坡、遺山，下至青邱、崆峒、大復、臥子、阮亭，皆能兼綜條貫。”①文廷式則說：“本朝詩學，沈歸愚壞之，體貌粗具，神理全無。動以別裁自命，淺學之士，爲其所劫，遂至千篇一律，萬喙雷同。”②王昶曾受業於沈德潛門下，故於其師難免溢美，而文廷式全盤否定，亦欠公允。倒是朱庭珍“平正而乏精警，有規格法度而少真氣”③兩語，頗能擊中要害。

　　沈氏現存詩約二千三百多首。多數篇章，重擬古而少創新，一味追求高腔大調，而內容空泛，流於膚廓。但淘沙揀金，也有佳作。古體詩如《制府來》，寫兩江總督噶禮弄權虐民、貪贓枉法：“破得百家戶，博得制府歡”，“但稱制府來，小兒不敢哭。”詩前小序云：“客述制府始末甚詳，因成樂府四解，志往事，儆後來也。”“制府”，是當時對總督的敬稱。從題目、小序及全詩看，屬於白居易“即事名篇”的“新樂府”體系。其他如《刈麥行》、《漢將行》、《百一詩》、《曉經平江路》等，也都深刻地反映現實，非泛泛之作。其《刈麥行》云：“前年麥

---

① 見王昶《湖海詩傳・蒲褐山房詩話》。
② 見文廷式《琴風餘譚》。
③ 見朱庭珍《筱園詩話》。

田三尺水，去年麥田半枯死。今年二麥俱有秋，高下黃雲遍千里，磨鐮霍霍割上場，婦子打曬田家忙。紛紛落碾白於雪，瓦甑時聞餅餌香。老農食罷吞聲哭：'三年乍見今年熟'！"通過難得的一個豐收年景，表現農民生活的艱難、可憫，反映了清代中期農村的貧窮。詩歌語言樸實，卻能寫照傳神，富有感情。末寫面粉之雪白，炊餅之味香，老農之吞聲哭泣，從視覺、味覺、聽覺等多種感受加深了讀者的印象。但沈氏此類作品常帶有封建統治階級的說教內容，見出"溫柔敦厚"之旨歸，如《觀刈稻了有述》，一方面反映天災頻仍，生靈塗炭的情景："今夏江北旱，千裏成焦土。蕫稗不結實，村落虛烟火。天都遭大水，裂土騰長蛟。井邑半湮沒，云何應征徭？"另方面卻勸百姓安貧知足："吾生營衣食，而要貴知足。苟免餒與寒，過此奚所欲？"抽象說教，削弱了全詩的現實性和感染力。

沈氏的律詩，七律優於五律，但五律亦有可取者。如《晚秋雜興》：

> 蓬戶炊常斷，朱門廩亦空。
> 已判離骨肉，無處鬻兒童。
> 井邑徵求裏，牛羊涕淚中。
> 誰能師鄭監，圖繪達深宮？

感時傷世，相當真實地反映了清朝"盛世"的社會情景。尾聯希望有人師法北宋鄭俠繪《流民圖》上達皇帝，當然表現了他的階段局限性，但以"誰能"領起，暗示連師法鄭俠的人都沒有，詩意轉深，極耐尋繹。

　　沈氏七律，中間兩聯，對仗工穩，時有佳句；也有通篇完美者。主張性靈説的袁枚，盡管不同意沈氏詩論中的許多觀點，曾與之進行辯難，但亦曾稱贊説："余嘗有句云：'水常易涸終緣淺，山到成名畢竟高。'偶閲《詞科掌錄》，載沈歸愚《咏北固山》云：'鐵瓮日沉殘角起，海門月暗夜潮收。'《渡江》云：'帆轉猶龍衝岸出，水聲疑雨挾舟飛。'……皆氣體沉雄，畢竟名下無虛。"其《過真州》云："揚州西去真州路，萬樹垂楊繞岸栽。野店酒香帆盡落，寒塘漁散鷺初回。曉風殘月屯田墓，零露浮雲魏帝臺。此夕臨江動離思，白沙亭畔笛聲哀。"頗有風調。《吳山懷古》云："夫差曾報闔閭仇，宋室南遷事竟休。和議有人增歲幣，偏安無詔復神州。中朝已灑萇弘血，塞北空聞杜宇愁。莫上鳳凰山頂望，冬青誰認舊陵邱?"有感於南宋偏安之事而作，寄慨遙深。又如《夜月渡江》：

<blockquote>
萬里金波照眼明，布帆十幅破空行。
微茫欲沒三山影，浩蕩還流六代聲。
水底魚龍驚靜夜，天邊牛斗轉深更。
長風瞬息過京口，楚尾吳頭無限情。
</blockquote>

金波萬里，水底魚龍，天邊牛斗，楚尾吳頭，襯之以六朝不盡湯湯流水，時空恢宏，意境寥廓。而金波明眼，布帆穿空，魚龍驚夜，劃浪長風，詩人乘舟溯江而上之一路美景奇觀，皆躍然紙上。

　　沈氏七絕，亦有可讀之作，如"輕烟滿地送征驂，一色茸茸染蔚藍。不是柳條縈別恨，已牽魂夢到江南。"(《春草》)寫春天送別，情景如繪。結尾尤"使人神遠"，韵味窅然。《過許州》一首，更爲後來詩歌選家所重視：

> 到處陂塘决决流，垂楊百里罨平疇。
> 行人便覺鬚眉綠，一路蟬聲過許州。

前兩句寫景，全爲後面一個"綠"字的推出而蓄力。陂塘、流水、垂楊、平疇，逐層鋪墊渲染，已覺滿目濃綠。然而直說滿眼濃綠，就不夠新穎，詩人匠心獨運，吟成"行人便覺鬚眉綠"七字，既以"行人"緊扣題目中的"過"字，又用"鬚眉綠"概括"行人"在前兩句展現的境界中前進的特殊感受，真可謂想落天外，出語驚人。前面說過，沈德潛反對在詩中挾難字以鬥勝，主張煉字服從煉"意"，從而使"平字見奇，常字見險，陳字見新，樸字見色"。這首詩，可說很好地實踐了他的主張。一個"綠"字，極爲尋常，但在王安石筆下："春風又綠江南岸"（《泊船瓜洲》）；在楊萬里筆下："芭蕉分綠與窗紗"（《閑居初夏午睡起二絕句》），都能"平字見奇"。然而稍加分析，便見王、楊詩中，"綠"在景物，屬於目之所接的客體，乃視覺形象；而在沈氏詩中，則"綠"上"鬚眉"，已由客體轉爲主體，通過"通感"，變視覺形象爲觸覺形象，不用"便見"而用"便覺"，正是此意。而風光之秀麗，內心之喜悅，也都從"便覺鬚眉綠"中全盤托出。

沈德潛繼神韵派領袖王士禎之後，主盟詩壇數十年。如徐珂在《清稗類鈔》中所說："乾嘉之際，海內詩人相望。其標宗旨，樹壇坫，爭雄於一時者，有沈德潛、袁枚、翁方綱三家。

……故其時大宗，不能不推德潛。”汪國垣在《論近代詩》中
亦曾指出：“乾嘉中盛之時，……所稱爲詩家廣大教主者，在
朝如沈歸愚，在野如袁簡齋。”根據有關記載，曾從沈德潛受
業者，初以盛錦、周準、陳樹、顧詒祿爲著，繼則有王鳴盛、
王昶、錢大昕、曹仁虎、黃仁蓮、趙文哲、吳泰來等“吳中七
子”，其後又有褚廷璋、張熙純、畢沅等繼起。再傳弟子中聲
名最著者則有黃景仁。沈氏在當時詩壇的地位和影響，於此可
見。他的詩論專著《說詩晬語》和他的《唐詩別裁》等四種詩
歌選本，至今仍廣泛流傳，值得研究和閱讀。

四、袁枚的性靈説與具體實踐

　　晚明文學新潮流中所體現的新精神，在清初曾一度消沉，或説遭到了較大挫折，直到乾隆時期才又得以復興。由於中國各地區經濟、文化發展不平衡，這種復興又主要表現在少數工商業發達地區，尤以江浙爲最。袁枚的性靈説，正是晚明進步文學潮流所呈現出的新精神再度高揚的標志。

　　袁枚（1716—1797），字子才，號簡齋，浙江錢塘（今杭州市）人。乾隆四年進士，改庶吉士。乾隆七年至十三年，先後任溧水、江浦、沭陽、江寧等地知縣。辭官後，寓居江寧（今南京市）小倉山，築園林號隨園，世稱隨園先生。此後，除乾隆十七年曾去陝西爲官近一年外，不再出仕。有《小倉山房集》八十卷、《隨園詩話》十六卷及《補遺》十卷、《新齊諧》二十四卷及續編十卷等。

　　康乾時期，清王朝步入“盛世”，社會經濟逐漸復蘇，商品生產與交換亦有了一定發展。乾隆時，盡管崇本抑末仍爲其基本國策，但隨着寬猛相濟之政的實施，除多次蠲免租税、豁除賠累外，對於商品交換也表現出一定松動。如其即位之初，曾降諭裁革各地横徵苛索之落地税："朕聞各省地方，於關税雜税外，更有落地税之名。凡穭鋤箕帚薪炭魚蝦蔬果之屬，其值無幾，必查明上税，方許交易。且販自東市，既已納課；貨於西市，又復重徵。至於鄉村僻遠之地，有司耳目所不及，或差胥役徵收，或令牙行總繳，其交官者甚微，不過飽奸臣猾吏之私囊，而細民重受其擾矣！著通行内外各省，凡市集落地税，其在府州縣城内人烟輳集、貿易衆多，且官員易於稽查者，照舊徵收，但不許額外苛索，亦不許重復徵收。若在鄉鎮村落，則全行禁革，不許貪官污吏假借名色，巧收一文！"（雍正十三年十月辛巳諭）這當會對商品交换的活躍起到一定作用。江浙地區，在經濟、地理等方面本有得天獨厚的條件，因而商品經濟的繁榮和資本主義萌芽的滋長，遠勝全國其他地區。這樣的文化生態環境，自然有利於江浙文化圈内文化特質的孕育，從而加速江浙詩歌新精神的催化。袁枚之所以繼公安派之後再次揭起"性靈説"的旗幟，即得力於江浙文化圈内文化特質的熏染。

　　江浙地區商品經濟的繁榮，市民階層的膨脹，消費性行業的擴展，導致了城市生活風尚的變化。蕭一山曾指出，清代東南文物之盛甲於全國。"蓋江南氣候溫和，土地肥美，物產豐饒，居民資生較易，因是浮靡之習，亦較他省爲著。清初，鹽商富豪，競爲奢侈，聲伎服飾，園林池館，鬥富矜奇，一時風尚所被，生活提高。富者衣必文綉，食必珍饈，甲第連雲，歌舞婆婉，呼擁僕役，服用擬於王侯。"① 並引證乾隆元年諭：

---

①　見蕭一山《清代通史》（二）第 551 頁，中華書局 1985 年版。

"厚生之道，在於務本而節用。朕聞晉豫民俗，多從儉樸，而戶有蓋藏。惟江蘇兩浙之地，俗尚侈靡，往往家無斗儲，而被服必極華鮮，飯食靡甘澹泊。兼之井里之間，茶坊酒肆，星列棋置，少年無知，游蕩失業。彼處地狹民稠，方以衣食難充爲慮，何堪習俗如此。"鄭板橋《揚州》詩云："畫舫乘春破曉烟，滿城絲管拂榆錢。千家養女先教曲，十里栽花算種田。"由此亦可窺見乾隆時江浙地區的城市時尚。伴隨着新興市民階層的迅速增長，以及市民意識對人的欲望肯定與追求，思想領域中也出現了新的活躍。屬於文化心理層面的價值觀念、思維方式、審美趣味、道德情操等均發生了變革。有論者指出，袁枚的思想曾受到新興市民階層的影響。他公開宣稱自己"好味，好色，好葺屋，好游，好友，好花竹泉石，好珪璋彝尊、名人字畫，又好書"（《文集》卷二九《所好軒記》），毫無顧忌地表露自我的物質欲望，從而向傳統的價值觀乃至在思想界占統治地位的儒學發起了大膽挑戰。他辭官後，生活閑適而豪華，除賣文外，也可能經商。其《秋夜雜詩》中稱自己"解好長卿色，亦營陶朱財"，即透露出其中的消息。此外，據《說元室述聞》，趙翼曾戲爲呈詞，內稱袁枚"借風雅以售其貪婪，假觴咏以恣其饕餮。有百金之贈，輒登詩話揄揚"，亦非全屬子虛烏有。觀其詩話二十六卷，內收當代三教九流之大量詩作，未必盡佳。據王昶《湖海詩傳》記載，袁枚購得隨氏廢園後，"疏泉架石，釐爲二十四景，窗牖皆用五色琉璃，游人闐集。……又取英俊少年，著錄爲弟子，授以《才調》等集，挾之游東諸侯。更招士女之能詩畫者共十二人，繪爲《授詩圖》，燕釵蟬鬢，傍花隨柳，問業於前，而子才白鬢紅烏，流盼旁觀，

悠然自得。"袁枚自己曾表白，他在重修該廢園時，"皆隨其豐
殺繁瘠，就勢取景，而莫之夭閼"；仍名之曰"隨園"者，同
其音而易其義也。這頗與後來龔自珍《病梅館記》中誓對病梅
"療之、順之、縱之"以抒其天性的思想有着相通之處，而袁
氏自己的處世哲學，也同樣重在一個"隨"字，即順應自己的
感情和欲望，"莫之夭閼"。當他厭倦了仕宦生涯時，便及時抽
身而隱退，優游林下近五十年，自適其意。

　　袁枚的性靈説，即建立在其這種反道學、反禮教、追求個
性自由的思想基礎之上。

　　在《隨園詩話》中，關於"性靈"的論述屢見。如："自
《詩三百》至今日，凡詩之傳者都是性靈，不關堆垛。"（見
《隨園詩話》卷五，下引均簡稱《詩話》）"必欲繁其例、狹其徑、
苛其條規、桎梏其性靈，使無生人之樂，不已傎乎？"（《詩話
補遺》卷三）"使人夭閼性靈，塞斷機括，豈非詩話作而詩亡哉？"
《詩話》卷八）又如評品他人的詩作："余與香岩游天臺，小別
湖樓，已一月矣，歸來几上堆滿客中來信，花事都殘。香岩有
句云：'案前堆滿新來札，牆角開殘去後花。'又，《別西湖》云：
'看來直似難忘友，想去還多未了詩。'一片性靈，筆能曲達。"
（《詩話補遺》卷五）"嘯村工七絶，其七律亦多佳句，如：
'馬齒坐叨人第一，蛾眉窗對月初三。''賣花市散香沿路，踏
月人歸影過橋。''春服未成翻愛冷，家書空寄不妨遲。'皆獨
寫性靈，自然清絶。"（《詩話》卷十）那麼，袁枚性靈説的内
涵究竟是什麼呢？通觀其詩論，可大致概括爲推重性情和靈
機。

　　袁枚曾指出："夫詩，無所謂唐、宋也，唐、宋，一代之

國號耳，與詩無與也。詩只是個人之性情，與唐、宋無與也。
若拘拘焉持唐、宋以相敵，是於胸中有已亡之國號，而無自得
之性情，詩之本旨已失矣。"（《答施蘭垞書》）其《答曾南村論
詩》亦云："提筆先須問性情，風裁休割宋元明。"他之所以如
此推重性情，正由於將性情視作"性靈"的主要內涵。在袁枚
的筆下，"性靈"與"性情"或"情"往往相通，替代使用。試
比較：

> 自《詩三百》至今日，凡詩之傳者都是性靈，不
> 關堆垛。（《詩話》卷五）
> 《三百篇》專主性情。①（《詩話》卷十四）
> 詩者，人之性情也。近取諸身而足矣。其言動心，
> 其色奪目，其味適口，其音悅耳，便是佳詩。（《詩話
> 補遺》卷一）
> 楊誠齋曰："從來天分低拙之人，好談格調，而
> 不解風趣，何也？格調是空架子，有腔口易描；風趣
> 專寫性靈，非天才不辦。"余深愛其言。須知有性情，
> 便有格律；格律不在性情之外。《三百篇》半是勞人
> 思婦率意而言情之事；誰為之格？誰為之律？（《詩
> 話》卷一）

崇尚真情，是晚明進步文學思潮的一大特點。李贄講"童心"，
徐渭講"本色"，湯顯祖講"至情"，袁宏道講"性靈"，無不

---

① 此為詩話中引他人之語，袁枚則力贊之。

突出一個"真"字。在這一點上，袁枚的詩論可說汲取了晚明進步文學思潮的真髓。如李贄認爲："天下之至文，未有不出於童心焉者也"，而"童心者，絕假存真，最初一念之本心也。若失卻童心，便失卻真心；失卻真心，便失卻真人"。袁枚則同樣指出："余常謂：詩人者，不失其赤子之心者也。沈石田《落花》詩云：'浩劫信於今日盡，痴心疑有別家開。'……妙在皆孩子語也。"（《詩話》卷三）所謂"赤子之心"，實即同於李贄所說的"童心"。正因爲如此，袁枚對於詩人的真性情也極爲強調。曾有人修札命其和韵，袁枚則答之以詩貴清真，目所未瞻，身所未到，則不敢牙牙學語，婢作夫人。他稱贊《詩三百》不著姓名，"蓋其人直寫懷抱，無意於傳名，所以真切可愛"。並且指出，"詩如鼓琴，聲聲見心。心爲人籟，誠中形外。"（《續詩品·齋心》）"貌有不古，敷粉施朱。才有不足，徵典求書。古人文章，俱非得已。僞笑佯哀，吾其憂矣。畫美無寵，繪蘭無香；揆其所由，君形者亡。"（《續詩品·葆真》）

　　在宋明理學"存天理，去人欲"的精神桎梏下，袁枚將真性情置於文藝創作的首位，其旨在於使詩歌表現和恢復人性人情，表現和恢復人的獨立人格與尊嚴，因而極具叛逆色彩。在袁枚看來，詩由情生，有必不可解之情，方有必不可朽之詩。而"情所最先，莫如男女"！這種男女之情，恰是人的真情至性。他之所以拒絕刪去其集中的"緣情之作"，正因爲"千百僞濂洛關閩"且不抵"一二真白傅、樊川"；魚目雖賤而真，豈易珍珠之僞！朱彝尊以"寧不食兩廡特豚"而不刪其《風懷詩》，袁枚對此不但擊節贊賞，並且公然宣稱："未必兩廡坐，果然聖人徒！"（《詩集》卷一三《偶然作》）不僅如此，他還將批駁的矛頭直指宋儒的"存天理，去人欲"之說：

> 天下之所以叢叢然望治於聖人，聖人之所以殷
> 殷然治天下者，何哉？無他，情欲而已矣。老者思安，
> 少者思懷，人之情也；而老吾老以及人之老，幼吾幼
> 以及人之幼，聖人也。好貨好色，人之欲也；而使之
> 有積倉、有裹糧、無怨無曠者，聖人也。使衆人無情
> 欲，則人類久絕，而天下不必治；使聖人無情欲，則
> 漠不相關，而亦不肯治天下。（《文集》卷二十二《情
> 説》）

爲宣揚人的"情欲"的合理性，駁斥宋儒的所謂"天理"，袁枚又巧妙地抬出宋儒所敬奉的"至聖"和"先王"來回敬："孔子'食不厭精，膾不厭細'，未嘗非飲食之欲也，而不得謂孔子爲飲食之人也。文王'悠哉悠哉，輾轉反側'，未嘗非男女之欲也，而不得謂文王爲不養大體之人也。何也？人欲當處即是天理。"（《文集》卷一九《再答彭尺木進士書》）這種"人欲當處即是天理"的主張，顯然與晚明進步文學思潮的精神息息相通。從新興市民階層的平等意識出發，袁枚還如同李贄一樣，向"男尊女卑"的傳統觀念發起了挑戰。針對"女子無才便是德"的封建禮教，袁枚公然提出，"俗稱女子不宜爲詩，陋哉言乎！聖人以《關雎》、《葛覃》、《卷耳》冠《三百篇》之首，皆女子之詩。"並且宣稱："閨秀（之詩），吾浙爲盛"！（均見《詩話補遺》卷一）正因爲歷來女子之詩"淹沒而不宣者多矣"，因而袁枚特意在詩話中廣採當時女子之詩，並予以揄揚。上述

這些驚世駭俗的觀念及行爲，必然會引起當時封建衛道者的猛烈攻擊。如章學誠説："聲詩三百，聖教所存，千古名儒，不聞異議。今乃喪心無忌，敢侮聖言。邪説倡狂，駭人耳目。六義甚廣，而彼謂《雅》、《頌》劣於《國風》。《風》詩甚多，而彼謂言情妙於男女。凡聖賢典訓，無不橫征曲引，以爲導欲宣淫之具。其罪可勝誅乎？"又説："古今婦女之詩比於男子，詩篇不過千百中之十一。詩話偶有所舉，比於論男子詩，亦不過千百中之十一。蓋論詩多寡必因詩篇之多寡以爲區分，理勢之必然者也。今乃累軸連編，所稱閨閣之詩，幾與男子相埒，甚至比連母女姑婦，綴合娣姒姊妹，殆於家稱王、謝，户盡崔、盧。豈壼内文風，自古以來，於今爲烈耶？……且其叙述閨流，强半皆稱容貌，非誇國色，即詡天人；非贊聯珠，即標合璧。遂使觀其書者，忘爲評詩之話，更成品艷之編。自有詩話以來，所未見也。婦女内言不出閨外，詩話爲之私立名字，標榜聲氣，爲虛爲實，吾不得而知也。詩話何由知人閨閣如是之詳，即此便見傾邪，更無論偽飾矣。"① 在章氏眼里，袁枚誠爲"名教之罪人"，罪不容誅。但在今天看來，袁枚的這些言行，卻具有抨擊封建、解放思想的進步意義。

沈德潛的格調説，是清中期封建統治階級意志在詩壇的集中反映，代表着正統的儒家詩論。正因爲如此，袁枚在關乎詩歌理論的一些重大問題上同沈德潛進行了反復的辯難。沈德潛曾説："詩之爲道，不外孔子教小子、教伯魚數言，而其立言，一歸於溫柔敦厚，無古今一也。"又説："詩必原本性情，

---

① 　見章學誠《詩話》，轉引自《清詩紀事》第 5087—5089 頁。

關乎人倫日用，及古今成敗興壞之故者，方爲可存，所謂其言有物也。若一無關係，徒辦浮華，又或叫號撞搪以出之，非風人之旨矣。尤有甚者，動作溫柔鄉語，如王次回《疑雨集》之類，最足害人心術，一概不存。"（《清詩別裁集·凡例》）袁枚則指出：

> 至所云詩貴溫柔，不可說盡，又必關係人倫日
> 用。此數語有褰衣大招氣象，僕口不敢非先生，而心
> 不敢是先生。何也？孔子之言，戴經不足據也，惟
> 《論語》爲足據。子曰："可以興，可以群"，此指含
> 蓄者言之，如《柏舟》、《中谷》是也。曰"可以觀，
> 可以怨"，此指說盡者言之，如"艷妻煽方處"、"投
> 畀豺虎"之類是也。曰"邇之事父，遠之事君"，此
> 詩之有關係者也。曰"多識於鳥獸草木之名"，此詩
> 之無關係者也。僕讀詩常折衷於孔子，故持論不得不
> 小異於先生。（《答沈大宗伯論詩書》）

針對沈德潛所說的"詩貴溫柔，不可說盡"，袁枚首先以戴經不足據進行了駁難。據《禮記·經解》："孔子曰：'入其國，其教可知也。其爲人也溫柔敦厚，詩教也。'"但《禮記》爲漢初經生戴聖所編，袁枚遂以此爲由，批駁沈氏的詩教說。爲了確立其論點的合法性，袁枚又援引孔子的"興、觀、群、怨"說，強調題材、風格的多樣性，爲詩歌抒發真性情包括男女之情爭地位。《詩話補遺》卷十云："詩家兩題，不過'寫景、言情'四字。我道：景雖好，一過目而已忘；情果真時，往來

於心而不釋。孔子所云'興觀群怨'四字，惟言情者居其三。若寫景，則不過'可以觀'一句而已。因取閑時所錄古人言情佳句，如吳某云：'平生不得意，泉路復何如?'《贈友》云：'乍見還疑夢，相悲各問年。'《寄遠》云：'路長難計日，書遠每題年。無復生還想，還思未別前。'七言如：'相見或因中夜夢，寄來都是隔年書。''重來未定知何日，欲別殷勤更上樓。''涼月不知人散盡，殷勤還下畫簾來。''饑雛難忍臨期淚，詩尚能傳別後情。''三尺焦桐七條綫，子期師曠兩沉沉。''最怕酒闌天欲曉，知君前路宿何村。''願將雙淚啼爲雨，明日留君不出城。''垂老相逢漸難別，大家期限各無多。''若比九原泉路隔，只多含淚一封書。'"從其所錄的古人言情佳句來看，或"觀"、或"群"、或"怨"，但都無不抒發了詩人的真情實感，至爲動人。自然，沈德潛亦曾説過"詩必原本性情"之類的話，但他從正統儒家詩論、亦即封建文學的規範出發，其宗旨不在於肯定人的自然性情以及這種性情的自由抒發，而在於"發乎情，止乎禮義"，即約束這種性情及其表達方式，使之合於封建教化的需要。正因爲如此，袁枚才以"褒衣大袑氣象"譏之。

對於沈德潛詩"必關係人倫日用"的觀點，袁枚也進行了駁難。沈德潛只肯定詩歌的教化作用，卻不承認詩歌除此而外還有豐富知識的作用及美學上的意義。袁枚則指出：不管與人倫日用有無關係，凡屬對人的性情發生影響的事物，都應在詩歌表現的範圍之內。正所謂"鳥啼花落，皆與神通"(《續詩品·神悟》)。而凡與神通的事物，都足以表達性情。這就擴大了詩歌的表現領域，豐富了詩歌的表現內容。在《詩話》卷十四中，袁枚還指出："選家選近人之詩，有七病焉……動稱綱常

名教，箴刺褒譏，以爲非有關係（人倫日用）者不錄；不知贈
芍採蘭，有何關係？而聖人不删。宋儒責蔡文姬不應登《烈女
傳》；然則《十七史》列傳，盡皆龍逢、比干乎？學究條規，令
人欲嘔：四病也。”這顯然也是針對沈德潛而言。在《再與沈
大宗伯書》中，袁枚還批評了沈德潛關於艷情詩的觀點：

> 聞《別裁》（指《清詩別裁》）中獨不選王次回詩，
> 以為艷體不足垂教，僕又疑焉。夫《關雎》即艷詩也，
> 以求淑女之故，至於輾轉反側。使文王生於今遇先
> 生，危矣哉！《易》曰：“一陰一陽之謂道。”又曰：
> “有夫婦然後有父子。”陰陽夫婦，艷詩之祖也。傅鶉
> 觚善言兒女之情，而臺閣生風，其人君子也。沈約事
> 兩朝，佞佛，有綺語之懺，其人，小人也。次回才藻
> 艷絕，阮亭集中時時竊之。先生最尊阮亭，不容都不
> 考也。

自然，袁枚之所以肯定艷情詩，除崇尚真情、發名教之偏外，
亦緣於其詩歌風格多樣化的觀點，故而指出：“蓋實見夫詩之
道大而遠，如地之有八音，天之有萬竅，擇其善鳴者而賞其鳴
足矣，不必尊宮商而賤角羽，進金石而棄弦匏也。且夫古人成
名，各就其詣之所極，原不必兼眾體，而論詩者則不可不兼收
之，以相題之所宜。”（《再與沈大宗伯書》）

錢泳《履園叢話》云：“沈歸愚宗伯與袁簡齋太史論詩，判
若水火：宗伯專講格律，太史專取性靈，自宗伯三種《別裁
集》出，詩人日漸日少；自太史《隨園詩話》出，詩人日漸日

多。"作為性靈説的倡導者，袁枚認為，性靈是詩的生命，好詩不取決於格律聲調，而在於有性靈蘊蓄其中。他認為"有性情，便有格律；格律不在性情外。《三百篇》半是勞人思婦率意言情之事；誰為之格？誰為之律？而今之談格調者，能出其範圍否？況皋、禹之歌，不同乎《三百篇》；《國風》之格，不同乎《雅》、《頌》：格豈有一定哉？許渾云：'吟詩好似成仙骨，骨裏無詩莫浪吟。'詩在骨不在格也。"（《詩話》卷一）也就是説，格調係詩歌中所反映的人的性情即"性靈"所決定，寓於"性靈"之中；且格無一定，吟詩在"骨"。這里所謂的"骨"，由"骨里無詩莫浪吟"之意細究之，實際上也是指性情。正因為如此，沈德潛"格調説"的復古主張，同樣成為袁枚抨擊的對象。沈德潛强調"不能竟越三唐之格"。對於明七子詩必盛唐的復古主義，則極力加以稱贊。袁枚則首先指出："《國風》之格不同於《雅》、《頌》、皋禹之歌不同於《三百篇》，漢魏六朝之詩不同乎三唐"（《趙雪松甌北集序》）。在《答沈大宗伯論詩書》中，袁枚更提出了"詩有工拙，而無古今"的觀點。沈德潛以時代分工拙，批評厲鶚"沿宋習敗唐風"。袁枚則指出，作詩未必古人皆工，今人皆拙。即使是被儒家詩教論者奉為經典的《三百篇》中，也頗有未工而不必學者；反之，今人之詩亦有極工而極宜學者。敢於否定榮古虐今的謬説，無疑是一種思想解放。他還進一步質問沈氏："先生許唐人之變漢、魏，而獨不許宋人之變唐，惑也。且先生亦知唐人之自變其詩，與宋人無與乎？"從而揭示出創新求"變"的詩歌發展客觀規律：

　　　　唐人學漢魏變漢魏，宋學唐變唐。其變也，非有
　　心於變也，乃不得不變也。使不變，則不足以爲唐，
　　不足以爲宋也。

創新求"變"，乃唐宋詩歌各具精神、面目的奧秘所在。而後
人之求"變"，則又必須突破唐宋的畛域。這恰如古有鶯花，今
亦有鶯花，然今之鶯花則決不會完全相同於古之鶯花；古有絲
竹，今亦有絲竹，然今之絲竹所奏之樂決不會完全拘守古樂。
人人皆有自己的性情遭際，豈可貌古人而襲之、畏古人而拘
之！
　　爲了從根本上清算沈氏的復古說，袁枚還對明前後七子
的復古主張進行了猛烈抨擊：

　　　　明七子論詩，蔽於古而不知今，有拘虛皮傅之
　　見。(《詩話》卷三)
　　　　人悅西施，不悅西施之影；明七子學唐，是西施
　　之影也。(《詩話》卷五)
　　　　大抵古之人先讀書而後作詩，後之人先立門戶
　　而後作詩。唐、宋分界之說，宋、元無有，明初亦無
　　有，成、弘後始有之。其時議禮講學皆立門戶，以爲
　　名高。七子狃於此習，遂皮傅盛唐，搤拏自矜，殊爲
　　寡識。(《答沈大宗伯論詩書》)
　　　　變唐詩者，宋、元也；然學唐詩者，莫善於宋、
　　元，莫不善於明七子。何也？當變而變，其相傳者心
　　也；當變而不變，其拘守者迹也。鸚鵡能言而不能得

其所以言，夫非以迹乎哉！（《答沈大宗伯論詩書》）

在袁枚看來，首先，詩"不得不變"，自有其客觀原因，所謂
"風會所趨，聰明所極，有不期其然而然者"，也就是社會思潮
的必然趨勢和人們的審美需求所致。其次，當變而知變，則爲
人之主觀原因，"其相傳者心也。""自《三百篇》至今日，凡
詩之傳者，都在性靈"，凡知學善變者，如唐人之所以能爲唐，
宋人之所以能爲宋，皆以其能各自道出自己的心靈亦即性情。
生於二百年前的一位封建文人，對於文學的嬗變能有如此的
卓識，是值得稱道的。

　　由崇尚真性情出發，袁枚在《續詩品》中提出了"著我"
說，以此作爲抒發性靈之基。對於司空圖的《詩品》，袁枚雖
極爲心儀，卻惜其只標妙境，未寫苦心，遂續作三十二品以論
創作之旨。其第二十七品《著我》云：

　　　　不學古人，法無一可；竟似古人，何處著我；字
　　字古有，言言古無；吐故吸新，其庶幾乎？孟學孔子，
　　孔學周公；三人文章，頗不相同。

所謂"著我"，實即標舉詩人的個性，強調創作中個人愛好、個
人興趣和個人性格的自由發展，以及文學批評中的獨抒己見。
而正統的儒家觀念，則正好與此反動，提倡的是"君君、臣臣、
父父、子子"的所謂"禮治"，宣揚的是"非禮勿視，非禮勿
聽，非禮勿言，非禮勿動"的所謂箴言，最終旨在於維護封建
專制制度。這種傳統觀念，必然會桎梏人的個性、泯滅人的自

我價值，從而壓抑人的性靈。因此，從"著我"之論出發，袁枚首先向這種傳統觀念挑戰：

> ……六經盡糟粕，大哉此言歟！周末始文勝，漢興廣徵儒。遂有叔孫通，綿蕞野外居。更有魯徐生，習禮為大夫。瑣瑣角毛鄭，空空談程朱。求之日益嚴，失之日益迂。未必兩廡坐，果然聖人徒。……（《詩集》卷一三《偶然作》之一三）
>
> 不嗜音，不舉觴。不覽佛書，不求仙方。……六經雖讀不全信，勘斷姬孔追微茫。眼光到處筆舌奮，書中鬼泣鬼舞三千場。（《詩集》卷一五《子才子歌示莊念農》）
>
> 但看《十七史》，遜我者大半。（《偶然作》之五）

這些詩中所呈現的獨立不羈精神，正是當時重新抬頭的市民意識的曲折反映。

以這種獨立不羈的"著我"精神來評品文藝、從事創作，從而使個性解放達到了一個相當的高度。如詩中有云：

> 仰天但見有日月，搖筆便知無古今。宣尼果然用《韶》樂，未必敷衍笙鏞音。俗儒硜硜界唐宋，未入華胥先做夢。滄溟數子見即嗔，新城一翁頭更痛。我道不如掩其朝代名姓只論詩，能合吾意吾取之。……否則《三百篇》中嚼蠟者，聖人雖取吾不知。

又《子才子歌示莊念農》：“駢文追六朝，散文絶三唐。不甚喜宋人，雙眸不盼兩廡旁，惟有歌詩偶取將。或吹玉女簫，綿麗聲悠揚；或披九霞帔，白雲道士裝；或提三軍行古塞，碧天秋老吹《甘涼》；或拔鯨牙敲龍骨，齒牙閃爍流電光。發言要教玉皇笑，搖筆能使風雷忙。出世天馬來西極，入山麒麟下大荒。生如此人不傳後，定知此意非穹蒼。就使仲尼來東魯，大禹出西羌，必不呼子才子爲今之狂。既自歌，還自贈，終不知千秋萬世後，與李杜韓蘇誰頡頏，大書一紙問蒙莊①。”明成、弘後，唐、宋分界之說乃生，七子力主“詩必盛唐”，袁宏道倡言排之，認爲“至李、杜而詩道始大。韓、柳、元、白、歐，詩之聖也；蘇，詩之神也。彼謂宋不如唐者，觀場之見耳，豈真知詩爲何物哉？”（《與李龍湖》）當袁枚時，在朝則又有沈德潛提倡唐音，在野則有厲鶚等揄揚宋調。門戶之爭不已。而袁枚則奉“著我”爲圭臬，掀翻一切偶像，公然以“子才子”自居，豪氣逼人。他“大書一紙問蒙莊”，引莊周爲同調，不屑拜倒在任何古人腳下，而只以發抒自己的性靈爲尊。其《遣興》詩云：“獨來獨往一枝藤，上下千年力不勝。若問隨園詩學某，三唐兩宋有誰應？”直唱出其推重個性、尊重自我之心聲，從而成爲康乾詩壇進步思潮的最強音。

　　然而，袁枚強調“著我”，獨標性靈，卻又並非目空一切

____

① 莊周，宋國蒙人，故稱蒙莊。《莊子·天運》：“夫《六經》，先王之迹也，豈其所以迹哉！”袁枚“當變而不變，其拘者迹也”語本此。

地排斥古人，相反倒極力主張廣師前人，如云：

> 文尊韓，詩尊杜；猶登山者必上泰山，泛水者必
> 朝東海也。然使空抱東海、泰山，而此外不知有天臺、
> 武夷之奇，瀟湘、鏡湖之勝；則亦泰山上之一樵夫，
> 海船上之舵工而已矣。學者當以博覽為工。
>
> 自古名家詩俱可誦讀，獵取精華。譬如黄蜂造
> 蜜，聚百卉而成甘；不可節女守貞，抱一夫而不嫁。
> （《再答李少鶴》）
>
> 專習一家，硜硜小哉！宜善相之，多師為佳。
> （《續詩品·相題》）

但是，歷來論者卻多有譏其"性靈說"爲荒疏不學者。如云：
"歸愚宗伯以漢、魏、盛唐之詩唱率後進，爲一時詩壇宗匠。隨
園起而一變其說，專主性靈，不必師古，初學立腳未定，莫不
喜新厭舊，於是《小倉山房集》，人置一編，而漢、魏、盛唐
之詩，絕無挂齒"[1]。又如："隨園每將性靈與學問對舉，至稱
學荒反性靈出，即不免割裂之弊。吾儕不幸生古人之後，雖欲
如某甲之不識一字，堂堂作人，而耳目濡染，終不免有所記聞；
記聞固足汩没性靈，若陽明《傳習錄》卷下所謂學而成痼者，
然培養性靈，亦非此莫屬。今日之性靈，適昔日學問之化而相
忘，習慣以成自然者也。神來興發，意得手隨，洋洋只知寫吾
胸中之所有，沛然覺肺肝所流出，人己古新之界，蓋超越而兩

---

[1]　見吳應和《浙西六家詩鈔》。

忘之。故不僅發膚心性爲我，即身外之物，意中之人，凡足以
應我需、牽我情、供我用者，亦莫非我有。"① 袁枚《隨園詩
話》中確曾引過"學荒反性靈出"之語，原文如下：

> 黃允修云："無詩轉爲讀書忙。"方子雲云："學
> 荒翻得性靈詩。"劉霞裳云："讀書久覺詩思澀。"余
> 謂此數言，非眞讀書、眞能詩者，不能道。

但細究其論詩旨要，卻恐非爲詩即須排斥學問。袁枚曾云：
"人閑居時不可一刻無古人，落筆時不可一刻有古人。平居有
古人，而學力方深；落筆無古人，而精神始出。"（《隨園詩
話》卷十）又曾云："蠶食桑而所吐者絲，非桑也；蜂採花而所
釀者蜜，非花也。讀書如吃飯，善吃者長精神，不善吃者生痰
瘤。"（《隨園詩話》卷十三）可見，問題的關鍵不在於是否學
古，而在於如何學古。"後之人未有不學古人而能爲詩者也。然
而善學者、得魚忘筌；不善學者、刻舟求劍。"（《詩話》卷
二）所謂"不學古人，法無一可。竟似古人，何處著我"，實
即此意。"今日之性靈，適昔日學問之化而相忘，習慣以成自
然者也。"此言甚當，然袁枚何嘗未曾引他人語表述過此意：
"凡多讀書，爲詩家最要事。所謂必須胸有萬卷者，欲其助我
神氣耳。"（《詩話補遺》卷一）

今案，"學荒翻得性靈詩"，此方子雲（正澍）② 詩句也。袁

---

① 見錢鍾書《談藝錄》。
② 方正澍，字子雲，江蘇江寧人。監生。有《花韵山房集》。

枚之所以稱其爲“非眞讀書、眞能詩者，不能道”，實有它意，而非將性靈與學問有意割裂。

　　袁枚曾指出，“至於性情遭遇，人人有我在焉”，又云：“有人無我，是傀儡也。”這就是説，凡人都須具自己的面目，凡詩都須呈其獨特的風格。在這一點上，他顯然受到了葉燮進步詩論的影響①。所以在月旦詩人、賞鑒詩歌時，袁枚持論甚爲通達。曾有人問他本朝詩誰爲第一，他反問：《三百篇》中，又何首爲第一？其人張口結舌。袁枚遂曉之曰：“詩如天生花卉，春蘭秋菊，各有一時之秀，不容人爲軒輊。音律風趣，能動人心目者，即爲佳詩；無所謂第一、第二也。有因其一時偶至而論者，如‘不愁明月盡，自有夜珠來’一首，宋居沈上。‘文章舊價留鸞掖，桃李新陰在鯉庭’一首，楊汝士壓倒元、白是也。有總其全局而論者，如唐以李、杜、韓、白爲大家，宋以歐、蘇、陸、范爲大家，是也。若必專舉一人，以覆蓋一朝，則牡丹爲花王，蘭亦爲王者之香：人於草木，不能評誰爲第一，而況詩乎？”（《詩話》卷三）袁枚還提出了“詩題各有境界，各有宜稱”和“相題行事”的觀點，從而贊成藝術風格的多樣化，反對定於一尊。如：“元遺山譏秦少游云：‘有情芍藥含春泪，無力薔薇卧晚枝。拈出昌黎山石句，方知渠是女郎詩。’此論大謬。芍藥、薔薇，原近女郎，不近山石；二者不可相提而並論。詩題各有境界，各有宜稱。杜少陵詩，光焰萬丈，然而‘香霧雲鬟濕，清暉玉臂寒’，‘分飛蛺蝶原相逐，並蒂芙蓉本是雙’；韓退之詩，横空盤硬語，然‘銀燭未銷窗送曙，金釵

――――――――――
①　見《隨園詩話》卷三第八則。

半醉坐添春'，又何嘗不是女郎詩耶？《東山》詩：'其新孔嘉，
其舊如之何？'周公大聖人，亦且善謔。"（《詩話》卷五）對於
王士禛的"神韵詩"，則指出爲"詩中一格"，盡管作詩"不必
首首如是，亦不可不知此種境界"（《詩話》卷八）。又如："詩
人家數甚多，不可硜硜然域一先生之言，自以爲是，而妄薄前
人。須知王、孟清幽，豈可施諸邊塞？杜、韓排奡，未便播之
管弦。沈、宋莊重，到山野則俗。盧仝險怪，登廟堂則野。韋、
柳儁逸，不宜長篇。蘇、黃瘦硬，短於言情。悱惻芬芳，非溫、
李、冬郎不可。屬詞比事，非元、白、梅村不可。古人各成一
家，業已傳名而去。後人不得不兼綜條貫，相題行事。雖才力
筆性，各有所宜，未容勉强；然寧藏拙，而不爲則可，若護其
所短，而反譏人之所長，則不可。所謂以宮笑角，以白誑青者，
謂之陋儒。"（《詩話》卷五）這裏，袁枚不僅提出了題材決定
風格的觀點，並且指出，詩人之才力筆性各有所宜，未容勉强。
自然，袁枚在這裏提倡藝術風格的多樣化，仍是從"著我"出
發，因爲，詩人只有"各成一家"，才可能自由地表現個性，真
實地抒發性情。明"七子擊鼓鳴鉦，專唱宮商大調"，但感情
爲格套所羈，故而"易生人厭"（《詩話》卷四）。

　　如果説，"提筆先須問性情，風裁休劃宋元明"，推重性情
是袁枚"性靈説"內涵的核心因素；那麼，"靈犀一點是吾師，
但肯尋詩便有詩"[1]，崇尚靈機則是袁枚"性靈説"內涵的基本
標志。如《錢璵沙先生詩序》：

---

① 引自袁枚《遣興》詩。

　　　嘗謂千古文章，傳眞不傳僞，故曰"詩言志"，
又曰"修辭立其誠"。然而傳巧不傳拙，故曰"情欲
信，詞欲巧"，又曰"神也者，妙萬物而為言"。古人
名家鮮不由此。今人浮慕詩名而強為之，既離性情，
又乏靈機，轉不若野氓之擊轅相杵，猶應風雅焉。

　　"性靈"一詞，古已有之，如《文心雕龍·原道》云："仰
觀吐曜，俯察含章，高卑定位，故兩儀既生矣。惟人參之，性
靈所鐘，是謂三才。"庾信《趙國公集序》："含吐性靈，抑揚
詞氣。"又唐段安節《樂府雜錄·琵琶》中載："朱崖李太尉有
樂吏廉郊者，師於曹綱，盡綱之能。綱嘗謂儕流曰：'教授人
亦多矣，未曾有此性靈弟子也。'"可見，"性靈"的本義即指
人所具有的靈慧的天性。上引袁枚序文中所說的"靈機"，也
正是此義。
　　首先，在袁枚看來，是否具有"靈機"，也就是"天分"，
是一個人能否成爲詩人的關鍵。如：

　　　詩文之道，全關天分。聰穎之人，一指便悟。
（《詩話》卷十四）
　　　詩不成於人，而成於其人之天。其人之天有詩，
脫口能吟。其人之天無詩，雖吟而不如無吟。同一石，
獨取灑濱之磬。同一銅，獨取商山之鐘。無他，其物
之天殊也，舜之庭獨皋陶賡歌，孔之門獨子夏、子貢
可與言詩。無他，其人之天殊也。……予往見人之先
天無詩，而後天有詩，於是以門戶判詩，以書籍炫詩，

以疊韵、次韵、險韵敷衍其詩，而詩道日亡。(《何
南園詩序》)

他還以射箭能否中鵠作喻："詩、如射也，一題到手，如射之
有鵠，能者一箭中，不能者千百箭不能中。能之精者，正中其
心；次者中其心之半；再其次者，與鵠相離不遠；其下焉者，
則旁穿雜出，而無可捉摸焉。其中不中，不離'天分學力'四
字。孟子曰：'其至爾力，其中非爾力。'至是學力，中是天分。"
(《詩話補遺》卷六) 如果袁枚所謂的"靈機"內涵僅僅如此，
便不免跌入先驗論的泥淖。但在強調天分的同時，他也強調了
學力的重要性。其《續詩品》"博習"一品曰："萬卷山積，一
篇吟成。詩之與書，有情無情。鐘鼓非樂，舍之何鳴？易牙善
烹，先羞百牲。不從糟粕，安得精英？曰'不關學'，終非正
聲。"《隨園詩話》也指出："《記》曰：'學然後知不足。'可
見知足者，皆不學之人，無怪其夜郎自大也。鄂公《題甘露
寺》云：'到此已窮千里目，誰知才上一層樓。'方子云《偶
成》云：'目中自謂空千古，海外誰知有九州？'"其《仿元遺
山論詩》則云："金陵從古詩人少，近有南園與古漁。更有閉
門工索句，無人解和子雲居。"方子雲性耽吟咏，不求仕進，時
人謂其有唐代賈島、羅隱之風。法式善嘗贊其詩句"烟蘿挂壁
疑無路，日月行空似有聲"云："此種警句，皆千錘百煉而得
者"①。然而，讀子雲詩，見其才耳，卻絕無炫學矜博之弊。如
其佳句："西下夕陽東上月，一般花影有寒溫。"(《晚坐》)"潮

————————

① 　見法式善《梧門詩話》。

初出海如雲白，月乍離山抵日紅。"（《舟次即目》）"風急忽疑星欲墮，舟移如與月同行。"（《石湖舟中》）"宛如待嫁閨中女，知有團圞在後頭。"（《咏新月》）畢沅稱其"詩工於體物"（《吳會英才集》）；吳文溥謂其"能狀難言之景"（《南野堂筆記》）；梁紹壬贊其"詩憑意造"（《兩般秋雨庵隨筆》），均非過譽。"鈞天樂苦無新奏，唱我紅牆夢里詩"[①]，方子雲正是以其"托思清新"[②]之詩歌，在當時江南詩壇上奏出了新聲。畢沅《吳會英才集》選錄十六人詩，以子雲爲冠，置於洪亮吉、黄景仁等之前，並不是偶然的。由此可見，"學荒翻得性靈詩"，倘其中"荒"字解爲"荒廢"之義，豈非與袁枚後面"非真讀書、真能詩者，不能道"的贊語相牴牾！其實，這裏的"荒"字，當訓爲"棄置"之義。針對翁方綱的"肌理説"，袁枚曾云："人有滿腔書卷，無處張皇，當爲考據之學，自成一家；其次則駢體文盡可鋪排，何必借詩爲賣弄？自《三百篇》至今日，凡詩之傳者，都是性靈，不關堆垛。"又説："近今詩教之壞，莫甚於以注疏誇高，以填砌矜博。掃撼瑣碎，死氣滿紙"（《答李少鶴書》）。這種"堆垛"之詩，必然會"夭閼性靈"，安可久"傳"！如同方子雲一樣，袁枚在創作中也反對張皇書卷，以填砌矜博。其《詩話》卷一："余每作咏古、咏物詩，必將此題之書籍，無所不搜；及詩之成也，仍不用一典。常言：人有典而不用，猶之有權勢而不逞也。"袁枚之所以如此激賞方子雲的這句詩，豈非方氏之語先得其心乎？

---

① 見方子雲《游仙》詩。
② 見徐世昌《晚晴簃詩匯》。

　　袁枚所説的"靈機"，也兼指"興會"，類似我們所説的靈感。對於靈感現象，無論是東西方，均早已發現。如古希臘哲學家德謨克利特指出："没有一種瘋狂式的靈感，就不能成爲大詩人。""一位詩人以熱情並在神聖的靈感之下所作的一切詩句，當然是美的。"①　在我國，西晉陸機在《文賦》中即已對靈感現象進行了相當清晰的論述："若夫應感之會，通塞之紀，來不可遏，去不可止。藏若景滅，行猶響起。方天機之駿利，夫何紛而不理。思風發於胸臆，言泉流於唇齒。紛葳蕤以駁遝，唯毫素之所擬。文徽徽以溢目，音泠泠而盈耳。"爾後，如李德裕言"靈氣"②，袁中道言"靈機"③，王士禎言"靈光"④，等等，術語雖不同，但都揭示了靈感這種特別的心理狀態。由袁枚的詩論觀之，他對於靈感的闡述可謂十分全面：

　　首先，當靈感出現時，作者迸發出創作的激情，往往不能自已，顯示出超常的創作力。其《病中謝薛一瓢》詩云："興來筆落如風雨"，即反映出這種如有神助的心理狀態。所謂"文不加點，興到語耳"（《續詩品·精思》），也實指此而言。在論及改詩時，他同樣昭示出"興會"亦即靈感的特殊功用："改詩難於作詩，何也？作詩，興會所致，容易成篇。改詩，則興會已過，大局已定。有一二字於心不安，千力萬氣，求易不得，竟有隔一兩月於無意中得之者。"（《詩話》卷二）

①　見其《著作殘篇》，轉引自《西方文論選》上卷第 4 頁.
②　李德裕《文箴》。
③　袁中道《陳無異寄生篇序》。
④　王士禎《漁洋詩話》。

　　其次，靈感爲"暴長之物，其亡忽焉"（《續詩品·精思》），因而必須及時捕抓這種心理狀態。袁枚曾有詩："逢僧我必揖，見佛我不拜。拜佛佛無知，揖僧僧現在。"（《每至一寺群僧出迎必撞鐘鼓請余禮佛余口號二十字書扇曉之》）據其《詩話》載："余游天臺諸寺，僧多撞鐘鼓，請余禮佛。余不耐煩，書扇示之云云"。故王夢樓笑謂其雖"不好佛，而所言往往有佛意"。在論及靈感時，袁枚亦借禪喻詩。云寶禪師作偈説："一兔橫身當古路，蒼鷹才見便生擒。後來獵犬無靈性，空向枯椿舊處尋。"① 袁枚則盛稱此爲"頗合作詩之旨"。當靈感激發時，詩人腦海中充滿着情感與想象，神游於自己所描寫的事物環境中，應接着各種各樣的形象，但是，這種靈感的出現通常總是極爲短暫，恰如電光石火，稍縱即逝。"一兔橫身當古路，蒼鷹才見便生擒"，正形象地闡明了詩人産生靈感時對自己腦海中閃現之物的及時捕捉。而"從來獵犬無靈性，空向枯椿舊處尋"兩句，則譏笑了那種靈性夭閼、只會向故紙堆討生活的劣等詩人。

　　再次，對於靈感"盡日覓不得，有時還自來"的現象，袁枚也並未曾神化，如西人之所謂"有神力憑附"，乃至爲神"作代言人"。② 對此，袁枚又引用了白雲禪師的偈語論之："蠅愛尋光紙上鑽，不能透處幾多難。忽然撞着來時路，始覺平生被眼瞞。"③ "忽然撞著來時路"一語，頗爲巧妙地譬擬出詩人

---

① 見《隨園詩話》卷四引
② 柏拉圖語，見《文藝對話集》第819頁。
③ 見《隨園詩話》卷四。

靈感産生的忽發性，然而，這種忽發性，卻建立在"平生""尋光紙上鑽"的矻矻不懈的基礎之上，因而又有其必然性。這種基礎，一是指平日的勤奮創作，另一則是指平日的"積學以儲寶，酌理以富才"①。案前引袁枚述他人語所云："凡多讀書，爲詩家最要緊事。所以必須胸有萬卷者，欲其助我神氣耳。"筆者認爲，此處之"神氣"，並非通常所謂之精神氣息，而正是指靈感或悟性。恰如劉勰《文心雕龍·神思》中所言：當靈感爆發時，詩人於"吟咏之間，吐納珠玉之聲；眉睫之前，卷舒風雲之色"，盡收"神與物游"的"思理"之"妙"。但是，在靈感産生的過程中，則必然"神居胸臆，而志氣統其關鍵"。也就是説，有豐富的想象貫穿構思始終，（即"思接千載"，"視通萬里"）有充沛的思想感情起支配作用。

　　還有一點需要説明的是，許多論者或認爲袁枚"離開了生活，只講性靈"；或認爲其與公安派"心靈無涯，搜之愈出"説完全一樣；還有論者認爲其有二元論傾向："一方面他鼓吹唯心論觀點，説'神韵是先天真性情，不可强而至'，又説'靈犀一點是吾師，但肯尋詩便有詩'，簡直視'靈犀'即内心世界爲詩之根本，顯然是荒謬的。"②筆者認爲，説袁枚的詩論具有二元論傾向，確有所見；但説袁枚"簡直視'靈犀'即内心世界爲詩之根本"，則仍可討論。首先，須辨正"靈犀"一語的含義。《辭海》釋"靈犀"云："犀牛角。舊説犀牛是靈異的獸，角中有白紋如綫，直通兩頭。見《漢書·西域傳贊》顔師

<hr>

①　見劉勰《文心雕龍·神思》。
②　見《清人詩論研究》第206—207頁。

古注。李商隱《無題》詩：'身無彩鳳雙飛翼，心有靈犀一點通。'比喻兩心相通。"則"靈犀"顯非僅指"内心世界"。李商隱《無題》詩以"心有靈犀一點通"來比喻愛侶雙方心靈的契合與感應，袁枚標舉"靈犀一點"，即取自李詩而用義有別。且看袁詩：

> 但肯尋詩便有詩，靈犀一點是吾師。
> 夕陽芳草尋常物，解用都爲絕妙詞。
>
> ——《遣興》

如果説，李詩以"靈犀一點"比喻愛侶的兩心相通，那麼，袁詩則是以"靈犀一點"來强調詩人"内心世界"與客觀世界的契合無間，也就是審美主體與審美客體的化爲一體。"夕陽"、"芳草"，尋常景物，但當其激起詩人的"興會"時，則都能成就詩人的絕妙好詩。所謂"我不覓詩詩覓我，始知天籟本天然"[1] 者，亦即此意。這種詩歌美學觀，顯然符合詩歌創作的形象思維規律。

必須指出，袁枚的這種觀點，是受到了南宋詩人楊萬里的影響。在《荆溪集自序》中，楊萬里曾自述其學詩經過説："予之詩始學江西諸君子，既又學後山五字律，既又學半山老人七字絕句，晚乃學絕句於唐人。學之愈力，作之愈寡。"到荆溪（在今江蘇宜興南，清代屬常州府）後，忙於日常公務，很少作詩。一天，"忽若有悟，於是辭謝唐人及王、陳江西諸

---

① 見袁枚《老來》詩。

君子不敢學，而後欣如也。”“自此，每過午，吏散庭空，即攜
一便面，步後園，登古城，采擷杞菊，攀翻花竹，萬象畢來，
獻予詩材：蓋麈之不去，前者未雛，而後者已迫，渙然未覺作
詩之難也”。他正是堅決抛棄了模仿的道路，師法自然，以自
己天真的詩人眼睛與心靈直接感應生活，採用“生擒活捉”的
手法及時捕捉稍縱即逝的景物和感情，並有意識地汲取口語、
俚語來鍛煉詩中的語言，從而才形成一種新鮮活潑的詩風，被
稱爲“誠齋體”。對此，袁枚頗爲折服，《詩話》卷八云：“汪
大紳道余詩似楊誠齋。范瘦生大不服，來告余。余驚曰：‘誠
齋，一代作手，談何容易！後人嫌太雕刻，往往輕之。不知其
天才清妙，絕類太白，瑕瑜不掩，正是此公真處。’”又如：
“詩有音節清脆，如雪竹冰絲，非人間凡響，皆由天性使然，非
關學問。在唐、則青蓮一人，而溫飛卿繼之。宋有楊誠齋……
本朝繼之者，其惟黄莘田（任）乎？”（《詩話》卷九）但實際
上，袁枚於“誠齋體”亦曾心摹手追，以“蒼鷹”擒“兔”之
法寫景言情。尚熔稱其“學楊誠齋而參以白傅”（《三家詩話》）、
朱庭珍譏其“專法香山、誠齋之病，誤以鄙俚淺滑爲自然
……”（《筱園詩話》），均指出了其這一特點。

　　在袁氏的詩論中，關於“天籟”與“人工”的觀點亦頗值
得注意。

　　一部《隨園詩話》中，以“天籟”爲標準的品評屢見。如：

　　　　詩有天籟最妙。伊似村《偶成》云：“嬌兒呼阿
　　爺，樹上捉蝴蝶。老眼看分明，霜粘一黄葉。”陳竹
　　士《山中口占》云：“酌酒松樹陰，醉臥雲深處。人

閒雲不閒，松邊自來去。"（《詩話補遺》卷五）

　　上海女士朱文毓于歸王氏，《撫孤甥》云："母死
誰憐汝，相攜更痛心。呱呱啼不止，猶是姊聲音。"此
即元遺山"阿姨懷袖阿娘香"之意。吳蘭雪《到家祝
母壽》云："母曰兒歸好，連朝鵲噪頻。還將生日酒，
醉汝到家人。"周琬《到家見母》云："要見慈親急步
行，隔牆先已識兒聲，升堂姊妹一齊問，幾日扁舟出
石城？"吳夫人《調蘭雪》云："滿身蝴蝶粉，知是看
花回。"四詩，皆天籟也。（《詩話補遺》卷七）

　　青衣鄖德基詩云："春風二月氣溫和，麥草初長
綠滿坡。牧豎也知閒便好，橫眠牛背唱山歌。"又，
《咏簾內美人》云："到底春光遮不住，還如竹外看梅
花。"此二首，皆天籟也。（《詩話補遺》卷七）

所謂"天籟"，原指自然界的音響。《莊子·齊物論》云："女
（汝）聞人籟而未聞地籟，女聞地籟而未聞天籟夫？"後亦稱詩
歌不事雕琢，得自然之趣者爲"天籟"。袁枚標舉"天籟"，則
寓有其性靈說內涵中推重性情與靈機二義的特點。其《詩
話》卷七云：

　　無題之詩，天籟也；有題之詩，人籟也。天籟易
工，人籟難工。《三百篇》、《古詩十九首》皆無題之
作，後人取其詩中首面之一二字為題，遂獨絕千古。

漢魏以下，有題方有詩，性情漸漓。至唐人有五言八
韵之試貼，限以格律，而性情愈遠。且有"賦得"等
名，自以詩為詩，猶之以水洗水，更無意味。從此詩
之道每況愈下矣。余幼有句云："花如有子非眞色，詩
到無題是化工。"略見大意。

有論者認爲：袁枚這段話"以爲無題之詩定勝於有題之詩，並
因此斷言'詩之道每況愈下'，這顯然是片面的"①。筆者覺得，
袁枚之所以稱《三百篇》、《古詩十九首》等"無題"詩爲"天
籟"，正因爲其極自然、極真實地抒發出了作者的感情，故而
"易工"；而漢魏以下的一些詩作，"有題方有詩"，即感情的抒
發受到了約束，無法天真率性，所謂"性情漸漓"，故而"難
工"。因此，他推崇"詩到無題是化工"，實即主張汲取《三百
篇》、《古詩十九首》中所發揚出的自然、純真抒發作者性情的
精神，並非真正要求詩歌"無題"。對此，且不可看死。試以
唐詩的佳作觀之，除李商隱少量"無題"詩外，有多少詩歌是
"無題"的？即以上引袁枚稱之爲"天籟"的詩歌而論，又有
幾首可謂"無題"？除此之外，袁枚還提倡"忘韵"，意亦同此：
"余作詩，雅不喜叠韵、和韵及用古人韵。以爲詩寫性情，惟
吾所適。一韵中有千百字，憑吾所選；尚有用定後不慊意而別
改者；何得以一二韵約束爲之？既約束，則不得不湊拍，安得
有性情哉？《莊子》曰："忘足，履之適也。'余亦曰：忘韵，詩
之適也。"（《詩話》卷一）

———————

①　見《中國文學理論史》（四）第 536 頁。

　　“詩到無題是化工”，除要求在詩歌中自然地抒發作者的真情實感之外，還有無別的要求呢？有的。對此，袁枚又提出了“旁見側出，吸取題神，不是此詩，恰是此詩”的觀點：“東坡云：‘作詩必此詩，定知非詩人。’此言最妙。然須知作此詩而竟不是此詩，則尤非詩人矣。其妙處總在旁見側出，吸取題神，不是此詩，恰是此詩。古梅花詩佳者多矣：馮鈍吟云：‘羨他清絕西溪水，才得冰開便照君。’真前人所未有。余《咏蘆花》詩，頗刻劃矣。劉霞裳云：‘知否楊花翻羨汝，一生從不識春愁。’余不覺失色。金壽門畫杏花一枝，題云：‘香騣紅雨上林街，牆內枝從牆外開。惟有杏花真得意，三年又見狀元來。’咏梅而思至於冰，咏蘆花而思至於楊花，咏杏花而思至於狀元：皆從天外落想，焉得不佳？”（《詩話》卷七）袁枚所以贊賞蘇軾“作詩必此詩，定知非詩人”之說，乃因與他反對漢魏以下“有題方有詩”的詩論相通。但是，袁枚認爲，倘作詩而竟不是此詩，則尤非詩人！佳詩之妙處，即在於“旁見側出，吸取題神”，也就是說，既不能拘於詩題，又不能離題而隨意生發。如馮鈍吟（班）咏梅，本欲狀梅花之冰清玉潔，卻以“羨他清絕西溪水，才得冰開便照君”之語烘托之，奏弦外音，得味外味，而境界全出。似此咏梅而思至於冰、咏蘆花而思至於楊花、咏杏花而思至於狀元者，皆可稱善取題神，言此而及彼；落想天外，興會淋灕。所謂“不是此詩，恰是此詩”也。

　　袁枚詩中嘗有“我不見詩詩覓我，始知天籟本天然”之句，足見他是把“天籟”與“靈機”聯繫在一起的。作爲審美的主體，當詩人的內心世界與作爲審美客體的大自然契合與感應時，興會所至，眼前之景，當時之情，不覺發而爲詩，絕無雕琢，得自然之眞趣，這便是天籟之鳴。所謂"亦有生金，一鑄而定"①者，即當指此。袁枚甚至認爲："口頭語，說得出便是天籟"（《詩話補遺》卷二），並且稱贊說："十五《國風》，則皆勞人、思婦、靜女、狡童矢口而成者也"（《詩話》卷三）。因而在日常生活中，他很注意虛心聽取。他曾說："少陵云：'多師是我師。'非止可師之人而師之也；村童牧豎，一言一笑，皆吾之師，善取之皆成佳句。隨園擔糞者，十月中，在梅樹下喜報云：'有一身花矣！'余因有句云：'月映竹成千個字，霜高梅孕一身花。'余二月出門，有野僧送行，曰：'可惜園中梅花盛開，公帶不去！'余因有句云：'只憐香雪梅千樹，不得隨身帶上船'。"（《詩話》卷二）朱庭珍曾譏諷他"以淫女狡童之性靈爲宗"②。在今天看來，他的這種態度卻是可取的。

前已指出，袁枚持論以通達見長。他在標舉"天籟"或曰"靈機"的同時，對於"人工"或曰"人巧"也頗爲重視。如："蕭子顯自稱：'凡有著作，特寡思功，須其自來，不以力構。'此即陸放翁所謂'文章本天然，妙手偶得之'也。薛道衡登吟榻構思，聞人聲則怒；陳後山作詩，家人爲之逐去貓犬，嬰兒都寄別家：此即少陵所謂'語不驚人死不休'也。二者不可偏廢。蓋詩有從天籟來者，有從人巧得者，不可執一以求。"（《隨園詩話》卷四）不僅如此，袁枚有時甚至把"人工"看得比"天籟"還重要。如《詩話》卷五中云："作古體詩極遲不

---

① 見袁枚《續詩品·勇改》。
② 引自《筱園詩話》。

過兩日，可得佳構；作近體詩或竟十日不成一首，何也？蓋古體地位寬餘，可使才氣卷軸；而近體之妙，須不着一字，自得風流。天籟不來，人力亦無如何。今人動輕近體而重古風，蓋於此道未得甘苦者也。葉庶子書山曰：'子言固然。然人功未極，則天籟亦無因而至。雖云天籟，亦須從人工求之。'知言哉！"先說"天籟不來，人力亦無如何"，似乎在宣揚"天籟決定論"，後又肯定"人功未極，則天籟亦無因而至"。這似乎顯得前後矛盾，其實並不矛盾。因爲，在袁枚看來，詩的確有從天籟來者，但歸根結蒂，這種天籟仍是人工日積月累的產物。《續詩品·勇改》指出："人功不竭，天巧不傳"，正爲此意。在日常生活中，袁枚頗注重這種人工，每作一詩，往往修改三五日，或過時又改。嘗作詩逾半月而七易稿，蔣心餘（士銓）見而嘆曰："吾今日方知先生吟詩刻苦如是；果然第七回稿勝五、六次之稿也。"故袁枚有感爲詩云："詩到能遲轉是才。"不僅如此，袁枚還頗有晚唐詩人齊己之風，樂意聽從別人對其詩的修改意見，嘗云："詩得一字之師①，如紅爐點雪，樂不可言。余祝尹文端公壽云：'休誇與佛同生日，轉恐恩榮佛尚差。'公嫌'恩'字與佛不切，應改'光'字。《咏落花》云：'無言獨自下空山。'邱浩亭云：'空山是落葉，非落花也，應改春字。'《送黃宮保巡邊》云：'秋色玉門涼。'蔣心餘云：'門字不響，

---

①　據陶岳《五代史補》："鄭谷在袁州，齊己因攜所爲詩往謁焉，有《早梅》詩曰：'前村深雪裏，昨夜數枝開。'谷笑謂曰：'數枝非早梅也，不若一枝則佳。'齊己矍然叩地膜拜。自是士林以谷爲齊己一字之師。"

應改關字。'《贈樂清張令》云：'我慚靈運稱山賊。'劉霞裳云：'稱字不亮，應改呼字。'凡此類，余從諫如流，不待其詞之畢也。"（《詩話》卷四）袁枚之所以如此重視修改與苦吟，自有其美學追求。在他看來，作詩立意要精深，但落語要平淡。求其精深，是一半功夫；而求其平淡，又是一半功夫。非精深，則不能超超獨先；非平淡，則不能人人領解。正因爲如此，他不止一次稱贊說："白傅改詩，不留一字；今讀其詩，平平無異。意深詞淺，思苦言甘。寥寥千年，此妙誰探。"（《續詩品·滅迹》）"余見史稱孟浩然苦吟，眉毫脫盡；王維構思，走入醋甕：可謂難矣。今讀其詩，從容和雅，如天衣之無縫。深入淺出，方臻此境。"（《詩話》卷七）袁枚曾強調說："作詩不可不辨者：淡之與枯也……樸之與拙也……差之毫釐，失以千里。"（《詩話》卷二）那麼，如何把握淡枯、樸拙之間的分寸呢？袁枚提出："詩宜樸不宜巧，然必須大巧之樸；詩宜淡不宜濃，然必須濃後之淡。"（《詩話》卷五）這就是說，倘詩能夠作到濃後之淡，即可消除枯澀；倘詩能夠作到大巧之樸，即可避免拙劣。這種辯證的詩歌美學觀，自然值得稱道。

通觀其著作，袁枚詩論中尚有諸多可取之處，如詩貴曲不貴直、詩無論厚薄惟以妙爲主等等，兹不贅述。

袁枚的"性靈說"，具有反對儒家正統詩論、把詩歌創作與個性自由的要求聯係起來的鮮明特點及進步意義，集中體現出清代當時進步文學潮流中所呈現出的新精神。綜論其文學主張，可看出由明後期進步思想家李贄至清鴉片戰爭前夕開時代風氣之先的大師龔自珍這一思想系統間的演進軌迹。對此，我們自當充分肯定。林鈞《樵隱詩話》中曾指出："國朝著作家奚啻數千，而其膾炙人口者，在詩話惟《隨園》，在文章惟《聊齋》，小說惟《紅樓夢》，三部而已！其他汗牛充棟，吾未見家誦而户讀之也。”於此足見其影響，也足見其精華與《紅樓夢》、《聊齋志異》中所表現出的民主思想及新興市民階層意識一樣何等深入人心。但是，毋庸諱言，其詩論中也存在着不少歷史局限，如忽略了詩歌是社會生活的反映，“性靈說”中也存在着唯心的因素，等等。不僅如此，其所推重的性情之内涵，亦存在着階級的局限性。我們應當指出這種局限性，但亦不必苛求。

袁枚與趙翼、蔣士銓並稱“乾隆三大家”，活躍於詩壇六十年，現存詩歌四千多首。從其詩集看，亦有直接反映社會現實的詩歌，如《苦災行》、《征漕嘆》、《端州大水行》等。《苦災行》云：“沭陽八年災，往歲尤爲酷。我適莅此邦，一望徒陵谷。田廬化爲沼，春燕巢林木。泛濫有魚頭，彭亨無豕腹。百死猶可忍，餓死苦不速。野狗銜髑髏，骨瘦亦無肉。”讀之令人觸目驚心。通過咏史和其他形式感慨興亡之作，也有現實意義。如《題史閣部遺像》四首，頌揚了史可法的崇高民族氣節：

　　　每過梅花嶺，思公淚欲零。高山空仰止，到眼忽丹青！
　　　勝國衣冠古，孤臣鬢髮星。宛然文信國，獨立小朝廷。

　　　已斷長淮臂，難揮落日戈。風雲方慘淡，天子正笙歌。
　　　四鎮調停苦，三軍涕淚多。至今圖畫上，如盼舊山河。

剩有家書在，銀鈎字數行。凄涼招命婦，宛轉托高堂。
墨淡知和血，篇終說斷腸。當時濡筆際，光景莫思量。

太師留畫像，交付得歐公。展卷人如在，焚香禮未終。
江雲千里外，心史百年中。怕向空堂卷，霜天起朔風。

題下自注："像爲蔣心餘太史所藏，並其臨危家書，都爲一卷。書中勸夫人同死，托某某慰安太夫人，末云'書至此，肝腸寸斷'。"吳應和《浙西六家詩鈔》評："李西臺曰：南渡情形，閫部心迹，一一如繪，凄涼悲壯，欲泣欲歌，可與杭菫浦先生《題陳元孝傳》並傳。此四章竟得少陵氣息。"

　　袁集中尚有一些咏史之作，向來爲人們所稱道。如《秦中雜感》其五："百戰風雲一望收，龍蛇白骨幾堆愁。旌旗影没南山在，歌舞樓空渭水流。天近易回三輔雁，地高先得九州秋。扶風豪士能憐我，應是當年馬少游。"詩人登高放眼，"一望"盡收關中形勢，高曠的空間與悠遠的時間，構成了一個氣勢磅礴的整體意象，盡傳秦中之神，並發抒對於歷史興亡的無限感慨。《馬嵬》四首其二："莫唱當年《長恨歌》，人間亦自有銀河。石壕村裏夫妻別，泪比長生殿上多。"詩人一反常調，將一掬同情之泪灑向民間千千萬萬的普通百姓，認爲他們所遭遇的生離死別不幸遠甚於封建帝王。這種具有民主主義思想色彩的見解，在當時來說自然是大膽的。袁枚《隨園詩話》卷七有云："用典如水中著鹽，但知鹽味，不見鹽質。用僻典如請生客入座，必須問名探姓，令人生厭。宋喬子曠好用僻書，人稱‘孤穴詩人’，當以爲戒。或稱予詩云：‘專寫性情，不得已而適逢典故；不分門户，乃無心而自合唐音。’雖有不及，不敢不勉。”本詩即體現了這種論詩主張。聯繫兩首唐詩名作《長恨歌》與《石壕吏》，生發出新穎見解，可謂以少總多，情韵俱佳。它如《荆軻里》：“水邊歌罷酒千行，生戴吾頭入虎狼。力盡自堪酬太子，魂歸何忍見田光？英雄祖餞當年泪，過客衣冠此日霜。匕首無靈公莫笑，亂山終古刺咸陽。”《澶淵》：“路出澶河水最清，當年照影見親征。滿朝白面三遷議，一角黄旗萬歲聲。金幣無多民已困，燕雲不取禍終生。行人立馬秋風裏，懊惱屠王早罷兵。”均堪諷誦。

　　然而，袁詩的主要特點，則在於抒寫性靈，廣泛表現個人生活遭際中的真實感受、情趣和識見，藝術上則不拘一格，自成面目。試觀其七古《同金十一沛恩游栖霞寺望桂林諸山》：

　　　奇山不入中原界，走入窮邊才逞怪。桂林天小青山大，山山都立青天外。我來六月游栖霞，天風拂面吹霜花。一輪白日忽不見，高空都被芙蓉遮。山腰有洞五里許，秉火直入冲烏鴉。怪石成形千百種，見人欲動爭谽谺。萬古不知風雨色，一群仙鼠依為家。出穴登高望衆山，茫茫雲海墜眼前。疑是盤古死後不肯化，頭目手足骨節相鈎連。又疑女媧一日七十有二變，青紅隱現隨雲烟。蚩尤噴妖霧，尸羅袒右肩。猛士植竿髮，鬼母戲青蓮。我知混沌以前乾坤毁，水沙激蕩風輪顚。山川人物熔在一爐內，精靈騰踔有萬千，彼此游戲相愛憐。忽然剛風一吹化為石，清氣旣

散濁氣堅。至今欲活不得，欲去不能，只得奇形詭狀
蹲人間。不然造化縱有千手眼，亦難一一施雕鐫。而
況唐突眞宰豈無罪，何以耿耿群飛欲刺天？金臺公子
酌我酒，聽我狂言呼否否。更指奇峯印證之，出入白
雲亂招手。幾陣南風吹落日，騎馬同歸醉兀兀。我本
天涯萬里人，愁心忽挂西斜月。

以奇特的想象和比喻描繪七星岩洞和桂林諸山的千姿百態，
又施以擬人化筆法，使之顯現新奇眩目的靈性。吳應和稱此詩
"非才大如海者不辦"。細味此詩，確極具藝術個性，體現出袁
枚抒寫性靈的"軼群之才"。又如："明月愛流水，一輪池上明。
水亦愛明月，金波徹底清。愛水兼愛月，有客登西亭。其時萬
籟寂，秋花呈微馨。荷珠不甚惜，風來一齊傾。露零螢光濕，
厭響蛩語停。感此元化理，形骸付空冥。坐久並忘我，何處塵
慮攖。鐘聲偶然來，起念知三更。當我起念時，天亦微雲生。"
（《水西亭夜坐》）《行役雜咏》其三："無心推蓬看，不意與月
近。欣然卧以觀，星盡惟斗柄。始之肌膚寒，久乃心肝映。白
雲如覆被，人面漸貼鏡。萬里湛清華，九天涵綠凈。狂痴不能
還，吾亦見吾性。"《雨後步水西亭》："雨氣不能盡，散作滿圍
烟。好風何處來，荷葉爲翩翩。群花浴三日，意態柔且鮮。幽
人傾兩耳，竹外鳴新泉。啁啁一鳥歇，閣閣群蛙連。暝色起喬
木，斷虹媚遠天。蝸過有殘篆，琴潤無斷弦。憑闌意清悄，與
鷗相對眠。"《不寐》："一雨百花休，三更萬籟寂。觸耳不成眠，
風枝墮殘滴。"都是陶寫性靈的佳作。袁集中又有追悼、贈內、
送別之類作品，感情眞摯。如《隴上行》爲追悼其大母而作，

前寫其"童孫"之時大母對他的百般疼愛及殷殷期望之情,形容真切動人,與歸有光《項脊軒記》中對其大母的一段懷念文字相媲美。後寫登科後對大母的追悼:"……玉陛臚傳夕,秋風榜發天。望兒終有日,道我見無年。渺渺言猶在,悠悠歲幾遷。果然宮錦服,來拜墓門烟。返哺心雖急,含飴夢已捐。恩難酬白骨,泪可到黃泉。宿草翻殘照,秋山泣杜鵑。今宵華表月,莫向隴頭圓。"可謂得性情之真,足以打動讀者之心。其《哭聰娘①》:"記得歌成《陌上桑》,羅敷身許嫁王昌。雙栖吳苑三秋月,並走秦關萬里霜。羹是手調才有味,話無心曲不同商。如何二十多年事,只抵春宵一夢長。"吳應和曾引他人語稱之:"善于言情,可比樊榭先生《悼月上詩》。"袁集中的贈內和送別之作,亦曾受到時人的激賞,前者如《病中贈內》,後者如《送女還吳》、《送王卿華歸里》。嚴廷中《藥欄詩話甲集》評道:"至性至情語似易而實難,或以淺目之,非知詩者也。如袁子才先生《病中贈內》云:'千金盡買群花笑,一病才徵結髮情。'《送女還吳》云:'好如郎在安眠食,莫帶啼痕對舅姑。'此種真摯語,在唐惟香山,在宋惟放翁耳。近代諸公集中不多見此。"袁枚在京師時,曾賦詩爲王卿華送別,其內有云:"風懷似我能憐我,客路逢君又別君。"構思新穎,餘味深長,一片靈氣貫注於中。

不過,《小倉山房詩集》中最能體現袁枚性靈説的内涵、也最能顯示出袁枚詩歌藝術風格的,還是其部分絶句。如:"十里崎嶇半里平,一峰才送一峰迎。青山似繭將人裹,不信前頭

---

① 爲袁枚之愛妾。

有路行。"（《山行雜詠》）"江到興安水最清，青山簇簇水中生。分明看見青山頂，船在青山頂上行。"（《由桂林溯灘江至興安》）"沙溝日影漸朦朧，隱隱黃河出樹中。剛卷車簾還放下，太陽力薄不勝風。"（《沙溝》）"桐江春水綠如油，兩岸青山送客舟。明秀漸多奇險少，分明山色近杭州。"（《桐江作》）"牧童騎黃牛，歌聲振林樾。意欲捕鳴蟬，忽然閉口立。"（《所見》）這些詩歌，純用白描，不使典故，直狀眼前之景，直抒心中之情，詩風"清新雋逸"①。如《所見》五絕，由偶見牧童捕蟬時天真舉止而激發，他採用"蒼鷹"擒"兔"的手法，及時地捕捉住這一生活中稍縱即逝的生動情景，用純樸自然的語言去加以表現，於是在讀者面前便展現出這首活潑潑的清新小詩。從詩歌的節奏看，前兩句音韵嘹亮悠揚，與牧童自由自在、興高采烈的情緒相契合。後兩句則突然轉爲短促有力，恰如其分地描繪出牧童忽然發現鳴蟬時的全神貫注情態。從用韵看，由於"立"字爲入聲，更惟妙惟肖地傳達出牧童發現獵物時歌聲戛然而止、躍躍欲試的神態。這類詩，確如某些評論家所指出，詩風頗近楊萬里。但袁枚自抒性靈，不事摹擬，不界唐宋，不主一家，廣師前人而又自出機杼，自然不會去專門師法楊萬里，不過是在師法自然與獨抒性靈方面與楊氏走的一條路子而已。正如邱煒萱所說："先生（袁枚）居恒論詩，不喜唐宋分界之說；而要主於性情。是其於唐、宋諸家皆所祖

① 王昶《湖海詩傳·蒲褐山房詩話》中有云："今予汰其（指袁枚詩）淫哇，刪蕪雜，去纖佻，清新雋逸，自無慚于大雅。"

述，而性之所近，偶合於楊耳。"①

如果我們將眼光再上移至晚唐，便可發現，袁枚的詩風與晚唐詩壇巨擘鄭谷亦有相似之處②。對於鄭谷的詩歌，袁枚亦曾推許，其《詩話》卷十一云："嚴東有選《宋人萬首絕句》，採取最博。余流覽說部，嫌有遺珠，爲錄數十首，以補其缺，未及交付，東有已亡。乃仿王漁洋《池北偶談》採宋絕句之例以補之。其題、其作者姓名，俱不省記也。其詩云：……'白頭波上白頭翁，家逐船移浦浦風。一尺鱸魚新釣得，兒孫吹火荻蘆中。'……"案，"白頭波上白頭翁"一詩，正爲鄭谷所作，題爲《淮上漁者》，袁枚誤以爲宋人絕句"遺珠"而補之。此外，不妨再舉二人七絕作一比較。先看谷作："閑立春塘烟澹澹，靜眠寒葦雨颼颼。漁翁歸後沙汀晚，飛下灘頭更自由。"（《鷺鷥》）"背霜南雁不到處，倚棹北人初聽時。梅雨滿江春草歇，一聲聲在荔枝枝。"（《越鳥》）再看枚作："漁翁底事不歸家？細雨濛濛立淺沙。生怕魚驚竿不動，蓑衣吹滿碧桃花。"（《從綿津至贛州儲壇得絕句》）"青蘆葉葉動春潮，堤上楊花帶雪飄。滿地月明仙鶴語，碧天如水一枝蕭。"（《山中絕句》）可以看出，這四首絕句都有清新自然的特點。鄭谷頗重視情與物之間的內在關係，詩中曾多次闡明說："敷溪秋雪岸，樹谷夕陽鐘。盡入新吟境，歸朝興莫慵。"（《送司封從叔員外》）"翠

---

① 見邱煒萱《五百石洞天揮麈》，轉引自《清詩紀事》第5110頁。
② 此主要指七絕而言。

崦晴相接，芳洲夜暫空。何人賞秋景，興與此時同。"（《曲江》）"西閣歸何晚，東吳興未窮。"（《寄獻湖州從叔員外》）北宋初祖無擇曾説："（谷）《雲臺編》與外集，凡四百篇，至今行焉。士大夫家暨委巷間教授兒童，咸以公詩，與六甲相先後。蓋取諸辭章清婉明白，不狃不野故然。"① 所論甚當。然自北宋中期後，隨着宋詩的發展，鄭谷的詩歌則被人們目爲"村學中詩"②、"格卑甚矣"③ 而貶之。晁公武雖肯定谷詩"屬思頗切于理"，卻又繼謂其詩"格韻凡猥，語句浮淺，不爲議者所多"④。承宋人抑谷之偏見，歷代論者在評及谷詩時，亦多以格卑、調俗而鄙之。如許學夷《詩源辨體》云：谷詩除二三十篇外，"聲盡輕浮，語盡纖巧"，"村陋不足錄也"⑤。無獨有偶，清人在抨擊袁詩時，亦謂其"專法""誠齋之病"，"誤以鄙俚淺滑爲自然，……輕薄卑靡爲天真"（朱庭珍《筱園詩話》）。"多淺直俚諢之病，不能及古而見喜於流俗"（楊鐘羲《雪橋詩話》内引歐陽公甫語）。由鄭谷到楊萬里以至袁枚，其間可以窺見一種相同的創作傾向，故而亦呈現出相似的清新詩風。這自然是無心而合，但其精神相通的詩歌美學見解卻富有啓迪意義。朱庭珍等抨擊袁詩的觀點，實非公允。

---

① 見祖無擇《鄭都官墓表》，引自《龍學文集》卷九，見影印文淵閣《四庫全書》第 1098 册，臺灣商務印書館發行。
② 蘇軾語，見《洪駒父詩話》。
③ 方岳語，見《深雪偶談》。
④ 見《郡齋讀書志》卷四。
⑤ 見《詩源辨體》卷三十二。

　　袁集中還有一些咏物詩值得一提。如《秋海棠》："小朵嬌紅窈宛姿，獨含秋氣發花遲。暗中自有清香在，不是幽人不得知。"此詩具有擬人化特點。從字面看，是歌咏秋海棠，卻另有寄托。所謂"幽人"，指隱居的高士。而"秋海棠"，則借指品行高潔的美女。詩人的意思是：這位美女自有一種不爲俗人所知的高潔胸懷，因而也只有那些品德同樣高潔的隱士才能理解她。因此，詩中既吟咏了秋海棠花，同時又贊美了那些品行高潔之人，言簡意深，雋永有味。又如："白日不到處，青春恰自來。苔花似米小，也學牡丹開。"（《苔》）這裏所吟咏的，並非"夕陽芳草"這樣的"尋常物"，而是一種極易被人們所忽略，又極難得到詩人吟咏更不要說是歌頌的低等植物。青苔通常總是生於背陰低濕之處，默默地存活，悄然地生長，絕無花王牡丹那樣的富貴顯赫，而是在寂寞冷落中走完生活的歷程。但是，它也有生命的飛躍。盛夏之際，當爭艷的百花包括牡丹都相繼開敗後，它卻綻出微細如米的花蕾，盡管沒有飄散的芳香，也沒有奪目的光彩。在這首詩中，詩人道前人之所未道，從而熱情地謳歌了青苔這一低等植物。不僅如此，詩人還同樣採用擬人化的手法，從而將淡泊寧靜、頑強質樸的人格融入這小小生命。"白日不到處，青春恰自來。"起筆以少總多，辭約旨達，明白點出青苔的生存空間、環境特徵及其地位低賤但仍孤立奮進的品性。有這樣一些生命，它們無緣享有太陽的厚愛，卻也同樣頑強地生存與發展。苔，即包含在這樣一些低賤而可尊敬的生命群體中。它地處陰濕，備受冷落，但仍然特立獨行，充分展現出其獨特個性、色彩、青春及存在價值。後兩句承上，對青苔孤立奮進的可貴品性繼續加以頌揚。

詩人認爲，苔花雖微小如米，無馥鬱的芳香，無絢爛的色調，但作爲躍動的生命，從容自若，沉穩持重，與得天獨厚的花王競放於大自然中。盡管牡丹花色，艷冠群芳，青苔價值，鮮爲人知，但由於青苔不自憐，不自棄，依其天性認真履行自然賦予的使命，執著地證明自己的存在，因此，在自尊自重、盡心盡意的天平上，青苔與牡丹絕無貴賤優劣之分。"詩有極平淡，而意味深長者"（《隨園詩話》卷八），這首小詩，便是如此。托物言志，風調中獨饒骨力。

袁枚的詩歌，在當時頗有影響。如吳應和《浙西六家詩鈔》云："歸愚宗伯以漢、魏、盛唐之詩唱率後進，爲一時詩壇宗匠。隨園起而一變其說，專主性靈，不必師古，初學立腳未定，莫不喜新厭舊，於是《小倉山房集》人置一編，而漢、魏、盛唐之詩，絕無挂齒，蓋其有軼群之才，騰空之筆，落想不凡，新奇眩目，誠足傾倒一世。惟是輕薄浮蕩習氣，與《三百篇》　'無邪'之旨相悖。"朱克敬《儒林瑣記》亦云："（枚）爲詩文，才氣橫逸，語必標新，尤喜獎掖後進，偏章斷句，稱譽不休，一時文士多宗之。公卿載贄，以得見爲幸。高麗、琉球爭購其詩。身後聲名頗減，學者以爲詬病，然亦不能廢也。"這些評論都有褒有貶、貶過于褒，未爲持平之論，然而都講出了袁枚詩歌的巨大影響。

在我們看來，袁枚詩歌頗有纖佻、浮滑、率易之類的缺失，自難全面肯定。然而用"輕薄浮蕩"之類的貶語，顯然是從內容上否定其反傳統、反禮教的精神，爲我們所不取。

五、乾隆時期詩歌新精神的高揚

　　袁枚在詩歌理論和創作實踐兩方面揭櫫"性靈"大旗，"天下靡然從之"。趙翼等同時並起，鄭燮、金農等"揚州八怪"相繼出現，遂使詩歌新精神空前高揚。

　　趙翼（1727—1814），字雲崧，一字耘松，號甌北，江蘇陽湖（今武進）人。乾隆二十六年進士，授編修，歷官貴西兵備道。後辭官家居，專心著述，曾主講揚州安定書院。有《甌北詩集》五十三卷、《甌北詩話》十二卷等。

　　趙翼於同時詩家，獨推重袁枚與蔣士銓二人，而自謂第三。嘗稱贊袁枚云："其人與筆兩風流，紅粉青山伴白頭。作宦不曾逾十載，及身早自定千秋。群兒漫撼蚍蜉樹，此老能翻鸚鵡洲。相對不禁慚飯顆，杜陵詩句只牢愁。"（《讀隨園詩題辭》）就趙翼的論詩主張而言，也頗有與袁枚相同之處。其《書懷》之三曰：

　　　　人面僅一尺，竟無一相肖。人心亦如面，意匠憂
　　獨造。同閱一卷書，各自領其奧；同作一題文，各自

擅其妙。問此何為然？各有天在竅。乃知人巧處，亦
天工所到。所以才智人，不肯自棄暴。力欲爭上游，
性靈乃其要。

在趙翼看來，"性靈"首先是指自攄性情。如其論李白道："青
蓮少好學仙，故登真度世之志，十詩而九。蓋出於性之所嗜，
非矯托也。然又慕功名，所企羡者，魯仲連、侯嬴、酈食其、
張良、韓信、東方朔等。總欲有所建立，垂名於世，然後拂衣
還山，學仙以求長生。如《贈裴仲堪》云：'明主倘見收，烟
霄路非遐；時命若不會，歸應煉丹砂。'……《登謝安墩》云：
'功成拂衣去，歸入武陵源。'其視成仙得道，若可操券致者；
蓋其性靈中所自有也。"（《甌北詩話》卷一，下簡稱《詩話》）趙
翼還指出，"詩本性情，當以性情爲主"。他認爲，中唐詩以韓、
孟與元、白爲最，而元、白又較勝於韓、孟。因爲，就風格言，
"韓、孟尚奇警，務言人所不敢言；元、白尚坦易，務言人所
共欲言。"但是，"奇警者，猶第在詞句間爭難鬥險，使人蕩心
駭目，不敢逼視，而意味或少焉。坦易者多觸景生情，因事起
意，眼前景、口頭語，自能沁人心脾，耐人咀嚼。"（《詩話》卷
四）《連日筆墨應酬書此一笑》中又説："言情篇什貴雋永，豈
比宿逋可催討。假啼那得有急泪，强笑安能便絶倒？君不見，
倩人搔背不着癢，枉費麻姑好指爪！"以詼諧之語道出了性情
之真的重要性。

　　除强調性情外，趙翼也十分重視"興會"，即所謂靈感。其
《古詩二十首》之十四云："梅花最高格，群仰絶世姿。離騷擷
衆芳，無一語及之。西蜀多海棠，艷色天下奇。堪笑浣花老，

亦弗留一詩。乃知卓犖人，胸次故不羈。吟咏出興會，萬物供
驅馳。興會偶不屬，目固弗見眉。豈比雕繪家，掇拾靡有遺！”
他以屈原、杜甫的創作爲例，説明詩人須憑“興會”作詩；倘
興會不屬，即使是人所共賞的奇絶之物，他們也視而不見。趙
翼又强調“天分”與“自然”，義亦與“興會”同。其《論
詩》之四稱：“少時學語苦難圓，只道功夫半未全。到老始知
非力取，三分人事七分天。”這裏所説的“天”，即指“天分”。
袁枚在《隨園詩話》卷十五中説：“詩文自須學力，然用筆構
思，全憑天分。往往古今人持論，不謀而合。李太白《懷素草
書歌》云：‘古來萬事貴天生，何必公孫大娘渾脱舞。’趙雲崧
《論詩》云：‘到老始知非力取，三分人事七分天。’”兩人的見
解，可謂不謀而合。趙翼平生耽于苦吟，詩中多有反映，如：
“結習難消已作魔，夢回不覺續吟哦。鷄初鳴到鷄聲歇，枕上
詩功兩刻多。”（《五更不寐》）然而，從創作實踐中，他又深深
地體會到，佳詩妙句，常來自天然流露，非刻意雕飾所能得。
故有云：“詩非苦心作不成，佳處又非苦心造。縱窮罔兩搜元
珠，不過寒郊瘦買島。粉蝶雙飛桃李春，雄鷄一唱天地曉。偶
於無意爲詩處，得一兩句自然好。乃知兹事有化工，琢玉鏤金
漫施巧。”（《連日筆墨應酬書此一笑》）《佳句》一詩更道：“枉
爲耽佳句，勞心費剪裁。生平得意處，卻自自然來。”此所謂
“自然”之句，恰似“風行水上自生波”①，因興會所至，天然
而成。

　　但是，細比較二人的詩論，袁枚的性靈説頗强調詩人之

_____

①　見趙翼《無詩》。

“才”或“天才”，如云：“作詩如作史也，才學識三者宜兼，而才爲尤先。……詩人無才，不能役典籍、運心靈，才之不可已也如是夫！”（《蔣心餘藏園詩序》）趙翼的性靈主張雖亦如是，如稱贊杜甫“思力沉厚”時說：“明李崆峒諸人，遂謂李太白全乎天才，杜子美全乎學力。此真耳食之論也！思力所到，即其才分所到，有不如是則不快者。此非性靈中本有是分際，而盡其量乎？出於性靈所固有，而謂其全以學力勝乎？”（《詩話》卷二）又稱贊蘇軾詩：“其絕人處，在於議論英爽，筆鋒精銳，舉重若輕，讀之似不甚用力，而力已透十分。此天才也。”（《詩話》卷五）但在偏重主“氣”方面與袁氏卻有所不同。觀《甌北詩話》，品評中常使用“才氣”或“氣”的術語。如論李白詩，則稱其“才氣豪邁，全以神運”，“工麗中別有一種英爽之氣”；論蘇軾詩，則謂其“大氣旋轉，雖不屑屑於句法、字法中別求新奇，而筆力所到，自成創格”；評吳偉業詩，則嫌其“氣稍衰颯，不如青邱之健舉”。所謂“氣”，在中國古代哲學概念中原指構成萬物的原始基質。《易·繫辭》說：“精氣爲物”。王充將氣與精神活動聯繫起來，指出“精神本以血氣爲主”[1]。至曹丕，乃提出“文以氣爲主，氣之清濁有體，不可力強而致”[2]，將“氣”運用於文論，以此闡述作者的先天氣質對其創作的決定作用。在品評陸游、元好問、查慎行等詩人時，趙翼則不僅指出其先天氣質對創作的影響，同時又承繼了劉勰、蘇轍等人的觀點，強調社會環境、自然環境、生活閱歷等

---

① 見《論衡·論死篇》。
② 見《典論·論文》。

後天因素對於培養作者氣質的重要作用。如論及元好問時，謂元氏之才較於蘇、陸自有大小之別，但其廉悍沉摯處卻較勝於蘇、陸。個中原因，"蓋（元氏）生長雲、朔，其天稟本多豪健英杰之氣；又值金源亡國，以宗社丘墟之感，發爲慷慨悲歌，有不求工而自工者：此固地爲之也，時爲之也。"論及查慎行時謂："當其年少氣銳，從軍黔、楚，有江山戎馬之助，故出手即沉雄踔厲，有幽、并之氣。"又贊其"氣足則調自振"。論及陸游之詩，則謂其氣之宏肆，始自巴、蜀戎行，故境界爲之一變。並引用陸游自述詩以證之："我昔學詩未有得，殘餘未免從人乞。力屢氣餒心自知，妄取虛名有慚色。四十從戎駐南鄭……屈宋在眼元歷歷。天機雲錦用在我，剪裁妙處非刀尺。"這種詩學觀，堪稱卓識，自無偏頗之弊。

從抒寫性靈的目的出發，趙翼尤其強調創新，這可說是其詩論的最鮮明特色。

基於其創新宗尚，趙翼首先闡述了自己的詩歌發展觀。《詩話》卷十二云："《三百篇》以來，篇無定章，章無定句，句無定字，雖小夫室女之謳吟，亦與聖賢歌咏並傳，凡以各言其志而已。屈、宋變而爲騷，馬、班變而爲賦。蓋有才者以《三百篇》舊格不足以盡其才，故溢而爲此，其實皆詩也。自《古詩十九首》以五言傳，《柏梁》以七言傳，於是才士專以五、七言爲詩。然漢、魏以來，尚多散行，不尚對偶。自謝靈運輩始以對屬爲工，已爲律詩開端；沈約輩又分別四聲，創爲蜂腰、鶴膝諸說，而律體始備。至唐初沈、宋諸人，益講求聲病，於是五、七律遂成一定格式，如圓之有規，方之有矩，雖聖賢復起，不能改易矣。蓋事之出於人爲者，大概日趨於新，精益求精，密益加密，本風會使然。故雖出於人爲，其實即天運也。"
《論詩》云："詩文隨世運，無日不趨新，古疏後漸密，不切者
爲陳。"觀點亦同此。"天運"也好，"世運"也好，都意在說
明：詩歌的不斷發展變化，乃是不可易移的客觀規律。

　　從詩歌發展觀出發，趙翼抨擊了明代前、後七子以來的復
古主義。如云："詞客爭新角短長，迭開風氣遞登場。自身已
有初中晚，安得千秋尚漢唐。"（《論詩》）就時代而言，風氣迭
開；就詩家而言，遞相登場。一個時代、甚至一個作者，尚且
會因爲種種主客觀原因而有初、中、晚之分，豈能在千年之後
還要一味地推崇漢、唐！又云："宋調唐音百戰場，紛紛唇舌
互雌黃。此於世道何關係？竟似儒家辟老莊。"詩中指出，宋
詩的形成發展及其歷史地位是客觀存在，正如老莊學說是客
觀存在一樣，既不因排斥而消失，也不因抬舉而擠入不適當的
地位。但是，作者此論的目的，並非在於折衷唐、宋，而仍在
於反對復古、提倡創新。趙翼提倡創新的論述很多，下列兩首
《論詩》絕句尤其膾炙人口：

　　　　　滿眼生機轉化鈞，天工人巧日爭新。
　　　　　預支五百年新意，到了千年又覺陳。

　　　　　李杜詩篇萬口傳，至今已覺不新鮮。
　　　　　江山代有才人出，各領風騷數百年。

這種新穎大膽的見解，真可振聾發聵。其《佳句》一詩亦説：
"詩從觸處生，新者輒成故。多少不傳人，豈盡無佳句？"據湯

大奎《炙硯瑣談》載："甌北梓全集見示，余謂曰：'爲杜紫薇，則不能；爲楊誠齋，則過之無不及矣。'趙傲然曰：'吾自爲趙詩，烏論唐宋！'"於此可見其以創新自勉，要獨領風騷於當代詩壇的雄心。自然，趙氏對創新的艱苦亦頗有體會，曾經感慨地説："'新'豈易言！意未經人説過，則新；書未經人用過，則新。詩家之能新，正以此耳。"（《詩話》卷五）而求"新"之道，要在"創"字，所謂"必創前古所未有，而後可以傳世"（《詩話》卷四）。由此，一方面，他提出"詩文無盡境，新者輒成舊"，反復修改自己的舊作，擬之於"煉丹"："笑同古煉師，燒丹窮昏晝。一火又一火，層層去粗垢；及夫燒將成，所存僅如豆。未知此豆許，果否得長壽？"（《删改舊詩作》之二），擔心自己的詩作能否傳世，表現出對詩歌最高藝術境界的矻矻追求；另一方面，又對詩歌的發展持樂觀態度："有人掩口笑我旁，世間美好無盡藏；古人寧遂無餘地，代有佳作任取將。浣紗女亡出環燕，拔山人去生關張。真仙不藉舊丹火，神醫自有新藥方。能勝大敵始稱勇，豈就矮人乃見長！君自不登樓百尺，空妒他人在上床。"（《連日翻閲前人詩戲作效子才體》）宣稱"真仙不藉舊丹火"，主張以"一語勝人千百"之"真煉"[①]，創作出膾炙人口的新篇。在趙氏看來，所謂"真煉"，不在於奇險詰曲，驚人耳目，而在於言簡意新，能夠引起人們的通感甚至共鳴。如劉希夷詩句："年年歲歲花相似，歲歲年年人不同"，句語平常，"無甚奇警"，但因其雖"人人意中所有，卻未有人道過；一經説出，便人人如其意之所欲出"，

---

① 　見《甌北詩話》卷六評陸游條。

故而流傳當時，名播後世。又如王維詩句：“勸君更進一杯酒，西出陽關無故人。”其所以膾炙人口，“皆是先得人心之所同然也”（《詩話》卷十一）。

詩中之“新意”，須通過“新詞”來表現。趙氏反對“搆撦奇字，詰曲其詞”（《詩話》卷三），這自然是正確的。但是，他反對在詩中使用“俚言俗語”，則有可議之處，與袁枚的見解也大相異趣。袁氏曾稱贊“十五《國風》”“皆勞人、思婦、靜女、狡童矢口而成者也”，並且認爲：“村童牧豎，一言一笑，皆吾之師，善取之皆成佳句”。對楊萬里的“誠齋體”，也頗加贊賞。趙翼則認爲：“放翁與楊誠齋同以詩名。誠齋專以俚言俗語闌入詩中，以爲新奇。放翁則一切掃除，不肯落其窠臼。蓋自少學詩，即趨向大方家，不屑屑以纖佻自貶也。然間亦有一二語似誠齋者。如《晚步》云：‘寓迹個中誰耐久，問君底事不歸休。’《饑坐》云：‘落筆未妨詩衮衮，閉門猶喜氣揚揚。’《老學庵》云：‘名譽不如心自肯。’《醉中走筆》云：‘過得一日過一日，人間萬事不須謀。’《自咏》云：‘作個生涯君勿笑。’《新作籬門》云：‘雖設常關果是麼？’《自詒》云：‘愈老愈知生有涯，此時一念不容差。’《遣興》云：‘關上衡門那得愁。’此等詩派，南宋時盛行，在放翁則爲下劣詩魔矣。”（《詩話》卷六）這種反對以俚言俗語入詩的觀點，顯然不利於創新，反映出他作爲封建文人的保守性。但在實際上，他的詩歌中也同樣有“俚言俗語”。尚鎔《三家詩話》即舉數例，並加以抨擊：“雲崧好作俚淺之語，往往如委巷間歌謠。若‘被我説破不值錢’，‘一個西瓜分八片’等句，成何説話！”這表現出其詩歌理論與創作實踐之間的不一致性。

　　趙翼存詩 4800 餘首，在清代詩人中，產量算是較多的。從
思想内容看，其詩多有可取之處。他是清代著名歷史學家，除
詩歌及詩話外，尚撰有《二十二史札記》、《陔餘叢考》等。他
工於考據，擅長議論，時有真知灼見。這一特點，也反映在詩
歌創作中。如《古詩二十首》之八：

　　　　衰世尚名義，作事多矯激。郭巨貪養母，懼兒分
　　　母食，何妨委路旁，而必活埋亟。伯道避賊奔，棄子
　　　存兄息，何妨聽其走，或死或逃匿；而乃縛之樹，必
　　　使戕於賊。事太不近情，先絕秉彝德。獲金豈冥報，
　　　乏嗣實陰殛。君子依乎中，孝友有定則。

郭巨埋兒、伯道棄子的故事，在封建社會中廣泛傳佈，被統治
階級鼓吹爲封建倫常的楷模，而趙翼卻斥責其“事太不近情，
先絕秉彝德”，並以史學家的敏銳眼光抓住問題的實質：“衰世
尚名義，作事多矯激。”指出此類事情多產生於衰世，主要是
爲了嘩眾取寵，沽名釣譽，從而使得批駁更爲有力。又如《後
園居詩》之二：“有客忽叩門，來送潤筆需。乞我作墓志，要
我工爲諛。言政必龔黃，言學必程朱。吾聊以爲戲，如其意所
須。補綴成一篇，居然君子徒。核諸其素行，十鈞無一銖。此
文倘傳後，誰復知賢愚？或且引爲據，竟入史册摹。”作者遂
由此得出如下的結論：“乃知青史上，大半亦屬諛。”以自作墓
志爲例，發出如此重大的議論：史書上記載的爲封建統治階級
歌功頌德的東西不可盡信，讀史時應作分析，不可盲從。這種
敢於疑史的勇氣，與袁枚敢於進退六經的精神一樣，同樣值得

肯定。它如《讀史二十一首》之二，冲破傳統觀念，既指出秦始皇修長城和隋煬帝鑿運河在當時 給老百姓造成的苦難，並導致其王朝迅即滅亡；同時又指出其惠及後世的重大效用："豈知易代後，功及萬世長：周防竄區夏，利涉通舟航。作者雖大愚，貽休實無疆。如何千載下，徒知罵驕荒！"從而闡發了隨着時間的推移，弊與利也會發生轉化的深刻道理。《題黃道婆祠》七律，高度贊揚黃道婆傳授紡織技術的功績，並認爲她雖是普通勞動婦女，卻由於"一技專長濟萬邦"而"故應祠廟赫旌幢"，表現了他敢於打破尊卑貴賤的界限，只根據歷史貢獻評價歷史人物的遠見卓識。

不僅如此，隨着當時西學東漸，中西文化在物質、物質化意識以及心理等三個結構層面上開始接觸時，趙翼也同樣沒有"夷夏之防"的偏見。如《初用眼鏡》云："少年恃目力，一覽數行下。能從百步外，遠讀屏滿架。因之不自惜，淫用弗使暇。螢火貯囊照，鄰燈鑿壁借。倦勿交睫眠，怒或裂眦咤。豈知過則傷，索債乃不赦。年來理鉛槧，忽驚眩眵〓。恭逢廷試期，方覬一戰霸。生平見敵勇，坐是臨陣怕。真同霧看花，幾俾畫作夜。何來兩圍壁，功賽補天罅。長繩雙目繫，橫橋向鼻跨。……空中花不存，鏡裏影逾姹。遂覺虯懸輪，可以命中射。奇哉洵巧制，豈復金篦藉。相傳宣德年，來自番舶駕。內府賜老臣，貴值兼金價。初本嵌玻璃，薄若紙新砑。中土遞仿造，水晶亦流亞。始識創物智，不盡出華夏。"如果説，這首詩還僅僅是從物質器用的角度來稱贊西方文化，那麼，《同北墅漱田觀西洋樂器》一詩則已是在心理層面上來體認異質文明："郊園散直歸，訪奇番人宅。中有虬髯叟，出門敬迓客。來從

大西洋，官授羲和職。年深習漢語，無煩舌人譯。引登天主堂，
有像繪素壁。靚若姑射仙，科頭不冠幘。云是彼周孔，崇奉自
古昔。再游觀星臺，爽塏尚勿冪。玻璃千重鏡，高指遙天碧。
日中可見斗，象緯測晨夕。斯須請奏樂，虛室靜生白。初從樓
下聽，繁響出空隙。噌吰無射鐘，嘹喨蕤賓鐵。淵淵鼓悲壯，
坎坎缶清激。錞於丁且寧，磬折拊復擊。瑟希有餘鏗，琴澹忽
作霹。紫玉鳳喚簫，烟竹龍吟笛。……奇哉創物智，乃出自蠻
貊。緬惟華夏初，神聖幾更易。團鸞肇律呂，矩黍度寸尺。嶰
谷截綠筠，泗濱採浮石。元聲始審定，萬古仰創獲，迢迢裨海
外，何由來取則。伶倫與后夔，姓名且未識。音豈師曠傳，譜
非制氏得。始知天地大，到處有開闢。人巧誠太紛，世眼休自
窄。域中多墟拘①，儒外有物格。流連日將暮，蓮漏報酉刻。歸
將寫其聲，劃肚記枕席。"郭則沄《十朝詩乘》云："明徐光啓、
李之藻輩，始倡西學，創首善書院，今京師宣武門内天主堂，
即其故址。趙雲崧嘗同顧北墅、王漱田往觀西洋樂器，有詩記
之云云。是詩冥心狀物，爲甌北杰作。"則此詩當爲乾隆二十
六年（1761）至乾隆三十一年（1765）間趙翼任翰林院編修時
所作。宣武門内天主堂，即明徐光啓始倡西學創設之首善書
院。從詩題看，爲觀西洋樂器演奏，詩中也的確對演奏極盡刻
劃之能事。如郭則沄所説："冥心狀物，爲甌北杰作"。但是，
在我們今天看來，該詩的杰出之處，卻並不在此，而在於詩中
所生發的議論。詩人由"虬髯叟"對基督教的介紹（"云是彼

---

① 案，（《莊子・秋水》）云："井蛙不可以語於海者，拘於虛也。"
　　虛，同"墟"，指所居的地方。後因以"拘虛"比喻見聞狹隘。

周孔，崇奉自古昔")、對觀星臺的導游（"玻璃千重鏡，高指遙天碧。日中可見斗，象緯測晨夕"）及觀樂所受到的震動，得出了如下結論：即創物之智不盡出自中華，精神文明亦粲然可觀於域外。所謂"域中多墟拘，儒外有物格"是也。這種"世眼休自窄"的卓識，較之魏源提出睜眼看世界的政治主張，早出近一個世紀，故尤值得稱道。

　　前已指出，趙翼論詩頗重視生活環境與閱歷對詩人的影響。如論元好問，則説："身閱興亡浩劫空，兩朝文獻一耆翁。……國家不幸詩家幸，賦到滄桑句便工"（《題元遺山集》）；論洪亮吉，則説："國家開疆萬餘里，竟似爲君拓詩料。……倘更留君一二年，《北荒經》定增搜考"（《題稚存萬里荷戈集》）；論陸游，則指出其詩境詩風，因生活閱歷之變而凡三變。有意思的是，當時人在評論趙翼時亦稱其詩境凡三變。錢大昕《甌北集序》云："（耘菘）早年登薇垣……已有才子之目。及乎出守邊郡，從軍滇徼，觀察黔西，簿書填委，日不暇給，而所作益奇而工。歸田十數年，模山範水，感舊懷人之詞，又日出而有艾也。最耘菘所涉之境凡三變，而每涉一境，即有一境之詩以副之，如化工之賦草木，千名萬狀，雖寒暑異候，南北殊方，枝葉無一相肖。要無一枝一葉不栩栩然含生趣者，此所以非漢魏，非齊梁，非唐非宋，而獨成爲耘崧之詩也。"觀趙翼詩，確"每涉一境"，即"有一境之詩副之"。宜乎其《六十自述》詩云："生平游迹遍天涯，塞北交南萬里賒。人羨見聞增宦轍，天如成就作詩家。"如其由廣西鎮安任上調往雲南參與軍事途中所作《高黎貢山歌》：

　　巨靈開荒劃世界，奇山驅出中原外。聽他豪距蠻徼中，負天掀地逞雄怪。高黎貢山潞江畔，萬仞屏顏插穹漢。我行起趁鷄初啼，行至日午山未半。回視飛鳥但見背，俯瞰衆峯已在骭。雪經烈日曬不消，瀑作怒雷吼不斷。每上一層冷一層，夾衣旋把重裘換。無端嵐氣蒸蘊隆，幻出白霧粥面濃。手指十指看不見，何許厚翳將眼封。少焉罡風來一掃，了了仍露青芙蓉。五十三參更難上，綫路盤旋躡榛莽。面眞對壁何所參，頭恐觸天不敢仰。危崖不裂藤絡縛，老樹皮皴虎磨癢。有時栖鶻戛長嘯，是處啼猿發哀響。自非人馬結隊行，賁育亦怯獨來往。何哉設險有此形，得非天以限邊庭。豈知氣運有開辟，形勝不得相關扃。至今漸成康莊坦，早有結屋層椒青。層椒青青日西下，借問下山尙三舍。解鞍且就茅店眠，驚看繁星比瓜大。

　　語言精麗，富於形象，突出地描繪了高黎貢山磅礴奔騰、直插霄漢的奇險情狀，風格雄奇奔放。又如《土歌》，則詳細描述了"春二三月"廣西少數民族男女青年的特殊戀愛方式——對歌。詩末云："始知禮法本後起，懷葛之民固未曉。君不見，雙雙粉蝶作對飛，也無媒妁訂蘿蔦。"對這種民俗實即自由婚姻寓有肯定之意。從題材看，也可稱得上是拓展。入值軍機處期間，趙翼曾兩次扈從乾隆出古北口至木蘭圍校獵，因作有《虎槍》、《相撲》、《跳駝》、《馳馬》、《套駒》等詩以記北疆之行。

　　趙翼論詩主"氣"，推崇"句中有意，句外有氣，句後有味"①。其七律中的一些登臨懷古之作，亦激昂慷慨，沉鬱蒼涼。如："翁眉正氣凜千秋，丞相祠堂久尚留。南渡河山難復楚，北來俘虜豈朝周？出師未捷悲移鼎，視死如歸笑射鈎。何事黃冠樽俎語，平添野史污名流？"（《過文信國祠同舫荃作》）"依然形勝扼荆襄，赤壁山前故壘長。烏鵲南飛無魏地，大江東去有周郎。千秋人物三分國，一片山河百戰場。今日經過已陳迹，月明漁父唱滄浪。"（《赤壁》）它如《黃天蕩懷古》、《淝水》、《題明太祖陵》、《耒陽杜工部墓》等，均堪諷誦。又《和友人洛陽懷古四首》中之《西陽門》②："東西二帝此相攻，事往猶傳戰血紅。兩陣間分誰盜賊，六經外另有英雄。冰痕早泮靈昌渡，鈴語先占替戾風。千載共知胸磊落，故應狐媚笑曹公。"詩中以巨大的概括力記錄了後趙國主石勒與前趙國主劉曜之間的洛陽大戰，尾聯則高度評價了石勒的歷史地位，見解精辟，剛氣逼人。故袁枚評之云："從議論中迸出光焰萬丈。"崔旭《念堂詩話》中曾說："趙之氣盛"。實即指此類作品。

　　趙翼詩中還有部分近於袁枚之作，佳處在於直抒性情，別有情趣。如：

> 布帆輕揚晚風微，回首陽山正落暉。
> 鷺點碧天飛白字，樹披紅葉賜緋衣。
> 詩情澄水空無滓，心事閑雲淡不飛。
> 最喜漁歌聲欸乃，扣舷一路送人歸。

---

① 見李保泰《甌北詩鈔跋》。
② 題下自注：石勒擒劉曜處。

——《陽湖晚歸》

峭寒催換木棉裘，倚杖郊原作近游。

最是秋風管閑事，紅他楓葉白人頭。

——《野步》

茅店荒鷄叫可憎，起來半醒半懵騰。

分明一段勞人畫，馬齧殘芻鼠瞰燈。

——《曉起》

十月清霜萎綠莎，翻看紅錦絢山阿。

天公也有才人習，晚景詩尤綺麗多。

——《山行看紅葉》

此外佳句如：“古寺月明僧定夜，空林雪滿鶴歸時。”（《梅花》）“武陵水映春無色，露井風開月有痕。”（《白桃花》）意境優美，一片性靈流出。“遠嶺路高人似豆，空江水落岸如山。”（《桂平道中》）“枯樹萬鴉栖似葉，荒蘆群雁宿爲家。”（《江干晚步》），情景交融，戛戛獨造。

趙翼詩的弱點也很明顯：多數詩，議論過多，流於散文化，缺乏興象和韵味，有些詩，堆砌典故，餖飣晦澀；有些詩，“規唐摹宋”[①]，不見性靈；有些詩，浮滑淺易，與袁枚詩的缺點相同。

趙翼與袁枚、蔣士銓合稱“乾隆三大家”，在當時頗有影響。袁枚主要以詩名世，被推爲性靈派領袖。蔣士銓既是詩人，又以戲曲見長。而趙翼，則是相當重要的史學家；其在文學方

---

① 袁枚《甌北詩序》。

面的成就，首先表現在詩歌理論方面。他與袁枚桴鼓相應，反對摹擬，提倡創新，其論詩專著《甌北詩話》和許多論詩詩文，至今仍有研究價值。至於他自己的詩歌創作，雖時有新意，不無佳作，但就整體而言，未能很好地體現他的主張。袁枚題《甌北集》①，說什麼"生面果然開一代，古人原不占千秋"，顯然意在標榜，非篤實之論。

鄭燮（1693—1765），字克柔，號理庵，又號板橋，江蘇興化人。乾隆元年進士，曾官山東范縣、濰縣知縣，有"循吏"之稱。十八年（1753），因請賑得罪於大吏而去官，遂寓居揚州，賣畫度日。著有《板橋詩鈔》二卷、《題畫詩》一卷、《補遺》一卷及《板橋詞鈔》一卷，今人卞孝萱編有《鄭板橋全集》。

鄭燮有多方面的藝術才能：擅畫蘭竹；又工書法，用隸體參入行楷，自謂"六分半書"；詩亦自成一家。故時人比爲"鄭虔三絕"②。爲人狂放不羈，多憤世嫉俗之言行，以是得"狂"名，爲"揚州八怪"的代表人物。過去，在論及鄭燮的詩歌理論及創作時，人們多注意其經世致用的詩學觀及詩歌中反映勞動人民疾苦的一面，卻往往忽略了其摅寫性情的理論及詩歌中陶寫性靈的一面。前一面固然很重要，但後一面也不應忽視。就後一面而言，鄭燮恰可稱爲當時性靈派的羽翼。下面分別論之。

---

① 袁枚《謝趙耘菘觀察見訪湖上兼題其〈甌北集〉》。
② 見《清史列傳·鄭燮傳》。

　　鄭燮具有批判現實的叛逆精神。嘗云："平生不治經學，愛
讀史書以及詩、文、詞集；傳奇說簿之類，靡不覽究。有時説
經，亦愛其斑駁陸離、五色炫爛。以文章之法論經，非《六
經》本根也。"（《板橋自叙》）《偶然作》亦云："英雄何必讀書
史，直攄血性爲文章。不仙不佛不賢聖，筆墨之外有主張。縱
橫議論析時事，如醫療疾進藥方。"這種離經叛道精神，自與
其所受新興市民階層意識的影響有關。據李調元《雨村詩話》
載："板橋家酷貧，而聲色不廢"。有歌妓招哥者求去，從之。
其後寄詩："十五娉婷嬌可憐，憐渠尚少四三年。宦囊蕭瑟音
書薄，略寄招哥買粉錢。"又蔣寶齡《墨林今話》載："板橋性
疏放不羈，以進士選范縣令，日事詩酒；及調濰縣，又如故，
爲上官所斥。於是恣情山水，與騷人野衲作醉鄉游，時寫叢蘭
瘦石於酒廊僧壁，隨手題句，觀者嘆絕。豪貴家雖踵門請乞，
寸箋尺幅，未易得也。家酷貧，不廢聲色。所入潤筆錢隨手輒
盡，晚年竟無立錐，寄居同鄉李三鱓宅，而豪氣不減。"蔣氏
所説板橋知濰期間因"日事詩酒"而"爲上官所斥"，不盡符
合事實，《清史列傳》本傳明説鄭燮官濰縣時盡力賑災，"活者
無算"，"時有循吏之目"。但他知范縣時，也確實"公餘輒與
文士觴咏，有忘其爲長吏者"[1]。當板橋去官時，嘗作有《惱濰
縣》詩："行盡青山是濰縣，過完濰縣又青山。宰官枉負詩情
性，不得林巒指顧間。"可見其縱情山水、優游林下之志，頗
覺身爲官累。晚年寓居揚州賣畫，亦有《自書筆榜詩》："畫竹
多於買竹錢，紙高六尺價三千。任渠話舊論交接，只當秋風過

---

① 見《重修興化縣志》卷八《人物·仕途》。

耳邊。"明碼標價道："大幅六兩，中幅四兩，小幅二兩，條幅
對聯一兩，扇子斗方五錢。凡送禮物食物，總不如白銀爲妙；
公之所送，未必弟之所好也。送現銀則中心喜樂，畫畫皆佳。
禮物既屬糾纏，賒欠尤爲賴賬。年老體倦，亦不能陪諸君子作
無益語言也。"① 由上觀之，鄭燮這種睥睨豪貴、藐視禮法、嘯
傲自適的言行，自然爲世俗所難容，被目之爲"怪"，被視之
爲"狂"，就絲毫不令人驚奇了。其《題破盆蘭花》詩："春風
春雨洗妙顏，一辭瓊島到人間；而今究竟無知己，打破烏盆更
入山。"托物言志，一種不滿於世亦不見容於世的憤懣不平之
氣，畢露無遺。而鄭燮詩論與畫論中反映出的追求個性自由、
打破前人窠臼的超俗觀念，也正建立在這種基礎之上。

　　鄭燮的詩論，確有強調經世致用的一面。如《與江賓谷江
禹九書》，以佛家的"大乘"、"小乘"爲喻，來區分作家與作
品思想內容的高下：

　　　　文章有大乘法，有小乘法。大乘法易而有功，小
　　乘法勞而無謂。五經、左、史、莊、騷、賈、董、匡、
　　劉、諸葛武鄉侯、韓、柳、歐、曾之文，曹操、陶潛、
　　李、杜之詩，所謂大乘法也。理明詞暢，以達天地萬
　　物之情、國家得失興廢之故。讀書深，養氣足，恢恢
　　游刃有餘地矣。六朝靡麗，徐、庾、江、鮑、任、沈，
　　小乘法也。取青配紫，用七諧三。一字不合，一句不
　　酬，拈斷黃鬚，翻空二酉。究何與於聖賢天地之心、

---

① 見《鄭板橋集補遺》。

萬物生民之命？凡所謂錦綉才子者，皆天下之廢物
也，而況未必錦綉者乎？此眞所謂勞而無謂者矣。

其《范縣署中寄舍弟墨第五書》中認爲，作詩不難，而命題則
難，因題之立意即可決定詩之高下。杜甫詩所以高絶千古，其
命題便"已早據百尺樓上"。"只一開卷，閱其題次，一種憂國
憂民、忽悲忽喜之情，以及宗廟丘墟、關山勞戍之苦，宛然在
目。其題如此，其詩有不痛心入骨者乎！"並且諷刺説："近世
詩家題目，非賞花即宴集，非喜晤即贈行，滿紙人名，某軒某
園，某亭某齋，某樓某岩，某村某墅，皆市井流俗不堪之子，
今日才立別號，明日便上詩箋。其題如此，其詩可知；其詩如
此，其人品又可知。"還告誡其弟道："吾弟欲從事於此，可以
終歲不作，不可以一字苟吟。慎題目，所以端人品，厲風教也。
若一時無好題目，則論往古，告來今，樂府舊題，盡有做不盡
處，盍爲之？"由此出發，他崇杜抑李，認爲："青蓮多放逸，
而不切事情。"又揚李抑溫，指出："李義山，小乘也，而歸於
大乘。如《重有感》、《隨師東》、《登安定城樓》、《哭劉蕡》、
《痛甘露》之類，皆有人心世道之憂，而《韓碑》一篇，尤足
以出奇而制勝"；而"飛卿嘆老嗟卑，又好艷冶蕩逸之調"，故
雖溫、李合噪名於一時，"未可並也"（《與江賓谷江禹九書》）。
他甚至認爲："若王摩詰、趙子昂輩，不過唐宋間兩畫師耳！試
看其平生詩文，可曾一句道着民間痛癢？"（《濰縣署中與舍弟
第五書》）。

從經世致用的觀點出發，鄭燮的詩歌中頗多關心民間疾
苦、敢於面對現實之作。如：

衙齋臥聽蕭蕭竹，疑是民間疾苦聲。
些小吾曹州縣吏，一枝一葉總關情。
　　——《濰縣署中畫竹呈年伯包大中丞括》
繞郭良田萬頃賒，大都歸幷富豪家。
可憐北海窮荒地，半簍鹽挑又被拿。
　　　　　　　——《濰縣竹枝詞》

他如《悍吏》、《私刑惡》、《逃荒行》、《還家行》、《思歸行》、《孤兒行》、《姑惡》、《禹王臺北勘災》等篇皆反映社會黑暗，富有現實意義。《悍吏》中寫道："豺狼到處無虛過，不斷人喉抉人目。"《私刑惡》中寫道："一絲一粒盡搜索，但憑皮骨當嚴威。"阮元曾盛稱《悍吏》中"長官好善民已愁，況以不善司民牧"兩句"真至言"[1]，其他也同樣值得稱道。

　　然而，鄭燮的詩論中亦還有強調攄寫個人性情的一面。這裏所謂的"性情"，當然不限於那種"憂國憂民、忽悲忽喜之情"，還包括詩人在日常生活中的種種復雜感情，"宰官枉負詩情性，不得林巒指顧間。"即透漏了此中消息。從強調攄寫個人性情遭際的創作觀出發，鄭燮首先抨擊那種宗唐祖宋的復古主張：

　　　板橋詩文，自出己意，……或有自云高古而幾唐宋者，板橋輒呵惡之。曰：吾文若傳，便是清詩清文；

---

① 見阮元《淮海英靈集丙集》。

若不傳，將並不能為淸詩淸文也，何必侈言前古哉？
（《板橋自叙》）

本朝……歌詩辭賦，扯東補西，拖張拽李，皆拾
古人之唾餘，不能貫穿，以無眞氣故也。（《濰縣署中
與舍弟第五書》）

鄭燮認爲，無論時文、古文、詩歌、詞賦，皆可謂之文章。而
"千古好文章，只是即景即情，得事得理，固不必引經斷律，稱
爲辣手也。"（《與丹翁書》）在《濰縣署中與舍弟第五書》中，
他還進一步提出了"抽心苗，發奧旨，繪物態，狀人情"的創
作原則。詩、書、畫相通，有"鄭虔三絕"之譽的鄭燮，基於
其"抽心苗"、"狀人情"的創作原則，在書論和畫論中也都提
出了標擧藝術個性的鮮明主張。如：

板橋道人以中郎之體，運太傅之筆，為右軍之
書，而實出於己意，並無所謂蔡、鍾、王者，豈復有
蘭亭之面貌乎？古人書法入神超妙，而石刻、木刻千
翻萬變，遺意蕩然。若復依樣葫蘆，才子俱歸惡道。
（《跋臨〈蘭亭〉序》）

畫竹之法，不貴拘泥成局，要在會心人得神，所
以梅道人能超最上乘也。（《題蘭竹石》）

古之善畫者，大都以造物為師。天之所生，即吾
之所畫，總要一塊元氣團結而成。此幅雖屬小景，要
是山腳下洞穴旁之蘭，不是盆中磊石湊栽之蘭，謂其
氣整故爾。聊作二十八字以繫於後：敢云我畫竟無

師，亦有開蒙上學時。畫到天機流露處，無今無古寸
心知。(《題蘭竹石》)

　　作家要在創作中體現自己的藝術個性，除了勤於探索、盡
破窠臼、師法造物外，還不能不涉及靈感因素。在闡述這個問
題時，鄭燮雖沒有使用過"性靈"一詞，但其創作觀卻顯與袁
枚的"性靈說"有其相通之處。"畫到天機流露處，無今無古
寸心知。"這裏所謂的"天機"，即指人的天賦靈機。"十分學
七要拋三，各有靈苗各自探。"(《題畫蘭》)這裏所說的"靈
苗"，亦實類似於袁枚所說的"靈機"。鄭燮還有這樣一段著名
的畫論：

　　　　江館清秋，晨起看竹，烟光日影露氣，皆浮動於
　　疏枝密葉之間。胸中勃勃遂有畫意。其實胸中之竹
　　並不是眼中之竹也。因而磨墨展紙，落筆倏作變相，
　　手中之竹又不是胸中之竹也。總之，意在筆先者，定
　　則也；趣在法外者，化機也。獨畫云乎哉！(《題畫
　　竹》)

　　胸中之竹並非眼中之竹，筆下之竹又非胸中之竹，從而將
創作的過程分為三個階段。意在筆先，"胸中勃勃"而"有畫
意"，反映出從眼中之竹到胸中之竹之間的醞釀過程，即形象
思維過程；趣在法外，"磨墨展紙"而"落筆倏作變相"，由胸
中之竹到筆下之竹出現的這種變化，也就是藝術創作中的隨
機性和偶然性。這種隨機性和偶然性，係由"化機"、實即詩

人的靈感所致，故能"趣"生"法外"。中國畫的"筆墨"，講
究作者具有自己的筆性、筆勢、筆味和筆趣，呈現出一片個性
的天趣，如此方能臻於高妙境界。鄭燮的這段畫論，旨在強調
作者通過筆墨技巧來表達自己的觀念、情趣，創作過程中要始
終馳騁其浮想遐思，如此方能滿幅靈鮮，創造出與眾不同的畫
中意境。這一道理，並不僅局限於繪畫，也同樣適用於詩歌創
作及其他藝術形式。

　　對於王士禎的神韻理論，鄭燮亦有所取。學術界一種觀點
認爲：提倡沉着痛快的鄭燮不去反對清幽淡遠，專門反對言外
之意。這就等於否定意境之美、提倡淺露寡味了。這種結論，
是根據鄭燮的如下一段論述：

　　　　文章以沉着痛快爲最。左、史、莊、騷，杜詩、
　　韓文是也。間有一二不盡之言、言外之意、以少少許
　　勝多多許者，是他一枝一節好處，非六君子本色。而
　　世間婬婬纖小之夫，專以此爲能，謂文章不可說破，
　　不宜道盡，遂謷人爲刺刺不休。夫所謂刺刺不休者，
　　無益之言，道三不着兩耳。至若數陳帝王之事業，歌
　　詠百姓之勤苦，剖析聖賢之精義，描摹英杰之風猷，
　　豈一言兩語所能了事？豈言外有言、味外有味者所能
　　秉筆而快書乎？吾知其必目昏心亂、顛倒拖沓、無所
　　措其手足也。王、孟詩原有實落不可磨滅處，只因務
　　爲修潔，到不得李、杜沉雄。司空表聖自以爲得味外
　　味，又下於王、孟一二等。至今之小夫，不及王、孟、
　　司空萬萬，專以意外言外，自文其陋，可笑也。若絕

句詩、小令詞，則必以意外言外取勝矣。(《濰縣署中
與舍弟第五書》)

細味文義，卻並不能得出鄭燮反對言外之意的結論。這段論
述，可分如下幾層意思：第一層，文章以沉着痛快爲最，六君
子是也。其間有一二不盡之言，言外之意，以少勝多，乃其枝
節好處，非其本色；第二層，所謂刺刺不休，指無益之言。至
若敷陳帝王之事業、歌咏百姓之勤苦等，豈一言兩語能了事？
又豈言外有言、味外有味者能秉筆而快書？第三層，王、孟詩
自有其不可磨滅處，但因務爲修潔，到不得李、杜沉雄。今之
小夫，不及王、孟、司空萬萬，卻專以意外言外自文其陋，殊
足可笑；第四層，若絕句詩、小令詞，限于體制，則必以意外
言外而取勝。可以看出，鄭燮雖然推崇沉着痛快的藝術風格，
卻並不完全否定優游不迫的藝術風格，也並未專門反對言外
之意。在他看來，某些題材，從其内容和體制的要求出發，自
非言外味外的藝術風格和描寫手段所能表現；而另一些題材，
如須用"絕句詩、小令詞"來表現者，"則必以意外言外取勝
矣"。因此，認定鄭燮否定意境之美、提倡淺露寡味的説法，便
顯得缺乏根據了。

　鄭燮的詩歌中，亦不乏陶寫性靈之作。計發魚稱其"詩則
自出靈竅，可以蕩滌塵坌"[①]；阮元謂其"作詩不拘體格，興至

---

① 計發魚《計軒詩話》。

則成"①；潘清謂其"詩有性靈"②，均指出了這一特點。鄭方坤
於《國朝名家詩鈔小傳·板橋詩鈔小傳》中更稱贊説："詩取
道性情，務如其意之所欲出。""其詩流露靈府，蕩滌埃壒，視
世間無結轖不可解之事，即無梗咽不可道之詞。空山雨雪，高
人獨立，秋林烟散，石骨自青，差足肖之。非彼藉口白戰，以
自詡爲羌無故實者也。"試舉數首：

> 雲滿長林凍不開，朝飛饑鳥暮飛回。
> 板橋盡日無人迹，爲探梅花去又來。
> 　　　　　　　　　　　——《題畫》
> 庭前積雪窗生白，活火烹茶易有香。
> 一卷《離騷》讀未了，自呵凍墨寫瀟湘。
> 　　　　　　　　　　　——《題畫》
> 小廊茶熟已無烟，折取寒花瘦可憐。
> 寂寂柴門秋水闊，亂鴉揉碎夕陽天。
> 　　　　　　　　　　　——《小廊》

其田園山水之作中亦有可誦之什，如："賣得鮮魚百二錢，糴
糧炊飯放歸船。拔來濕葦燒難着，曬在垂楊古岸邊。"（《漁
家》）"宵來風雨撼柴扉，早起巡檐點滴稀。一徑雲烟蒸日出，
滿船新綠買秧歸；田中水淺天光淨，陌上泥融燕子飛。共説今
年秋稼好，碧湖紅稻鯉魚肥。"（《喜雨》）又如："霧裏山疑失，

---

① 阮元《淮海英靈集丙集》。
② 潘清《挹翠樓詩話》。

雷鳴雨未休。夕陽開一半，吐出望江樓。”（《江晴》）鄭燮的寫
景小詩，常具有水墨畫的意境，清新別致，興味盎然，本詩即
可謂如此。詩中着意描寫雷雨剛過、夕陽半開的景色，極似一
幅濃墨渲染的山水圖。多用白描，是鄭燮詩歌的一個特點，而
運用白描手法的同時，鄭燮又注重錘煉，像上引詩中“亂鴉揉
碎夕陽天”、“一徑雲烟蒸日出”之句。本詩也同樣如此，第四
句中運一“吐”字，真是出神入化，令人想見霧氣消散、夕陽
生暉、望江樓倏忽出現的如畫景色，並與前面第一句中的
“失”字遙相呼應，見出錘煉之功力。全詩因此一句而通體靈
動，頓增光輝。

　　鄭燮詩中，佳句頗多。如“月來滿地水，雲起一天山”，
“五更上馬披風露，曉月隨人出樹林”等，皆鮮活靈動，出人
意表。

　　鄭燮兼擅詩、詞、書、畫、楹聯、篆刻，是一位多才多藝
的文人。因其書、畫流傳極廣，影響深遠，故其詩詞等在一定
程度上被忽視。但從總體上看，他的詩論和詩作，都與性靈派
相沆瀣而又自具特色，在清代詩歌發展史上應占一席地位。

　　金農（1687—1764），字壽門，又字司農、吉金，號冬心
先生、稽留山民、曲江外史、昔耶居士、心出家庵粥飯僧等，
浙江錢塘（今杭州）人。乾隆元年舉博學鴻詞，不赴。有《冬
心先生集》四卷。

　　金農畫、書、詩亦俱佳，爲“揚州八怪”之一。王昶《湖
海詩傳》內《蒲褐山房詩話》云：“冬心性情逋峭，世多以迂
怪目之。然遇同志者，未嘗不熙怡自適也。”其論詩貴獨創，曾

　　自序其詩集：“鄙意所好，常在玉溪（李商隱）、天隨（陸龜蒙）之間。玉溪賞其窈眇之音而清艷不乏；天隨標其幽邃之旨而奧衍爲多。然寧必規玉溪而範天隨哉？予之詩不玉溪、不天隨，即玉溪、即天隨耳。”其詩中亦曾云：“舉世空嗟骨相癯，常裁偎體辟榛蕪。他年詩話添公案，不在張爲《主客圖》。”（《新編拙詩四卷手自鈔錄女兒收藏雜題五首》）然而，從其自序中，仍可窺見其崇尚窈眇幽邃之旨趣。

　　金農詩歌中以七絕見長。如：“古戰場中數箭瘢，悲涼老馬識桑乾。而今衰草斜陽裏，人作牛羊一例看。”（《題瘦馬圖》）“古縣蕭條對岸開，大江行色榜人催。水多風處輕抬眼，浮出青山似覆杯。”（《過小孤山》）從其創作旨趣出發，金農詩歌中尚有部分孤深幽峭之作，如：

　　　　斗室虛無隘九州，蕭條還作採眞游。
　　　　黃梅花坼融朝霞，疑是銅仙鉛淚流。
　　　　　　　　　　——《憩王屋山后十方院》
　　　　菖蒲九節俯潭清，飲水仙人綠骨輕。
　　　　階草林花空識面，肯從塵土論交情。
　　　　　　　　　　——《題畫菖蒲》
　　　　少游兄弟性相仍，石室宜招世外朋。
　　　　萬翠竹深非俗穎，一圭山遠見孤棱。
　　　　酒闌遽作將歸雁，月好爭如無盡鐙。
　　　　尚與梅花有良約，香黏瑤席嚼春冰。
　　　　　　　　　——《馬曰琬曰璐兄弟招同王岐余元甲汪
　　　　　　塤厲鶚閔華江沅陳皋集小玲瓏山館》

十年焚軌臥林艻，深閉書堂少俗矜。

收得此心如鎮石，常時見面有寒冰。

空囊趙壹清無匹，一揖嵇康懶未能。

曾共春風三度醉，櫻桃花下曳青藤。

　　　　　　　——《懷張先輩幼持林居》

法式善《梧門詩話》曾評云：“余謂壽門詩，擇其孤潔冷峭之作，豈謂突過漁洋、初白，直入唐人閫奧。”即當指此類作品。此外，其詩中佳句如：“消受白蓮花世界，風來四面臥當中。”“水明於月宜同夢，樹老如人又十年。”“孤竹瘦於尊者相，野雲白似道人衣。”“佛烟聚處疑成塔，林雨吹來半雜花。”“故人笑比庭中樹，一日秋風一日疏。”“空亭久立非無故，攔路溪風不放回。”“團坐繩床夜聯句，百蟲啼雨葉堆門。”“多雨偏三月，無人又一年。”其中許多當時即已爲袁枚、杭世駿等所稱賞。

　　值得一提的詩人則還有蔣士銓。蔣士銓（1725—1785），字心餘，一字苕生，號清容，又號藏園，晚號定甫，江西鉛山人。乾隆二十二年進士，改庶吉士，授編修。後辭官，曾主講紹山蕺山書院。有《忠雅堂文集》十二卷、《詩集》二十七卷、《補遺》二卷。

　　蔣士銓雖與袁枚、趙翼齊名，並稱三大家，且蔣氏與袁枚的私人交誼頗深，但蔣氏的論詩主張卻與性靈派有明顯不同。袁枚《隨園詩話》中亦曾指出：“蔣苕生與余互相推許，惟論詩不合者：余不喜黃山谷而喜楊誠齋；蔣不喜楊而喜黃：可謂和而不同。”對於詩歌發展觀的認識，蔣士銓與袁枚一樣，要

求創 新，"辭必己出，意必自陳"（《阮見亭詩序》），並且十分注重自立。《書何鶴年秀才詩本》中云：

> 頹波日激蕩，百怪同喧啾。不意滾滾中，汝駕萬
> 斛舟。昂藏具篙楫，獨向天河游。……灑然脫依傍，
> 跌蕩筋力遒。風刺各有體，善喻成冥搜。自寫哀樂情，
> 中人如餌鈎。俯首韓杜間，刻苦為剛柔。

面對"頹風日盛，百怪喧啾"的詩壇現狀，他尤其贊賞"灑然脫依傍"的自立精神。不過，這種自立，卻並非拋棄一切傳統，而是"俯首韓杜間"，即在繼承前代文化遺產的基礎上，"昂藏具篙楫，獨向天河游。"他還以"通變"的眼光來評論唐宋詩歌，衝破規唐模宋的藩籬："唐宋皆偉人，各成一代詩。變出不得已，運會實迫之。格調苟沿襲，焉用雷同詞。宋人生唐後，開辟真難為。……奈何愚賤子，唐宋分藩籬。哆口崇唐音，羊質冒虎皮。習為廓落 語，死氣蒸伏尸。撐架陳氣象，桎梏充威儀。……李杜若生晚，亦自易矩規。寄言善學者，唐宋皆吾師。"（《辨詩》）這與袁枚"唐人學漢魏變漢魏，宋人學唐變唐"乃"風會所趨"、"不得不變"的觀點也是一致的。但是，在關於詩歌如何抒發"性情"的問題上，他與袁枚則可說有原則的不同。袁枚力主"獨抒性情"，將"性情"視為其"性靈說"的主要內涵，一再宣稱："詩只是個人之性情"，"無自得之性情，詩之本旨已失矣"（《答施蘭垞書》）；"提筆先須問性情"（《答曾南村論詩》）。盡管袁氏所謂的"性情"主要是個人性情遭際，但其反封建禮教的積極因素和進步作用無疑應當

肯定。蔣氏雖也主張抒發性情，詩中有云："交從貧賤密，詩以性情深。"（《喜汪鞏雲至》）"文章本性情，不在面目同。"（《文字四首》）然而卻强調"性情之正"（《香祖樓自序》），要求用"孔孟之道"來規範作家的思想、感情，將其納入"忠孝節烈之心，溫柔敦厚之旨"：

> 　　唐宋諸賢，不必相襲，寓目即書，直達所見，其人品學術隱然於其間，所謂忠孝節烈之心，溫柔敦厚之旨，則一焉。

這種觀點，與袁枚的"性靈説"相比不能不説是一種倒退。由此出發，便不難明白，在蔣氏現存的近二千六百首詩中，爲什麽表彰忠臣孝子、節婦烈女的詩篇會占有相當的比重。這些詩作，除部分作品堪稱精華，如"梅花嶺頭冰雪魂，生死南枝最孤直"（《題史道鄰閣部遺像》）、"宗社免播遷，一死焉敢辭"（《謁于忠肅公祠墓》）、"厲鬼可爲終殺賊，寶刀先斷賀蘭頭"（《謁張睢陽廟二首》其一）等，總的來説是宣揚封建倫理道德，價值不高或無甚價值，甚至是糟粕。梁啓超曾云："乾隆全盛時，所謂袁、蔣、趙三大家者，臭腐殆不可向邇。"實即主要指蔣氏此類作品而言。但是，由於蔣氏極爲注重詩歌的社會功利作用，以詩歌反映社會現實，其詩集中《京師樂府詞十六首》、《豫章樂府詞九首》、《固原新樂府四首》等新樂府則深刻揭露了乾隆"盛世"時的社會黑暗："冰天雪地風如虎，裸而泣者無栖所。黄昏萬語乞三錢，雞毛房中買一宿。……天明出街寒蟲號，自恨不如雞有毛"（《京師樂府詞·雞毛房》）；"獨客衣單襟露肘，雪中凍裂縫裳手。……君不見紅粉雲鬟住深院，雙手不親針與綫。笑他女兒性癖習女紅，窮人命薄當縫窮”（《京師樂府詞·縫窮婦》）；“去年霪雨落半載，田畝漂沉鄉井改。今年霪雨落十旬，迫促萬姓爲饑民。雨中行乞水中死，尸積河壩人滿市。……良田廢壞地不毛，老屋毀棄 全家逃”（《饑民嘆》），這在當時的詩人中是罕有其儔的。

　　蔣士銓的詩風，以激昂慷慨、雄直勁健而見長。延君壽《老生常談》云：“海內近人詩，余所及讀者不下百數十種，袁子才新穎，蔣心餘雄健，趙甌北豪放，黃仲則俊逸，當以四家爲冠，餘則各有好處。”試舉二首：

> 空青懸萬仞，雪浪齧孤根。
> 元氣留江影，天光縮漲痕。
> 魚龍陰拜舞，岩壑怒崩奔。
> 向晚千帆沒，蒼茫海氣昏。
> 　　　　　　　　——《金山》

> 喑嗚獨滅虎狼秦，絕世英雄自有眞。
> 俎上肯貽天下笑，座中惟覺沛公親。
> 等閑割地分強敵，慷慨將頭贈故人。
> 如此殺身猶灑落，憐他功狗與功臣。
> 　　　　　　　　——《烏江項王廟》

佳句則如：“萬馬西來野色寬，蓮花開出古長安。”（《西岳題壁》）“桃花馬上胭脂雪，去看秦雲似美人。”（《送人入陜》）“六代文章莊虎豹，百年花月醉鴛鴦。”（《讀南史》）“不關天地非奇困，能動風雷亦壯才。佛子堂空秋雨寂，英雄墳老野花開。"（《薦福寺》）舒位曾評云："此類集中尤夥，讀之有鐵如意擊唾壺意氣。"（《瓶水齋詩話》）蔣詩的這種特色，在其七古中更爲突出，如《開先瀑布》：

　　　瀑布之水源何來？劃然下裂長峯開。下士目駭自天落，絕頂乃有千盤回。青山斷缺聳雙劍，元氣直瀉岩頭摧。飛流已出不肯下，一綫中折分瀠洄。隱現數折蓄精銳，失勢一落如奔雷。跳波亂擊潭水立，怪物潛伏寧鬐腮。音聲頃刻逐千變，萬馬赴敵金鼙催。天光半壁照空谷，此地萬古無陰霾。嶒崿積雪挂千仞，山中猿鶴猶驚猜。銀花下散佈水臺，混沌鑿破山根隈。劈窠大字洗不盡，鐵畫滿地鎸青苔。太白已往老坡死，我輩且乏徐凝才。惡詩走筆不敢寫，山亭煮汲燒松釵。來朝竹杖青芒鞋，凌風踏碎烟雲堆。飛泉三疊絕倚傍，坐觀一洗塵氛懷。

此詩狀寫前人多所描繪的廬山瀑布，大氣包舉，氣勢不凡，有另辟蹊徑之妙，體現了作者雄直勁健的藝術特色。王昶曾指出："苕生諸體皆工，然古詩勝於近體，七古又勝於五古，蒼蒼莽莽，不主故常。正如昆陽夜戰，雷雨交作；又如洞庭君吹笛，海立雲垂。信足以開拓萬古之心胸，推倒一時之豪杰也。"（《湖海詩傳·蒲褐山房詩話》）即可移作對此詩評語。

　　對於蔣士銓的詩歌，時人和後人褒之者甚衆，但貶者亦不少，如陳廷焯曰：蔣氏《忠雅堂集》中佳者"百幾難獲一"，蓋

"如粗鄙赤腳奴"也(《白雨齋詞話》)。朱庭珍《筱園詩話》中
云:"江西詩家,以蔣心餘爲第一。其詩才力沉雄生辣,意境
亦厚,是學昌黎、山谷而上摩工部之壘,故能自開生面,卓然
成家。七古佳作最多,新樂府亦非近人所及。又善敘事,每遇
節婦烈女,忠臣孝子,則行以古文傳記之法,不惟敘述其事,
並將姓氏、年月、地名之類,或順或逆,或前或後,一一點出。
其敘事既勃勃有生氣,而點其世族、名字、居址、時地,又錯
綜參差,具見手法,真大手筆也。惜存詩過多,不免貪多好奇,
且全集所敘忠孝節烈,均只一幅筆墨,亦覺數見不鮮。其失手
之作,頗犯槎椏頹放粗硬之病。然自樹赤幟,必傳無疑。"今
天看來,除卻其對蔣氏詩歌思想內容的評價外,持論則可謂平
允。在乾隆時期詩壇上,袁與蔣、趙三人均堪稱大家,能自開
生面。

六、翁方綱的肌理説及創作

　　翁方綱爲清乾嘉時著名學者，"精心汲古，宏覽多聞，於
金石、譜錄、書畫、詞章之學，皆能抉摘精審。……詩宗韓、
杜、蘇、黄，多至六千余篇。自諸經注疏以及史傳之考訂、金
石文字之爬梳，皆貫徹洋溢於其中，蓋真能以學爲詩者。"① 他
的"以學爲詩"的創作，成就自然不高；但其"肌理説"卻獨
樹一幟，對乾嘉乃至近代詩壇都産生了深刻影響。

　　翁方綱（1733—1818），字正三，號覃溪，順天大興（今
北京）人。乾隆十七年進士，改庶吉士，授編修。歷充考官，
主持江西、湖北、江南、順天等鄉試，又曾官廣東、江西、山
東學政，官至内閣學士。有《復初齋詩集》七十卷、《文集》三
十五卷、《復初齋集外詩》二十四卷、《集外文》三卷、《石洲
詩話》八卷、《蘇詩補注》八卷。

　　乾嘉之際，詩壇形成了性靈、格調、肌理三派鼎立的局面。
受當時考據學風的影響，翁方綱大張"學人之詩"旗幟，稱

————————

①　見易世夔《新世説》。

"士生今日，經籍之光，盈溢於世宙，爲學必以考證爲準，爲詩必以肌理爲準"①。其意圖，則在於以"肌理説"補救"神韵説"的空疏、糾正"格調説"的摹擬，隱然與當時盛行的"性靈説"分庭抗禮。

"肌理"本非翁方綱所發明。《文選·張衡〈西京賦〉》即有"剖析毫釐，擘肌分理"之語，李周翰注："雖毫釐、肌理之間，亦能分擘。"劉勰《文心雕龍·序志》亦説："擘肌分理，唯務折衷"。南宋張邦基在其《墨莊漫録》中進而以"肌理"評詩："唐子西詩多新意，不沿襲前人語，當時有小東坡之目。然格力雖新，而肌理粗疏，遜於蘇黄遠矣。"至翁方綱，始大力標舉"肌理"，在《石洲詩話》中多次以肌理衡量詩作、評論詩人。如云："遺山五古，每叠一韵，以振其勢，微與其七古相類。蓋肌理稍疏，而秀色清暢，卻自露出本色耳。""李莊靖詩，肌理亦粗。説者乃合韓、蘇、黄、王以許之，殊爲過當。""鐵崖曰：'人呼老郭（郭羲仲）爲"五十六"，以其長於七言八句也。'然其擬杜《秋興八首》，肌理頗粗。"遂創爲"肌理説"，形成清代乾嘉時的一個獨特風格流派。

要把握翁方綱"肌理説"的基本內涵，須對"肌理"二字的含義進行一番考察。翁氏在《杜詩"熟精文選理"理字説》中曾對"理"字從訓詁學角度加以闡發：

理之中通也，而理不外露，故俟讀者而後知之云

---

① 《志言集序》，見《復初齋文集》卷四，下引凡僅注篇名者均見此集。

爾。若白沙、定山之為《擊壤》派也，則直言理耳，
非詩之言理也。故曰："如玉如瑩，爰變丹青。"此善
言文理者也。理者，治玉也，字從玉，從里聲。其在
於人，則肌理也；其在於樂，則條理也。易曰："君
子以言有物。"理之本也。又曰："言有序。"理之經
也。天下未有舍理而言文者。且蕭氏之為《選》也，
首原夫孝敬之準式，人倫之師友，所謂事出於沉思
者，惟杜詩之眞實，足以當之。而或僅以藻績目之，
不亦誣乎？

案"理"字的本義確爲治玉。指玉石的紋路，則爲後起之義，
引申爲物的紋理或事的條理。如《荀子·正名》："形體色理，
以目異。"楊倞注："理，文理也。"又《儒效》："井井矣其有
理也。"楊倞注："理，有條理也。"那麼，"肌理"中的"肌"
字又何所指呢？或以翁方綱曾引杜甫《麗人行》中"肌理細膩
骨肉勻"詩句，便認爲：杜詩中的"肌理"係指皮膚的紋理，
因此翁氏所謂的"肌理"即指詩之紋理。然而，細味翁氏語意：
"少陵曰'肌理細膩骨肉勻'，此盡繫於骨與肉之間，而審乎人
與天之合，微乎艱哉！"（《仿同學一首爲樂生別》）則翁氏所說
的"肌理"，本指肌肉中的脈絡，借喻詩中之結構條理。如果
指肌膚表面之紋理，借喻詩之紋理，則何解"剖析毫釐，擘肌
分理"？上引翁氏《杜詩"熟精文選理"理字說》"理之中通也，
而理不外露"，亦可說明他所說的肌理非指表面紋理。

　　那麼，翁氏"肌理說"的基本內涵是什麼呢？其《志言集
序》云：

　　　理者，民之秉也，物之則也，事境之歸也，聲音
　　律度之矩也。是故淵泉時出，察諸文理焉；金玉聲振，
　　集諸條理焉；暢於四支，發於事業，美諸通理焉。義
　　理之理，即文理之理，即肌理之理也。

　　由此可見，翁方綱"肌理説"的基本内涵，包括兩個方面，一
是强調"義理之理"，即思想内容之"理"；一是强調"文理之
理"，即形式表達之"理"。"民之秉也，物之則也，事境之歸
也"，這是就義理而言。"聲音律度之矩也"，"淵泉時出，察諸
文理"，"金玉聲振，集諸條理"，這是就文理而言。在翁氏看
來，這兩個方面相輔相成，不可分割。其《杜詩"熟精文選
理"理字説》云："《易》曰：'君子以言有物。'理之本也。又
曰：'言有序。'理之經也。天下未有舍理而言文者。"《韓詩
"雅麗理訓誥"理字説》亦云："風雅頌爲三經，賦比興爲三緯，
經與緯皆理也。理之義備矣哉！"也即是説，"三經"屬於義理，
"三緯"屬於文理，經緯結合，方爲意義完備的肌理。

　　具體而言，翁氏所謂的"義理"，包括詩人須具有植根於
六經的學問，以及作品中須具備質實的内容。如説："韓文公
約六經之旨而成文，其詩亦每於極瑣碎、極質實處，直接六經
之脈"。翁氏還將詩歌與考據之學混爲一談："士生今日經學昌
明之際，皆知以通經學古爲本務，而考訂訓詁之事與詞章之
事，未可判爲二途。"（《蛾術集序》）從追求質實出發，翁氏推
崇宋詩，以"虚""實"對舉，稱贊"唐詩妙境在虚處"，而
"宋詩妙境在實處"。他認爲：

　　若夫宋詩，則遲更二三百年，天地之精英、風月
之態度、山川之氣象、物類之神致，俱已為唐賢占盡。
即有能者，不過次第翻新，無中生有。而其精詣，則
固別有在者。宋人之學，全在研理日精，觀書日富，
因而論事日密。如熙寧、元祐，一切用人行政，往往
有史傳所不及載，而於諸公贈答議論文章略見其概。
至如茶馬、鹽法、河渠、市貨，一一皆可推析。南渡
而後，如武林之遺事，汴土之舊聞，故老名臣之言行，
學術師承之緒論、淵源，莫不借詩以資考據。（《石
洲詩話》卷四）

　　劉屏山《汴京紀事》諸作，精妙非常。此與鄧枌
橺《花石綱詩》，皆有關一代事迹，非僅嘲評花月之
作也。宋人七絕，自以此種為精詣。（同上）

強調學問根柢，應當說無可非議。但問題是，這種學問根柢，
卻是要基於精研儒家經典，"欲因文扶樹道教"，這自然與當時
具有離經叛道精神的"性靈說"不可同日而語，適見其保守性。
強調內容質實，應當說也無可非議，但是，這種"質實"，卻
是倡導"借詩以資考據"，並以此類宋詩爲"精詣"，這自然有
悖於詩歌創作的藝術規律。

　　翁氏所謂的"文理"，則大略是指詩歌辭藻、音韻、結構、
藝術表現等形式方面的要素。如云："理者，綜理也，經理也，

條理也。"①"綜理"、"經理"、"條理"，均指形式方面的技巧而言。他曾指出："詩家之難，轉不難於妙悟，而實難於'鋪陳終始，排比聲律'，此非有兼人之力，萬夫之勇者，弗能當也。"（《石洲詩話》卷一）《仿同學一首爲樂生別》闡述得更加清楚：

> 　　樂生蓮裳將之揚州，予爲題扇一詩，曰："分刌量黍尺，浩蕩馳古今。"蓋言詩之意盡在是矣。……夫所謂分刌黍尺者，肌理針綫之謂也。遺山之論詩曰："鴛鴦綉出從君看，不把金針度與人。"此不欲明言針綫也。少陵則曰："美人細意熨貼平，裁縫滅盡針綫迹。"善哉乎！究言之，長言之，又何嘗不明言針綫歟？白香山曰："劚石破山，先觀鑱迹；發矢中的，兼聽弦聲。"而昌黎曰："將軍欲以巧伏人，盤馬彎弓故不發。"然則，巧、力之外，條理寓焉矣。昔李、何之徒空言格調，至漁洋乃言神韵。格調、神韵，皆無可著手也，予故不得不近而指之曰肌理。

在《詩法論》中，翁氏還指出：法之立也，"有立乎其節目、立乎其肌理界縫者"，大則"始終條理"，像"前後接筍，乘承轉換，開合正變"；細則如"一字之虛實單雙，一音之低昂尺黍。"值得指出的是：翁氏既講"立法"，也强調"忘筌忘蹄"，"法無板法"，當如"禹之治水，行其所無事也。行乎所不得不行，止乎所不得不止"。就此而言，翁氏的"文理"之説也不無可

────────

① 　見《韓詩"雅麗理訓誥"理字説》。

取之處。如《石洲詩話》（卷一）以其“肌理”標準來論李白的《經下邳圯橋懷張子房》：

> 太白咏古諸作，各有奇思。滄溟只取《懷張子房》①一篇，乃僅以“豈曰非智勇”、“懷古欽英風”等句得贊嘆之旨乎？此可謂僅拾糟粕者也。入手“虎嘯”二字，空中發越，不知其勢到何等矣。乃卻以“未”字縮住。下三句又皆實事，無一字裝池門面。及至說破“報韓”，又用“雖”字一勒，眞乃逼到無可奈何，然後發泄出“天地皆震動”五個字來，所以其聲大而遠也。不然，而但講虛贊空喝，如“懷古欽英風”之類，使後人為之，尚不值錢，而況在太白乎？

由“虎嘯”二字的作用起講，擘肌分理地分析該篇如何層層蓄勢，佈局縝密，先則“縮住”，繼則“一勒”，直至無可奈何，方逼出“天地皆震動”之句，與“虎嘯”遙相“接筍”，故其“聲大而遠”。不僅於佈局、修辭都講得細緻，而且在內容方面也贊其“皆實事”，無裝璜門面的虛美詞句，貶斥了明復古派但談格調，未諳肌理，僅於字面上虛贊空喝的論詩之法。這可

---

① 此詩全篇爲：“子房未虎嘯，破產不爲家。滄海得壯士，椎秦博浪沙。報韓雖不成，天地皆震動。潛匿游下邳，豈曰非智勇？我來圯橋上，懷古欽英風。唯見碧流水，曾無黄石公。嘆息此人去，蕭條徐泗空。”

作爲"肌理説"評詩的範例。又如同卷中論杜甫《韋諷錄事宅觀曹將軍畫馬》一詩，亦從"肌理"入手，聯繫全詩結構，條分縷析地講清詩的主干、脈胳和寓意，從而見出其"肌理説"的理論特色。

"肌理説"的提出，首先爲了補救"神韵説"的空疏。正如張維屏所説："先生生平論詩，謂漁洋拈神韵二字，固爲超妙，但其弊恐流爲空調。故特拈肌理二字，蓋欲以實救虚也。"①

在翁方綱看來，神韵乃詩中自具之本然，自古作家皆有之，並非至王士禎始"言詩之秘"。他在《神韵論（上）》中説："杜云'讀書破萬卷，下筆如有神'，此神字即神韵也。杜云'熟精文選理'，韓云'周詩三百篇，雅麗理訓誥'，杜牧謂'李賀詩使加之以理，奴僕命騷可矣'，此理字即神韵也"。在《石洲詩話》（卷一）中又説："竊謂一人自有一人神理，須略存其本相，不必盡以一概論也。阮亭《三昧》之旨，則以盛唐諸家，全人一片空澄淡濘中，而諸家各指其所之之處，轉有不暇深究者。"從而將"神"、"理"或"神理"等諸"神韵"。《神韵論（下）》中更謂："有於格調見神韵者，有於音節見神韵者，亦有於字句見神韵者，非可執一端以名之也。有於實際見神韵者，亦有於虚處見神韵者，有於高古渾樸見神韵者，亦有於情致見神韵者，非可執一端以名之也。此其所以然，在善學者自領之，本不必講也。"這實際已完全改造了王士禎"神韵説"的内涵。其目的，則如同《神韵論（上）》中所説："今

---

① 見《聽松廬文鈔》。

人誤執神韵，似涉空言，是以鄙人之見，欲以肌理之說實之。其實，肌理亦即神韵也。”

由此出發，他雖肯定王士禎生於明復古派冒襲偽體之後，欲以沖淡矯之，故專舉空音鏡象，此勢所不得不然；卻又指出：“詩教溫柔敦厚之旨，自必以理味事境爲節制。即使以神興空曠爲至，亦必於實際出之也。風人最初爲送別之祖，其曰‘瞻望弗及，泣涕如雨’，必衷之以‘秉心塞淵，淑慎其身’也。《雅》什至《東山》，曰‘零雨其濛’、‘我心西悲’，亦必實之以‘鸛鳴於垤’、‘有敦瓜苦’也。”王士禎《池北偶談》中曾云：“詩家惟論興會，道里遠近不必盡合。如孟詩‘暝帆何處泊，遙 指落星灣’，落星灣在南康”。翁氏則反駁説：“詩不但因時，抑且因地。如杜牧之云：“南山與秋色，氣勢兩相高’，此必是陝西之終南山。若以咏江西之廬山、廣東之羅浮，便 不是矣。”（《石洲詩話》卷二）其《小石帆亭五言詩續鈔》更説：

　　　　漁洋第知以澄迴淡泊為超詣，則猶未深切乎後
　　學所應歷之階、所日履之逕也。此事豈可不問何地、
　　何時、何人而皆以禪寂入定、山磬清圓為悟入者也？
　　……一時有一時之閱歷焉，一家有一家之極至焉。況
　　在今日，經學日盆昌明，士皆知通經學古、切實考訂，
　　弗肯效空疏迂闊之談矣，焉有為詩而群趨於空音鏡
　　象以為三昧者乎？

那麼，什麼是翁氏心目中的詩家“三昧”呢？這就是符合其肌理標準的刻抉入裏的宋人之詩。他盛贊説：“宋人精詣，全在

刻抉入裏。而皆從各自讀書學古中來，所以不蹈襲唐人也。”又云：“談理至宋人而精，説部至宋人而富，詩則至宋而益加細密。蓋刻抉入裏，實非唐人所能囿也。”并引證劉克莊的話贊揚黃庭堅：“‘豫章稍後出，會粹百家句律之長，究極歷代體制之變，搜討古書，穿穴異聞，作爲古律，自成一家。雖隻字半句不輕出，遂爲本朝詩家宗祖。’按此論不特深切豫章，抑且深切宋賢三昧。”（《石洲詩話》卷四）

“肌理説”的提出，也爲了糾正“格調説”的摹擬。翁方綱曾説：“盛唐諸公之妙，自在氣體醇厚，興象超遠，然但講格調，則必以臨摹字句爲主，無惑乎一爲李、何，再爲王、李矣。”（《石洲詩話》卷一）對明前後七子的“格調説”深表不滿。這裏雖然沒有論及沈德潜，但對沈氏當時復倡“格調説”的針砭，同樣是不言而喻的。

《石洲詩話》（卷四）云：“宋人精詣，全在刻抉入裏……所以不蹈襲唐人也。然此外亦更無留與後人再刻抉者，以故元人只剩得一段豐致而已，明人則直從格調爲之。然而元人之豐致，非復唐人之豐致也；明人之格調，依然唐人之格調也。孰是孰非，自有能辨之者，又不消痛貶何、李，始見真際矣。”這就是説，盡管元人只剩得一段“豐致”，然非復唐人的“豐致”，故仍有可取之處。而明前後七子偏重摹似，依然仿效唐人的格律腔調，以故殊不足取。《石洲詩話》中論詩迄於金、元，不及明代，原因正在於此。

翁方綱雖反對明前後七子的“格調説”，但卻並不否定詩應有格調。其《格調論（上）》開頭即指出：“詩之壞於格調也，自明李、何輩誤之也。李、何、王、李之徒，泥於格調而僞體

出焉。非格調之病也，泥格調者病之也。夫詩豈有不具格調者
哉？《記》曰：‘變成方，謂之音。’方者，音之應節也，其節
即格調也。又曰：‘聲成文，謂之音。’文者，音之成章也，其
章即格調也。是故噍殺、嘽緩、直廉、和柔之別，由此出焉。”
在翁方綱看來，“噍殺、嘽緩、直廉、和柔之別”，皆由“格
調”所出，因此，他所理解的“格調”，則是泛指詩歌的風格。
“是則格調云者，非一家所能概，非一時一代所能專也。”在這
一點上，他與王士禎的觀點有其相似之處。明七子標榜的“格
調”，是提倡盛唐之音的聲雄調暢，乃刻意摹之，結果流為空
響。王士禎正是不滿於清初“格調派”詩人“學為‘九天閶
闔’、‘萬國衣冠’之語，而自命高華，自矜為壯麗，按之其中，
毫無生氣”，遂倡“神韵説”以矯之。翁方綱在《石洲詩話》
（卷一）中指出：

　　　　先生（王士禎）又嘗云：“感興宜阮、陳，山水
　　閒適宜王、韋，鋪張敍述宜老杜。”果若是，則格由
　　意生，自當句由格生也。如太白云：“天上白玉京，十
　　二樓五城。”若以“十二樓五城”之句入韋蘇州詩中，
　　豈不可怪哉？不必至昌黎、玉川方為盡變也。

其“格由意生，自當句由格生”二語頗值得注意，因其恰恰表
達了翁氏“肌理”詩論的精髓。所謂“意”，即指思想內容，也
就是“義理”；所謂“格”、“句”，則指表現形式，也就是“文
理”。“意”生“格”，“格”生“句”，因此，“古之為詩者，皆
具格調，皆不講格調。”（《格調論（上）》）在《神韵論（上）》

中，翁氏還説："其實格調即神韵也"，"其實肌理亦即神韵也"。這實際是説，每一時代，具體至每一詩人，倘詩中具備了"肌理"，也就自然具備了"神韵"，具備了"格調"。明前後七子"惟格調之是泥；於是上下古今，只有一格調，而無遞變遞承之格調矣"，其結果，必然是"僞體出焉"。翁方綱强調詞必己出，故對此"僞體"，則深感痛恨，如云：

> 夫其題內有擬古仿古者，尚且宜自為格制，自為機杼也，而況其題本出自為，其境其事屬我自寫者，非古人之面而假古人之面，非古人之貌而襲古人之貌，此其為頑鈍不靈，泥滯弗化也。可鄙可耻，莫甚於斯矣。（《格調論》下）

可謂痛快淋漓，在一定程度上擊中了"格調説"的要害。

自然，翁氏所謂的"意"即"義理"，主要是指儒家傳統的社會倫理道德觀念及飽讀經史的學問。他宣稱"士生今日，宜博精經史考訂，而後其詩大醇"[①]。"博精經史考訂"者如果深入社會生活，遵循藝術規律，抒寫真情實感，自然可以作出好詩。如果以"經史考訂"入詩，則其詩便很難"大醇"。翁氏的"肌理"説所代表的，卻正是後者而不是前者。袁枚作詩譏諷道："天涯有客號詅痴，誤把抄書當作詩。"不僅"抄書"，而且作經史金石考訂，又如何能作出有藝術魅力的佳什？

《清史稿》稱翁氏"所爲詩多至六千餘篇"，但今檢其《復

---

① 《粤東三子詩序》。

初齋詩集》，則僅存詩二千八百餘首。這些詩，根據題材，可大略分爲兩類。

　　第一類，是將經史、金石的考據寫進詩中的"學問詩"。翁方綱宣稱："至我國朝，文治之光乃全歸於經術。是則造物精微之秘，衷諸實際，於斯時發泄之。"（《神韵論（下）》）且以"刻抉入裏"、"借詩以資考據"爲宋詩之"精詣"、宋賢之"三昧"，因此，翁氏集中的此類"學問詩"比比皆是。此類詩，詩前有序或題注，詩中有夾注，本身即爲經史、金石考據文字。其詩則以"考據"求"質實"、"刻抉"爲"精詣"，因而佶屈聱牙，淡乎寡味。如《成化七年二銅爵歌》，其前序曰："瘦同買得銅爵二足，内款餘：'成化七年四月吉日知府黎永明教授黄綸置。'予考之，是順德府學祭器也。黎永明，字光亨，湖廣京山人，景泰甲戌進士。其知順德，有中貴恣橫，撻之數十。郡治前清風樓，爲永明建也。瘦同以其一見貽屬賦。"其詩如下：

　　　　主人洗爵春盤筵，摩挲兩爵三百年。客皆滿飲我不飲，主人屬賦銅爵篇。其高通柱三寸七，足穩皆殊廢非匹，足間三列陰款鑄，成化七年四月吉。黎君笁仕來自楚，清風樓開順德府。禮樂居然比上庠，籩豆初聞增兩廡。我昔嶺隅諸禮器，泰定延祐詳款識，瓊州碑亦成化時，石室址剔文莊記，淳淳學官及弟子，凛若奉盈常視此。今觀知府教授名，猶想一升三獻始。近畿圖志誰考援，勺觴量水亦尋源，且將對舉分支例，記取商盉漢瓦軒。

又如《買得蘇詩施注宋槧殘本即商丘宋氏藏者》：

> 國初海虞有二本，其一寅歲收六丁（順治七年十月事）。維時湖南寶晉叟，把卷憑闌看飛熒。宋元舊本鏤次第，獨此未及傳模型。可憐醴泉化度法，瑤臺戍削留娉婷。也是園翁痛著錄，不得再覷隃糜馨。一朝東吳故家得，四十二卷重汗青。黃州判官有舊夢，笠屐圖子來丁寧。由儀篇忽上客譜，束廣微濫吹竽聽。銜姜黠鼠到潛采，眾目特讓查田醒。江南書手費影寫，掇拾想像於奇零。施注實惟施顧注，施家蘇學詒過庭。紹興書葳嘉泰歲，淮東板出倉曹廳。漢孺楷書作佳話，湖州詩獄此又經。石鼓文與會稽志，同時校槧新發硎（施武子又於淮東倉司訂石鼓文刻之。嘉泰會稽志卷末題云：安撫使司校正書籍傅稚）。毗陵先生世莫識，要以土蝕成青萍（宣和間禁蘇氏文字，學者私記其書曰毗陵先生）。卷前惜闕譜及目，世間僅此鳳與星。適者又得顧禧集，文字聚合憑精靈。重開此本儻異日，敢任嘉谷滋蝗螟。摹公書貼奉公象，笑彼亭長署杜亭。我當焚香日望拜，公乎弭節來雲軿。

詩及夾注，幾可作歷史和考證文章來讀。雖有“事境”，卻略無“意境”，毫無審美價值。它如《漢延熹西岳華山廟碑歌爲朱竹君賦》、《銅鼓歌題曲阜顏氏拓本》、《南昌學宮摹刻漢石經殘字歌》等，也如出一轍。其時詩人洪亮吉曾批評説：“最喜客談金石例，略嫌公少性情詩。”語婉而多諷。

第二類，主要是記述作者宦海行踪，世態見聞，或徜徉山水之作。此類詩，披沙揀金，尚有佳作。如《渡海中流作》：

> 海山正青海水黑，水間十丈水花白。
> 千頃萬頃烟茫茫，東見扶桑一痕碧。
> 雲影倒漾為沙灘，雲氣卻起作嶺嵐。
> 誰言水與天一色，天轉如墨水轉藍。
> 須臾急雨來冥冥，連天連海合衆形。
> 風帆沙鳥那復辨？滔滔浩浩渾一青。
> 日光俄截雲腳斷，始識中流大洋半。
> 長風一霎鼓帆來，椰子林青指南岸。

此詩乃作者從廣東渡南海而作，按照航行路綫，生動地描寫了海闊天空、風雨變幻的壯麗景象。讀者於其粗筆的遠景勾勒及細筆的近景刻劃中，也可感受到詩人情感的變化。又如《閲江樓歌》：“昆侖一脈來夜郎，東流直下萬里長。包絡滇黔匯交桂，中乃混一灘與湘。潯梧百折到南海，全入牂牁歸大洋。端州城外石磯石，屹此四畋爲遮防。三面皆山一面水，水又襟帶山之旁。初看七岩排北牖，金天遲遲騰光芒。諸峰漸西勢漸闊，遠如兩扇根闌張。一絲裊裊下天際，紆徐浩淼趨中央。忽然斗起跑空立，一門萬馬爭奮驤。强弓迅矢發不及，白浪倒射蒼匡蒼。束以孤亭受以峽，峽三十里皆羚羊。建瓴屋下復有屋，崧臺址本層層方。因臺拓扉俯峽底，不知更幾千丈强。大湘小湘出帆背，頂湖瀝湖穿石梁。龍湫又吐諸瀑下，峽口急門聲礧硠。千岩樹逼水關綠，萬壑風濺山窗涼。自此南江北江合，滔滔浩浩仍悠揚。百里千里注海去，復接橫浦滇浛洭。斜陽極天逆遠翠，頃刻四壁皆江光。雲嵐咫尺在几席，大書磨墨神蒼茫。"氣勢流走，與那種佶屈聱牙的"金石詩"自然不同。

近體中亦有佳作，如：

> 客路旬經雨，林巒翠倚空。
> 不知秋暑氣，直與岱淮通。
> 舊夢千渦沫，思尋百步洪。
> 大河西落日，穿漏一山紅。
> 　　——《高昭德中丞招同裘漫士司農錢軒
> 　　　　司空集雲龍登放鶴亭四首》其二
> 只有蒙蒙意，人家與釣磯。
> 寺門鐘乍起，樵客徑猶非。
> 四百層泉落，三千丈翠飛。
> 與誰參畫理，半面盡斜暉。
> 　　　　　　　　　　　　——《望羅浮》
> 瀛鄚之間半烟水，村閭如畫接漁船。
> 記從鴻濼溪頭望，詩思蒙蒙三十年。
> 　　　　　　　——《趙北口》之一
> 蟹籪灣灣罫布棋，霜空老柳照橫漪。
> 枯萍折葦蕭寥意，轉勝濃雲蘸翠時。
> 　　　　　　　——《趙北口》之二

　　這一類詩，寫景如繪，景中含情，遣詞、造句與全篇藝術構思，都顯示出獨特的藝術風格，能給人以美感享受。

　　除上兩類作品外，翁集中尚有不少題畫、贈答之作，亦有部分可讀。郭則沄曾評其《洋畫歌》：“西畫之人中土者，乾、嘉時已尚之，然罕入詩。覃溪學士有《洋畫歌》云云。其詩深淺遠近，曲肖畫境，所謂瓴甓木石，一一從平地築起者。同時惜抱、北江諸子，所不及也。”①

　　由於翁方綱的“肌理説”在政治上符合清統治者維護其統治的要求，又切合當時漢學考據之風盛行的學術空氣，因而推動了學人詩派的形成，並成爲道、咸間宋詩運動的先導，影響十分深遠。然對其詩歌創作的評價，前人卻毀譽不一。貶者如當時袁枚、洪亮吉、朱庭珍等，議論多切中要害，然全盤否定，亦欠公允。褒者如陶鳧薌稱贊“其學問既博，而才力又足以副之，故能洋溢縱橫，別開生面，不可謂非當代一大家也”，②又全盤肯定，溢美失實。徐世昌則從實際出發，指出“覃溪以學爲詩，所謂瓴甓木石，一一從平地築起，與華嚴樓閣彈指即現者固自不同。同時如惜抱、北江諸人，每有微辭，持之良非無故；然‘興觀群怨’之外，‘多識’亦關詩教，且其深厚之作，魄力既充，韵味亦偶，非盡以鬥靡誇多爲能事。遺山云：‘少陵自有連城璧，爭奈微之識碔砆。’讀覃溪詩，亦作如是觀耳。”③這種評論，倒是比較全面、比較通達的。

_____

① 　見《十朝詩乘》。
② 　引自徐世昌《晚晴簃詩匯》。
③ 　見《晚晴簃詩匯》。

七、清中期其他詩人與詩派

　　清中期，以地域來劃分流派，則"浙派"可謂當時最大的一個詩歌流派。但是，由於這僅爲依照地域所作的區分，因而這一詩派成員在論詩宗尚和創作風格方面都表現出不同。以清初的著名浙西作家朱彝尊、查愼行爲發端，此時的浙派則衍化爲四個支派：一是以錢塘厲鶚爲首領的刻琢研煉、幽新雋妙的一派，重要作家先後有杭世駿、金農、吳錫麒等；二是以山陰胡天游、秀水王曇先後爲代表的才情富艷、奇氣橫溢的一派，成爲後來龔自珍的先導；三是繼朱彝尊之後形成的秀水派，取徑於杜甫、韓愈、黃庭堅，造語拗折盤硬，專於章句上爭奇，代表作家爲錢載，主要作家則先後有王又曾、萬光泰、諸錦等；四是以袁枚爲首的要求打破傳統束縛、追求個性自由的性靈派，從而推動了當時詩歌新精神的空前高揚。自然，這可說是廣義上的"浙派"，而傳統上所謂的"浙派"，則專指錢塘厲鶚一派。

　　厲鶚（1692—1752），字太鴻，一字雄飛，號樊榭，一號南湖花隱，又號西溪漁者，浙江錢塘（今杭州）人。康熙五十九年舉人。有《樊樹山房集》二十卷、《宋詩紀事》一百卷。

厲鶚爲浙派詩和浙西詞派的重要作家，繼王士禎和朱彝尊之後，曾主持江南壇坫凡數十年。其詩多取法宋人，又好用冷僻典故，風格清幽淡雅。鍾駿聲《養自然齋詩話》後："吾浙詩派，至樊樹而極盛，亦至樊樹而一變。自新城、長水盛行，海內操觚者莫不乞靈於兩家。山人獨矯之以孤淡，用意既超，徵材尤博。杭堇浦云：吾鄉稱詩，於宋元之後未之或過，其樂府尤爲海內第一。非虛語也。"陳衍《錢批樊樹山房詩一卷題識》亦指出："厲樊樹先生《樊樹山房詩》，爲浙派領袖，在前清風行頗久，至近日而稍衰。然其參會唐、宋，於漁洋、竹垞外，自樹一幟，雖以沈歸愚之主張漢魏盛唐，亦盛稱之。實則五言古、七言律、七言絕句佳者甚多。七言古才氣薄弱，局勢平常，五言律殊少神味，非其所長耳。"於此可見厲鶚不甘依人而拔戟自領一隊的創作旨趣。但是，其宗法多囿於宋人，且詩中喜餖飣摶扯，亦每爲前人所訾病。

厲氏詩作多表現其閑情逸致，時雜孤寂之感。其詩集中的精華，則可説是那些擷取宋詩精詣而逼真描寫杭州尤其西湖自然景物的作品。就創作內容言，清初的西泠派也有較多歌咏西湖風光之作；就旨趣言，該派又"多染宋習"，毋怪朱庭珍會有"'浙派'自'西泠十子'倡始，先開其端，至厲太鴻而自成一派"的看法。但是，厲氏這類詩作的刻琢研煉，幽新雋妙，卻要遠勝於"西泠十子"。如《四庫全書總目》所説："恬吟密咏，綽有餘思，視國初'西泠十子'，則翛然遠矣"。試觀以下二詩：

衆壑孤亭合，泉聲出翠微。

靜聞兼遠梵，獨立悟清暉。

木落殘僧定，山寒歸鳥稀。

遲遲松外月，為我照田衣。

　　　　　　　　　　——《冷泉亭》

老禪伏虎處，遺迹在澗西。

岩翠多冷光，竹禽無驚啼。

僧樓滿落葉，幽思窮攀躋。

穿林日墮規，泉咽風淒淒。

　　　　　　　　　　——《理安寺》

　　理安寺故址在杭州九溪兩源合流處，理安山南麓。在這首詩中，詩人以其清疏窈眇之思，傳神地刻畫出理安寺寒翠欲滴、野禽無聲的清幽景象。又如：“玩溪遂窮源，東峰屢向背。朝日上我衣，春泉淨可愛。不知泉落處，潺潺竹籬內。喧聞兩疊瀉，靜見一潭匯。松風揚纖碧，花影蓄深黛。名言猶有相，幻照乃無悔。悠然巢居心，頗欲終年對。”（《溪上巢泉上作》）亦空靈幽秀，沈德潛評云：“曉起觀泉，初陽上衣，寫得字字入神。”再如：“入山已三日，登頓遂真賞。霜磴滑難踐，陰若曦乍晃。穿漏深竹光，冷翠引孤往。冥搜滅眾聞，百泉同一響。蔽谷境盡幽，躋顛矚始爽。小閣俯江湖，目極但蒼莽。坐深香出院，青靄落池上。永懷白侍郎，願言脫塵鞅。”（《曉登韜光絕頂》）韜光為寺名，在杭州靈隱山上，唐代僧人韜光居此。本詩可說充分體現了詩人刻琢研煉的風格。

　　杭世駿（1695—1772），字大宗，號堇浦，浙江仁和（今杭州）人。雍正元年舉人，乾隆元年召試博學鴻詞，授編修，改監察御史，因條陳中主張“朝廷用人，宜泯滿漢之見”，罷歸。晚年主講粵東、揚州書院。有《道古堂詩集》二十六卷，《文集》四十八卷。

　　盡管杭世駿在當時浙詩人中與厲鶚齊名，人稱“厲杭”①，但成就實不及厲，詩風也不盡相同。其詩歌，頗多寫景記游及咏物之作，然於平淡中時見強勁。集中佳篇如：“秋深淡疑夕，幽興任所選。野色迹鳥飛，翠影逐人轉。緣溪徑石橋，散策入僧院。出林清磬圓，到水涼雲變。洗鉢魚不驚，坐樹葉屢顫。不辭竹風吹，時得花雨濺。了知佛香清，矧戀鄉土善。視陰惜遽歸，境過意頻眷。”（《晚秋游蓮居報國兩招提》）蓮居、報國二寺，舊址均在今杭州東舊慶春門附近，本詩則着力以幽秀之筆記游寫景。其他佳句如：“迎風葦露清於染，遇雨山痕淡入詩”（《新秋南屏山房坐雨》）；“板橋霜外迹，紅葉雨中聲”（《咏芒鞋》），亦爲時人所稱贊。

　　但是，杭氏詩中最爲人所推重的，還是其《嶺南集》。如袁枚《隨園詩話》中云：“堇浦先生詩，以《嶺南集》爲生平極盛之作。”其《仿元遺山論詩》中更指出：“氣猛才豪老尚堪，施（竹田）梁（守存）以外執清談。平心細按三千首，一集終須重《嶺南》”。試觀杭氏該集内《題陳元孝遺像》五首之一、之四：“南村晉處士，汶社宋遺民。湖海歸來客，乾坤定後身。竹堂吟暮雨，山鬼哭蕭辰。莫向閭門去，霜風政撲人。”“嶺海

————————————
①　見王豫《群雅集》。

論風雅，平生一瓣香。曉音動岩竇，幽意到羲皇。掩卷驚波定，停杯落日黃。清高仰遺象，肅拜涕沾裳。”袁枚評曰：“此種詩，悲涼雄壯，恐又非樊榭、寶意所能也。”張維屏則評云：“吊古懷賢，知人論世，字字精切，句句沉雄”① 又如《梅嶺》一詩：

> 絕險誰教一綫通，雄關橫截嶺西東。
> 攙天路回盤蛇細，拔地峯奇去雁空。
> 戍草亂侵蕭渤壘，陣雲遙墮尉佗宮。
> 荒祠一拜張丞相，疏鑿眞能邁禹功。

亦筆力雄健，寄意遙深，結構謹嚴。

胡天游（1696—1758），一名騤，字雲持，一字稚威，浙江山陰（今紹興）人。雍正七年副貢，乾隆元年舉博學宏詞，以疾發未終試，十四年舉經學，又爲忌者中傷而罷。性“疏放不羈”②，“恃才嫚罵，人多惡之”③。一生潦倒，後病死於太原。有《石笥山房集》。

在浙江詩人中，胡天游以其奇詭鑱刻、雄健有力之詩風而自成一派。嘗云：“詩有來得、去得、存得之分。來得者，下筆便有也；去得者，平正穩妥也；存得者，新鮮出色也。”④ 其

---

① 見《聽松廬詩話》。
② 見商盤《越風》。
③ 見陶元藻《鳧亭詩話》。
④ 見袁枚《隨園詩話》。

創作，也正以"新鮮出色"爲宗旨。據齊召南《石笥山房集序》中載：乾隆元年，應博學宏詞試者二百餘人，"才學各有專長"，"而言詩文工且敏，磊落擅奇氣，下筆驚人，矯挺縱橫，不屑屑蹈常襲故，雄聲瑰偉，足與古作者角力，必首推山陰胡子稚威"。胡氏還有詩云："風詩奉教雖溫厚，騷雅傷心或罵譏。情性每於狂狷得，流傳未覺典型非。"（《風詩》七首之一）足見其對當時流行於詩壇的格調派詩歌也是不滿的。應當指出，詩人自身"狂狷""情性"的形成，與其後該派的王曇一樣，則都顯然與豐才嗇遇的個人身世有密切關係。

　　觀胡氏之作品，奇性逸藻，波譎雲詭，取法於韓、孟。如其《曉度安東觀海市已驟風雨》內云："點幻嗟可怪，忽於造物嗔。大聲噎然號，雪蜺恣崩奔。蹦踏萬銀屋，昂軒來咀吞。閃俶晦昧際，日月顛尻臀。向來崢嶸觀，詭豔不及辰。文章或抱化，瑰麗未肯淪。百壯窮媾輳，敲然吐輪囷。特礐耳目怪，被物何所助。"《望岳》云："岳色千里來，秀照東海碧。涌出自何代，天地隘胸臆。莫測雷雨藏，顧駭元氣積。誰能辨初終，萬古同一息。"《河內晚宿》云："朝辭上黨發，百里見天井。回看屯雲合，已失太行頂。壯歸皐原浩，宇宙氣驟醒。驅馳縱空闊，鄴洛見要領。"雄奇詭肆，洞精駭矚，得力於韓愈。又《夜坐簡任編修》："月牖生虛白，風簾別與清。彈琴幽竹影，寄石遠泉聲。幔拂煎香駐，回廊著字明。夜良人意會，遙共范安成。"《石堂雨夜》："盡夜越山雨，石堂孤影看。濕螢沾碧動，妖鳥落鐙寒。短褐卻秋苦，遠鐘追夢殘。所憂秔稻熟，一岸阻彌漫。"《雨中題雲臺寺》："寺樓夢春陰，千峰不可曙。白壓東湖天，飛挂庭前樹。"《孤懷》："大海忽然凍，短日青蒼低。上天下天風，萬物不敢西。”鈎棘章句，掏擢胃腎，則取徑於孟郊。朱庭珍曾指出：“浙派……惟山陰胡天游稚威，幽峭拗折，筆銳而奇，雖法郊、島、山谷，取徑僻狹，有生澀、晦僻、枯硬諸病，然筆力較爲沉着深刻，亦足以成一家，又非樊榭、穀人、仲雲輩所及矣。”

胡氏的七言絕句，時有情韵悠然之作，與其古體及律詩風格迥然不同。如：“正著新寒換小春，早梅無處尚相尋。騎牛禹廟空山路，萬點依稀入柏林。”（《柏林》）“東風寒食未飛花，已報春洲上蔣芽。一夜江潮輕帶雨，河豚先到野人家。”（《晋陵寒食》）又如其《曉行》一詩：“夢闌鶯喚穆陵西，驛吏催時雨拂衣。行客落花心事別，無端俱趁曉風飛。”袁枚曾嘆爲“風韵獨絕。”（見《隨園詩話》）

錢載（1708—1793），字坤一，號台石，又號蘀尊，晚號萬松居士，浙江秀水（今嘉興）人。乾隆元年應試博學宏詞，罷歸，十七年成進士，官至禮部侍郎。有《台石齋詩集》五十卷。

錢載是秀水派的代表作家。徐世昌指出：“台石齋論詩，取徑西江，去其粗豪，而出之以奧折，用意必深微，用筆必拗折，用字必古艷，力追險澀，絕去筆墨畦徑。金檜門總憲名輩較先，論詩與相合，而萬循初孝廉光泰、王穀原刑部又曾、祝豫堂典籍維誥、汪康古吏部孟鋗、豐玉孝廉仲紛相與酬唱，皆力求深造，不墮恒軌，一時遂有‘秀水派’之目。”而據金蓉鏡稱：“竹垞不喜涪翁，先公（金德瑛）首學涪翁，遂變秀水派。台石……皆以生硬爲宗。"① 實際上，盡管朱彝尊明言"江西宗派各流別，吾先無取黃涪翁"，然其集學人詩人於一身，"全以博學人詩"，開入宋詩風氣，對秀水派卻產生了明顯影響。錢載所以被近代"同光體"作家極力推挹，如陳衍《石遺室詩話》謂"有清一代，詩宗杜、韓者，嘉道以前，推一錢台石侍郎"，正因其與嘉道以來宋詩運動的代表作家程恩澤、祁嶲藻、何紹基、鄭珍、莫友芝等操術相同，"蓋合學人詩人之詩二而一之也"。

儘管錢載取徑杜甫、韓愈和黃庭堅，爲詩拗折盤硬，但主要是在章句上縋鑿爭奇，並非以僻字僻典鬥勝。如《觀真晉齋圖》：

> 張醜性僻畫與書，旣購小楷《寶章待訪錄》。米庵自號志厥初，後得宣和秘玩《此事帖》，麻箋廿字游龍如。從子豪奪去，去者日以疏。豈知九行章草士衡《平復帖》，又得海岳翁所跋，李公照所儲，謝公《慰問》向同軸，況更遠勝索靖《月儀》乎！名齋遂仿寶晉意，齋曰眞晉良不誣。文枏作圖以當記，醜乃自記書于圖。圖才數筆若未了，山無多山屋無多屋，石腳三兩松竹俱。我懶欲詩只爲愛觀畫，卻復隱括醜記詩則無。

硬語盤空，勁氣貫注。以文爲詩，可謂極盡能事。此外如：

---

① 見金德瑛《論詩絕句寄李審言》自注。

“觀音門外春風濕，磯石橫當大江立，磯頭客袂吹江急。”（《登燕子磯望金陵》）“獨峰見頂不見簏，紙色即雲雲半幅。蒼涼天襯峰影寒，動噓靜噏神爲完。”（《題秋山白雲圖》）“蜂攢瓣襲不一致，石昂不翔敧不墜。峰峰累石千億成，千億石罅松根生。石以松瘦皮膚青，松以石老鬢鬐橫。”（《田盤松石圖爲少宰佟公介福畫並賦長歌》）“我所思兮華山天池蓮葉馨，支公住處鶴亭馬澗秋暑清。其南獨峰模糊青，中有白雲一綫泉琤琤。靈巖之高何啻三百六十丈，今者不見但見蒼烟橫。”（《將游支硎華山天平諸勝先夕繫船獅子山下風雨驟作天明益橫不得登岸而賦長歌》）又如：“寧申岐薛亭臺裏，車馬衣裳士女風。”（《樂游原》）“樹有杉槐松柏樠，人多男女子孫曾。”（《觀祭掃張夫人墓》）“村南北綠鳥呼酒，陌東西陰人餉餐。”（《有懷故園親戚》）“指點釣魚臺廢墅，商量運酒舫新洲。”（《題圖塞里學士野圖》）則或筆力排奡，或句法生新，見出其藝術特色。朱休度《禮部侍郎秀水錢公載傳》中指出：“載詩淩紙怪發，險入復入，橫出復出，於古不名一家，更歷萬里游，壯觀岳瀆，吸靈奇之氣而張之，故老益肆益硬。”自然，由於其以生硬爲宗，故詩作有時失之澀滯。且其“揣摩聖製”，受當時乾隆以文爲詩、語助拖沓的影響，虛字成語，雜厠於律詩句中，亦時有殺風景之嫌。如：“岸則先登松茂矣，雨其大悦物生焉。”“幸以官僚合坊局，減於牛俎供羔豚。”“老矣關心譚種藝，公乎下筆畫田園。”等等，不一而足。

錢載的詩集中也有雄健之作，如《登多景樓》句云：“第一江山第一樓，闌干孤迴俯晴秋。幾家北顧憑天塹，終古南朝怨石頭。”《岳州》句云：“南浮衡岸三秋色，西下岷江萬里聲。”

《蒲州》句云："維南太華三峰倚，自北黄河九曲來。"而其詩集中《到家作》四首、《僮歸》十七首、《懷婦病》諸什，因情真意摯，更成爲傳誦的名作。吳應和《浙西六家詩鈔》中認爲："其旨敦厚，其氣清剛，其意沉着，其辭排奡，漢魏六朝、三唐兩宋體制，靡不兼有，尤得力於少陵，造詣深沉，脱盡膚言浮響，自成一大家面目，蒼莽之極，轉似荒率，宜乎難遇識者矣。"

　　王又曾（1706—1762），字受銘，號穀原，浙江秀水（今嘉興）人。乾隆十九年進士，官刑部主事。有《丁辛老屋集》二十卷。王又曾爲秀水派主要作家，與錢載齊名，有"錢王"之目①。畢沅甚至以爲："予嘗謂國朝之詩，浙中最盛，而浙中又莫盛於嘉禾。竹垞先生以沉博絶麗之才，主東南壇坫最久，不五十年而穀原與台石繼之。此三家者，均足以信今而傳後，可謂盛矣。"（《丁辛老屋集序》）其作品，部分風格類似錢載，但主要是以輕清爽利見長。如《題林良〈九鷺圖〉》：

　　　　瑟瑟空江烟霧滅，風漪百頃鋪纖葛。漁叉不響欸
　　乃空，忽下前灘幾堆雪。畫工之畫眞化工，水禽不與
　　陸寓同。直從第一數至九，一一變相無一偶。寫秋更
　　得秋性情，色是秋色聲秋聲。插頭或作陂塘夢，引吭
　　或效骕軋鳴。戲水或孤揚，銜魚或雙行。或狀孤高類
　　野鶴，或矜娟秀如春鶯。疏雨欲來蓮葉暗，小洲初落

---

① 　見吳修《昭代名人尺牘小傳》。

蘆花明。良乎良乎爾從何處得此態？仿佛金沙港口停
船對，竹篙撐動忽驚回，飛上青天與人背。又記富春
江上挽舟時，一行遙下嚴光祠，漁梁無人曬還浴，斜
日微風吹釣絲。

天真爛漫，雖隨手拈得，而自見風致。吳應和評云：“筆筆凌
空，不著呆相，勢如雪花落地，遇方成圭，遇圓成璧，多有天
趣。有如此題畫詩，轉嫌‘虞（集）、趙（孟頫）諸賢盡守
株’矣。”又如：“船窗六扇拓銀紗，倚檻風前正落霞。依約前
灘涼月曬，但聞花氣不看花。”“皋亭來往省年時，香飲連筒醉
不辭。莫怪花容渾似雪，看花人亦鬢成絲。”（《臨平道中看白
荷花同朱冰壑陳漁所》）亦爲時人傳誦。

此外，當時詩壇上聲名較著的詩人則還有黃任、嚴遂成
等。

黃任（1683—1768），字于莘，一字莘田，號十硯先生，福
建永福（今永泰）人。康熙四十一年舉人，官廣東四會知縣。
有《秋江集》等。在康乾詩壇上，黃任以其清新俊逸之詩風而
稱雄閩中。桑調元指出：“閩詩導自二藍、林膳部、高翰籍與
王皆山輩，號十才子，力仿唐音。鄭少谷以矯峭變之，而高霞
居、傅前邱與屬和。其後曹石倉、謝小草仍操其土風。君才思
滔滔，多師爲師，清麗綿芊，而風骨凝然，獨超眾嫭，杰然足
振南中風雅之緒。”（《秋江集序》）鄭方坤亦曾贊云：“閩人戶
能爲詩，彬彬風雅，顧習於晉安一派，磨礲沙蕩，以聲律圓穩
爲宗，守林膳部、高典籍之論若金科玉律，凜不敢犯，幾於

'團扇家家畫放翁'矣。莘田逸出其間，聰明淨冰雪，欲語羞雷同。可稱豪杰之士。"[1] 觀黃集，諸體中七絕出入中晚唐，風華韶秀，兼饒逸氣，最爲擅場。如其《西湖雜詩》：

> 珍重游人入畫圖，樓臺綉錯與茵鋪。
> 宋家萬里中原土，博得錢塘十頃湖。

> 畫羅紈扇總如雲，細草新泥簇蝶裙。
> 孤憤何關兒女事，踏青爭上岳王墳！

> 珠襦玉匣出昭陵，杜宇斜陽不可聽。
> 千樹桃花萬條柳，六橋無地種多青。

寫杭州西湖景物，兼咏南宋史事，於搖曳風韵中深寓感慨。又如："露涼江月初弦魄，風動秦淮正頂潮。春水方生君早去，更無人倚木蘭橈。"（《秦淮》）"行人莫折柳青青，看取楊花可暫停。到底不知離別苦，後身還去化浮萍。"（《楊花》）兩詩皆悱惻芬芳，尋味無盡，可謂善於言情。黃任即以後詩得名，時稱黃楊花。據李漁叔《魚千里齋隨筆》記載，黃氏的詩歌選本《香草箋》當時還流佈臺灣，"遂成家弦户誦之書"。"迄今三臺詞苑，幾無不知有《香草箋》者"。

嚴遂成（1694—?），字崧瞻，一作松占，號海珊，浙江烏

---

① 見鄭方坤《國朝名家詩鈔小傳》中《十硯齋詩鈔小傳》。

程（今吳興）人。雍正二年進士，官雲南嵩明州知州，乾隆元年舉薦博學鴻詞，未與試。有《海珊詩鈔》十一卷，《補遺》二卷。康乾之際，嚴遂成與厲鶚、錢載、王又曾、袁枚、吳錫麒並稱"浙西六家"，吳應和等嘗輯有《浙西六家詩鈔》。嚴遂成爲厲鶚之同年，素相友善，但詩風豪邁卻迥不相類。其詩工於咏古，集中《明史雜咏》四卷，時有詩史之稱。試觀其咏史詩二首：

> 英雄立馬起沙陀，奈此朱梁跋扈何！
> 赤手難扶唐社稷，連城猶擁晉山河。
> 風雲帳下奇兒在，鼓角燈前老泪多。
> 蕭瑟三垂岡畔路，至今人唱《百年歌》。
>
> ——《三垂岡》
>
> 北使來朝輒問安，隱然敵國膽先寒。
> 十年作相遲秦檜，萬里長城壞曲端。
> 采石一舟風浪大，富平五路戰場寬。
> 傳中功過如何序，爲有南軒下筆難。
>
> ——《過符離讀張忠獻公傳書後》

皆蒼涼慷慨，沉鬱可誦。且寓情于議論之中，情理並茂，有一唱三嘆之致。如後詩咏及南宋抗金名將張浚，有褒有貶，持論公允，首聯評價甚高，尾聯卻微詞寓諷，餘味深長。袁枚《隨園詩話》中曾贊云："咏物詩無寄托，便是兒童猜謎。讀史詩無新義，便成《廿一史彈詞》。雖着議論，無雋永之味，又似史贊一派，俱非詩也。嚴海珊《咏張魏公》云：'傳中功過如何序？爲有南軒下筆難。’冷峭蘊藉，恐朱子在九原，亦當乾笑。”又如：“地近邊秋殺氣生，朔風獵獵馬悲鳴。雕盤大漠寒無影，冰制長河夜有聲。白草衰如征髮短，黃沙積與陣雲平。洗兵一雨紅燈濕，羊角鮁魚墩火明（前明邊墩，挂紅燈其上，鮁魚皮爲之，膠以羊角，雨濕不壞）。”（《曲峪鎮遠眺》）詩題下自注：“時西陲方用兵。”該詩描寫山西河曲濱河要衝的壯闊、肅殺氣象，筆力飽滿，中二聯對仗甚見功力。吳應和評曰：“邊塞之什，應作秋笳曉角之音。此篇絶似陳黃門仿高岑詩。”此外佳句如：“跳珠濕滿身，手與霹靂鬥。”（《上灘》）“雨方得氣能醫草，風自生香不借花。”（《城隅春望》）“怪他去後花如許，記得來時路有無。”（《咏桃花》）“殘笛一聲涼在水，遠峰數點碧於烟。”（《梅》）則又以狀物工切、構思清新爲時人所稱道。

下　篇

一、清後期詩壇概論

　　乾隆後期，政治上的腐敗，使社會矛盾逐漸激化。伴隨着資本主義萌芽的成長和封建經濟的發展，封建統治階級更加貪得無厭和窮奢極欲，不僅橫徵暴斂，並且加劇兼并土地，從而給廣大農民和手工業勞動者造成了深重災難。例如，權臣和珅吞没土地竟達八千頃，懷柔一郝姓地主霸占良田一萬頃，宗室勛戚莊田遍布今内蒙、遼寧、北京、河北、山東等地，僅屬皇帝莊園即達四萬頃。封建朝廷向全國徵收的貢品有農産品、手工業品、土特産，苛細繁雜，無所不包。統治者借强取豪奪，大肆揮霍浪費，驕奢淫佚。乾隆每次南巡鋪張十倍於康熙，耗財勞民，國庫日漸空虛。乾隆初，庫銀曾高達八千萬兩，但到其晚年，庫銀竟下降到二百萬兩。這説明，表面上的"盛世"，已無法掩蓋清王朝封建統治的衰亡朕兆。嘉慶以降，國勢日非，政治腐敗，軍備廢弛。封建統治者對農民的剝削日益加重，階級矛盾日益激化；而西方資本主義列强對中國進行瘋狂的政治、經濟侵略，又大大加劇了民族危機。道光二十年，鴉片戰爭爆發，這一古老的封建帝國終於被西方資本主義列强的堅船利炮叩開了大門，淪爲半殖民地半封建社會。是爲近代。受時代的特徵所影響，這一時期的詩歌則呈現出新的特色。在"盛世之音"的喧囂中，先後出現了黄景仁、王曇、彭兆蓀、陳沆等一批詩人的大量詩作，或表現社會中下層窮苦知識分子最深沉的心態，或反映貧苦農民悲慘的生活，從不同側面透視出封建末世本質，具有典型的歷史真實性。繼袁枚揭櫫"性靈"大旗，趙翼與之並起，又先後涌現出孫原湘、舒位、張問陶、郭麐、宋湘等性靈派詩人，他們或注重個性的自由解放，或揭露"衰世"的腐朽本質，從不同角度反對封建，追求民主，從而導致了詩歌新精神的空前高揚。預感到暴風雨即將來臨，期待迎接新時代曙光的代表作家是龔自珍。其帶有啓蒙主義思想、充滿强烈社會批判精神、富於瑰奇璀璨特色的詩歌，開創了一代新風，是真正獨具面目的清詩。以龔自珍的詩歌爲標志，中國的詩歌便開始了新的紀元。

二、乾隆後期至道光前期的詩壇

　　乾隆後期至道光前期，是一個令人窒息的時代。封建統治階級在文化、思想方面繼續厲行鉗制政策，對詩壇不能不產生深刻影響。許多詩人屈服於朝廷的鉗制壓力，迷惑於"盛世"的表面承平，脫離社會現實生活而局限於形式上的追求，致使形式主義、擬古主義的詩風流行詩壇。隨着時間的推移，詩作的膚廓、滑膩及涂澤詞藻的流弊也愈加明顯。在這種情況下，則先後有黃景仁、王曇、彭兆蓀、陳沆等著名詩人奏出"盛世"的不協和之音，從不同側面透視出封建末世的本質。

　　黃景仁（1749—1783），字漢鏞，一字仲則，號鹿菲子，江蘇武進（今常州）人。乾隆三十年秀才。曾游安徽學政朱筠之幕。乾隆四十一年，高宗東巡召試，列二等，授武英殿簽書官。後納資爲縣丞，未補官而卒，年僅三十五歲。有《兩當軒集》。

　　黃景仁出身貧苦，一生鬱鬱不得志，曾八次參加鄉試而未能獲售。因此，其詩中頗多"幽苦語"。如："江鄉愁米貴，何必異長安。排遣中年易，支持八口難。毋須怨漂泊，且復話團圞。預恐衣裘薄，難勝薊北寒。"（《移家來京師》之四）"五劇車聲隱若雷，北邙惟見冢千堆。夕陽勸客登樓去，山色將秋繞郭來。寒甚更無修竹倚，愁多思買白楊栽。全家都在風聲裏，九月衣裳未剪裁。"（《都門秋思》之三）"奈何處一世，俯仰同纍囚。未識生人樂，行將成土丘。回風蕩四壁，日影何脩脩。恨隨孤蓬發，思逐纖塵流。嗟余未聞道，何能齊短修。徵衰非一端，泪下不可收。"（《秋興》）"不寐憂心折，支頤達夜闌。神虛警微響，屋古動蕭寒。氣候三秋盡，覊孤一夢難。明朝清鏡裏，應有二毛看。"（《不寐》）王昶曾評道："（黃詩）循環吟諷，不啻哀猿之叫月，獨雁之啼霜也。"（《湖海詩傳小序》）洪亮吉亦評云："黃二尹詩，如咽露秋蟲，舞風病鶴。"（《北江詩話》）可說皆能道出其詩的獨特藝術風格。然而，黃氏的詩風也並非"哀猿"、"獨雁"、"秋蟲"、"病鶴"所能概括。試觀其詩集，亦有憤激之什：

> 仙佛茫茫兩未成，只知獨夜不平鳴。
> 風蓬飄盡悲歌氣，泥絮沾來薄倖名。
> 十有九人堪白眼，百無一用是書生。
> 莫因詩卷愁成讖，春鳥秋蟲自作聲。
>
> ——《雜感》
>
> 年年此夕費吟呻，兒女燈前竊笑頻。
> 汝輩何知吾自悔，枉抛心力作詩人。
>
> ——《癸巳除夕偶成》之二
>
> 得飽死何憾，孤墳尚水濱。
> 埋才當亂世，並力作詩人。
> 遺骨風塵外，空江杜若春。

由來騷怨地，只合伴靈均。

　　　　　　　　　　　——《耒陽杜子美墓》

　　“埋才當亂世，並力作詩人。”這同樣可看作是黃氏自己懷才不遇心態的宣泄。“痛飲狂歌負半生，讀書擊劍兩無成”（《重九后十日醉中次錢企盧韻贈別》），實際不過是詩人的一句反話。詩人激憤地寫道：“自來登臨感游目，況有磊砢難爲平。麟麕雉鳳世莫別，蕭蒿蕙茝誰能名？”（《偕容甫登絳雪亭》）“流俗徇耳食，真賞難可遇。聞聲或相思，日進反不御。叩門況拙辭，望氣已不豫。遂使懷奇人，進退失所據。駿馬嘶交衢，三日無一顧。歸來服鹽車，努力待遲暮。”（《雜詩》之二）詩中揭露當時社會的流弊，控訴有才能的人受到壓抑摧殘的不合理現象，充滿了一種磊砢不平之氣。在黃景仁的詩中，這種磊砢不平之氣時與幽苦之情交織在一起，從而使幽苦之情的程度彌深。黃氏的詩歌之所以能引起那些對封建社會不滿、長期處於下層的知識分子的共鳴，其一重要原因正在於此。黃詩在“五四”前後曾風靡一時，也不難由此得到解釋。在封建社會中，壓抑人才本是一種普遍現象，但封建社會末期的乾嘉之際，這一現象則格外嚴重。如譚獻《重刻〈瓶水齋集〉》序云：“陽湖黃仲則、秀水王仲瞿，豐才嗇遇，略等先生（指舒位）。”這三位著名詩人的遭遇全都如此，足見這種情況在當時何等突出。而稍後的龔自珍，更是在詩歌中爲人才受到壓抑、摧殘一再發出吶喊。因此，盡管黃氏詩中直接反映社會現實的作品不多，其幽愁苦語主要爲個人的不平之鳴，但仍可由這一側面透視出封建社會的腐朽本質。至於黃氏的名篇：“千家笑語漏遲遲，憂患潛從物外知。悄立市橋人不識，一星如月看多時。"（《癸巳除夕偶成》）其憂愁之情，已顯然不限於個人遭遇，而是透過當時"文治武功，並臻極盛"表面現象所產生的深沉時代危機感。詩中的後一聯，成爲膾炙人口的名句。

洪亮吉指出："（景仁）自湖南歸，詩益奇肆，見者以爲謫仙人復出也。後始稍稍變其體，爲王、李、高、岑，爲宋元祐諸君子，又爲楊誠齋，卒其所造，與青蓮最近。"從黃詩來看，確有部分作品近似李白詩風，如《四明山放歌》、《游九華山放歌》、《笥河先生偕宴太白樓醉中作歌》、《洞庭行贈王大歸包山》等。《觀潮行》、《後觀潮行》描繪壯麗的自然景色，詩風雄奇豪放，想像豐富："才見銀山動地來，已將赤岸浮天外。砰岩磕岳萬穴號，雌呿雄吟六節搖。""鵝毛一白尚天際，傾耳已是風霆聲。江流不合幾回折，欲折濤頭如折鐵。一折平添百丈飛，浩浩長空舞晴雪。"爲黃詩中的名篇。故袁枚曾贊云："中有黃滔今李白，看潮七古冠錢塘。"（《仿元遺山絕句》）

王曇（1760—1817），一名良士，字仲瞿，浙江秀水（今嘉興）人。乾隆五十九年舉人。好游俠，喜言兵，因被視爲誕妄，終身潦倒。有《烟霞萬古樓文集》六卷、《詩選》二卷、《仲瞿詩錄》一卷。

王曇對袁枚甚爲心折，嘗作有一絕："六朝文字六朝人，六代江山六代春。總是西湖無福分，他山留老寓公身。"（《呈隨園老人》）李堂《緣庵詩話》云："王仲瞿孝廉曇，才情縱放，人亦跅弛不羈，曾執贄於隨園老人，投一絕云云，詩亦效之也。"然而，從其詩風看，卻與袁枚迥不相同。其《落花詩》三首，

"如此飄零怨也遲，斜陽肯照未殘時。""風姨面冷吹紅雨，月姊心香鑒白衣。"傾訴自己心曲，格高韻遠。《桃花庵詩》感唐寅身後淒涼，《鶴市詩於虎丘之盈盈一水樓》悼念亡妻，情真意摯，皆足動人。但是，奇詭縱肆卻是其詩的基本風格，這可以《棋盤山爲大風所倒》一詩爲代表：

> 春衫毳毳風礪刀，東塍西塍看紅桃。燒香女兒顏色嬌，招我來看棋石高。仰而望之山如尻，笏立兩石中火窰。窰間之僧老且妖，呦嚨閣閣聲如潮。似云正月初四朝，神風刮我庵頭茅。又云天公大怪南斗北斗不管事，日來手譚坐隱山之椒。金星招之不肯罷，下遣雷公撤取棋盤燒。燒之不肯熱，礛斧不敢敲，雷公奏帝此石乃是混沌未辟一大局，下管十二萬陽九百六一子無可饒。一局復一局，雖有五星日月炁孛羅計難逋逃。南斗輸一子，五湖如旋飆。北斗輸一子，三王四帝爭滁濠。秦皇漢武局中一子刦，昆明赤土三重焦。一子不到處，魚頭赤子湯火燒。當浮閻浮天子彌勒下世萬萬歲，日兄月姊親同胞。老天不變道不變，此局破碎當掣銷。天公聞言大歡喜，傍邊玉女投兩梟。華山巨靈、蜀山五丁，渠是地大力小舁不動，道是六州之鐵生鑄牢。風姨娘子貌如春花一十八，手弄風輪縧，口宣玉皇旨，腳踏南山腰。三呼復三吸，百人與一瓢。三百六十子，連瓜帶蒂抹入南塘坳。南斗罷去北斗走，有如鴉翻鵲亂歸雲霄。唯有煌煌北極實是定盤心中第一子，口傳二十八宿司宮司度守定唐

堯朝。吾是爛柯山樵士，老骨難換人未死。胸中一盤
十七史，粒粒覆棋手可指，上山下山拾死子。

《留侯祠》及《住谷城之明日謹以斗酒年膏琵琶三十二弦致祭
於西楚霸王之墓》三首議論新警，爲世傳誦。如《住谷城之明
日》三首其一：“江東餘子老王郎，來抱琵琶哭大王。如我文
章遭鬼擊，嗟渠身手竟天亡。誰刪本紀翻遷史，誤讀兵書負項
梁。留部瓠蘆漢書在，英雄成敗太淒涼！”通過哭悼項羽，也
抒發了自己不得志的鬱憤，揭露了當時所謂“盛世”的黑暗現
實。

　　彭兆蓀（1769—1821），字湘涵，號甘亭，江蘇鎮洋（今
太倉）人。諸生，道光元年舉孝廉方正，未赴，卒。有《小謨
觴館詩集》等。
　　彭兆蓀論詩重獨創，有詩云：“厭談風格分唐宋，亦薄空
疏語性靈。我似流鶯隨意囀，花前不管有人聽。”“便道詩工未
是才，任人嗤點任嘲詼。此中不築堅城守，敵騎何妨八面來。”
（《自題詩稿》之二、之三）適見其旨趣。郭麐《靈芬館詩話》稱
其集中《題沈文起詩卷》七首、《示甥式如》、《贈顧澗濱》等
“絕去筆墨畦畛，直造古人難到之境”。早年時，彭氏隨父宦游
邊塞，走馬游獵，擊劍讀書，朔管霜笳，詩思激越。如：“龍
堆夜氣接漁陽，獨倚和門望大荒。玉帳照斜三輔月，金笳吹老
一城霜。燕支山遠秋無色，拔里臺傾土尚香。愁絕孤亭圍萬柳，
絲絲風入鬢邊涼。”（《宣府》）“羌笛慣飛邊柳葉，霜笳能説落
星心。四更虎氣出城角，風色怒來聲滿林。”（《夜起》）後居十

年南遷，因父喪而家道中落，變賣家產，又累試不第，落魄名場，詩中“遂多幽憂之音”。如《遷居》六首之一、之五：“闌風伏雨夜茫茫，八口移家上野航。五畝園廛拋枲里，十年封券了巾箱。可能春藿長充膳，略換秋茅好拒霜。盼到紙窗蘿屋底，一門閑話小滄桑。”“士衡剩有三間屋，魯望曾無一棱田。丱髮乍梳憐弟弱，征衣頻理累妻賢。秋鐙小幕離堂酒，烟雨垂楊別浦船。後夜吟魂定何在，寒天修竹暮雲邊。”集中《偏災行》等詩作，則揭露了“偏災賑災弊益多，嗚呼全災更若何”的腐敗現實。郭曾炘曾贊云：“甘亭以沈博絕麗之才而久困場屋，同時惟（郭麐）《靈芬館集》差可頡頏。”（《雜題國朝諸名家詩集後》）龔自珍《己亥雜詩》亦曾將其與舒位並舉：“詩人瓶水與謨觴，鬱怒清深兩擅場。如此高材勝高第，頭銜追贈薄三唐。”以“清深淵雅”來概括其詩的風格。

陳沆（1785—1826），字太初，號秋舫，湖北蘄水（今浠水）人。嘉慶二十四年進士，授翰林院修撰，轉四川道監察御史。有《簡學齋詩存》四卷、《簡學齋詩刪》四卷、《白石山館手稿》一卷。

陳沆於嘉慶後期至道光初年“以詩文雄海內”（周錫恩《陳修撰沆傳》），雖“承塵接顧走其門者日眾”，卻獨慎所交，惟與龔自珍、魏源、包世臣、姚學塽、陶澍等為友。其《簡學齋詩》先後七易其稿，第七稿即經上面諸人評閱。陳氏還編選有詩歌總集《詩比興箋》四卷，選錄漢魏樂府古詩及自漢迄唐文人五七言古詩四百餘首，加以箋釋。其箋釋中雖不無可議之處，但着意推求古人通過比興手法言志諷世之意，主張“文字非苟作，有物乃足尊”（《雜詩》），這一點則是可取的。

　　從陳沆的詩作來看，也較富有現實內容，深刻反映了嘉道年間日益尖銳的社會矛盾，揭示出近代前夜的潛在危機，在精神上與稍前的黃景仁、王曇、彭兆蓀等和同時代的龔自珍諸人的作品息息相通。這尤其表現在他的新樂府體詩中。試觀其《河南道上樂府》四章之一《賣兒女》：“河南一片荒荒土，滿眼流離風又雨。年荒父母竟無恩，賣盡田園賣兒女。可憐父與母，淚落心內苦。豈不戀所生？留汝難活汝。往年生兒如得田，今年生兒不值錢。賣女可得青蚨千，賣兒不足供一餐。大車小車牛馬走，兒啼呼父女呼母。役夫努目刀在手，百口吞聲面色朽。此時父母死更生，食盡還增骨肉情。月黑風寒新鬼哭，饑魂一路喚兒聲。”魏源評曰：“末四句苦語令人不忍多讀，比‘天陰雨濕聲啾啾’，倍覺凄愴。”倘若說，清初反映現實較深刻的新樂府詩創作是由錢澄之、吳偉業、申涵光等首開其端，至沙張白而達到一個高潮，那麼，陳沆則可稱爲清末詩壇上新樂府體詩創作的殿軍，並下啓鴉片戰爭時期黃燮清、趙函、貝青喬等反帝、記戰和同情人民疾苦的新樂府體詩創作。又如其《出都詩六首》之一：“昨來兩河荒，今歸兩河熟。荒是兒女命，熟是長吏福。暫時脫饑寒，遑言來歲蓄。旁觀哀目前，愚者圖果腹。豐歉不在天，至仁有常足。誰極惻怛心，永全流離族？”此詩作於嘉慶十九年，反映農民在豐年也僅能糊口，卻成爲官吏借以搜刮的好時機，由此發出“豐歉不在天，至仁有常足”的感嘆。嘉慶二十三年所作《揚州城樓》云：“濤聲寒泊一城孤，萬瓦霜中聽雁呼。曾是綠楊千樹好，只今明月一分無。窮商日夜荒歌舞，樂歲東南困轉輸。道誼既輕功利重，臨風還憶董江都。"詩中頷聯，化用前人詩詞名句以對比揚州今昔。王士禎《浣溪紗》云："綠楊城郭是揚州。"唐徐凝《憶揚州》則有云："天下三分明月夜，二分無賴是揚州。""曾是"、"只今"二語，傳達出詩人的不知幾多感概！龔自珍評此詩道："裂笛之作。"吳嵩梁評道："五六句紀實語，非憂時者不能道出。"錢仲聯先生則指出，此詩"感嘆維揚風月繁華已大非昔比。而豪商雖支絀拮据，猶然强撐門面，沉湎聲色。嘉道之際，所謂盛清氣象已經蕩然無存。"

　　陳沆在嘉道詩壇上的地位甚高。如姚學塽曾説："冲淡者其神，直樸者其實，詩品在蘇州、道州之間，不可以尋常畦徑求之。"（《簡學齋詩存跋》）魏源甚且贊云："空山無人，神思獨往，木葉盡脱，石氣自青。羚羊挂角，無迹可尋。成連東海，刺舟而去。漁洋山人能言之，而不能爲之也。秋舫其庶幾乎？其庶幾乎？"以爲其創作成就在清初神韵派領袖王士禎之上。這或恐有溢美之處，但觀陳氏詩作，駸駸乎窺漢魏之門，出入於陶、王、韋、柳間，造意刻苦而出以平易，語言琢煉而達於質樸；幽秀峭挺而益以蘊釀，才情流溢而氣韵沉深，確乎爲嘉道詩壇上之名家。陳衍《石遺室詩話》將陳沆列爲道光以來詩壇上"清蒼幽峭"一派之首，並非虛譽。試觀其集中佳句："展行落葉深，門敲秋雲響。不知何花開，奇馨悦靜想。""一松一精神，一石一造化。坐久佛無言，微聞鶴嘆咤。何不入山深，人間少真暇。""萬樹結一綠，蒼然成此山。行入山際寺，樹外疑無天。我心忽蕩漾，照見三靈泉。""鐘鳴萬山裏，響落萬山外。尋聲入東林，靜極冥諸籟。石泉左右流，曲與真源會。閑雲不離寺，倚樹作奇態。""風搖修竹巔，清韵動高館。開門忽無聲，傾耳聽已遠。""寒僧燒落葉，古佛守殘燈。""山空生妙響，樹古有仙心。""野雲多在樹，春水不離村。""秋水多在夜，坐理妙於眠。""樹如將曉色，蟲有欲秋聲。""月明山帶霧，烟定水容星。""塔影搖寒日，鐘聲墮白雲。""畫圖白現千山影，燈火青圍半郭烟。""疏窗紙薄風常聚，老樹聲多雨不知。""三面山圍僧榻靜，一湖水抱佛樓圓。""槐陰綠暗千村雨，麥浪青浮萬隴烟。"或平易冲淡，或靜穆清遠。又如："山氣開夕陽，河聲轉孤郭。""杖底百蠻山，一氣青到海。""人烟開夕照，草木帶河聲。""水將孤柁急，霜逼衆星高。""一氣浮三楚，重湖陷百蠻。""浪搖天地白，山積古今青。""東湖老龍抱雲歸，掉尾猶作跳珠白。""舟行忽到星斗上，水底別有青天開。""高歌古月不墮水，紙外隱有蛟龍聽。"則蒼涼雄奇。

由於陳沆中年後銳意朱熹之學，其詩作則多呈性理色彩。這也同樣體現在其山水田園及記游之作中。如："萬樹結一綠，蒼然成此山。行入山際寺，樹外疑無天。我心忽蕩漾，照見三靈泉。泉性定且清，物形視所遷。流行與坎止，外內符自然。一杯且消渴，吾意不在禪。"（《靈泉寺》）"高齋誰所營，貽我以有餘。客居雖云暫，誰謂非吾廬？""群物名雜生，不礙蘭蕙長。"（《秋齋讀書雜感》）"各有天地身，攀附寧非耻。"（《由廣州至南雄舟行雜詩》）"順逆天何意，窮通我自疑。"（《放船》）徐世昌《戲用上下平韻作論詩絕句三十首》中云："太初詩味別酸鹹，《比興詩箋》發蘊緘。莫例一龕供王孟，貌爲淡遠法時帆。"正是指出其詩作不同於王孟的這一特點。

繼袁枚揭櫫"性靈"大旗，先後涌現出孫原湘、舒位、張間陶、郭麐、宋湘等性靈派詩人，或追求人的個性自由、尊重人的自我價值，或揭露"衰世"的腐朽本質，從不同角度反對封建、追求民主，從而導致了清代詩歌新精神的空前高揚，代表着本時期詩歌的進步潮流。從這種意義上而言，他們可稱龔自珍的先驅。

孫原湘（1760—1829），字子瀟，號心青，江蘇昭文（今常熟）人。嘉慶十年進士，授翰林院庶吉士，充武英殿協修官。告假歸，染疾，遂不出。有《天真閣集》五十四卷、《外集》六卷。

孫原湘詩與舒位、王曇齊名，法式善嘗作《三君咏》以贈之，時有"後三家"①之稱。《清史稿》謂其詩"以才氣寫性靈，能以韵勝"。觀其詩集，以"天真"冠名，於此見其旨趣。此外，孫原湘還頗重情字，詩中有云："情者萬物祖，萬古情相傳。"又云："此生如春蠶，苦受情束縛。"以故其集中不乏深情之作。如："蟲聲破夜寂，小坐媛涼天。病久花同瘦，愁多夢不圓。孤懷憑月迥，靜氣得秋先。惟有深閨里，應知客未眠。"（《夜坐》）"何處峰頭鐵笛聲，飄然秋思與同情。撥開落葉通泉細，喝破浮雲放月明。石氣欲吹詩骨冷，天風如化羽衣輕。舉頭不敢舒長嘯，恐有林間宿鳥驚。"（《夜宿小石洞》）又如其咏史之作："韓彭戮盡淮南反，泣下龍顏慷慨歌。一代大風從此起，四方猛士已無多。英雄得志猶情累，富貴還鄉奈老何！此去關中莫回首，只應魂魄戀山河。"（《歌風臺》）慷慨情深，

---

① 即相對於袁枚、蔣士銓、趙翼三家而言。

亦足感人。

孫原湘爲袁枚詩弟子，詩曾爲袁氏所賞。其集中空靈之作，思致清雋，狀物工巧。如：

> 一峯插雲雲不穿，雲中忽漏山左肩。
> 一峯穿雲欲上天，亂雲又復蒙其巓。
> 峯低峯昂雲作怪，雲合雲離變山態。
> 殷勤挽山入雲中，倏忽推山出雲外。
> 隔雲看山山不青，入山看雲雲無形。
> 但覺雨疏疏，烟冥冥。
> 不知深林積翠外，白日自在空中行。
> 我徑撥雲出其頂，始覺雲高不如嶺。
> 足踏雲頭萬朵飛，下方看作青霄影。
>
> ——《登白雲栖絶頂》

> 只有天圍住，清光萬頃圓。
> 四無雲障礙，一氣水澄鮮。
> 日映鷗皆雪，風吹帆欲仙。
> 蓮花波上立，知是莫釐巓。
>
> ——《太湖舟中》

> 橛頭艇子傍漁磯，滴翠山光欲上衣。
> 昨夜江南春雨足，桃花瘦了鱖魚肥。
>
> ——《觀釣者》

佳句如："四面不容無月到，一生常得對山眠。"（《内子思結一廛於湖上屬余賦其意》）"鄞樹碧從帆底盡，楚雲青向櫓前來。"

（《西陵峽》）其“水含”一聯，梁紹壬曾贊云：“余嘗暮游湖上，水色山光，深淺一碧，紅霞如火，岸桃俱作白色，欲寫之苦無好句。偶讀孫子瀟太史詩云：‘水含山色難爲翠，花近霞光不敢紅。’適與景合，真詩中畫也。”[1]然作品中亦或有浮滑之病。

舒位（1765—1816），字立人，號鐵雲，直隸大興（今屬北京市）人。乾隆五十三年舉人。有《瓶水齋詩集》十七卷、《別集》二卷、《詩話》一卷。

舒位十四歲隨父任居廣西永福縣，因書齋後有鐵雲山，故以自號。他一生坎坷，曾九上春官，皆落第，家境貧寒，奔波四方，後因母喪悲痛過度而去世。正由於這種原因，他能夠在詩歌中較深刻地反映社會現實。如《鮓虎行》，反映了當時的苛捐雜稅之多和官吏的殘暴。《和尚太守謠》，則揭穿了當時封建吏治的腐敗。《杭州關紀事》一詩尤有名：

> 杭州關吏如乞兒，昔聞斯語今見之。果然我船來泊時，開箱倒篋靡不爲。與吏言，呼吏坐。所欲吾肯從，幸勿太瑣瑣。吏言君果然，青銅白銀無不可。又言君不然，青山白水應笑我。我轉向吏言，百貨我無一。即有八斗才，量之不能盈一石。但有萬斛愁，賣之未嘗逢一客。其餘零星諸服物，例所不徵君其勿。卻有一串飛青蚨，贈君小飲黃公壚。吏睨視錢搖手呼，手招樓上之豪奴。奴年約有三十餘，庸惡陋劣黧

---

① 見《兩般秋雨庵隨筆》。

有鬚。不作南語作北語，所語與吏無差殊。我且語奴
休怒嗔，我非胡椒八百元宰相，亦非牛皮十二鄭商
人。又非販茶去浮梁，更非大賈來瞿塘。問我來何圖，
但作賓客，不作盜賊。身行萬里半天下，不記東西與
南北。問我何所有？笛一枝，劍一口，帖十三行詩萬
首，爾之仇敵我之友。我聞榷酒稅，不聞搜詩囊。又
聞報船料，不聞開客箱。請將班超所投筆，寫具陸賈
歸時裝。

詩中以嬉笑怒罵的筆法，詳細地描述了杭州關吏開箱倒篋、搜
索青銅白銀、形同盜賊的戲劇場面，呈現出詩人的現實主義精
神及浪漫主義色彩。

就理論主張言，舒位認爲：“人無根柢學問，必不能爲詩；
若無真性情，即能爲詩亦不工。”[1]而這種真性情，則必然來自
生活。嘗自述云：“讀萬卷書，未能破之；行萬里路，僅得過
之；積三十年，存二千首”（《瓶水齋詩集自序》），道出其創作
的甘苦和真諦。此外，舒位還注重獨創，在其依照“梁山泊英
雄排座次”形式所作的《乾嘉詩壇點將錄》中，將自己方之爲
“馬軍八虎騎兼先鋒使八員”之一没羽箭張清，贊云：“棄爾弓，
折爾矢，高固王翦有如此。似我者拙，學我者死[2]，一一擊走
十五子。”正因爲如此，盡管舒氏“自漢魏至近人詩，鮮不讀

---

① 見陳裴之《乾隆戊申恩科舉人揀選知縣舒君行狀》。
② 案，唐書法家李邕反對學書一味摹擬，即曾有“學我者死，似
　我者俗”之語。

者"（陳文述《舒鐵雲傳》中載舒氏自述語），卻又能在創作中
"不沿襲古法"，不依傍古人，發揚"一一擊走十五子"的創新
精神。趙翼《瓶水齋詩集序》贊云："開徑如鑿山破，下語如
鑄鐵成。無一意不奇，無一句不妥，無一字無來歷。是真能於
長吉、玉谿、八叉之外別成一家，遂獨有千古，宋、元以來所
未見也。豈惟畏友，兼藉師資，嘆服何既！"也正是着眼於其
這種戛戛獨造的創新精神。從這一點而言，將舒位劃歸性靈派
也未嘗不可。

　　然而，具體到創作中，舒位的詩歌卻呈現出與袁枚爲代表
的"性靈"詩風迥不相同的特色，即如龔自珍所說的"鬱怒橫
逸"（《己亥雜詩》自注）的風格。這尤其體現在其七言歌行體
中。如《張公石》、《斷牆老樹圖》、《破被篇》、《任城太白酒
樓》諸篇，怪奇恣肆，橫絕一世，時人至稱爲"前無古人，後
無來者"（法式善《瓶水齋詩集跋》）。試觀其《鸚鵡地圖》之片
斷：

　　……鸚鵡天開鸚鵡地，到此人門鬼門閉。千山萬
水鸚鵡圖，千秋萬歲鸚鵡世。佛郎西，天海空。大浪
山，星火紅。溫帶以下無血氣，惟見三百六十之羽蟲。
……羅羅蠻蠻，烟波渺然。綠魚群飛，白雉孤還。鮫
室虬戶，萬目不踝。蛇洲蜂岑，一腳踢翻。圖形於馬
牛其風之水，勒銘於雀鼠同穴之山。獨不見盤皇手鑿
古千秋，又不聞鄒衍口談大九州。如是鸚鵡地，陽冰
陰火無停留。將泛昆侖枯查，或乘宛渠螺舟。張帆徑
度，西牛賀洲。操瓠直寫，南極地球。……回首鸚鵡

地，惟見天風浪浪，海山蒼蒼。墨利加，黑水洋。波
羅蜜，白雲鄉。中國聖人波不揚，沙蟲猿鶴一葦航。
滄江夜夜虹貫月，乃在鶤飛不到山以外，而居三千日
月萬二千天地之中央。

詩後自序云：“《西洋地球圖》載：此地爲南極下野區，新同
南墨利加火地，皆爲第五大洲。曾有佛郎西舟於大浪山望見有
地，就之，惟平原莽蕩，入夜，星火彌漫，一方無人，但見鸚
鵡，名曰鸚鵡地。”據錢仲聯先生《夢苕庵詩話》云，此鸚鵡
地實即指澳洲。在中國文獻中，咏及澳洲之詩當數該篇最早。
從詩歌的内容來看，“操觚直寫，南極地球”，無疑大大地拓展
了詩歌的表現範圍，爲讀者展現出一幅心游目駭的全新奇異
景觀。從詩歌的表現形式來看，則衝破束縛，自由奔放，全詩
以三四言至五六言、七九言乃至十言、十四言雜用，但口語的
自然音節與詩的韵律節奏卻結合得相當自然。作者的這種自
由獨創精神，反映出自袁枚揭櫫“性靈”大旗以來諸多進步詩
人要求詩體解放、反對模擬依傍的共同傾向，標志着乾嘉之際
詩風的轉變，因而有着不可忽視的積極意義。舒位的七言近體
也頗有佳作，佳句如：“珠玉九天殘咳吐，江湖滿地舊文章。”
（《落花》）“劫火紅燒秦《月令》，史才青削魯《春秋》。出家仙
佛開生面，入轂英雄到白頭。”（《曲阜拜聖人林下》）“兩表涕
零前出塞，一官安樂老稱藩。”（《卧龍岡作》）“壁中絲竹紅羊
劫，殿上文章《白虎通》。”（《書仲瞿〈經解各説〉後》）“南部
烟花歌伎扇，東林姓氏黨人碑。”（《書〈壯悔堂文集〉》）皆才
俊氣逸，戛戛獨造。陳文述稱舒位爲乾嘉詩壇之巨擘，並非過

當。

張問陶（1764—1814），字仲冶，號船山，四川遂寧人。乾隆五十五年進士，授翰林院檢討，曾官吏部郎中、萊州知府。有《船山詩草》。

張問陶曾說："寫出此身真閱歷，強於餖飣古人書。"（《論詩絕句》）由於他身處封建末世，較深入地瞭解民生凋敝，因而詩中較多反映時世之作。如《拾楊稊》寫"河北嫗"之饑苦，詩後自序："傷河北饑也。"《戊午二月九日出棧宿寶雞縣題壁》十八首，則是其居蜀目擊鄂、川白蓮教農民起義而作。盡管張氏的基本立場仍站在統治階級一邊，但詩中對農民起義則多少持有同情態度，客觀上反映了農民起義的浩大聲勢。其《平度昌邑道中感事》一詩自序稱："庚午夏秋，萊郡所屬七邑中之平度、昌邑、高密、濰、膠五州縣被水，而毗連之掖與即墨，亦復歉收。予以十月到郡，既為五邑請允緩徵，復請出借倉穀。辛未春初得報，僅借籽種。七邑民情孔亟，萬不能支，束於功令，愧不敢效汲黯所為。復陳情於大吏，面求借糶兼施，民情始定。乃是年夏雨愆時，秋收復歉。奉天之糧不至，民愈惶惶。百計圖維，終無長策。因於歲臘，諄劄七邑，首倡捐穀七百石，分佈七城，煮粥施賑。復請於壬申年青黃不接之時，除借籽種外，仍兼行借糶，以蘇民困。既得請，乃移疾而歸。雖倦鳥知返，而哀鴻集野，撫衷內愧，情見乎詞。"詩云："天意蒼茫地苦貧，救荒無策愧臨民。辭官也作飄零客，懺爾流亡一郡人。"這與前此關心民間疾苦、終因請賑得罪上官而去職的鄭燮頗有些相似，得稱"循吏"。詩中描寫的"哀鴻集野"的狀況，則正是嘉慶年間社會現實的真實寫照。

在詩歌理論方面，張問陶的主要觀點與袁枚可說基本相同。如強調詩中必須抒寫個人的真性情："名心退盡道心生，如夢如仙句偶成。天籟自鳴天趣足，好詩不過近人情。""土飯塵羹忽斬新，猶人字字不猶人。要從元始傳丹訣，萬化無非一味真。"（《論詩絕句》）亦即要無羈表現詩人的個性。又如袁枚的《續詩品·滅迹》云："織錦有迹，豈曰蕙娘？修月無痕，乃號吳剛。白傅改詩，不留一字。今讀其詩，平平無異。"注重人工與天籟之關係。張氏亦有詩云："躍躍詩情在眼前，聚如風雨散如烟。敢爲常語談何易，百煉功純始自然。""也能嚴重也輕清，九轉丹金鑄始成。一片神光動魂魄，空靈不是小聰明。"（《論詩絕句》）由此出發，張氏則指出："文章體制本天生，只讓通才有性情。模宋規唐徒自苦，古人已死不須爭。"（《論詩十二絕句》之十）"規唐摹宋苦支持，也似殘花放幾枝。鄭婢蕭奴門户好，出人頭地恐無時。"（《題屠琴塢論詩圖》十首之三）對模宋規唐的擬古主義、形式主義表示不滿。不僅如此，張氏還對當時的肌理派表示不滿："子規聲與鷓鴣聲，好鳥鳴春尚有情。何苦顓頊書數卷，不加箋注不分明。"其宗旨大率如此。

就詩歌創作而言，張集中也頗有類似袁枚之作，或空靈飛動，或清新自然。如："皂蓋紅旗苦送迎，獨來湖寺聽秋聲。如何四面蓮花水，支枕禪窗夢不清。"（《游匯泉寺》）"秭歸城下秭歸啼，江出夔巫水漸低。莫上柁樓高處望，鄉山都在夕陽西。""稻香吹過水聲來，野樹無行遠近栽。不費一錢風景足，黃金何苦築樓臺。""草樹經秋雨又風，老青荒翠間疏紅。閑攜小鉢收花種，要替明年補化工。"　"門無芳草徑無苔，灑掃黃塵日幾回。如此零星花數朵，虧他蜂蝶會尋來。"然其詩中剽滑之弊亦正復與袁枚相同。張集中還有部分沉鬱警健之作，如："沙白秦人骨，山蒼夏后墳。古今雙去鳥，王霸一浮雲。奇險升平忽，中原大道分。長鞭入霄漢，我馬亦空群。"（《崤陵》）"人語夢頻驚，轅鈴動曉征。飛沙沉露氣，殘月帶雞聲。客路逾千里，歸心折五更。回憐江上宅，星漢近平明。"　"蘆溝南望盡塵埃，木脫霜寒大漠開。天海詩情驢背得，關山秋色雨中來。茫茫閱世無成局，碌碌因人是廢才。往日英雄呼不起，放歌空吊古金臺。"（《蘆溝》）爲時人所稱道。

　　張問陶的詩歌雖多有似袁枚者，當時就頗有人說張是有意向袁枚學習，但他本人對此卻堅決予以否認，嘗作《頗有謂予詩學隨園者笑而賦此》詩云："詩成何必問淵源，放筆剛如所欲言。漢魏晉唐猶不學，誰能有意學隨園。"後人或稱此爲"矯情"之言[1]，實未得船山本心。案，張問陶論詩注重抒發詩人的個性，反對模宋規唐，"漢魏晉唐"猶且不屑擬效，又豈能甘心模仿袁枚而步其後塵？實際上，船山之詩"多近袁、趙體"（尚鎔《三家詩話》），並非是"有意"學之，而不過是"無意"似之而已。潘清《挹翠樓詩話》曾指出："張船山太史詩純用白描，《寶雞題壁》十八首久已播在人口，……皆自出新意，獨寫性靈，真不爲古人束縛者。"因此，與其說，張問陶的詩歌是有意學袁枚，毋寧說張問陶的詩歌理論是充分承繼

---

[1]　見余雲煥《味蔬詩話》中引王雁峰之語："分明欲學隨園派，不學隨園是矯情。"（《讀船山詩》）

了袁枚"性靈說"的進步主張，從而其創作的精神實質也順應了乾嘉詩壇上的進步思潮。沈其光稱張問陶於"袁、蔣、趙外能拔戟自成一隊"[1]，徐世昌稱張問陶詩"獨辟奇境，有清二百餘年蜀中詩人無出其右者"[2]，洵爲知言。

郭𪧐（1767—1813），字祥伯，號頻伽，江蘇吳江人。諸生。有《靈芬館集》。

在乾嘉詩壇上，郭𪧐以善於言情而著稱。如張維屏云："國朝詩人善言情者不少，以黃仲則、樂蓮裳、郭頻伽三家爲最。"（《聽松廬詩話》）符葆森亦說："頻伽才思儁至，與金手山（學蓮）、吳蘭雪（嵩梁）有'三才子'之目。"（《寄心庵詩話》）盡管郭𪧐爲姚鼐弟子，但詩風卻不同。沈其光稱其詩不拘流派，熔冶香山、誠齋諸家詩而自成一體；符葆森稱其爲詩自述其情與事，而靈氣入骨，奇香悅魂，不屑屑求肖於流派。就此而言，其創作旨趣則可說近於性靈派一路。

觀郭集，其部分詩作清新自然，明白曉暢，如："黃梅過後白魚跳，贏得老漁早起撈。收拾夜來青竹籬，拍天新漲一時高。"（《白魚》）"游罷回船泊釣磯，蒙蒙晴雪撲人衣。春陰亦未全無用，留住揚花一月飛。"（《新晴即事》）"山深時有百蟲鳴，欹枕危樓酒半醒。忽地西風催落葉。急呼鐙起聽秋聲。"（《宿靈鷲山家》）不過，清雋幽艷則是郭詩的基本風格。郭氏雖少有神童之目，卻屢試不售。家貧，好出游，棄筆江湖。

---

① 見沈其光《瓶粟齋詩話》。
② 見徐世昌《晚晴簃詩匯·詩話》。

"然才高負氣，齟齬之者甚衆，恒無所遇而歸"①。因此，"攬其
詞旨，哀怨爲宗"②，這一點，與黃景仁頗有些相似，或許這即
是張維屏將他與黃景仁並列爲最善言情者的原因之一。試觀
其詩作："二月落花如夢短，一湖春水比愁多。"（《西湖春感》）
"歲月不多須愛惜，功名無定且文章。"（《汶上道中卻寄載園》）
"狂因醉後輕言事，窮爲愁多廢著書。"（《寄壽生獨游》）"憂果
能埋何必地，人猶難問況於天。"（《夢中得句》）"此地逢君同
是客，故鄉如我已無家。"（《雪持表弟至杭得家中書賦贈》）"身
世不諧偏獨醒，饑寒而外有奇窮。"（《客中飲酒》）可謂於憔悴
婉篤之中，有悱惻芬芳之致。再如："故人舊約梅花記，遠客
歸心小草知。"（《友人過訪》）"樹搖殘滴有時響，雲與暮烟相
間生。"（《仲蘇樓》）"山低風急兼疑雨，夢醒月明如有人。"
（《偶成》）"水當殘夜自然白，我與露蟲同此涼。"（《夜發》）
"吹水魚龍秋有力，側身江海夜初長。"（《夜聞潮聲》）"卻月橫
雲張遇墨，宜男長壽阮修錢。"（《述昏》）"月與梧桐尋舊約，秋
將蟋蟀作先聲。"（《即事》）皆清雋幽秀，無愧於其詩集"靈
芬"之名。

　　宋湘（1756—1826），字煥襄，號芷灣，廣東嘉應（今梅
縣）人。嘉慶四年進士，曾以編修典試川、貴，知雲南曲靖府，
署廣南、永昌，官終湖北督糧道。有《紅杏山房詩鈔》十三卷。
　　宋湘在嘉道詩壇上甚有聲名。丘煒萲《五百石洞天揮麈》

————————

① 見陳去病《五石脂》。
② 王昶《湖海詩傳·蒲褐山房詩話》。

云：“粵詩陳恭尹、屈大均、梁佩蘭三大家後，當以嘉應宋芷灣太史湘爲大家。”謝章鋌《嶺南雜詩》亦稱：“三家最勝屈翁山，後起無如宋芷灣。”由其詩學觀來看，同樣可歸入性靈派。如其《說詩八首》之一、之二、之五：“三百詩人豈有師，都成絕唱沁心脾。今人不講源頭水，只問支流派是誰。”“涂脂傅粉畫長眉，按拍循腔疾復遲。學過邯鄲多少步，可憐挨户賣歌兒”“學韓學杜學鼍蘇，自是排場與眾殊；若使自家無曲子，等閑鐃鼓與笙竽。”强調生活爲“源頭”之“水”，反對模唐規宋，邯鄲學步，要求以“自家”之“曲子”，奏出沁人心脾之“絕唱”。其《湖居後十首》之八更說：

> 我詩我自作，自讀還賞之。
> 賞其寫我心，非我毛與皮。
> 人或笑我狂，或又笑我痴。
> 狂痴亦何辭，意得還自爲。

　　昌言“我詩”“寫我心”，“狂痴亦何辭”，從而表達詩人的自得之情性。這種追求個性自由，“我生作詩不用法，縱橫爛漫隨所之”（《答李堯山詹薄寄畫竹》）的創新精神，對衝擊封建束縛和腐朽詩壇無疑有積極的作用。

　　宋湘與張維屏爲莫逆之交，嘗語張氏：“一唱三嘆，人人心脾，我不如子；哀樂無端，飛行絕迹，子不如我。”[①]據徐世昌《晚晴簃詩匯》載，宋氏襟抱豪邁，才氣倜儻。遇登臨倡和，

---

① 　見張維屏《聽松廬文鈔》。

清酒三升，振筆揮掃，他日聞之傳誦，多不知爲己作。觀宋氏詩集，頗多氣逬神行、意真詞切之作。如：

> 天下茶花無甚奇，雲南茶花亦迷離。入寺突兀見
> 此本，九州萬古空春姿。高火傘，低摩尼，紅者玉，
> 紫者泥。十萬竈，一軍麾。日亦不敢出，月亦不敢窺。
> 朱霞青天，雷電齊飛。何年所植何物爲？花葉不到處，
> 精焰猶交馳。才大有如此，獨立險兩儀。世人紛紛說
> 少態，蚍蜉撼樹眞群兒。吁嗟乎！種花須種一千載，
> 看花須看一千枝，飲酒須飲一千卮。君不見，揮劉伶，
> 斥李白，雲安寺里人題詩。
>
> ——《雲南會城外西南隅雲安寺（俗呼定光寺）茶
> 　　樹一本，大可合抱。高五六丈許，千枝球放，
> 　　萬朵雲酣。一樓一院，垂覆皆遍，不見天日。
> 　　予引巨觥對之，心魄俱振。遂題詩於壁，見
> 　　者或以爲酣，或以爲狂，殆退之所謂予雖悔，
> 　　舌不可捫也》

其他佳作如："莫是宮中舊舞腰，聲聲餘恨咽前朝。英雄兒女《虞兮》曲，落日哀猿《下里》謠。詞客有魂留夜渚，孤舟無伴讀《離騷》。如何一副千秋淚，不唱吾家《大小招》？"（《江夜聞楚歌》）"摩挲剩墨玉庚庚，想見夷齊萬古情。國既無人爲問卜，臣猶有母此埋名。從容豈愧文丞相，流落曾聞玉帶生。同是山頭一方石，人歌人哭至今並。"（《查大理淳家藏謝文節（枋得）橋亭卜卦硯屬余爲詩》）"楚山千里來江上，秋色三分入

洞庭。初夜星辰粘渚白，落帆天地撲船青。客心無寄吟山鬼，
舟路多閑檢水經。明日移橈向何處，岳陽城郭樹冥冥。"（《舟
泊岳陽郭外》）"歷落嶔崎可笑身，赤騰騰氣獨精神。祝融以德
火其樹，雷電成章天始春。要對此花須壯士，即談風緒亦佳人。
不然閑向江干者，未肯沿街買一縞。"（《木棉花》）皆可謂出自
靈府。劉彬華《嶺南群雅二集·玉壺山房》中曾評宋詩爲"不
名一格，大抵沉健得之杜，豪快得之蘇。而忽如騰天，忽如入
淵，忽而清清泠泠，忽而熊熊煥煥，則出於性靈而自成面目者
也"。

　　在此時期，詩壇上尚有許多作者名聲較著。七律出入蘇
軾、黃庭堅，勁氣盤折的有姚鼐；繩幽鑿險，詩中有畫的有黎
簡；格調秀雅，詞采妍麗的有吳錫麒；氣勢奔放，語多奇崛的
有洪亮吉；工爲艷體，亦擅清才的有陳文述。此外，值得一提
的詩人則還有王鳴盛、王昶、汪中、孫星衍、畢沅、法式善、
王芑孫、陳壽祺、吳嵩梁、潘德輿等。

三、龔自珍的生平

縱觀清代詩壇，雖然“奇芬萬朵吐天葩，多少名家與大家”①，但直到龔自珍出現，才真正使清詩煥發出特異光彩。

龔自珍（1792—1841），字璱人，更名易簡，字伯定，又更名鞏祚，號定庵，又號羽琌山民，浙江仁和（今杭州）人。道光九年進士，授内閣中書，歷官禮部主事。有《定庵文集》三卷、《續集》四卷、《續錄》一卷、《古今體詩》二卷、《雜詩》二卷、《詞選》一卷、《詞錄》一卷、《文集補編》四卷。

龔自珍所生活的年代，即嘉、道兩代，正是封建社會開始總崩潰，帝國主義侵略帶來的民族災難日益嚴重的時代。龔氏出身於書香門第，其過繼祖父、祖父和父親、叔父等都是進士或貢士，在朝廷或地方上爲官。母親則是著名文字學家段玉裁的女兒。因此，他早年即從外祖父段玉裁學文字學，並進而研討經學和史學。“學問淵源，故有所自。古文辭奇崛深懿，不可一世。其爲學靡書不覽，喜與人辯駁”。②

---

① 　轉引自錢仲聯《清詩精華錄·前言》。
② 　丁申、丁丙《國朝杭郡詩三輯》。

　　青年時，龔自珍即有經世之志，其所撰《明良論》、《乙丙之際箸議》、《尊隱》、《平均篇》等文，鋒芒畢露，指陳時弊。段玉裁曾稱贊《明良論》說：“四論皆古方也，而中今病，豈必別制一新方哉？畢矣，猶見此才而死，吾不恨矣。”（見《明良論四》文末及自記）二十八歲時，與魏源一道在北京從今文經學家劉逢祿學《公羊學》，以微言大義發抒對時政的看法，務求經世致用。自二十八歲起至四十七歲，是龔自珍科舉求宦和仕宦的時期。在此期間，他曾先後六次參加會試；考中進士後，也僅做過內閣中書、禮部主事等小京官，始終未得到重用。然而，龔自珍卻並沒有因此隨俗浮沉，苟且偷安，而是在“更法”、“改圖”的理想驅使下，致力於朝章國故、邊疆史地及民情風俗等方面的研究。其此時所寫的《西域置行省議》、《東南罷番舶議》（已佚）、《阮尚書年譜第一序》、《御試安邊綏遠疏》、《送欽差大臣侯官林公序》、《乞糴保陽》等詩文，皆議論透辟，謀慮深遠，切中時弊。四十八歲時，由於對時政不滿，“動觸時忌”，終於辭官南歸，曾任江蘇丹陽雲陽書院、杭州紫陽書院講席。兩年後，客死於丹陽雲陽書院，死因不明。

四、龔自珍的“個性解放”思想

深入探討龔自珍的“個性解放”思想，對考察龔自珍詩歌在審美境界上的新開拓，評價他在清代詩歌史乃至整個中國詩歌史上的重要地位，都有着十分重要的意義。

龔自珍的個性解放思想，突出地表現在其《病梅館記》中：

> 有以文人畫士孤癖之隱，明告鬻梅者，斫其正，養其旁條，刪其密，夭其稚枝，鋤其直，遏其生氣，以求重價，而江、浙之梅皆病。文人畫士之禍之烈至此哉！予購三百盆，皆病者，無一完者。旣泣之三日，乃誓療之、縱之、順之，毀其盆，悉埋於地，解其棕縛；以五年爲期，必復之全之。予本非文人畫士，甘受詬厲，辟病梅之館以貯之。①

在這段文章中，龔自珍以巧妙的比喻，表達了他對人才遭受壓抑、摧殘的痛惜。許多研究者即以此爲根據，頌揚龔自珍

---

① 《龔自珍全集》第 186 頁，後簡稱《全集》。

的個性解放精神，並用歐洲文藝復興後的人文主義來對這種個性解放精神進行解釋。當然，龔自珍的思想與西方近代人文主義確有相似之處；但我們也不能忽略中西方文化之間的重大差異而一味進行表層的比附。西方近代人文主義來自對基督教統治的反抗，是以重新研究、振興古希臘文化傳統也即“文藝復興”發端的，其個性主義精神帶有濃重的西方文化傳統印記。但據現有資料來看，龔自珍並沒有真正接觸過西方文化。魏源説他“晚年尤好西方之書”[1]，是指他潛心於佛學典籍。既然如此，怎能將龔自珍的“個性解放”思想與西方近代的個性主義完全等同起來？筆者認爲，對於生活於封建“衰世”，深受中國傳統文化影響的龔自珍來説，他追求的“個性解放”，不可能是卜迦丘式的對人類現實欲望的肯定。他對陳沆《劉貞女行》的態度，説明他並不反對最爲壓抑人類欲望的“守節”[2]。也不可能是浮士德式的以基督教境界爲歸宿的個人自我實現，因爲只有在上帝的佑護下，浮士德才不至於爲靡菲斯特誘入歧途而出賣自己的靈魂；而在中國文化中，則沒有那樣的“上帝”。所以在中國，“個性解放”的傾向經常被作爲王朝衰敗的替罪羊而受到攻擊。明代的李贄和公安三袁，都被認爲是“誤國”的罪魁，龔自珍本人也不例外。張之洞就曾説過：

> 二十年來，都下經學講《公羊》，文章講龔定庵，
> 經濟講王安石，皆余出都以後風氣也，滋有今日．傷

---

① 魏源《定庵文錄叙》。
② 另請參看《論私》一文，見《全集》91—93頁。

哉！[①]

　　因此，筆者認爲，只有把龔自珍的"個性解放"傾向置於中國封建衰世的歷史背景和文化傳統之中，才能真正理解它的意義所在。譬如，《病梅館記》雖然設譬巧妙，但也只是一種因物寄志的比喻而已；如果以人才而論，那麼誰來"療之、縱之、順之"呢？如果我們尋繹此文的"微言大義"，是否它與道家的"純任天然"思想密切相關？仍舊以"梅"作爲比喻，"斫其正，養其旁條"、"鋤其直，遏其生氣"這種人爲的干預固然不對，但如果梅樹"天然"生蟲，或遇大旱而將枯，人爲的干預是不是就必要呢？如果無條件地接受道家思想，認爲"跖與曾史，行義有間矣，然其失性均也"[②]　那自然就無話可說；但只要還有入世之心（入世的傾向在龔自珍身上表現得極其明顯），就要承認社會對個人某種程度的干預是必要的，不可避免的。如果我們承認這種必要性，那麼我們就面臨一個新問題：即如何判斷哪些干預是合理的，哪些干預是不合理的？因此，研究龔自珍的"個性解放"傾向時，最爲關鍵的問題是龔自珍心目中的個性解放究竟是什麼；而這一問題又只能決定於龔自珍的思想構成因素。生活於中國文化中的龔自珍究竟接受了哪些傳統文化因素，這些傳統文化因素又如何導致了他的"個性解放"傾向？這些即是筆者所試圖着重探討的問

---

① 　張之洞《學術》一詩自注，轉引自管林等著《龔自珍研究》第180頁。

② 　語出《莊子・天地》。

題。

面對封建衰世，龔自珍首先從儒家、法家思想中尋求實現政治理想的出路。對於儒家來說，"達則兼濟天下，窮則獨善其身"。龔自珍一生，盡管仕途未達，但"兼濟天下"、銳意進取之心不稍懈，這顯然從儒家思想中吸取了力量的源泉。然而如何才能改變衰世、"兼濟天下"呢？他當時並未接觸西方的新思想，因而"藥方只販古時丹"。這所謂"古時丹"，主要是法家的東西。他對王安石的改革贊佩不已，又十分強調社會控制的必要性，便是有力的證明。

在《京師樂籍說》一文中，龔自珍就明確注意到"士"的不羈之言議對於社會統治的破壞性：

> ……是以龔自珍論之曰：自非二帝三王之醇備，國家不能無私舉動，無陰謀。霸天下之統，其得天下與守天下皆然。老子曰："法令也者，將以愚民，非以明民。"孔子曰："民可使由之，不可使知之。"齊民且然；士也者，又四民之聰明喜議論者也。身心閑暇，飽暖無為，則留心古今而好論議。留心古今而好論議，則於祖宗之立法，人主之舉動措置，一代之所以為號令者，俱大不便。[①]

很明顯，龔自珍在這裏重復了法家"儒以文亂法"[②]的論

---

① 《全集》第 117—118 頁。
② 《韓非子·五蠹》。

點。他與歷代儒者"辟法"的傾向迥乎不同，稱讚法家是"左執繩墨，右執規矩，篤信謙守，以待彈射，不使王枋馳，不使諸侯驕上，名曰任約劑之史"①。從這種社會控制的角度出發，他建議清王朝統治者應該加強其獨裁統治：

> 　　律令者，吏胥之所守也；政道者，天子與百官之所圖也。守律令而不敢變，吏胥之所以恃立而體卑也；行政道而惟吾意所欲為，天子百官之所以南面而權尊也。
>
> 　　伏見今督、撫、司、道，雖無大賢之才，然奉公守法畏罪，亦云至矣，蔑以加矣！使奉公守法畏罪而遽可為治，何以今之天下尚有幾微之未及於古也？天下無巨細，一束之以不可破之例，則雖以總督之尊，而實不能以行一謀、專一事。夫乾綱貴裁斷，不貴端拱無為，亦論之似者也。然聖天子亦總其大端而已矣。至於內外大臣之權，殆亦不可以不重。權不重則氣不振，氣不振則偷，偷則敝。②

既然"守令皆得以專戮，不告大官，大官得以自除辟吏"③，而不必墨守成法，那麼被統治者就不能有任何事權言議，亦即沒有保護自己的機會，只能無條件地服從統治者的社會控制

---

① 《古史鉤沉論》二，《全集》第 21—22 頁。
② 《明良論》四，《全集》第 35 頁，着重號爲引者所加。
③ 《明良論》四，《全集》第 35 頁，着重號爲引者所加。

了。我們可以看出，作爲一個政治家的龔自珍，其政治主張已
經和秦代"以吏爲師"的嚴酷統治方術相去不遠了。然而，在
《古史鈎沉論》(其一)中，他又對法家式的社會控制表示了極
度的不滿：

> 昔者霸天下之氏，稱祖之廟，其力強，其志武，
> 其聰明上，其才多，未嘗不仇天下之士，去人之廉，
> 以快號令，去人之恥，以嵩高其身，一人為剛，萬夫
> 為柔，以大便其有力、強武；而胤孫乃不可長，乃誹，
> 乃怨，乃責問，其臣乃辱。榮之亢，辱之始也；辯之
> 亢，誹之始也；使之便，任法之便，責問之始也。氣
> 者，恥之外也；恥者，氣之內也。溫而文，王者之言
> 也；惕而讓，王者之行也；言文而行讓，王者之所以
> 養人氣也。虔其府焉，徘徊其鐘虡焉，大都積百年之
> 力，以震蕩摧除天下之廉恥；既矜、既獮、既夷，顧
> 乃席虎視之餘蔭，一旦責有氣於臣，不亦暮乎！

顯然，這些文字似乎出自針鋒相對的論戰雙方的手筆。前
者順承法家的思想大談特談嚴格社會控制的必要性；後者卻
以儒學傳統的"言文而行讓"竭力反抗"乾綱之獨斷"，強調
個人的人格("廉恥")的重要。他一直希望在現實政治活動
中得到自我的實現，從這一角度出發採用了法家的思想；卻未
能得到統治者的賞識，不平之感時時來襲。這就導致他的思想
矛盾。既不能"兼濟"天下，又不能安於"獨善"，對社會的
反抗也就在所難免。也就是他所說的"才者自度將見戮，則蚤

夜號以求治；求治而不得，悖悍者則蚤夜號以求亂。"①對社會
現實的深刻洞察和自己的不平之感相結合，使他憤然指斥當
時爲"衰世"：

> 衰世者，……人心混混而無口過也，似治世之不
> 議。左無才相，右無才史，閫無才將，庠序無才士，
> 隴無才民，廛無才工，衢無才商，抑巷無才偷，市無
> 才馹，藪澤無才盜，則非但鮮君子也，抑小人甚鮮。
> 當彼其世也，而才士與才民出，則百不才督之、縛之，
> 以至於戮之。戮之非刀、非鋸、非水火，文亦戮之，
> 名亦戮之，聲音笑貌亦戮之。戮之權不告於君，不告
> 於大夫，不宣於司市，君大夫亦不任受。其法亦不及
> 要領，徒戮其心，戮其能憂心、能憤心、能思慮心、
> 能作爲心、能有廉恥心、能無渣滓心。又非一日而戮
> 之，乃以漸，或三歲而戮之，十年而戮之，百年而戮
> 之。

"戮"的結果，就出現了"病梅"，出現了"萬馬齊喑"的
"可哀"情景。正是針對"江、浙之梅皆病"，龔自珍才"誓療
之"；正是針對全中國"萬馬齊喑"，龔自珍才希望"不拘一格
降人才"。由此可見，龔自珍的"個性解放"思想，是在儒家、
法家思想皆不足以改變封建衰世的痛苦經歷和深沉思考中孕
育出來的。

_____

① 《乙丙之際箸議》第九，《全集》第 6—7 頁。

龔自珍既未接觸西方"個性解放"思想，那麼他的"個性解放"思想一旦從中國封建衰世的現實土壤中孕育出來，就只能從中國傳統文化中吸取相應的因素以充實其內涵。

在《尊任》一文中，龔自珍說：

> 曾子曰："士不可以不弘毅，任重而道遠。"任也者，俠之先聲也。古亦謂之任俠，俠起先秦間，任則三代有之。俠尚意氣，恩怨太明，儒者或不肯為；任則周公與曾子之道也。世之衰，患難不相急，豪杰罹患難，則正言莊色厚貌以益鋤之；雖有骨肉之恩，夙所卵翼之子，飄然絕裾，遠引事外。……

文章的題目盡管是《尊任》，指出"任"乃周公、曾子之道；但對"俠"的尚意氣、重恩怨，卻同樣贊賞。試看他的《送劉三》：

> 劉三今義士，愧殺讀書人。風雪銜杯罷，關山拭劍行。英年須閱歷，俠骨豈沉淪？亦有恩仇托，期君共一身。

正是因為龔自珍不能得到當道者的賞識，大顯其身手以嚴刑峻法治國，他才從自己個人"恩仇"的角度出發，反過來贊美"任俠"者能有力量解決自身的現實問題。

在中國古代文化傳統中，任俠的歷史可說是源遠流長，它的身份也是非常特殊的。它既不同於儒者將理想寄托於聖王明君，也不同於道、釋兩家的消極避世，與法家的嚴酷社會控制思想更是格格不入。俠者積極入世、救世，但絕不像儒者那樣循規蹈矩。俠者所依靠的只是本身的力量，完全從自我出發；首先保證自己的獨立性，然後再根據自己的理想去"解民倒懸"。因此，俠者並不爲禮法所拘束，也就不會忽視人類的自然人情。像《七俠五義》中的"南俠"展昭之類並不是真正的俠者，如魯迅先生所説，不過是奴才而已①。在社會控制一直非常嚴厲的中國文化中，俠者的"特立獨行"一向是歷代個體意識濃厚的知識分子嚮往的對象。在爲社會所壓制、侵害之時，要取得自己的生存權利，就只能靠自己本身的力量來加以反抗，向當道者要求正義；季布、朱家、郭解等人就是明顯的例子②，太史公對他們深致讚賞之意也是着眼於此點。

　　以上述對"任俠"在中國古代文化傳統中地位的分析爲基礎，我們就能更深入地理解龔自珍對"任俠"的推崇和嚮往了。他在《漫感》一詩中説：

　　　　絕域從軍計惘然，東南幽恨滿詞箋。
　　　　一簫一劍平生意，負盡狂名十五年。

　　既然不能實現自己的政治理想和抱負，又不能遠翥高飛以避世，也不能如"悻悻者"那樣"睊然睊然以思世之一便己"，就只能從自己的個體出發，去祈求"任俠"式的自我實

———————————

① 見《三閑集·流氓的變遷》。
② 參見《史記·游俠列傳》。

現了。"劍"和"簫"這兩個意象在龔自珍詩歌中出現的頻率
很高，正好表現了龔自珍俠客式的豪邁狂放和才子式的纏綿
悱惻兩個方面。洪子峻贈龔自珍"俠骨幽情簫與劍，問簫心劍
態誰能畫"① 之句，可謂真能得定庵之神。即使是對佛學的狂
嗜也並不能盡泯龔自珍的這種"俠骨柔情"，正如他自己在一
首詩中所說："萬一禪關砉然破，美人如玉劍如虹"。② 就龔自
珍的個性解放思想，也即上引詩歌中所說的"負盡狂名"來說，
這種從個體自身力量出發以求實現自己理想的"任俠"傾向具
有非常重要的地位。

在論述龔自珍的"個性解放"思想時，人們也往往忽視道
家思想和道教思想對他的影響。這大概是根據他《上清真人碑
書後》一文中的說法：

> 余平生不喜道書，亦不願見道士，以其剿用佛書
> 門面語，而歸墟只在長生，其術至淺易，宜其無瑰文
> 淵義也。獨於六朝諸道家，若郭景純、葛稚川、陶隱
> 居一流，及北朝之鄭道昭，則又心喜之，以其有飄颻
> 放曠之樂，遠師莊周、列御寇，近亦不失王輔嗣一輩
> 遺意也，豈得與五斗米弟子並論而並輕之耶？

其實，這裏不過是否定了東漢以還的"五斗米教"，即民
間的道教迷信，而於王弼、郭璞、葛洪等道家者流的"飄颻放

---

① 轉引自吳昌綬《定庵先生年譜》，《全集》第 605 頁。
② 《夜坐》之二，《全集》第 467 頁。

曠之樂"還是心儀不已。前人往往多重佛教思想對龔自珍的影
響而忽略道家思想和道教思想對其的影響,如程金鳳《己亥雜
詩書後》即云:

> 嘗聞神全者,哀不能感,樂不能眩,風雨不能蝕,
> 晦朔不能移,乃至火不能燒,水不能溺,此道家言,
> 似不足以測學佛者之涘,抑古今語言所可到之境止
> 於此,定公其殆全於神者哉!①

雖然佛、道思想同樣有消極避世的傾向,但佛、道二家之
間還是家數分明、不可混爲一談的。道家和道教思想對龔自珍
個性解放傾向的影響主要在於兩個方面:一是否定現實社會
的個體意識;一是逍遙避世的"神仙"式的超脱態度。

在本文開始所引述的《病梅館記》中,道家思想對於"自
然"、"無爲而無不爲"境界的追求就表現得十分明顯。在此文
中,龔自珍反對任何形式的外來干預,要求保持梅樹的天然本
性。對於受到人爲摧殘的梅樹,龔自珍"泣之三日,乃誓療之、
縱之、順之"。這種放任自然的境界和佛教的"正見"、"正精
進"等基本理論顯然是格格不入的;只能是具有濃重反社會傾
向的道家思想的影響。如莊子所説:

> 故純樸不殘,孰爲犧尊?白玉不毀,孰爲珪璋?
> 道德不廢,安取仁義?性情不離,安用禮樂?五色不

---

① 《全集》第539頁。

亂，孰為文采？五聲不亂，孰應六律？夫殘樸以為器，
工匠之罪也；毀道德以為仁義，聖人之過也。①

　　百年之木，破為犧尊，青黃而文之，其斷在溝中。
比犧尊於溝中之斷，美惡有間矣，其於失性一也。②

　　龔自珍思想與莊子思想的繼承關係是一目了然的。和莊
子一樣，龔自珍也是因為對現實社會的失望和不滿才採用了
反社會的、力圖保持個體自我本性的立場。佛教認為萬法皆虛
幻分別相、因緣和合擇滅流轉無常，對外界事物的任何執著
（無論其為善為惡、為苦為樂）都是無明和“着相”，不能脫出
生死輪回之苦；所以無論是憤世嫉俗還是積極救世都不免於
“我執”和“法執”，強調個體要擯棄一切社會參與意識。七八
世紀印度佛學之所以由於阿拉伯人的入侵而陷於衰落，與它
的這種教義有很大的關係。因此，《病梅館記》中的個性解放
傾向應該說更接近於道家的思想。

　　龔自珍的《能令公少年行》最為突出地反映了他的“求
仙”思想：

　　　蹉跎乎公？公今言愁愁無終。公毋哀吟姹姹聲沈
空，酌我五石雲母鐘，我能令公顏丹鬢綠而與年少爭
光風，聽我歌此勝絲桐。……十年不見王與公，亦不
見九州名流一刺通。其南鄰北舍誰與相過從？痀僂丈

①　見《莊子·馬蹄》。
②　見《莊子·天地》。

人石戶農，嶔崎楚客，窈窕吳儂，敲門借書者釣翁，
探碑學榻者溪童。……噫嘻！少年萬恨塡心胸，消災
解難疇之功？吉祥解脫文殊童，著我五十三參中，蓮
邦縱使緣未通，他生且生兜率宮。

全詩都充滿着一種瀟灑出世、"飄颻放曠"的格調，連其
中的佛教因素"東僧西僧一杵鐘，披衣起展《華嚴》筒"都蒙
上了一層道家天真自然的色彩。龔自珍雖對佛學極爲欽服，強
烈的社會參與意識卻使他不可能真正皈依佛學，數次"戒詩"
而不能戒也說明他不可能達到"六根清靜"、"無挂礙無恐怖"
的清靜常樂境地。他雖數次發"大心願"以求斬斷"塵緣"，可
是自己也很清楚自己不可能得到真正的解脫，"萬一飄零文字
海，他生重定定庵詩"。上引《能令公少年行》的結語也明確
表達了這層意思：即使西方淨土無緣以達，也應該投生到道教
的兜率宮中去逍遙自在。通過上述分析我們可以看出，這不是
龔自珍偶然的突發奇想，或僅是藝術渲染的需要，而是他的個
體意識的一種明確價値取向。道家的超脫逍遙雖不如佛教那
樣精深、徹底，也還是能給他的個體意識提供一種保障。

中國古代的"神仙說"約略起源於戰國時代，與道家思想
特別是莊子中"御風而行"的列御寇、"藐姑射之神人"雖有
一定的關係，但絕不僅限於道家，甚至與陰陽家和方士的關係
比道家更爲密切。不過在東漢以後道教雜糅了陰陽五行說和
道家思想，使嚮往成爲長生不老的神仙成爲道教思想的標志。
漢魏之際三祖、陳王的樂府詩就明顯表露出"神仙說"的影響。

晉宗室中崇信五斗米教的風氣也極爲盛行①，郭璞的《游仙詩》即是這種道教文化氛圍中的產物。要分析"神仙説"的思想內涵，傳説中的漢淮南王劉安就是一個典型的例子："一人得道"，即是説個體成"仙"後既擺脱了一切世俗的束縛和控制，也擺脱了生死之羈縻，達到了逍遙自在的境地，又能自由來往於人間和仙界；"鷄犬升天"則是指擺脱社會控制後成"仙"了的個體還能在無損於己的前提下涉入世間俗務，救助自己的家人和所愛者②。所以在中國古代文化傳統中，"神仙"的確可以説是中國人作爲個體的最高理想；這就難怪秦始皇、漢武帝等一代雄才在得成大業後仍去求仙，成爲後人的笑柄了。這樣看來，龔自珍對於神仙境界的仰慕也就明顯地反映出他的個性解放意識的某種價值取向。

龔自珍在《最錄李白集》中對李白的評價就明確反映出他欣賞李白的着眼點：

> 莊、屈實二，不可以並，並之以爲心，自白始；儒、仙、俠實三，不可以合，合之以爲氣，又自白始也。其斯以爲白之眞原也已。

他指出了儒、道、仙、俠四種不同思想意識在李白身上的融匯和結合，以爲這才是李白的"眞原"。實際上，龔自珍對李白的這種評價也可看作他的夫子自道，是他所追求的最高理想

① 參《晉書》中《賈后傳》及《趙王倫》傳。
② 葛洪《神仙傳》卷四。

境界。向往這幾種不同思想意識的融匯反映了龔自珍思想的
總體取向：力圖在保證個體自我自由自在的生存權利的基礎
上，再去濟世救人和實現自己的政治思想。他在一首詩歌中也
明確地承認這一點："出入仙俠間，奇悍無等倫。漸漸疑百家，
中無要道津"①。單一的思想意識因素並不能夠滿足他的需要，
使他得到自認的"要道律"。所以他就只能去嚮往這種不同思
想意識因素融匯貫通、各取其長的境界了。

　　通過上述的分析我們可以看出，龔自珍的個性解放傾向
並非停留在單一的層次上，而是多元層次的結合體。他心中滿
懷傳統儒家"救世"的期望，也十分尊重儒學的宗師孔子，但
作爲一個政治家的杰出才干使他認識到雖然"治天下之書，莫
尚于六經"，可是"六經所言，皆舉其理、明其意，而一切瑣
屑牽制之術，無一字之存，可數端瞭也"；並沒有現實的用處。
所以他只能在政治理論中採用法家嚴酷的社會控制思想，"藥
方只販古時丹"，建議用法家的政治思想來治理現實社會的弊
端。可是在懷才不遇的情形下，他又對現實的社會深表不滿，
表現出一種強烈的個性解放傾向。無論壯志未酬的孤憤、快意
恩仇的"任俠"，還是對"自然"和"童心"的嚮往、對"羽
化而登仙"的渴望，都是這種個性解放傾向的有機組成部分和
現實化形態。在龔自珍的詩歌創作中，這種多元的個性解放傾
向就表現爲真正獨具面目的清詩，是真正表達了龔自珍敏感、
痛苦而又深沉的心靈的"自鑄偉辭"。所以，我們在切入龔自

① 《自春徂秋，偶有所觸，拉雜書之，漫不詮次，得十五首》之
　十四，《全集》第488頁。

珍的詩歌之前，應該對龔自珍思想、心靈的獨特之處進行切實的考察。詩歌總是人類內心世界的外化和表達，“在心爲志，發言爲詩”；如果我們不能“知其人，論其世”，“以意逆志”的話，我們對作品的研究和分析又能有多少根據？

清代是中國古代封建統治的最後一個階段，在中國文化數千年以來的積弊壓抑下，具有個體意識的知識分子的痛苦不安是最爲強烈的。較之前代的知識分子，龔自珍的種種坎坷和掙扎、對各種不同解脫途徑的尋求也就更帶有苦澀、沉重和成熟的意味。以這一分析爲基礎，我們才能更爲真切地透視龔自珍詩歌的深層意蘊和獨特風貌。

五、龔自珍詩歌的思想内容

　　龔自珍《己亥雜詩》中曾說："河汾房杜有人疑，名位千秋處士卑。一事平生無齮齕，但開風氣不爲師。"就政治思想而言，龔氏在當時的確開創了一種"誦史鑒、考掌故，慷慨論天下事"（魏源語）和"譏切時政，詆排專制"（梁啓超語）的風氣，衝破了"萬馬齊暗"的黑暗社會現實。不僅如此，龔氏還極爲重視文學的社會功用，注重以詩歌來反映和干預現實。盡管在龔氏之前已有不少詩人如黃景仁、宋湘、黎簡、舒位、王曇等在詩歌中觸及到清王朝腐朽衰敗的現實，但都遠不如龔氏詩歌中批判鋒芒之犀利。可以這樣說，龔氏詩歌中所充溢的對當時"衰世"尖銳無情的社會批判精神，不僅在當時具有振聾發聵的作用，也同樣開出了爾後近代進步詩人在詩歌中積極反映社會現實的風氣。

　　在龔氏的詩歌中，以"全景"的方式展示出清王朝瀕臨崩潰的時代畫面，堪稱嘉道時的詩史。

　　試觀其《偽鼎行》：

　　　　皇帝七載，青龍麗於丁，招搖西指，爰有偽鼎爆

裂而砰磤。孺子啜泣相告，隸妾駭驚，龔子走視，碎
如琉璃一何脆且輕！

　　佹離疥癩百丑千怪如野干形，厥怒虎虎不鳴如
有聲。然而無有頭目，卓午不受日，當夜不受月與星。
徒取雲雷傅汝敗漆朽壞，將以盜膻腥。內有饕餮之饞
腹，外假渾沌自晦逃天刑。四凶居其二，帝世何稱？
主人之仁不汝埋榛荊，俾登華堂函牛羊，垂四十載，
左揖彜鐘右與麝鏃幷。主人不厭歝汝，汝宜自憎！

　　福極而碎，碎如琉璃脆且輕。東家有飲器，昨墮
地碎聲嚶嚶，西家有屠狗盎，今日亦墮地不可以盛。
千年決無土花蝕，萬年吊古之淚無由生。吁！寶鼎而
碎則可惜，斯鼎而碎兮於何取榮名！請誦龔子《偽鼎
行》。

　　這首詩，作於道光七年秋天。其時，道光的老師、協辦大學士、
禮部尚書汪廷珍因病而死，大貴族、協辦大學士英和在封建統
治集團內部的相互傾軋中，被道光借故革職。在一系列政治論
文中，龔自珍早已對當時大官僚、大貴族昏庸無能、貪婪虛偽
卻竊踞高位的現象進行了抨擊，這裏，作者又根據上述事實，
採取詩歌的形式，通過對“偽鼎”的“百丑千怪”的描寫，巧
妙而又辛辣地嘲諷了那些“委蛇貌托養元氣，所惜內少肝與
腸”的徒有其表、誤國害民的重臣權相，指出其必然要落得個
身敗名裂的可恥下場，含蓄地影射清王朝的昏庸和腐朽。《七
律‧咏史》也是龔氏詩中揭露當時官場黑暗的名篇：

　　　　金粉東南十五州，萬重恩怨屬名流。
　　　　牢盆狎客操全算，團扇才人踞上游。
　　　　避席畏聞文字獄，著書都為稻粱謀。
　　　　田橫五百人安在，難道歸來盡列侯？

　　詩名雖為咏史，實則為寫實。詩中指出，當時竊取高位，掌握
權勢的，往往是鹽官、鹽商手下的幫閑或不學無術而又行為卑
劣的貴族子弟，他們既彼此勾結，又相互排斥攻擊，"恩怨"重
重，鬧得烏烟瘴氣。詩中還揭露了清朝的嚴酷"文字獄"，同
時還對一般知識分子懾于清王朝的文化專制統治，置國家安
危和人民死活不顧的行為深為不滿。
　　基於對當時社會現實的清醒認識，因此，詩人也就能在詩
歌中深刻地反映封建統治者對人民的殘酷剝削，表現出對人
民悲慘生活的深切同情：

　　　　父老一青錢，餺飥如月圓；兒童兩青錢，餺飥大
　　如錢。盤中餺飥貴一錢，天上明月瘦一邊。噫！市中
　　之餕兮天上月，吾能料汝二物之盈虛兮，二物照我為
　　過客。月語餺飥："圓者當缺。"餺飥語月："循環無
　　極，大如錢，當復如月圓。"呼兒語若："後五百歲，
　　俾餷而玄孫。"

　　　　　　　　　　　　　　　　　　　──《餺飥謠》

　　這詩作於道光二年。在這首詩中，詩人運用浪漫主義的手法，
拿餅和月亮對比，反映了當時 通貨膨脹的嚴重情況，從一個

側面暴露了清王朝的"衰世"。楊鍾羲《雪橋詩話》云："道光
辛卯、壬辰之間，江、浙等省大水，發帑振恤，備極支絀。至
十八年，海疆不靖，庫儲益虛，司農束手，款議決以割地、賠
費、傳教、通商爲結果。宣宗恭儉仁厚，略無土木聲色之娛，
而事例頻開，弊政亟行，海內富庶視乾隆時迥不侔矣。龔定庵
《饆飥謠》云云，物力盈虛可以想見。"又如《己亥雜詩》中下
二首：

> 不論鹽鐵不籌河，獨倚東南涕淚多。
> 國賦三升民一斗，屠牛那不勝栽禾！

> 只籌一纜十夫多，細算千艘渡此河。
> 我亦曾糜太倉粟，夜聞邪許淚滂沱！

詩中揭露了清朝封建統治者不講求鹽鐵生產，不籌劃治理水
患，只顧享樂而對老百姓無窮榨取的行爲，並通過賦稅繁重，
而地方官吏還在正稅外巧立名目征收數倍，誅求無已所造成
的民不聊生嚴重形勢，反映出社會危機日益深化的時代本質。
　　面對歐美資本主義列強虎視眈眈、將侵略魔爪伸向中國
的行徑，詩人同樣表現出清醒的洞察力。西方列強的經濟侵
略，主要是通過罪惡的鴉片貿易來進行。對此，詩人則表現出
毫不妥協的鬥爭精神。試觀其《己亥雜詩》中的兩首主張禁烟
名作：

> 津梁條約遍南東，誰遣藏春深塢逢？

不枉人呼蓮幕客，碧紗櫥護阿芙蓉。

鬼燈隊隊散秋螢，落魄參軍泪眼熒。
何不專城花縣去？春眠寒食未曾醒。

　　詩中强烈譴責了清政府大小官僚庇護縱容鴉片走私的賣
國罪行，生動地刻劃出那些吸食鴉片的政客、官僚的可憎醜
態，體現了詩人主張嚴禁鴉片的愛國主義思想。由於龔氏出生
並活動於資本主義萌芽較發達的江浙地區，思想受到影響，故
在詩歌中也呈現出較明顯的資本主義思想傾向。嘉道之際，除
鴉片貿易外，西方侵略者還以價格超過其實際含銀量的外國
銀元套購白銀出口，借此攫取利潤，從而造成了銀貴錢賤，通
貨膨脹的嚴重局面，老百姓苦不堪言。與魏源、林則徐等愛國
主義者一樣，龔自珍十分重視貨幣問題，反對西方侵略者的金
融掠奪。《己亥雜詩》中有云：“麟趾裦蹏式可尋，何須番舶獻
其琛？漢家《平準書》難續，且仿齊梁鑄餅金。(近世行用番錢，
以爲攜挾便也，不知中國自有餅金，見《南史·諸彦回傳》，又見
唐韓偓詩)”又如《乞糴保陽》之四：“螯不恤其緯，憂天如杞
人。賤士方奇窮，乃復有所陳：冀州古桑土，張堪往事新。我
觀畿輔間，民貧非土貧；何不課以桑，治繊紝組紃？昨日林尚
書，銜命下海濱，方當杜海物，耗蟲拒其珍。中國如富桑，夷
物何足捃？我不談水利，我非剿迂聞。無稻尚有秋，無桑實負
春。婦女不懶惰，畿輔可一淳。我以此報公，謝公謝斯民。”詩
中針對以英國爲首的資本主義國家向中國輸入奢侈品，破壞
中國工農業生產的現實，提出在國內北方種桑養蠶，保證對南

方絲織業的原料供應，發展民族經濟，抵制洋貨入侵。這種主
張，客觀上有利於資本主義萌芽的發展。在力主反對西方列强
經濟侵略的同時，對於西方列强的武裝侵略，龔自珍也堅決主
張反擊。在《送欽差大臣侯官林公序》中，他向林則徐指出，
禁烟鬥爭"無武力何以勝也"，建議林則徐赴廣東"宜以重兵
自隨"，做好反侵略戰爭的準備。其《己亥雜詩》第八十七首
云：

> 故人橫海拜將軍，側立南天未蕆勛。
> 我有陰符三百字，蠟丸難寄惜雄文。

詩中通過對老友的懷念，表達了詩人支持禁烟運動，關心國家
命運的愛國主義思想。態度鮮明，感情激憤，具有强烈的戰鬥
氣息，實開啓近代以反映鴉片戰爭爲題材的愛國詩篇的先聲。
　　龔自珍對於"衰世"的揭露，則莫過於其對封建制度摧殘
人材的控訴。如《秋心三首》之一：

> 秋心如海復如潮，但有秋魂不可招。
> 漠漠鬱金香在臂，亭亭古玉佩當腰。
> 氣寒西北何人劍？聲滿東南幾處簫？
> 斗大明星爛無數，長天一月墜林梢。

該詩作於道光六年，其時，作者的朋友姚學塽等先後逝世。在
這首詩中，詩人通過對懷才不遇、抑鬱去世的亡友之惜悼，表
達了其對腐朽的封建制度壓抑人材的憤慨及對國事的關切。

三、四兩聯，以比喻和象徵的手法，揭露了封建制度壓抑人材所造成的嚴重惡果。至於詩人自己，由於揭露腐敗政治，主張社會改革，更是受到種種中傷和迫害，詩中多所反映。如《十月廿夜大風不寐起而書懷》內云："貴人一夕下飛語，絕似風伯驕無垠。平生進退兩顛簸，詰屈內訟知緣因。側身天地本孤絕，剡乃氣悍心肝淳！欹斜謔浪震四坐，即此難免群公瞋。""欹斜謔浪"一句，表面上是指隨便開玩笑打趣，實則是指詩人平日抨擊朝政腐敗、譏諷腐儒丑態的言論，這必然會引起朝廷"群公"的瞋目而視，遭到謗傷。在《夜坐》之二中，詩人憂心忡忡："沈沈心事北南東，一晙人材海內空"；與此同時，又強烈表達了其要求任用賢才和變法革新的願望："萬一禪關砉然破，美人如玉劍如虹。"追求美好理想的實現。《己亥雜詩》第一百二十五首，更是其抨擊整個清代封建官僚制度的名篇：

> 九州生氣恃風雷，萬馬齊喑究可哀。
> 我勸天公重抖擻，不拘一格降人材。

詩後自注："過鎮江，見賽玉皇及風神、雷神者，禱祠萬數，道士乞撰青詞。"所謂青詞，是道教在祭神時獻給天神的祝文，用朱筆寫在青藤紙上，故名。就表面看，由於這是龔自珍應道士之請所作的一首"青詞"，故而詩中亦使用了"風雷"、"天公"等字眼。然而，與多至萬數的禱祠者目的不同，龔氏向"天公"所"禱"的并非是風調雨順，其所呼喚的也並非是自然界的"風雷"。實際上，詩人筆下的"天公"，是指清朝最高統治者，而“風雷”則象征衝破沉悶窒息的政治局面的巨大變革。詩人認爲，當今所出現的“萬馬齊喑”局面，是封建統治者“拘一祖之法，憚千夫之議”，對人材重重束縛、壓制的結果，這實在令人悲憤！因此，他期望統治者破格任用人材，通過這種改革，重新煥發起“九州”的“生氣”。這種革新思想，自然有其局限，也實際上是一種幻想。龔自珍是在清朝封建統治“日之將夕，悲風驟至”的情況下倡導改革的，其目的，在於維護封建統治，挽救封建社會的滅亡。因此，他寄希望於統治者自身來進行改革：“一祖之法無不敝，千夫之議無不靡，與其贈來者以勁改革，孰若自改革？”（《乙丙之際箸議第七》）由此可見，這種改革，實質上是一種不觸動封建制度根本的改良。龔自珍畢竟是封建社會中的人物，又是統治階級中的一員，其思想的進步自然無法擺脫時代和階級的局限。但盡管如此，龔自珍畢竟看到了封建衰世的來臨，提出了革新的口號，預示了“風雷”的到來，因而仍具有劃時代的意義。

六、龔自珍詩歌的藝術特色

在當時清王朝推行高壓的文化專制主義的險惡條件下，龔自珍充滿强烈社會批判精神的詩歌自難得到應和，更産生不了"醫國"① 的效果。所謂"縱使文章驚海内，紙上蒼生而已"②。盡管他上承王安石"三不足畏"之説，提出不畏"大言"、"細言"、"浮言"和"挾言"的"四不畏"思想，然而，朝中黑暗勢力的種種中傷和迫害，卻仍使他常常産生一種先行者的孤獨和痛苦感，所謂"側身天地本孤絶，剗乃氣悍心肝淳！"這樣，他在詩中深爲喜愛"莊騷"，也就並非偶然的了。前人多據龔詩中"莊騷兩靈鬼，盤踞肝腸深"之句（見《自春徂秋偶有所觸拉雜書之漫 不詮次得十五首》）作爲其詩歌藝術特色的淵源，這固然不錯，然而，我們還需注意該語的前兩句："名理孕異夢，秀句鎪春心。"龔自珍之所以如此喜愛《莊子》，首先是因"其言"能"洸洋自恣以適己"③；他之所以如此喜愛

---

① 龔詩中有"何敢自矜醫國手，藥方只販古時丹"之句。
② 見《全集》第十一輯《金縷曲》。
③ 見《史記·莊周傳》。

《離騷》，也首先是因其"名理孕異夢"，反映了屈原"上下求索"的革新思想及其所孕育的新奇理想。他曾以屈原自許："我有靈均淚，將毋各樣紅。星星私語罷，出鞘一刀風。"① 可以這樣説，正是由於龔自珍對自己政治理想的執著追求，也正是由於他在這種追求中所産生的孤獨和痛苦，才使得他能將對莊騷的喜愛併之爲一，並從而貫注於詩，"六藝但許莊騷鄰，芳香惻悱懷義仁。"② 他對於李白的欣賞，着眼點也恰在於此。如上所説，在懷才不遇、備受壓抑的情形下，龔自珍的詩歌中表現出强烈的多元個性解放傾向。無論其壯志未酬的孤憤、快意恩仇的"任俠"、纏綿悱惻的"幽情"，還是對"自然"與"童心"的追求、對"羽化而登仙"的嚮往、對崇佛禮經的嗜好，都是這種個性解放傾向的有機組成部分和現實化形態，"桀驁不馴，大歌大哭，猶如彗星劃破夜空，狂風漫卷大地，打破傳統之思想和寫法"③，從不同側面酣暢淋灕地發抒了龔自珍敏感、痛苦而又深沉的心靈，形成獨具面目的"龔詩"，從而也成爲真正獨具面目的清詩。

由於其"哀樂恒過人"（《寒月吟》）和"氣悍心肝淳"的氣質，在龔自珍的詩歌中呈現出鮮明的藝術個性，構思神奇，想像豐富，具有一種奔放不羈的强烈浪漫主義特色。

試觀其《西郊落花歌》：

西郊落花天下奇，古來但賦傷春詩。西郊車馬一

---

① 《紀夢七首》，《全集》第 498 頁。
② 《辨仙行》，《全集》第 469 頁。
③ 見錢仲聯先生《清詩簡論》。

朝盡，定庵先生沽酒來賞之。先生探春人不覺，先生
送春人又嗤。呼朋亦得三四子，出城失色神皆痴。如
錢塘潮夜澎湃；如昆陽戰晨披靡；如八萬四千天女洗
臉罷，齊向此地傾胭脂；奇龍怪鳳愛漂泊，琴高之鯉
何反欲上天為？玉皇宮中空若洗，三十六界無一青蛾
眉；又如先生平生之憂患，恍惚怪誕百出難窮期。先
生讀書盡三藏，最喜《維摩》卷裏多清詞。又聞淨土
落花深四寸，瞑目觀想尤神馳。西方淨國未可到，下
筆綺語何灕灕！安得樹有不盡之花更雨新好者，三百
六十日長是落花時！

其詩前小序記載了此詩的創作之由："出豐宜門一里，海棠大
十圍者八九十本。花時車馬太盛，未嘗過也。三月二十六日，
大風；明日風少定，則偕金禮部（應城）、汪孝廉（潭）、朱上
舍（祖穀）、家弟（自穀）出城飲而有此作。"豐宜門舊址約在
北京右安門外西南。張祥河《關隴輿中偶憶編》中云："京師
豐宜門外三官廟，海棠最盛，花時為士大夫宴集之所。"此詩
所咏當即為三官廟海棠。花開時節，滿朝達官貴人附庸風雅，
競相去賞花，龔自珍卻不隨波逐流，偏在花殘人散後去觀賞落
花，表現了他特立獨行的清高品格。在詩之前半，詩人既不惜
花，也不傷春，而是用極度浪漫主義的手法描繪了艷麗鮮奇的
落花景象。從"如錢塘潮夜澎湃"至"又如先生之憂患，恍惚
怪誕百出難窮期"，詩人接連運用一連串的比喻來描繪落花的

景象，"千光百怪，奔迸而出"①。而最後忽以落花之景譬之自
己生平所遭受的打擊，稀奇古怪，變幻莫測，既出人意表，且
流露出詩人懷才不遇的深沉感慨。接下來，語意又變昂揚，詩
人由喜愛《維摩詰所說經》中的天女散花故事興起，轉而嚮往
落花厚積的西方淨土，心醉神馳，隱隱表現出他對封建專制統
治的不滿和對未來理想的追求。最後，詩人則又從虛幻世界中
的"落花"轉回到現實"憂患"世界中的落花，盡情地呼喚：
"安得樹有不盡之花更雨新好者，三百六十日長是落花時！"含
蓄地表達出詩人要求變革的願望。程金鳳《己亥雜詩書後》曾
評曰："天下震矜定庵之詩，徒以其行間璀璨，吐屬瑰麗。夫
人讀萬卷書供驅使，璀璨瑰麗何待言？要之有形者也。若其聲
情沈烈，惻悱遒上，如萬玉哀鳴，世鮮知之。抑人抱不世之奇
材與不世之奇情，及其爲詩，情赴乎辭，而聲自異，要亦可言
者也。至於變化從心，倏忽萬匠，光景在目，欲捉已逝，無所
不有，所過如掃，物之至也無方，而與之爲無方，此其妙明在
心，世烏從知之？鳳知之而卒不能言之。"也堪可移作對此詩
的贊語。

　　龔自珍《己亥雜詩》中還有一首著名的咏落花詩：

　　　　　浩蕩離愁白日斜，吟鞭東指即天涯。
　　　　　落紅不是無情物，化作春泥更護花。

這首詩，抒發了詩人四十八歲那年因"動觸時忌"而被迫辭官，

---

① 　張爾田《遁庵書跋》。

離開北京時的矛盾心情。前兩句，語意悲涼，其中亦不無憤慨之意；後兩句卻陡作轉變，以落花爲喻，一抑一揚，對比極爲鮮明。嫣紅的花朵，在飄香吐艷、完成了自己的使命之後，便自然要離開枝頭。在前人看來，則或云"無可奈何花落去"，或云"水流花謝兩無情"，即如龔自珍所喜愛的著名愛國作家陸游，[①]亦僅云"零落成泥碾作塵，只有香如故"而已。但是，龔自珍則"移情"於花，使"落紅"投射上了自己的主觀情志。在龔自珍看來，"落紅"並非"無情"之物，當它完成了飄香吐艷的使命、由枝頭又回歸到它賴以孕育和開放的土壤後，仍願盡心發揮自己的最後一點作用，"化作"肥沃的"春泥"，爲枝頭"不盡之花"的"新好"繁盛更盡綿薄之力。這誠可謂前人未曾經道之新意。屈向邦曾評論此詩後兩句云："掃去陳言，芳心如見，纏綿悱惻，真不愧花之千古知己。"[②] 然而，倘僅稱贊龔氏爲"花之千古知己"，則還未味出此詩之深層意蘊。詩之表面是吟咏落花，實卻是以花喻己，表明自己雖已離開官場，但仍願爲"更法"、"改圖"理想的實現不遺餘力，更希望他這種努力能使大批勇於變革的人材脫穎而出。果然，當詩人離京行至鎮江時，便借道士乞撰青詞之機，發出了"我勸天公重抖擻，不拘一格降人材"的強烈呼喚。林昌彝《射鷹樓詩話》內云："《定庵詩集》四卷……道州何子貞（紹基）師謂其詩爲近代別開生面，則又賞識於弦外弦、味外味矣。"所謂

---

① 關於龔自珍詩歌受陸游的影響，請參朱杰勤《龔自珍研究自序》。

② 見屈向邦《粵東詩話》。

“弦外弦”者，實即指龔詩中此類詩作。

　　由於龔詩中充滿了豐富的想像力，其詩中的諸多形象也極爲生動有力，並往往摻入了詩人的强烈情緒。例如：

> 黃金華髮兩飄蕭，六九童心尚未消。
> 叱起海紅簾底月，四廂花影怒於潮。
> 　　　　　——《夢中作四截句》之二

　　這首詩，作於道光七年。以“説夢”爲題，通過抒寫“童心”，表達了詩人靈魂深處對於真與美的追求，實際也是對於自由的渴望。

　　嘉慶二十二年，龔自珍曾以詩、文集各一册請教“關中尊宿”王芑孫。王氏復書雖贊其詩文“見地卓絶，掃空凡猥，筆復超邁，信未易才也”，然而又告誡説，“詩中傷時之語，罵坐之言，涉目皆是，此大不可也”，擔心他“口不擇言，動與世忤”的後果，勸他“修身慎言遠罪”①。同年，龔氏遂有戒詩之舉。但是，基於其變法革新的政治理想，龔氏卻並不可能真正就此擱筆。他一生中多次“戒詩”後又“破戒”，詩中仍“傷時”、“罵坐”，正説明了這一點。不過，處在當時的高壓文化政策下，他也常常“未言聲又吞”，不得不“東雲露一鱗，西雲露一爪”②。此詩由“説夢”而抒發其“童心”，即是詩人雲中顯露“鱗爪”的一種方法。所謂“少年哀樂過於人，歌泣無

---

① 見張祖廉：《定盦先生年譜外記》
② 見其《自春徂秋偶有所觸拉雜書之漫不詮次得十五首》。

端字字真。既壯周旋雜痴黠，童心來復夢中身。"(《九月二十七夜夢中作》)詩中的前兩句，是詩人從命運和個性方面爲自身寫照。詩中的"童心"，是對李贄"童心説"的繼承和發展，實則指詩人耿介不阿的傲世、憤世和濟世之心，其中既包含着對於社會黑暗的批判，同時也寄寓着對於光明理想的憧憬，對於冲破封建專制束縛、實現個性解放的渴求。然而，詩人的這種"童心"，在現實生活中非但行不通，反倒遭至黑暗勢力的種種禁錮和扼殺，惟有在"夢"中其欲望才能得到充分地宣泄。三、四兩句，正是其衝動欲望的强烈爆發。詩人要在暗夜中大聲叱喝，命令簾幕上卷，橙紅色的月亮自海底升起，高懸空中，光茫瀉地，映照出"四廂"隨風搖曳的花影。"叱起"二字，是意願在"夢"中無拘無束的突然迸發，遂呈現出一個超現實的神奇世界："海紅簾底月"遵照詩人的意願被喝斥而起，映照得"花影怒於潮"，詩人從而獲得了精神和行爲上的雙重自由。月光和花影，本爲尋常景物，但由於詩人"夢"中"童心"的想象，則構成爲極生動有力的形象，富於生命力：月之起落屬自然規律，其露面與否尚取決於氣候，然而，在昏昏黑夜中，月亮則可以隨人意願叱喝而起，放射出萬丈光芒；花影本無生命，這裏卻成爲有生命的實體，且化柔美爲陽剛，搖曳之影姿似滾滾波濤，生氣勃勃，其磅薄之勢更甚於崩雲裂岸的巨潮。案，"四廂花影怒於潮"一句，實曾受到清人孫星衍妻王玉瑛《春夕》詩中佳句的影響。袁枚曾評點王玉瑛詩云："……'一院露光團作雨，四山花影下如潮。'皆妙絶也。"(《隨園詩話》卷五)但是，經龔自珍的點化，易一"怒"字，形象遂爲之飛動，精彩無比。錢鍾書先生曾指出："'潮'曰'怒'，已屬陳言；‘潮’喻‘影’，亦伏人先；‘影’曰‘怒’，岨峿不安。以‘潮’周旋‘怒’與‘影’之間，駿斬參坐，相得乃彰。‘影’與‘怒’如由‘潮’之作合而締交莫逆，‘怒潮’之言如藉‘影’之拂拭而減陳，‘影’、‘潮’之喻如獲‘怒’之渲染而翻新。真修詞老斲輪也。"[①] 如果說，花影是美的表現、生命的象徵，那麼，"怒於潮"則是美的煥發，生命力的自由奔放。詩人於"夢"中所要"叱"出的，乃是一個驅除黑暗的光明世界；詩人"六九"未消的"童心"，也正是渴望能出現一個變革現狀的"怒潮"。[②]

龔詩中尚有諸多詩句，如：

> "西池酒罷龍嬌語，東海潮來月怒明。"
> ——《夢得"東海潮來月怒明"之句醒足成一詩》
> "畿輔千山互長雄，太行一臂怒趨東。"
> ——《張詩舲前輩游西山歸索贈》
> "翻是桃花心不死，青山佳處淚闌干。"
> ——《九月二十七夜夢中作》
> "太行一脈走蝹蜿，莽莽畿西虎氣蹲。"
> ——《己亥雜詩》

---

① 見《也是集》。

② 案，龔氏《又懺心一首》中云："佛言劫火遇皆銷，何物千年怒如潮？經濟文章磨白晝，幽光狂慧復中宵。來何洶涌須揮劍，去尚纏綿可付簫。"足可佐證。

習見的景物，由於詩人的神奇想象，則變得勃勃有生氣，具有強烈的感染力。龔自珍曾稱"詩之境乃極"的作品當"如嶺之表、海之澨，磅薄浩汹，以受天下之瑰麗而泄天下之拗怒"[①]，他本人所力求創造的也正是這樣一種境界。

　　龔自珍論述文藝創作尤強調尊情，反對封建教條對於個性和情感的束縛和扼殺，曾指出："情之為物也……鋤之不能，而反宥之；宥之不已，而反尊之。"（《長短言自序》）並要求："詩與人為一，人外無詩，詩外無人，其面目也完"。所謂"完"，即"心迹盡在是，所欲言者在是，所不欲言而卒不能不言在是，所不欲言而竟不言，於所不言求其言亦在是。要不肯掆扯他人之言以為己言"。（《書湯海秋詩集后》）這種文藝觀點，盡管不是龔自珍的首創，但在當時桐城派竭力維護程朱理學的"正統"地位、封建專制泯滅個性造成"萬馬齊喑"的局面下，則無疑有着開啓風氣的時代意義。以之來論詩，龔氏則有詩云："天教偽體領風花，一代人材有歲差。我論文章恕中晚，略工感慨是名家。"直斥當時"衰世"流行的擬古主義、形式主義詩風，要求詩歌發揮針砭時弊、匡世救時的作用。以之來評論古代詩人，龔氏則有詩云："陶潛詩喜說荆軻，想見停雲發浩歌；吟到恩仇心事涌，江湖俠骨恐無多。""陶潛酷似卧龍豪，萬古潯陽松菊高；莫信詩人竟平淡，二分梁甫一分騷。"（《舟中讀陶詩三首》）對陶淵明詩品與人品的評價十分中肯，完整地揭示了陶詩的面目，從而也體現了其"詩與人為一"的論詩觀點。

---

①　《送徐鐵孫序》。

　　由龔自珍的詩歌觀之，其中亦充滿真情。除上引諸多詩篇外，如：

> 春夜傷心坐畫屏，不如放眼入青冥。
> 一山突起丘陵妒，萬籟無言帝坐靈。
> 塞上似騰奇女氣，江東久隕少微星。
> 平生不蓄湘纍問，喚出姮娥詩與聽。
>
> 　　　　　　　　　——《夜坐》

詩中以比喻的手法，揭露了人材在封建專制統治下備受壓抑的現實，並通過"喚出姮娥詩與聽"的奇想，抒發了詩人的抑鬱和憤懑之情。即如《能令公少年行》中的"獨辟"之"奇境"："有時言尋縹渺之孤踪，春山不妒春裙紅，笛聲叫起春波龍，湖波湖雨來空濛，桃花亂打蘭舟篷，烟新月舊長相從。"由詩人所着力描繪的封建末世的"桃花源"幻境中，仍可看出詩人的真切願望，以及對黑暗現實"萬恨填心胸"的憤慨之感。龔詩中還常用象徵的手法，借助客觀的自然事物與景色，構成象徵性的意象，從而表達其深沉的思想感情。例如：

> 樓閣參差未上燈，菰蘆深處有人行。
> 憑君且莫登高望，忽忽中原暮靄生。
> 　　——《雜詩己卯自春徂夏在京師作得十有四首》

這首詩，是詩人游陶然亭時所作，詩後自注："題陶然亭壁。"詩內寓政治色彩於景物描繪，由"忽忽中原暮靄生"的象徵性意象中，讀者不僅可以洞見衰世的徵候，更能夠體驗到詩人對社會危機的憂慮情感。再如：

> "著書不為丹青誤，中有風雷老將心。"
> ——《己亥雜詩》第六十一首
> "眼前二萬里風雷，飛出胸中不費才。"
> ——《己亥雜詩》第四十五首
> "狼籍丹黃竊自哀，高吟肺腑走風雷。"
> ——《三別好詩》
> "來何洶湧須揮劍，去尚纏綿可付簫。"
> ——《又懺心一首》
> "一簫一劍平生意，負盡狂名十五年。"
> ——《漫感》
> "氣寒西北何人劍？聲滿東南幾處簫？"
> ——《秋心三首》

則以"風雷"代表發自肺腑的怒號、變革社會的偉力，以"劍"象徵昂揚不屈的鬥爭意志，以"簫"表示憤懣或哀怨的情懷。此外，像"落花"、"夕陽"（"夕陽忽下中原去"）、"罡風"（"罡風大力簸春魂"）等，也都具有濃厚的象徵意義。

劉勰曾稱贊《離騷》云："觀其骨鯁所樹，肌膚所附，雖取熔經意，亦自鑄偉辭。故《騷經》、《九章》，朗麗以哀志；《九歌》、《九辯》，綺靡以傷情；《遠游》、《天問》，瑰詭而慧巧；《招魂》、《大招》，耀艷而深華；《卜居》標放言之致，《漁父》寄獨往之才。故能氣往轢古，辭來切今，驚采絕艷，難與並能

矣。"① 龔自珍的詩歌，上承《離騷》的積極浪漫主義優良傳統，
"酌奇而不失其真，玩華而不墜其實"，同時又廣師前人，博取
衆長，由此形成了其"奇境獨闢"的浪漫主義藝術特色。然而，
由於龔自珍的政治思想、氣質及其所處的時代，這種藝術特
色，具體到作品中，又或則"吁嗟幽離，無人可思"（龔自珍
《琴歌》，《全集》第 446 頁），或則"鬱怒橫逸"（龔自珍《己亥
雜詩》第 114 首自注，《全集》第 520 頁），或則"掀雷挾電"
（李維楨《昌谷詩解序》中語），或則"廉悍偉麗"（見《清代野
史大觀》），或則"佹詭連犿"（見梁啓超《清代學術概論》），呈
現出百狀千匯的面貌。但是，龔詩中有些作品在藝術風格方面
也存在着艱奧晦澀、用典奇僻的缺點，還有些表現"選色談
空"的淫麗之詞，這則是由於其時代和階級的局限性所致。

---

① 《文心雕龍·辨騷》。

七、龔自珍詩歌在文學史上的
地位及影響

　　龔自珍的詩歌，在當時詩壇上即頗有影響。榴芳《無題詩話》中稱其"詩亦奇境獨辟，多艷情之什。一稿才脱，傳遍萬目。如《世上光陰好》云云，《秋心》云云"。道光十九年（1839）龔氏辭官南歸，忽破詩戒，每作一詩，即"以逆旅鷄毛筆書於賬簿紙，投一破簏中"，至家之日，早有人傳誦其出都留別詩什，時有"詩先人到"之謠。道光二十年，新安女士程金鳳《己亥雜詩書後》中則説："天下震矜定庵之詩"。並且指出，龔詩不惟語言璀璨瑰麗，至若其聲情沈烈，惻悱遒上，恰如萬玉哀鳴。

　　不僅如此，龔自珍所開創的一代詩風，既打破了當時詩壇的沉寂局面，使詩歌創作與社會現實密切聯繫起來，而且對近代詩歌的發展也産生了深遠影響。如徐世昌《晚晴簃詩匯》中云："定庵天性肫摯，學出外家。龔、魏齊名，能開風氣。光緒甲午（1894）以後，其詩盛行，家置一編，競事摹擬。"

　　以1840年鴉片戰爭爲標志，中國由封建社會逐步淪爲半殖民地半封建社會，進入近代。19世紀60年代後，中國資本主義開始有了初步的發展。隨着 1894 年中日甲午戰爭爆發，民族危機空前嚴重，資産階級開始登上政治舞臺，發起一場聲勢浩大的改良主義政治運動，要求變法維新，救亡圖存。與此同時，爲適應政治上的需要，資産階級改良派還發動了以“詩界革命”等爲號召的文學改良運動。黃遵憲、康有爲、譚嗣同、梁啓超等即是這種改良運動的代表。可以看出，他們都不同程度地受到了龔自珍及其詩歌的影響。黃遵憲是資産階級改良派在創作方面最有成就的詩人，是“詩界革命”的一面旗幟。在他的詩歌裏，龔自珍詩歌中那種關心國家民族命運、要求“更法”“改圖”的思想，及積極浪漫主義的風格，都不難窺見。龔自珍的《己亥雜詩》，係由三百一十五首七絶有機構成的大型組詩，如同年譜行狀，可謂適應新的思想内容需要而在形式上作的創新。光緒己亥年（1899），黃遵憲亦作有《己亥雜詩》八十九首，同樣主要是記述生平閲歷。除思想内容及藝術風格外，部分詩作在語言上也可看出龔詩的影響。如龔自珍《己亥雜詩》第七十六首云：“五十年中言定驗，蒼茫六合此微官。”黃詩則有雲：“後二十年言定驗，手書心史井函中。”（《己亥雜詩》第四十七首）又如龔自珍《己亥雜詩》第二百一十首云：“萬綠無人喭一蟬，三層閣子俯秋烟。安排寫集三千卷，料理看山五十年。”而黃遵憲《不忍池晚游詩》第九首則說：“萬綠沈沈喭一蟬，迷茫水氣化湖烟。無端吹墮豐湖夢，不到豐湖已十年。”再看康有爲的《出都留別諸公》之作：“滄海驚波百怪橫，唐衢痛哭萬人驚。高峰突出諸山妬，上帝無言百鬼獰。豈有漢廷思賈誼，拼教江夏殺禰衡。陸沈預爲中原嘆，他日應思魯二生。”詩中豐富的想象，深沉的思想，慷慨的風格，與龔詩都有着相似之處，且其中的"高峰突出諸山妒，上帝無言百鬼獰"一聯，則顯然脫胎於龔詩《夜坐》中的"一山突起丘陵妒，萬籟無言帝坐靈。"譚嗣同是提倡新學、倡導"詩界革命"的主將，其《論藝絕句》中則有云："千年暗室任喧豗，汪魏龔王始是才。萬物昭蘇天地曙，要憑南岳一聲雷。"據其自注，龔即爲"龔定庵自珍"，自注中指出，惟有龔自珍等"能獨往獨來，不因人熱。其餘則章摹句效，終身役於古人而已"，由此可看出譚氏對龔自珍詩歌的高度推重。

　　20世紀初，隨着資産階級民主革命的發展，著名的革命文學團體"南社"又應運而生。該詩社繼承和發揚了龔自珍和以黄遵憲爲首的"詩界革命"的進步傳統，以舊體詩表現新内容，鼓吹革命。與此同時，反對詩壇上泛濫的復古主義、形式主義，與當時的"同光體"詩派展開了鬥爭。可以看出，南社的主要發起人柳亞子、高旭等也都受到過龔自珍的影響。龔自珍《己亥雜詩》第三百一十二首云："古愁莽莽不可說，化作飛仙忽奇闊。江天如墨我飛還，折梅不畏蛟龍奪。"柳亞子則取龔詩中之"飛仙"爲喻，詩云："三百年來第一流，飛仙劍客古無儔。只愁孤負靈簫意，北駕南轙到白頭。"（《定庵有三别好詩余仿其意作論詩三截句》之三）對龔自珍在文學史上的地位進行了高度評價。他不僅"劍態簫心不可羈，已教終古負初期"（《自題磨劍室詩詞後》），深受龔自珍"簫劍"之氣的影響，並且極爲喜愛龔自珍的詩歌，嘗專集定庵之句爲詩："眼前二萬里風雷，狼籍丹黄竊自哀。我論文章恕中晚，不拘一格降人材。"（《送黄季剛北上集定公句》）而高旭的詩作中，不僅有些可見出龔自珍詩歌的影響，也有不少集定庵之句，如《集定

庵句有贈》十首。甚至中國現代革命文學的主將魯迅，所受龔
自珍的影響也是十分明顯的。

　　鴉片戰爭時期的愛國詩人林昌彝稱龔自珍詩歌"奇境獨
闢"，"爲近代別開生面"（見《射鷹樓詩話》），這一評價，無疑
是確當的。在清代嘉道乃至中國近代的詩歌發展歷程中，龔自
珍的詩歌確曾起過承先啓後的作用。"三百年來第一流，飛仙
劍客古無儔"，以之概括龔自珍詩歌在文學史上的地位，當亦
非屬過譽之論。

餘　論

——有清一代江浙地區詩歌繁榮的原因

　　有清一代，江浙地區的詩歌極爲繁榮，名家輩出，佳作如林，始終稱雄於全國詩壇。從作家的數量看，僅《晚晴簃詩匯》輯錄的六千一百家詩人中，浙江詩人就有一千三百人，占五分之一强，居於全國首位，倘若再加上江蘇詩人，數量則更爲可觀。據筆者對江蘇省立國學圖書館現存圖書總目所作的索引，在"清代之屬"的"詩文類"中，其中有詩文集的江浙作家便不下千家。而詩歌的百派回流、詩風的千匯萬狀、詩論的各立壇坫，更形成了前所未有的盛況。爲探討有清一代江浙地區詩歌繁榮的原因，考察江浙文化圈的特質，有必要從文化生態學的角度去加以研究。

一、文化生態學概說

　　自 1869 年德國生物學家赫克爾（Ernst Haeckel）首次提出生態學（Ecology）一詞，一百餘年來，生態學已發展爲一門龐大的熱門學科，分化出幾十種分支學科。隨着生態學對人類生活的滲透，形成了兩門新學科：人類生態學（Human Ecology) 和文化生態學 (Cultural Ecology)。鄧坎認爲：“人類生態學在於研究人口、組織、環境、技術四大因素間的互動及互變關係”①。人類生態學把人類生活的社會當作一個生態系統，研究其中的規律。而文化生態學則注重研究人類社會對環境的適應過程，研究工業、農業、政府、社會、家庭、宗教、商業等社會現象的變動給文化帶來的影響，把文化看成是人們與環境相互作用而形成的穩進和平衡的生態系統。

　　文化生態學這一概念，由美國文化人類學家斯圖爾德 (Julian Haynes Steward，1902—1972) 1955 年在《文化變遷論》中首先創用。斯圖爾德把説明賦予不同地區以特徵的特殊的文化特性和文化類型之起源的領域規範爲文化生態學，強調了人類生態學和社會生態學的差異。他所關心的問題，是審定人類社會爲適應環境的行爲方式是固定不變的，還是具有某種程度的可塑性。在這裏，與生計活動以及經濟組織有着密切關係的一群特性，叫做核心文化，以與其外的二次文化相區别。這種二次文化容易通過非人爲的革新和傳播而接受影響並發生變化。核心文化對於環境的適應，可以通過以下三個程序來審定：(1) 對生產技術與環境之間相互關係的分析；(2) 生產方式的分析；(3) 確定生產方式對文化的其他方面所施加影響的程度。總之，斯氏通過這樣的程序，比較研究了文化的形成和分佈在多大程度上受到環境因素制約的問題。對於斯氏的文化生態學方法，後人提出了許多批評，其中以李 (Lee, R. B. 1979) 的批評最爲重要。他的批評主要有以下幾點：第

---

① 〔美〕鄧坎：《人類生態學與人口研究》，1959 年，第 667 頁。

一，由于核心文化只是以技術—經濟的綫索爲基準來加以分類的，所以，它未能解決社會的和觀念的各種因素是如何與生態學的因素相互作用的問題。第二，核心文化內部各個因素之間的相互結構關係，不是特定的。第三，由於不能　以生態學說明的側面，被總括在歷史因素的名義之下，所以，就不能充分地把握社會的順時變化過程。現今的文化生態學理論認爲，任何文化都適應着特定的生態環境，表現出地域性的變異，因此，在本質上也都是多綫進化的。生態環境制約和影響着每一文化的一般形貌；每一種文化，就其對具體生態環境的適應而言，都是合理的和成功的。判斷和理解一個文化，必須在它與其生態環境的相互關係中才能夠展開。在生態學上，生態環境指的是圍繞主體、占據一定空間、構成主體存在的條件的種種物質實體和社會因素。從文化生態學看，其環境因素除生物圈（Biosphere）、大氣圈、水圈、土壤和岩石圈外，則還應包括"社會圈"。這里所說的社會圈，包括各種社會因素，如經濟、政治、宗教、人口、工業、農業、商業等等。文化則是通過人們與其具體生態環境相互作用而形成的穩進的和平衡的生態系統。所以，文化生態學即是指借用生態學研究生命主體與其環境的相互關係和作用的理論和方法，來研究文化生態系統與生物圈、社會圈等之間的相互關係。

二、經濟文化中心南移與清代江浙地區詩歌繁榮之關係

　　任何一個歷史時期，其文學藝術的繁榮，總有其雄厚的經濟文化基礎，而這種基礎則需要經過相當長時間的積蓄才能形成。從遠古時期到西晉爲止，長江流域的開發遠在黃河流域

之後。這一時期，北方經濟的發展在全國一直處於領先的地位，我國經濟文化的重心是在黃河流域。西晉末年，永嘉之亂，中原人民避亂南下，史稱"扶攜接踵"，不僅給南方增加了大量勞動力，並帶來了北方的先進耕作經驗。東晉、南朝都注意水利灌溉事業，在三吳（吳郡、吳興、會稽）地區廣修塘堰、海塘、閘壩，於是"江南之爲國盛矣。……地廣野豐，民勤本業，一歲或稔，則數郡忘饑。會（稽）土帶海傍湖，良疇亦數十萬頃，膏腴上地，畝直一金，鄠（今陝西戶縣）、杜（今陝西西安市南）之間不能比也"[①]。大量史料表明，此時，南方的新經濟中心已經形成。中唐安史之亂以後，北方兵火之餘，又被藩鎮割據，黃河流域的經濟遭到戰亂的嚴重破壞，而南方則相對穩定。北方人口的南流，使長江流域自東晉、南朝以來已經得到發展的社會經濟更加迅速地增長起來，終於趕上並超過了北方。歷經五代十國，全國的經濟文化重心又進一步從黃河流域轉移到長江流域。南宋時，無論在農業、手工業和商業方面，南方都大大超過了北方，使得經濟上南盛北衰的局面正式確立。元、明、清三代，南方經濟在壓倒北方的形勢下，有了進一步的發展。爲維護政治中心在北方的中央政府的財富收益，封建統治者也繼續加強對南方地區的剝削。從元初看，由於長期遭受戰爭的破壞，北方地區的生產處於停滯和倒退的狀態。而南方卻因相對的比較穩定，加上中原人民的不斷南

_____

① 《宋書》卷五四《孔季恭等傳·論》。

移，生産卻一直在緩慢地發展着。滅宋以後，元政府爲了强固其統治，在南方實行"使百姓安業力農"①的政策，大力興修水利，南方農業生産很快得到發展。而地勢平坦、土壤肥沃、水網交錯的江浙地區，更成爲"魚米之鄉"。全國税糧的總收入，達一千二百十一萬四千七百餘石，而江浙省歲入就爲四百四十九萬石，占三分之一强②。江浙地區的物質力量之富厚，於此則亦可想見。明成化八年（1472），各地運糧京師額定四百萬石，其中南糧三百二十四萬石，占百分之八十强，而南糧中又以蘇州、常州、松江等府所産爲主。清初，江浙地區的經濟雖經歷戰亂而遭受巨大破壞，但從康熙後期即逐漸恢復並進入繁榮和發展的階段。如康熙十九年（1680），江南巡撫莫天顔在奏請孟河建閘的奏折中説："江南財賦甲於天下，蘇、松、常、鎮課額尤冠於江南。"一個長期較爲安定的社會環境，是經濟發展必不可少的條件，也是文學繁榮的一個重要原因。由於經濟文化重心的南移，則推動了江浙地區文學的繁榮。隨着西晉末年以來中原人口的歷次大規模南遷，大量士人也遷移南方，無疑對南方文學發展是一個促進。如宋室南渡後，建都於杭州，改稱臨安府，杭州遂成爲南宋政治、經濟、文化的中心。南宋的最高學府——太學的學生最多時達四千餘人，此外還有武學、宗學及算學、書學和醫學等專門技術性學生數百人。臨安府學及所屬錢塘、仁和的縣學學生近千人。總之，"都城內外，自有文武兩學，宗學、京學、縣學之外，其餘鄉

① 《元史》卷八《世祖紀》五。
② 《元史》卷九三《食貨志》一。

校，家塾、舍館、書會，每里巷須一二所，弦誦之聲，往往相聞，遇大比之歲，間有登第補中舍選者。"① 由此可見，隨着經濟文化中心的南移，爲南方文學藝術的發展奠定了雄厚的經濟文化基礎，從而也爲清代江浙地區詩歌的繁榮形成了良好的文化生態環境。

三、地理因素與清代江浙地區詩歌繁榮之關係

文化生態學認爲，任何文化都適應着特定的生態環境，呈現出地域性的變異。有清一代，江浙詩壇上之所以會涌現那麼多開宗立派的作家，獨具面目，各創新聲，競辟詩境，爭奇鬥妍，爲清詩風氣的開出作出了重大貢獻，則顯然與江浙地區的地理形勢有着密切關係。

從地理上考察，江浙位于東南沿海，呈現出開放性的態勢，與封閉性的内陸迥然不同。境内長江橫貫東西，大運河縱行南北，湖泊衆多，水網稠密，交通極爲便利，這就爲江浙文化與異質文化的交流、碰撞提供了契機，而境内廣闊的平原，又形成一種内部回旋餘地相當開闊的環境。由此，江浙文學則呈現出一種穩健性發展的特徵。然而，由於其精神與物質方面的深厚内蘊，一但條件出現，有時也會産生突進的要求。

元、明、清三代，皆定都於北京，而京師的食糧，則幾乎全部來自長江流域，主要是其下游太湖流域及其附近地區。爲此，元、明、清三代政府都全力保障京杭大運河漕運的暢通。這樣，長江下游沿京杭大運河及其附近，出現了衆多商業繁榮

① 見《都城紀勝・三教外地條》。

的城市。例如蘇州，據雍正七年《嶺南會館廣業堂碑記》載：
“姑蘇江左名區也。聲名文物，爲國朝所推。而閶門外商賈鱗
集，貨貝輻輳，襟帶於山塘間，久成都會。”再看下面幾條材
料：“蘇州爲東南一大都會，南賈輻輳，百貨駢闐。上自帝京，
遠連交、廣，以及海外諸洋，梯航畢至。”（乾隆二十七年史茂
撰《新修陝西會館記》）“夫（蘇）郡爲東南都會，而百貨輳集。
中外貿市，尤在松江之上海。”（同治十一年《重修婁門外各橋
記》）“蘇州，東南一大都會也。南達浙、閩，北接齊、豫，渡
江而西，走皖、鄂，逾彭蠡，行楚、蜀、嶺南，凡彈冠捧檄、
貿遷有無而來者，類皆設會館。”（光緒十五年王樹棻撰《武安會
館記》）此外，如“百貨所聚”的杭州，以及南京、鎮江、常州、
松江、嘉興、湖州、揚州等，也都極爲繁榮，爲重要的物資集
散地。這種得天獨厚的優勢，對清代江浙詩歌的繁榮產生了積
極的影響：

　　首先，是導致了江浙文人與外界交往的增多。地方的富饒
與環境的安定，吸引着外地士人，使其樂意仕宦於江浙或客寓
於江浙，這本身就是一種外來的影響和滲透。而境內水系沿綫
特別是京杭大運河沿綫興起的蘇杭等繁華商業城市，不僅是
物資的重要集散地，而且也是文人墨客南來北往的交通樞紐，
如上述之蘇州，“上自帝京、遠連交、廣，以及海外諸洋，”
“南達浙、閩，北接齊、豫，渡江而西，走皖、鄂，逾彭蠡，行
楚、蜀、嶺南”，堪稱“九州通衢”。這既易於促進水系沿綫文
人與外界的廣泛接觸，也便於他們借此走向中原、交廣、齊豫、
皖鄂，開拓視野，擴大交流，並且開闢前人所未有之詩境，有
利於題材、風格多樣化的形成。而境內之水網縱橫，交通之便

利，也有利於江浙地域内文人相互之間的切磋與交流，如清初江浙地區的詩社大興，一些詩社由兩省大郡文人共結而成，這也有益於江浙文化圈的形成，構成吳越文化的特質。

其次，也是最主要的一點，即導致歷史悠久的吳越文化成爲一個相對開放的文化體系，長於吸取外來新事物，並具有一種崇尚游學、游宦的風氣。正由於清代的許多詩歌大家或名家自小生活在江浙文化圈，習染於吳越文化的這種特質，所以他們即使成年後跨入了政界和文壇，並非生活在江浙，但仍然對新思想、新事物比較敏感，善於接受新思想，並勇於開拓新事物。從清代江浙的詩壇來看，雖然宗唐宗宋之爭也一直存在，但那些卓然名家者，則幾乎無不是廣採百家而轉益多師，這裏的“轉益多師”，並非僅指古人，而且也包括今人，所謂“不薄今人愛古人”也。正由於兼收并蓄，才使他們的作品廣博而精深；正由於刻意求新，才使他們的作品獨具面目。恰如袁枚所宣稱：“獨來獨往一枝藤，上下千年力不勝。若問隨園詩學某，三唐兩宋有誰應！”（《遣興》）又如趙翼的《論詩五絶》：

滿眼生機轉化鈞，天工人巧日爭新。
預支五百年新意，到了千年又覺陳。

詩的主要價值在於“新意”，惟有不斷地創新，才能使詩歌充滿“生機”。對於其時詩壇上的擬古派，趙翼譏之爲“矮人看戲何曾見，都是隨人説短長”（《論詩五絶》），根本不諳前人詩作之精神，從而毫無自己的藝術個性。在《題陳東浦藩伯敦拙堂詩集》中，他還將唐代的大詩人李白與杜甫加以比較：

　　嗚呼浣花翁，在唐本別調。時當六朝後，舉世炫
麗藻。青蓮雖不群，餘習猶或蹈。惟公起掃除，天門
一龍跳。……天壤此一途，疏鑿未曾到。一開五丁峽，
逐垣九軌道。

　　儘管趙翼對李、杜均甚崇仰，並列入歷代十大詩人之中，但從
"人心亦如面，意匠戞獨造"的論詩主張出發，在此詩中對李
白的"餘習猶或蹈"仍略有微詞；而對杜甫"掃除"六朝"餘
習"，勇於開創"別調"富有"一開五丁峽"的創新精神則深
爲服膺。這種提倡戞戞獨造、要在創新的美學思想，正體現了
清代江浙文化圈所具有的文化特質。

　　再次，由於江浙地區在地理上的得天獨厚優勢，使得域內
各水系沿綫的衆多城市工商業極爲繁榮，恰如鑲嵌在祖國江
南大地上的一串璀璨明珠。商品經濟發展的結果，必然會推動
文化事業的繁榮。如清代江浙地區，繼明代之後書院講學之風
極盛，尤其是浙江，因文化淵源久遠，學術之盛弁冕東南，書
院棋布林立，其中著名者則有敷文、紫陽、詁經精舍三大書院。
許多作家都收藏有大量圖書，這不單是爲了從事校勘、考訂、
著書立說，如黃宗羲即曾提出："多讀書，則詩不期而自工，若
學詩以求其工，則必不可得。讀經史百家，則雖不見一詩，而
詩在其中；若只從大家之詩章參句煉，而不通經史百家，終於
僻固而狹陋耳。"主張以學問爲詩。因此，清代江浙地區的許
多著名詩人，同時也是著名的藏書家。乾隆年間，國家開設四
庫全書館，征書宇內，各行省進呈者，即以浙江爲最多。據涵

秋閣鈔本《進呈書目》統計，浙江自乾隆三十七年秋至三十九年夏（1772—1774），公私進書凡十二次，共計圖書4601種，卒爲《四庫全書》著錄者有909種，存目者竟達2357種。其中，浙江藏書家進呈的，有孫仲曾、吳玉墀、鮑士恭、汪汝瑮、汪啓淑、范懋柱、朱彝尊及鄭大節等八家，共獻出秘籍2658種，被《四庫全書》著錄的有534種，附入存目的也有1113種，占全省進呈數的大半。而餘姚邵晉涵在京就近進呈者尚不計在內。一些藏書家，還往往兼事刻書。康熙年間，清政府在武英殿刊刻大量書籍，用唐歐陽詢、元趙孟頫字體，精寫上板。因其字體秀麗，雕刻精美，紙白板新，稱之爲"康版"，藏書家刻書竟相效之。清人金埴《不下帶編》卷四云："今閩版書本久絕矣，惟白下、吳門、西泠三地書行於世。然亦有優劣，吳門爲上，西泠次之，白下爲下。自康熙三四十年間頒行御本諸書以來，海內好書有力之家，不惜雕費，兢摹其本，謂之歐字。"某些藏書家，大量刊刻書籍，則並非己用，而是出於牟利的目的。如明末清初常熟的著名藏書家毛晉（1599－1659），藏書八萬四千餘册，多宋元刻本，建汲古閣、目耕樓以儲之。曾校刻《十三經》、《十七史》、《津逮秘書》、《六十種曲》等多種書籍，爲歷代私家刻書最多者，專事印刷出版業。這固然是當時江浙地區商品經濟活躍的一種表現，但無疑有助於推動文化事業的傳播。商品經濟的發展，亦促進了士商間的交往，俾揚風雅。如袁枚《隨園詩話》卷三內云："升平日久，海內殷富，商人士大夫慕古人顧阿瑛、徐良夫之風，蓄積書史，廣開壇坫。揚州有馬氏秋玉之玲瓏山館，天津有查氏心谷之水西莊，杭州有趙氏公千之小山堂，吳氏尺鳧之瓶花齋：名流宴咏，殆無虛日。"即以馬氏玲瓏山館爲例，"一時名士如厲太鴻、陳授衣、汪玉樞、閔蓮峰諸人，爭爲詩會，分咏一題，裒然成集。陳《田家樂》云：'兒童下學惱比鄰，抛墮池塘日幾巡。折得松梢當旗纛，又來呵殿學官人。'閔云：'黃葉溪頭村路長，挫針負局客郎當。草花插鬢偶離望，知是誰家新嫁娘。'秋玉云：'兩兩車乘轂觫輕，田家最要一冬晴。秋田曬罷村醪熟，翻愛糟床滴雨聲。'汪《養蠶》云：'小姑長人房闥潛，採桑那惜春蔥纖。半夜沙沙食葉急，聽作雨聲愁雨濕。'陳云：'蠶娘養蠶如養兒，性知長寒饑有時。籬根賣炭聞盪樂，屋後鄰園桑剪響。'皆可誦也。餘題甚多，不及備載。"此外，商品經濟的發展，還推動了清代江浙地區市鎮的數量激增，這自然也會刺激清代包括詩歌在內的文學樣式的發達。清代江浙地區市鎮的勃興，呈現出兩個顯著特點：其一是數量多，勢頭猛。以當時蘇州、松江、嘉興、湖州四府爲例，這一地區在宋末元初僅有60餘個市鎮，至明嘉靖、萬歷間增爲166個，到清乾隆、嘉慶時則已增至324個。其二是分佈密、相隔近。清代江浙市鎮的興起，主要是在沿海一帶及大運河沿綫。由於太湖流域與寧紹平原的商品經濟十分發達，市鎮涌現甚多。江浙沿海因外貿及海運逐漸發達，加之興辦不少鹽場，亦推動大量市鎮興起。清人云："竊謂海內十八行省以江浙爲最大，故郡縣之外，巨鎮林立"[①]，指的就是這種集中狀況。與明清市鎮分布密集地區相一致，江浙等東南沿海地區先後涌現出一批批文人，形成爲一個個地方文人群體。如清乾嘉時期，僅江蘇武進、陽湖二縣在

---

① 　嚴宸：同治《新塍瑣志序》。

各地修志的文人就達五六百人之多。大批文人群居鄉鎮，必然
會帶來當代文化活動的繁榮。明清時期社會急劇變革，新生事
物層出不窮，特別在資本主義萌芽及受西方殖民勢力染指最
早的地區，上述情況尤爲明顯。如清嘉慶間洪亮吉論黎里應修
志書稱："黎里爲吳江縣一鎮，今其土壤之富庶，民居之稠密，
於西北可比大縣，於東南則中下縣或有不及焉。民居戶籍既
繁，則風氣亦日開，文采亦日盛，人物軒冕遂擅於東南，推之
而園亭、祠宇、藝文、金石，皆可各立一門，此而不及今條記
之，則後此者將何所考焉？"①

　　最後一點，江浙地區"造化鐘神秀"的自然地理景觀以及
作爲歷史上六朝金粉之地遺留下來的人文景觀，也是清代江
浙地區詩歌繁榮的原因之一。如滬寧杭地區的山清水秀，杭州
的湖光山色、蘇州的園林景致，使"上有天堂、下有蘇杭"②成
爲傳世佳話。太湖的浩渺烟波、錢塘江潮的壯美景觀，亦足以
使人流連忘返。浙省內之雁蕩山—括蒼山，仙霞嶺—天臺山，
四明山、會稽山、天目山等，山間溪澗深切，林木葱鬱，風景
秀麗，尤以南、北雁蕩山峰巒奇特、深谷懸崖，爲浙南名勝。
這些都是使江浙詩人徜徉於山水之間，創作出大量優美山水
詩篇的客觀條件。如傳統上的"浙派"代表厲鶚，其詩則多描
寫杭州西湖山光水色之什，由陳與義上溯王、孟，刻琢研煉，
幽新雋妙。錢仲聯先生認爲，《樊榭山房詩集》中最好的詩，即
是描繪西湖風景的部分，堪稱"瑩然而清，窅然而邃"，擷取

① 　洪亮吉：嘉慶《黎里志序》。
② 　《吳郡志》卷五〇。

宋詩的精詣，掃除蕪雜的渣滓，是冰雪絕塵的西子的逼真寫照。而六朝形勝之地遺留下來的種種人文景觀，如石頭城遺址、六朝古墓、秦淮殘迹，乃至明孝陵等等，又使清代江浙詩人不知寫下了多少感嘆興亡、思念故國的詩篇。

四、商品經濟發展及資本主義萌芽出現與清代江浙地區詩歌新精神的內在聯繫

商品經濟繁榮及資本主義萌芽出現對江浙地區詩歌新精神的催化，對江浙文化圈內文化特質的孕育，也可以視作清代江浙地區詩歌繁榮的重要特徵之一。

這裏，首先應當探討的一個問題是：中國的傳統文化是否直至近代以後與西方異質文化接觸時，才導致了文化結構最深層面即心理層面的變革，然後方有五四時期的文化啓蒙？只有澄清了這一問題，我們才能具體考察商品經濟發展和資本主義萌芽產生對於中國傳統文化心理層面的影響。否則，清代江浙地區詩歌新精神的產生，也便無從談起。

一種流行的觀點認為，文化的結構可分為三個層面：第一個層面，是物質的層面；第二個層面，是物質化了的意識，或者是物質裏面所包含的意識，如理論、制度、行為等，即所謂理論、制度的層面；第三個層面，是心理層面，包括人們的價值觀念、思維方式、審美趣味、道德情操、宗教情緒、民族性格等。文化的三個層面，彼此相關，形成一個系統，構成了文化的有機體。這三個層面，以第三個層面最為重要。如果說，物質技術是末，制度理論是本的話，那麼，文化心理則是本中之本，是大本。由文化三個層面構成的有機體，有自己的一貫

類型和主導潮流，並由此規定了自己的發展和選擇：吸收、改造或排斥異質文化的要素。當兩種異質文化在平等或不平等的條件下接觸時，首先容易相互發現的，是物質的層面即表面的層面；習之既久，漸可認識理論、制度的層面即中間層面；最後，方能體味各自的核心層面即心理層面。1840年鴉片戰爭，使中西文化發生大規模接觸，由此產生出中國文化向何處去這樣的問題。從那以後，中國近代歷史大體經歷了三個階段，而且三階段都試圖解決文化傳統與現代化的關係問題。簡單歸納這一歷史行程，則可以表示爲：洋務運動（物質器用）→維新變法（體制運作）→辛亥革命（社會體制）→五四運動（文化啓蒙）。還有人認爲，當代中國的現代化過程，差不多又是一圈“物質器用→體制→文化”的輪轉，與上一輪近代民族復興的過程極其相似。當人們企圖從物質層面來解決現代化的問題時，卻最終總是要走到思想文化的領域中。對於當代中國的現代化問題，不在本文的論述範圍之內，不作申論。但是，關於中國文化的第三層面即心理層面，究竟是否直至近代以後與西方異質文化相接觸，到五四時才發生文化啓蒙？則有探討的必要。首先，當兩種異質文化相接觸時，並非絕對是由淺入深，而是三個層面都同時可能會出現碰撞。事實上，早在明代時，“泰西”與“遠東”文化就已在文化的最核心層面上產生過接觸。此僅舉“宗教情緒”之一例。明萬曆十一年（1583），意大利籍天主教士利瑪竇（Matthaeus Ricci）來華傳教，其帶來的地圖、自鳴鐘等屬物質層面的東西固然使中國的文人士大夫眼界大開，很快被接受，而其所傳之宗教，在當時中國也產生過影響，如大知識分子徐光啓就是教徒。有論者指出：

　　　與利（瑪竇）氏接觸過三次的李贄，曾稱利氏為
"極標致人"（《續焚書》卷一《與友人》）。這不是一般
的評語，這位抨擊儒學不遺餘力的叛逆唯有在稱贊
魏晉諸賢時才說："竊以魏晉諸人，標致殊甚"（《焚
書》卷一《答焦漪園》），這表明了他對西方文化相當
瞭解的程度和相當高的價值判斷。這一點，從西人的
記載也可得到證實："在一次文人集會上討論基督之
道時，只有他（指李贄）一個人始終保持沉默。因為
他認為，基督之道是唯一真正的生命之道。"（《利瑪
竇中國札記》第四卷第六章）利氏的後任之一艾儒
略[1]，得葉向高等邑紳贊助，正式於 1625 年起到福
州、泉州、興化等地傳教。至 1638 年，僅泉州一地
已有教堂十三所，各府每年新入教達八九百人。在傳
教期間，他與當地士人進行了相當廣泛的接觸。艾氏
所著《西學凡》，"已述有歐西建學育才之法，文科、
理科、法科、醫科，莫不粲然具著。"（吳虞《明李卓
吾別傳》）顯然，在（明）晚期所接觸到的西方文化
已經相當完整，也有一定的深度，對整個社會產生了
極其廣泛的影響。[2]

―――――――――

[1]　艾儒略（Julius Aleni），意大利人，明萬曆四十一年（1613）
　　　來華，清順治六年（1649）卒於福州。
[2]　引自陳廣宏《明代福建地區文學研究》博士論文。

　　其次，我們說中西文化是兩種異質文化，那麼，這是否意
味着這兩種文化在心理層面上絕對没有出現過類似之處呢？
事實顯非如此。世界文學史有所謂“回轉現視説”
(Stadialisn)，該説認爲：“某些文學潮流會在不同的時間、空
間裏重現，其條件是相類的歷史文化環境。這是平行回轉的規
律，呈現一以社會條件爲根的世界文學底有機的一有規律的
發展程序。”[1] 古添洪先生據此認爲：“只要社會環境相類，就
會有相類的文化潮流。因此，一國的某文學潮流能在他國他時
裏出現。‘社會環境相類’一語可有很大的伸縮性。如果我們
容納相當的伸縮性，那麼，中西兩文學於某些場合裏可獲得相
當的類同性，在這些場合裏，援用西方批評理論，應該是可以
的。”[2] 古先生此論，主要還是着眼於比較文學的角度而言。事
實上，早在元末，隨着商品經濟的發展，資本主義的萌芽便已
出現。如果不是近代之後西方列強的入侵，破壞了歷史的行
程，中國或早或晚也必將進入資本主義社會。而商品經濟的發
展，資本主義萌芽的出現，必然導致中國傳統文化中心理層面
的震蕩，在人們的價值觀念、思維方式、審美趣味、道德情操
等方面出現變革。這種變革，是完全與商品經濟的發展相適應

---

[1]　見 Henry Remark “Comparative Literature at the Crossroads”,
　　P. 9.

[2]　古添洪：《中西比較詩學：範疇、方法、精神的初探》，《比較
　　文學論文選集》，第 45 頁。

的。正如章培恒先生所指出："曾經有人認爲晚明文學與五四新文學有相通之處。我想，晚明文學固然不能説是五四文學的先驅，但也確實包含着某些可以視爲後者的萌芽的東西。可惜的是，到了明末清初，文學中的這種新的精神卻衰落了，至少是遭到了很大的挫折，直到清代乾隆時期才又得以復興，但聲勢還不如晚明之盛。"章先生還指出，在我國文學史上，這並不是獨一無二的現象。在元末明初的文學裏，已經可以聽到與晚明文學類似的聲音，而且這在當時也已形成某種潮流。然而，在朱元璋統一全國後，重新制禮作樂，這種聲音終於消失了。文壇在死氣沉沉中挨過了一百幾十年。直到明代中葉，隨着李夢陽、唐寅等人的出現，才逐漸恢復了生機，並進而演變爲晚明文學。因此，晚明文學的由盛而衰，在某種意義上實可視爲元末明初文學由盛而衰的重演。"晚明文學與元末明初文學的相通之處，在於某種程度上的對欲望的肯定和對個性的尊重。在五四新文學中，它以新的高度和新生命震撼了讀者的心。"① 這説明，中國封建社會的季世，由於商品經濟的發展，也產生了與西方當時相類似的社會環境，從而導致了進步文學思潮的出現，使得中國傳統文化的心理層面出現了一些新的東西。從明清時的江浙地區文化來考察，江浙文化圈特質的形成，正是由於受到其生態環境制約和影響的結果。

有清一代，全國、特別是江浙地區商業經濟的繁盛，資本主義萌芽的出現，對城市生活、文人的生活方式和生活觀念以及文人和商人的關係都產生了深刻的影響。下面，我們便首先

---

①　見《明代文學研究》第一輯序，江西人民出版社1990年出版。

來考察商業經濟繁榮及資本主義萌芽出現對於城市生活的影響。

明代中葉，去樸從艷、好新慕異的風尚在各大城市逐漸形成潮流。這種潮流，雖然在明清易代之際一度中斷，但爾後又回歸如初。如清初的上海，廣泛種植棉花，"鄉村紡織，尤尚精敏，農暇之時所出布匹，日以萬計"（見《松江府志》卷五"風俗"條）。如此大量的土布，都要通過商業資本的媒介運銷全國各地，'富商巨賈操重貨而來市者，白銀動以數萬計，多或數十萬兩，少亦以萬計。"[1] 與此同時，因爲糧食種植面積的銳減，上海每年又必需從外省輸入大量糧食。如崇明一縣，康熙年間就"計每年需買米二十二萬石"[2]。清初，清政府爲斷絶鄭成功反清武裝與大陸的聯繫，於順治十二年（1655）頒布"禁海令"："嚴禁沿海省分，無許片帆入海，違者置重典。"這一禁令實行的後果，造成"流通之銀日銷，而雍滯之貨莫售。……民情拮據，商賈虧折。"[3] 因而要求開海貿易的呼聲日漲。在這種情況下，清政府不得不於康熙二十三年下詔："令開海貿易"（《清聖祖實錄》卷 116）。清政府開海禁後，東南沿海的航運貿易盛況空前，正如謝占壬在《古今海道異宜》中說，"康熙年間，大開海道，始有商賈經過登州海面，直趨天津、奉天。萬商輻輳之盛，亘古未有。"試由上海觀之，乾嘉時期，"南北物資交流，悉借沙船。（上海）南市十六鋪以內，帆檣如

---

① 葉夢珠：《閱世編》卷 7。

② 許惟枚：《瀛海掌錄》卷 2。

③ 《靳文襄奏疏》卷 7。

林，蔚爲奇觀。每日滿載東北、閩廣各地土貨而來，易取上海所有百貨而去。"（《上海錢莊史料》）海運業的發達，促進了上海商業的繁榮，先後出現了豆米業、土布業、錢莊業等商業行業，並且形成了類似蘇杭絲織業、工場手工業中雇主與雇工之間的那種雇傭關係，這顯然已出現資本主義的萌芽。至鴉片戰爭前夕，上海已成爲一個工商業發達的經濟城市，"上邑瀕海之區，南通閩奧，北達遼左，商買雲集，帆檣如織，素號五方雜處。"①商品經濟的繁榮，財富積累的增加，富有者向城市的聚集，大大提高了城市的消費水平。各式行業和娛樂場所應運而生，吸引着大批農業人口流向城市謀 生，市民階層迅速膨脹。而城市中競求奢華的高消費生活，反過來又進一步刺激了城市經濟的進一步繁榮，爲衆多城市居民提供了就業或發迹的機會。如揚州街西有撲缸春（酒店），"游屐入城，山色湖光，帶於眉宇，烹魚煮笋，盍飲縱談，率在於是"②。多子街有天瑞堂（藥店），"旌德江氏，世藥也"。亢家花園有合欣園（茶店），"以酥兒燒餅見稱於市"。翠花街有珠翠首飾鋪，式樣"有蝴蝶、望月、花藍、折項、羅漢鬈、懶梳頭、雙飛燕、到枕松、八面觀音諸義髻及貂復額、漁婆勒子諸式。"③又如南京秦淮河利涉橋的陽春齋和淮青橋的四美齋（茶食店），"畫舫者爭相貨寶，諸姬凡款客饋人，亦必需此。兩齋皆嘉興人，制作裝潢，較之本地，倍加精美。"姚家巷利涉橋桃葉渡頭的星貨

---

① 毛祥麟：《三略匯編》卷5，稿本，上海圖書館藏。
② 李斗：《揚州畫舫錄》卷四。
③ 李斗：《揚州畫舫錄》卷九。

鋪（百貨店），"所鬻手絹、鼻菸、風兜、雨傘、紗絹衣領、皮絨衣領……洋印花巾袖、雲肩油衣、結子荷包、刻絲荷包、珊瑚荷包、珍珠荷包……炫心奪目。閨中之物，十居其九。"[1]夫子廟前街的書肆，"縮本充架，鉛印溢簏，聽鏤板之迂拙，悝巾本之繁數。"[2]由此可見，商品經濟的發展，必然導致人們對於物質欲望的追求和享受，一改過去重義輕利，崇本抑末的傳統價值觀念。由於人們是"從他們進行生產和交換的經濟關係中，吸取自己的道德觀念"[3]，因此，一但人們的生活卷進商品交換的激流，商品經濟的價值規律就必然會對人們的道德情操發生影響。金錢作爲一般商品的等價物，必然會成爲人們渴慕和追求的對象，而並非僅僅是商人。

與此相適應，商人的地位在人們的心目中也發生了變化。從清代前期的商人來看，可大致分爲四種類型，即壟斷性商人、大商人、一般鋪戶商人和小商小販。壟斷性商人憑借國家賦予的特權，成爲一種有特殊身份的商人。他們其中有鹽商、銅商和行商等，一般都有政治憑借和經濟實力（鹽引、銅本）。而大商人亦是一些擁有較充裕資金的行商坐賈，如米商、布商、典商、批發商和長途販運商等。像上海張氏，長途販運布匹，每日"五更簑燈，收布千匹，運售閶門，每匹可贏五十文，計一晨得五十金"[4]，以此致富累巨萬。在儒家"崇義絀利"的

---

① 捧花生：《畫舫餘譚》。

② 程光甲：《金陵賦》。

③ 《馬克思恩格斯選集》第 3 卷 133 頁。

④ 沈仲元：《三餘筆談》卷三《布利》。

傳統觀念制約下，商人的地位歷來十分低下，在所謂"士農工商"的"四民觀"中，居於末位。但是，清初以來，除小商小販外，其他三類商人的地位都顯然有所提高，社會風尚有了很大改變。首先，官僚經商形成風氣，"與民爭利"。如康熙時，上海巨紳施維翰，曾兩任江南道道臺，後晉升都御史，曾痛切上言，謂"今文武各官，或兼事商買，質庫連肆，估舶彌江，既奪閭閻之利，復脫關市之算，不可不加禁止"。這說明，這種情況在當時已不是個別現象。如康熙時大官僚徐乾學，本係江南一帶的大地主，同時又交結鹽商項景元於揚州貿易，與布商陳天佑"開張當鋪……違禁取利"，一處資本多達十萬兩。雍正時，大將軍年羹堯令其子侄家人和部屬經商，從事鹽、茶、馬匹、木材等貿易，曾將四川所產楠木等"運至湖廣、江南、浙江發賣，獲利數十萬"。至乾隆時，果親王弘曕，以皇弟之尊，也來"開設煤窰"，"售賣人參"而"與民爭利"了。[①] 而與此同時，由於當時設立了捐官制度，因而商人也憑借財力混迹官場，歸則以縉紳自命，張蓋乘輿，僕從如雲，揚揚自得。如乾隆時揚州藥商陸見山，由"賣藥邗上"起家，"開有青芝堂藥材，爲揚城第一鋪。得鄭侍御休園爲別業，捐同知銜，居然列於諸縉紳商人之間。每有喜慶宴會，輒着天青褂五品補服"[②]。這種官商不分、亦官亦商、亦商亦官的現象，自然有助於商人地位的提高。雍正時宣佈四民平等，正可以作爲證明。此外，商人生活的奢靡享樂，也反映了他們超越一般人所處的

① 出處分見《東華錄》康熙二十八年；雍正三年；乾隆二十八年。
② 錢泳：《履園叢話》卷二十一《笑柄·陸見山》。

地位。最突出的是那些壟斷民生日用的鹽商。他們豪華奢侈，志得意滿，其驕態自侔於封疆大吏。《揚州畫舫錄》曾記載揚州鹽商的豪侈淫佚生活說：“初，揚州鹽務，競尚奢麗，一婚嫁喪葬，堂室飲食，衣服輿馬，動輒費數十萬。……有欲以萬金一時費去者，門下客以金盡‘買金箔，載至金山塔上，向風颺之，頃刻而散，沿之草樹之間，不可收復。又有三千金盡買蘇州不倒翁，流于水中，波爲之塞。……一時爭奇鬥異，不可勝記”。又如宋起鳳（浙江餘姚人，順治八年辛卯副貢生，官靈丘、樂陽知縣）的《揚州估》，鄧之誠認爲“最能道明、清間揚州鹽商奢縱情事”，其詩云：

二十四橋烟花繁，迎春蹀躞黃金鞍。垂髦大腹目空世，錦棚寶邸等閒看。從奴簇擁多惡少，吹竽擊劍能弄丸。結交盡是五侯貴，日獻珍奇不計費。郡中良牧爾汝交，兒子姻親有太尉。大江千里巨舶走，海澨明珠積山阜。吳楚食戶億萬稱，金錢易得惟量斗。年年塞下工種粟，軍國輸金猶未足。農官首策望羨贏，談笑捐貲無委曲。生男不使事詩書，生女不用攀門閭。天子富貴猶籍我，王謝子弟姑徐徐。生來坐擁佳麗地，細腰蟭首日羅致。一笑珍珠一斛傾，石家梁綠尋常事。隋堤夜月吳絲張，廣陵濤起泛沙棠。醉來紅燭兩行列，提攜謔浪皆名倡。夜半呼城結隊入，折釵墮珥居人拾。十二高樓懸絳紗，床畔香童擁爐立。晏眠直至宿酲消，白鹿青酥隔夜燒。千緡一餚不饜口，中泠又汲過江舸。自來巨富稱鹽鐵，不數銅山與金穴。如何朱門寒食墳，稀見楮灰飛白雪。

其他商人也多過着類似的生活。如蘇州富商的淫靡豪侈生活：
"豪民富賈，競買鐙舫，至虎丘山濱，各占柳陰深處，浮瓜沉
李，賭酒征歌，膩客逍遙，名姝談笑，霧縠冰紈，爭妍鬥艷。
四窗八拓，放乎中流，往而復回，篙櫓相應，謂之水彎頭。日
晡絡繹於冶芳浜中，行則魚貫，泊則雁排。迫暮施燭，焜煌照
徹，月輝與波光，相激射舟中，酒炙紛陳，管弦競奏，往往通
夕而罷"①。但是，商人的這種奢靡生活並沒有受到指責，相反
還得到某些文人士大夫的肯定，如乾隆時的著名學者及詩人
法式善稱："富商大賈，豪家巨室，自侈其宮室、車馬、飲食、
衣服之奉，正使以力食者，得以分其利，得以均其不平。孟子
所謂通功易事是也。上之人從而禁之，則富者益富，貧者益貧
也。吳俗尚奢，而蘇杭細民多易為生。越俗尚儉，而寧、紹、
金、衢諸小民，恒不能自給，半游食於四方，此可見矣。"②
　　這種因商品經濟而帶來的價值觀念的變化，也必然體現
在封建士人身上。清初的著名思想家黃宗羲針對重農輕商的
傳統，即已提出了"工商皆本"的觀點。清初的另一思想家唐
甄，以與封建正統思想家辯論的體裁寫了"食難"一文，以
"呂尚賣飯於孟津，唐甄為牙於吳市，其義一也"③，來說明為
商、為牙之並不可恥。商人過去為士大夫所不屑一顧，而隨着

①　顧祿：《清嘉錄》卷六《虎丘鐙船》。
②　《陶廬雜錄》卷五。
③　唐甄：《潛書》上篇下。

清代商品經濟的發展，現在則得到了傾心接納，反映出商人與文人關係的重大變化。在商品經濟最爲發達的江浙地區，情況尤其如此。按照傳統的眼光來看，這自然意味着文人社會地位的下降，故董含有云：“曩昔士大夫以清望爲重，鄉里富人，羞與爲伍，有攀隨者必峻絕之。今人崇尚財貨，見有擁厚資者，反屈體降志，或訂忘形之交，或結婚姻之雅，而窺其處心積慮，不過利我財耳，遂使彼輩忘其本來，足高氣揚，傲然自得。”（《三岡識略》卷六《三吳風俗十六則》）不僅如此，有些文人還亦文亦商，如鈕樹玉，既是著名經學家，又是販運木棉的行商。《揚州畫舫錄》記其事云：“鈕樹玉，字匪石。元和人。業買販木棉，舟船車驟之間，必載經史自隨。歸則寂坐一室，著書終日。每負販往來，必經邗上，留與邑中經學之士講論數日乃去”。又如“揚州八怪”中的鄭燮，集書畫家、文學家於一身，作官前後均居揚州賣畫，實際也不過以其畫作爲商品，當作謀生的手段。

　　至此，我們已經可以看出，商品經濟繁榮和資本主義萌芽的產生，的確導致了中國封建社會後期傳統文化最深層面即心理層面的巨大變化。這種與西方當時文藝復興相類似的社會環境，是文學新潮流產生所必不可少的文化生態環境。晚明文學新潮流的基本內容，即在於肯定人的欲望和尊重人的個性及價值。從明代中葉唐寅強調自我在物質方面的享受，標舉“食色性也”；李夢陽把“好勇好貨好色”作爲共同的人性，直至晚明文學新潮流的代表李贄將“好貨”、“好色”等視作人的“本心”，都與“存天理，去人欲”的程朱理學針鋒相對。如果我們將此與歐洲文藝復興時期英國著名的空想社會主義者和偉大的人文主義者托馬斯·莫爾提出的關於享受塵世生活的幸福是人生最大的本色、完全符合理性和自然界意向的觀點相對照，便會發現二者在理論上並無高下之分。在《童心說》中，李贄將"童心"解釋爲"絕假純真，最初一念之本心"，而將"六經、《語》、《孟》"視爲"道學之口實，假人之淵藪"，從而在"童心"的名義下引入了肯定欲望和尊重個性的內容。這種"最初一念之本心"，似乎是一種抽象的說法，但在李贄則實有所指。例如，在《答鄧明府》中，他將"好貨"、"好色"等作爲人所"共好而共習，共知而共言"的"邇言"（《焚書》卷一）；在《明燈道古錄》中，他又說"非邇言"即"非民之中，非民情之所欲"（《李氏文集》卷十九），因此，"好貨"、"好色"等自然也是人的"本心"，實則也就是與封建的"天理"相對立的"人欲"。又如，他在《答耿中丞》中說："……於是有德禮以格其心，有政刑以縶其四體，而人始大失所矣。"（《焚書》卷一）"德禮"、"政刑"既然是使人"大失所"的東西，當然也就是人的"本心"所反對的東西；所以，反對"德禮"、"政刑"的束縛而要求尊重人的自由，也就是合於"童心"的了。由此可見，強調"童心"，就是要把人欲和人性從封建理學教條的束縛中解放出來，顯然具有一定的人本主義色彩。《童心說》是在進步的方向上發展了王陽明心學的結果，但其哲學基礎仍然是唯心主義的。事實上，任何人都無法保存不受任何聞見道理影響的"最初一念之本心"。人的思想，是在社會實踐中形成、發展的。李贄自己所謂的"童心"，其實也並非生而有之的"本心"，而是在資本主義萌芽出現的情況下，新的社會力量及其思想要求的曲折反映。由於《童心說》是新的社會力量的要求在思想、文學上的反映，因而以全新的思想啓發了一代作家，成爲晚明文學新潮流在思想上的最充分的體現。袁宏道的性靈説，則是李贄文學觀的繼承。

袁宏道曾稱贊其弟袁中道之詩"大都獨抒性靈，不拘格套，非從自己胸臆流出，不肯下筆。"（《叙小修詩》）正是在李贄《童心説》的影響下，充分尊重人的"自然之性"。袁宏道更標擧"獨抒性靈，不拘格套"，主張文學掙脱思想和形式的束縛，真實而自然地抒發作者的個性。他之所以極力贊揚市井民歌《劈破玉》、《打棗竿》等，正是因爲它表達了"任性而發"的"喜怒哀樂嗜好情欲"，實即反對封建教條對人性的桎梏。袁宏道的"性靈"説，鮮明地表達出晚明文學新潮流對文學的要求。而其詩文，也成功地體現了其"性靈"之説，個性生動，表現活潑，真率地描繪了"喜怒哀樂嗜好情欲"，帶有對於現實環境的對抗精神。

由於種種原因，晚明文學新潮流中所體現的新精神在清初曾一度消沉，或説是遭到了較大的挫折，直到乾隆時期才又得以復興。這種復興，同樣緣於類似導致晚明文學新潮流産生的文化生態環境。而這種復興，又主要體現在江浙地區。以詩歌論，其新精神高揚的標志，則主要體現爲袁枚性靈説的形成。袁枚的性靈説，與公安派的性靈説一脈貫通。如果概而論之：就對欲望的肯定而言，袁枚的性靈説則主張詩歌應反映人的各種真實欲望包括男女之情；就對個性的尊重而言，袁枚的性靈説則主張詩人須具有鮮明的個性，詩歌創作必當個性化或有獨創性。袁枚曾宣稱："且夫詩者，由情生者也，有必不可解之情，而後有必不可朽之詩。情所最先，莫如男女。"① 其時，詩壇的領袖人物沈德潛標舉溫柔敦厚的詩教，對陸機倡導的緣情説表示不滿，對艷情詩則尤持否定的態度。在《清詩別裁·凡例》中，他聲言道："若一無關係，徒辦浮華，又或叫號撞搪以出之，非風人之旨矣。尤有甚者，動作溫柔鄉語，如王次回《疑雨集》之類，最足害人心術，一概不存。"對此，袁枚深表不滿，認爲沈氏"獨不選王次回詩，以爲艷體，不足垂教"（《再答沈大宗伯書》），甚至推崇"香奩詩至本朝王次回，可稱絶調"（《詩話補遺》卷三）。清初朱彝尊曾作長篇情詩《風懷詩》二百韵，有人勸其删，朱答"寧不食兩廡特豚耳"而不從，袁枚對此極爲贊賞，稱其爲"楚狂行矣不回頭！"（《題竹垞風懷詩後有序》）"存其真也"（《答朱石君尚書》）。袁枚自己亦頗多情詩，曾有人勸其"删集内緣情之作"，説"以君之才學，何必以白傅、樊川自累"。他則斷然回絶："足下之意，以爲我輩成名，必如濂、洛、關、閩而後可耳。然鄙意以爲得千百僞濂、洛、關、閩，不如得一二真白傅、樊川；以千金之珠易魚之一目，而魚不樂者，何也？目雖賤而真，珠雖貴而僞也。"（《答蕺園論詩書》）從對個性的張揚出發，袁枚指出："作詩，不可以無我"，"有人無我，是傀儡也"（《詩話》卷七）。公安派標舉"獨抒性靈"，袁枚更以"獨"爲榮："我亦自立者，愛獨不愛同。含笑看泰華，請各立一峰！"（《題葉花南庶子空山獨立小影》，《詩集》卷二十）針對詩壇上的唐宋之爭，

---

① 《答蕺園論詩書》，《文集》卷30。

他認爲：“詩者，各人之性情耳，與唐宋無與也。若拘拘焉持唐宋以相敵，是子之胸中有已亡之國矣，而無自得之性情，於詩之本旨已失之矣。”（《答施蘭垞論詩書》）乾隆時的著名“揚州八怪”也同樣標榜個性。所謂“怪”，實際正是他們追求個性、強調自我及藝術上獨辟蹊徑的表現。如鄭燮的題畫詩：“敢云我畫竟無師，亦有開蒙上學時。畫到天機流露處，無今無古寸心知。”（《題蘭竹石二十七則》）“畫竹插天蓋地來，翻風覆雨筆頭栽。我今不肯從人法，寫出龍鬚鳳尾排。”（《題畫竹六十九則》）又如金農的題畫詩：“明歲滿林竹更稠，百千萬竿青不休。好似老夫多倔強，雪深一尺肯低頭？”（《冬心畫竹題記》）其人、其畫、其詩的鮮明個性皆躍然紙上。而鄭燮詩中對蘭、竹、石的大量歌咏，已經不是物的頌歌，而是人的頌歌，是“雲外一帆揮手去，要看江海泊天流”的自由精神的頌歌。其時，不僅是詩人，一些詩論家也注重詩人的個性。如吳喬宣稱：“我有我身心，蘇、李之高，鐘、譚之陋，總是彼物，與我何與？”（《圍爐詩話》）葉燮亦說：“作詩有性情必有面目”。（《原詩》）“有我身心”、“有性情”，實即有個性之謂也。由此可見，乾隆詩壇對欲望的肯定和對個性的尊重，正是清代江浙地區詩歌新精神的集中體現。

　　還有一點值得注意。袁宏道的“性靈說”，乃是他於萬曆二十三至二十四年（1595—1596）任蘇州吳縣縣令期間所提出。《叙小修詩》作於萬曆二十四年，在此前的詩文中，均不曾發見“性靈”一詞的運用。在作《叙小修詩》時，袁宏道已在吳中生活了兩年，結識了不少吳越地區的名士，如屠隆等。而屠隆在萬曆八年前就已提出一種自由色彩較爲濃厚的“性靈"論了。此外，蔡羽、歸有光、黄省曾、皇甫汸等嘉、隆期間的吳中名家，都曾在詩文中用過"性靈"一詞，特別是黄省曾和皇甫汸所說的"性靈"，已帶有自然表現個性的傾向。袁宏道對他們都極爲推許。[①] 由此可見，袁宏道的性靈説，實則濫觴於江浙文化圈，換句話説，袁宏道的性靈説，是受到江浙文化圈内文化特質熏染的結果。我們只要舉出清代之時袁枚又一次標舉性靈説，就可以發現，"性靈"之説正是江浙文化圈内的典型文化特質。爲什麽標舉"性靈"會成爲明清江浙地區兩次文學新潮流的基本特徵？究其原因，正如本節開頭所言，實是來自商品經濟發展繁榮和資本主義萌芽產生這種文化生態環境對於江浙文化圈内文化特質的孕育。

---

① 詳見陳建華《明代江浙文學論稿》博士論文。

附錄：

主要參考書目

馬克思　思格斯：《神聖家族》　見《馬克思恩格斯全集》第 2 卷，人民出版社 1972 年版

馬克思恩格斯論藝術　〔蘇〕里夫希茨編，中國社會科學出版社 1983 年版

美學　〔德〕黑格爾著　朱光潛譯　商務印書館 1979 年版

藝術哲學　〔法〕丹納著　傅雷譯　人民文學出版社 1963 年版

《文化的民族性與時代性》　龐樸著　中國和平出版社 1988 年版

《道家思想與中國文化》　趙明著　吉林大學出版社 1986 年版

《佛教與中國文化》　張曼濤主編　上海書店 1987 年影印出版

《傳統與中國人》　劉再復　林崗　三聯書店 1988 年版

《論中國傳統文化》　中國文化書院講演錄第一集　三聯書店 1988 年版

《中國文化研究集刊》　（1—4 輯）　復旦大學出版社版

《尋求跨中西文化的共同文學規律——葉維廉比較文學論文選》　溫儒敏　李細堯編　北京大學出版社 1987 年版

《當代國外文化學研究》（譯文集）　馮利　覃光廣編　中央民族學院出版社 1986 年版

《文化的生物——人》　施忠連著　湖南文藝出版社 1988 年版

《文化變遷》　〔美〕克萊德·M·伍茲著　何瑞福譯　河北人民出版社 1989 年版

《文化人類學的十五種理論》　〔日〕綾部恒雄主編　貴州人民出版社 1988 年版

《文化演進與人類行爲》　〔美〕F·普洛格　D. G.貝茨著　遼寧人民出版社 1988 年版

《生態學概論》　郝道猛編著　臺北市徐氏基金會 1982 年版

《人類生態學初探》　夏偉生著　甘肅人民出版社 1984 年版

《中國哲學史》　任繼愈主編　人民出版社 1979 年版

《中國哲學簡史》　馮友蘭著　北京大學出版社 1985 年版

《宋明理學研究》　張立文著　中國人民大學出版社 1985 年版

《西歐哲學史稿》　十七院校教材編寫組　河北人民出版社 1985 年版

《梁啓超論清學史二種》　朱維錚校注　復旦大學出版社 1985 年版

《中國資本主義萌芽問題論文集》　南京大學歷史系編　江蘇人民出版社 1983 年版

《明清經濟史》 李龍潛著 廣東高等教育出版社 1988年版

《中國歷史地理概論》 王育民著 人民教育出版社 1987年版

《清代前期的商人和社會風尚》 來新夏著 載《中國文化研究集刊》第一輯 復旦大學出版社 1984年版

《論詩歌源流》 〔英〕喬治·湯姆遜著 袁水拍譯 作家出版社 1955年版

《論形象思維》 中國社會科學院外國文學研究所編 中國社會科學出版社 1979年版

《近代美學史評述》 〔英〕李斯托威爾著 蔣孔陽譯 上海譯文出版社 1981年版

《文藝心理學》 金開誠著 北京大學出版社 1982年版

《白話文學史》 胡適著 新月書店 1928年再版

《插圖本中國文學史》 鄭振鐸著 人民文學出版社 1957年版

《中國文學史》 游國恩等主編 人民文學出版社 1964年版

《中國文學史》 中科院文學所編 人民文學出版社 1962年版

《中國文學批評史》 郭紹虞著 中華書局 1961年版

《中國文學批評史大綱》 朱東潤著 古典文學出版社 1957年版

《中國文學發展史》 劉大杰著 上海古籍出版社 1982年版

《中國詩歌發展講話》　王瑤著　中國青年出版社 1956 年版

《中國文學理論史》　黄保真等著　北京出版社 1987 年版

《中國文學理論批評史》　敏澤著　人民文學出版社 1981 年版

《中國文學思想史》　〔日〕青木正兒著　春風文藝出版社 1985 年版

《西方文論選》　伍蠡甫等編　上海譯文出版社 1979 年版

《中國歷代文論選》　郭紹虞主編　上海古籍出版社 1980 年版

《詩品》　〔梁〕鍾嶸著　人民文學出版社 1961 年版

《文心雕龍》　〔梁〕劉勰著　人民文學出版社 1958 年版

《清人詩論研究》　王英志著　江蘇古籍出版社 1986 年版

《薑齋詩話》　〔清〕王夫之著　人民文學出版社 1961 年版

《梅村詩話》　〔清〕吳偉業著　清詩話本

《蠖齋詩話》　〔清〕施閏章著　清詩話本

《詩辯坻》　〔清〕毛先舒著　清詩話本

《原詩》　〔清〕葉燮著　清詩話本

《靜志居詩話》　朱彝尊著　嘉慶姚氏扶荔山房刊本

《而庵詩話》　〔清〕徐增著　清詩話本

《鈍吟雜錄》　〔清〕馮班著　清詩話本

《圍爐詩話》　〔清〕吳喬著　清詩話續編本

《抱真堂詩話》　〔清〕宋徵璧著　清詩話續編本

《載酒園詩話》　〔清〕賀裳著　清詩話續編本

《漁洋詩話》　〔清〕王士禎著　清詩話本

《帶經堂詩話》　〔清〕王士禎著　人民文學出版社 1963
年版

《漫堂說詩》　〔清〕宋犖著　清詩話本

《談龍錄》　〔清〕趙執信著　人民文學出版社 1981 年版

《說詩晬語》　〔清〕沈德潛著　人民文學出版社 1979 年
版

《一瓢詩話》　〔清〕薛雪著　人民文學出版社 1979 年版

《隨園詩話》　〔清〕袁枚著　人民文學出版社 1960 年版

《續詩品》　〔清〕袁枚著　清詩話本

《甌北詩話》　〔清〕趙翼著　人民文學出版社 1963 年版

《北江詩話》　〔清〕洪亮吉著　人民文學出版社 1983 年
版

《石洲詩話》　〔清〕翁方綱著　人民文學出版社 1981 年
版

《咏物七言律詩偶記》　〔清〕翁方綱著　蘇齋叢書本

《養一齋詩話》　〔清〕潘德輿著　清詩話續編本

《國朝詩話》　〔清〕楊際昌著　清詩話續編本

《筱園詩話》　〔清〕朱庭珍著　清詩話續編本

《清詩別裁》　〔清〕沈德潛編　上海古籍出版社 1981 年
版

《湖海詩傳》　〔清〕王昶輯　嘉慶八年刻本

398

《清詩鐸》　〔清〕張應昌編　中華書局 1960 版

《晚晴簃詩匯》　徐世昌輯　中國書店 1989 年影印本

《江蘇詩徵》　〔清〕王豫輯　焦山詩徵閣刊本

《兩浙輶軒錄》　〔清〕阮元編　嘉慶刊本

《清詩精華錄》　錢仲聯等選注　齊魯書社 1987 年版

《清詩紀事》　錢仲聯主編　上海古籍出版社 1987 年版

《清詞史》　嚴迪昌著　江蘇古籍出版社 1990 年版

《清人絕句五十家掇英》　王英志選注　山西人民出版社 1986 年版

《陳忠裕公全集》　〔明〕陳子龍著　嘉靖間王昶輯刻本

《張蒼水集》　〔明〕張煌言著　上海古籍出版社 1985 年版

《夏完淳集》　〔明〕夏完淳著　中華書局上海編輯所 1959 年版

《初學集》　〔清〕錢謙益著　四部叢刊本

《有學集》　〔清〕錢謙益著　四部叢刊本

《梅村家藏稿》　〔清〕吳偉業著　四部叢刊本

《安雅堂全集》　〔清〕宋琬著　乾隆間刻本

《翁山詩外》　〔清〕屈大均著　宣統二年排印本

《變雅堂集》　〔清〕杜濬著　康熙間刻本

《顧亭林詩集匯注》　〔清〕顧炎武著　上海古籍出版社 1983 版

《黃梨洲詩集》　〔清〕黃宗羲著　中華書局 1959 年版

《薑齋詩文集》　〔清〕王夫之著　船山遺書本

《陋軒詩》　〔清〕吳嘉紀著　康熙間方鴻逵刊本

《漁洋山人精華錄》 〔清〕王士禎著 四部叢刊本

《曝書亭集》 〔清〕朱彝尊著 光緒十五年陶閭寒梅館重刻本

《敬業堂集》 〔清〕查慎行著 四部叢刊本

《湖海樓詩集》 〔清〕陳維崧著 四部叢刊本

《己畦詩文集》 〔清〕葉燮著 昭代叢書本

《歸愚詩鈔》 〔清〕沈德潛著 乾隆二十三年刻本

《樊榭山房全集》 〔清〕厲鶚著 光緒十年錢唐汪氏振綺堂刻本

《飴山堂集》 〔清〕趙執信著 乾隆間刻本

《鄭板橋全集》 〔清〕鄭燮著 齊魯書社 1985 年版

《小倉山房集》 〔清〕袁枚著 乾隆間刻本

《忠雅堂詩集》 〔清〕蔣士銓著 嘉慶二十二年藏園刊本

《甌北集》 〔清〕趙翼著 嘉慶十七年壽考堂藏版本

《洪北江詩文集》 〔清〕洪亮吉著 四部叢刊本

《兩當軒集》 〔清〕黃景仁著 上海古籍出版社 1983 年版

《紅杏山房詩鈔》 〔清〕宋湘著 道光刻本

《瓶水齋詩集》 〔清〕舒位著 畿輔叢書本

《龔自珍全集》 〔清〕龔自珍著 上海人民出版社 1975 年版

《章太炎全集》 章炳麟著 上海人民出版社 1984 年版

《明清詩文論文集》 蘇州大學明清詩文研究室編 江蘇古籍出版社 1986 年版

《明清詩文研究叢刊》（一、二輯）　錢仲聯主編　蘇州大學明清詩文研究室編印

後　記

　　我出生於黃河涇渭奔流、終南太華聳峙的西安，周秦漢唐
的文物古迹隨處可見；父母都在高等學府裏講授中國文學，圖
書滿架，問學者盈門。耳濡目染，從童年起即愛上了中華傳
統文化，特別是中華傳統詩歌。"文革"中赴紫陽修鐵路，進
壓延廠當模型工，勞動間隙，常讀詩以消除疲困，作詩以抒發
感觸，對"感于哀樂，緣事而發"，"饑者歌其食，勞者歌其
事"的傳統詩歌創作論深有體會。後來考入湖南師範大學攻碩
士學位，廣泛系統地研讀了唐宋人的五七言古今體詩，並且溯
源窮流，試圖探究中華詩歌發展的規律，爲振興中華詩歌提供
歷史借鏡。首先感到的是：唐人已經創造了那麼多完美的詩歌
藝術精品，真可謂光掩前人，後起者難以爲繼；然而從主流看，
宋詩的光輝成就，實堪與唐詩抗衡，除了社會、歷史、文化
等諸方面的原因而外，就詩歌發展的内部規律而言，其關鍵何
在呢？對於這個問題，我覺得清代詩人的許多闡釋是很有見地
的。如葉燮在《原詩》中說：

　　　　蓋自有天地以來，古今世運氣數，遞變遷以相禪。
　　……寧獨詩之一道，膠固而不變乎？……宋初，詩襲唐人
　　之舊，如徐鉉、王禹偁輩，純是唐音。蘇舜卿、梅堯臣出，
　　始一大變，歐陽修亟稱二人不置。自後諸大家迭興，所造
　　各有至極，今人一概稱爲"宋詩"者也。
袁枚在《答沈大宗伯論詩書》中說：

唐人學漢魏變漢魏，宋學唐變唐，其變也，非有心於
變也，乃不得不變也。使不變，不足以爲唐，不足以爲宋
也。

蔣士銓在《辯詩》中說：

> 唐宋皆偉人，各成一代詩。
>
> 變出不得已，運會實迫之。
>
> 格調苟沿襲，焉用雷同詞？
>
> 宋人生唐後，開闢真難爲！

趙翼講得更多，如"詩文隨世運，無日不趨新"（《論
詩》）"必創前古所未有而後可以傳世"（《甌北詩話》卷四）等
等。綜合起來看，清代的許多詩人認爲宋人在"學唐"的基礎
上求變求新，開闢新境界，故能創造出獨具面目的"宋詩"，與
唐詩比美。不言而喻，他們的這許多議論，都是針對明代前
後七子以來的復古傾向而發的，其目的在於借鑒宋人，開清代
新風。如果說宋人面對唐詩高峰，"開闢真難爲"；那麽，清人
面對唐詩、宋詩兩座高峰，要變唐宋人之所已能而發唐宋人之
所未發，創造獨具面目的"清詩"，其難度之大，可想而知。這
便激發了我研究清詩的興趣，想看看清人求變求新的意圖在
多大程度上體現於詩歌創作，又如何體現於詩歌創作，其於
"世運"、"運會""遞變"、"趨新"的關係又有什麽軌迹可尋，
如此等等。我之所以在獲得唐宋文學的碩士學位之後攻讀明
清文學的博士學位，以《清代詩歌發展史》爲題撰寫博士論文，
其動機正在這裏。

清代是中國最後一個封建王朝，終結於宣統三年（1911）；
但一般認爲，中國古代文學發展到鴉片戰爭（1840）前夕即已

告終，鴉片戰爭之後，開始了以反帝反封建色彩爲主要特徵的近代文學。因此，這部《清代詩歌發展史》終於鴉片戰爭，以卒於鴉片戰爭第二年（1841）的龔自珍爲殿軍，結束古代詩歌，開啓近代詩歌。我還想寫一部《近代詩歌發展史》，正在做準備工作。

"詩文隨世運，無日不趨新"，"滿眼生機轉化鈞，天工人巧日爭新"（趙翼《論詩》），理應如此；然而從中華詩歌發展史看，有時卻出現復古逆流。元詩基本上摹擬唐詩，明七子變本加厲，故雖有反映現實之作，而總體成就不高。清人吸取元、明擬古、復古的教訓而借鑒宋人"學唐變唐"的經驗，在繼承、發展優秀傳統的基礎上力求隨"世運"之趨新而不斷創新，其詩歌創作的總成就實可追配唐宋。至於近代詩人，則由於"新世瑰奇異境生"而"更搜歐亞造新聲"，描寫新事物，表現新觀念，抒發新感情，"足遍五洲多異想"，"吟到中華以外天"。不少佳作，其新境奇構，前無古人。然而追根到底，仍然是在繼承中華詩歌傳統基礎上的創新。"五四"以來的白話新詩當然比較"新"，但偏於橫向"移植"而忽視縱向繼承，民族化、群眾化的問題至今未能解決；而數十年受到排斥，陷于低谷的傳統詩歌卻隨着改革開放的春風而頓現勃興之勢，從國內到海外，舉凡中華文化輻射之處，無不卷起詩潮詞浪。當然，正確地處理繼承與創新的關係，依然是振興中華詩歌的關鍵問題。限於學力不足和寫作時間迫促，這部《清代詩歌發展史》還存在許多缺陷，需要修訂和補充。但願它的出版能在振興中華詩歌方面提供一些經驗和教訓，也就心滿意足了。

這篇學位論文從選題到撰寫，都得到導師章培恒先生的悉心指導，銘感在心。郭豫適、顧易生、王水照、徐培均、齊森華、駱祥發諸先生的指點和專家們的清詩研究成果，也使我深獲教益，一併致謝。陳貽焮先生於百忙中爲拙著寫序，獎掖、勗勉，熱情洋溢，尤令我感佩無已。

　　一九九二年八 月八日寫于西安蓮湖齋

國立中央圖書館出版品預行編目資料

清代詩歌發展史/ 霍有明著． -- 初版． -- 臺北
市 : 文津, 民83
面 ; 公分． -- (大陸地區博士論文叢刊
; 80)
參考書目:面
ISBN 957-668-255-X(平裝)

1. 中國詩 - 歷史 - 清(1644-1912)

820.9107   83009823

大陸地區博士論文叢刊

清代詩歌發展史

(1991年復旦大學博士論文)

著 作 者：霍　　　有　　　明
指 導 教 授：章　　　培　　　恆
發 行 者：邱　　　家　　　敬
出 版 者：文　津　出　版　社

地　　址：臺北市建國南路二段294巷1號
電　　話：(０２)３６３５００８
傳　　眞：(０２)３６３５４３９
郵 政 劃 撥：０ ０ １ ６ ０ ８ ４ － ０
登 記 證：局版台業字第5820號

中 華 民 國 八 十 三 年 十 一 月 初 版
印數：①～1000本　　定價：新台幣 340 元
ISBN-957-668-255-X